25. 12. 2001
Joyeuses Fêtes
Paix et Par

Un hiver à Flat Lake

Joseph Klempner

Un hiver à Flat Lake

ROMAN

Traduit de l'anglais (États-Unis)
par France Camus-Pichon

Albin Michel

COLLECTION « SPÉCIAL SUSPENSE »

Titre original :

FLAT LAKE IN WINTER

© Joseph T. Klempner 1999

Traduction française :

© Éditions Albin Michel S.A., 2001
22, rue Huyghens, 75014 Paris

www.albin-michel.fr

ISBN 2-226-12802-6
ISSN 0290-3326

À tous les David Bruck de ce monde,
les Andrea Lyon, les Judy Clarke, les Kevin Doyle.
Eux, bien plus que moi, poursuivent le combat.
Ce sont mes héros.

Si un homme n'est pas lui-même au moment où il agit, peut-on lui demander de répondre de ses actes devant la justice ? L'auteur du crime n'est-il pas plutôt cet autre lui-même ?

Affaire Regina contre Hawkins

1
L'appel

CERTAINS romans policiers s'ouvrent sur fond de bagarres retentissantes, de cris à vous glacer le sang au milieu de la nuit, de sirènes hurlantes dans les rues d'une grande ville. Celui-ci commence en un lieu nommé Flat Lake, minuscule point sur la carte au cœur du comté d'Ottawa, lui-même perdu en plein massif des Adirondacks au nord de l'État de New York. Dans une région où les gens ont tendance à vivre à bonne distance les uns des autres, il n'y a pas à proprement parler de rues. Pas de bagarres retentissantes, donc, ni de voisins réveillés par des cris à vous glacer le sang, ni de sirènes hurlantes.

Rien qu'un appel téléphonique.

Reçu à cinq heures treize du matin, au commissariat de Flat Lake, le 31 août 1997. «Commissariat» est un terme abusif. L'endroit en question se composait essentiellement d'un téléphone — une antiquité en bakélite noire, à cadran par-dessus le marché — installé sur un vieux bureau en chêne où se relayaient le maire, le président de la Chambre de commerce, et le responsable local de la chasse et de la pêche.

Si tôt avant neuf heures (le dimanche précédant le Labor Day, qui plus est), il n'y avait personne pour prendre l'appel — ni le chef de la police locale à mi-temps, ni son adjointe (également à mi-temps), ni le pré-

11

sident de la Chambre de commerce, et encore moins le responsable de la chasse et de la pêche.

Mais quelques mois auparavant, le progrès technologique avait fini par arriver jusqu'à la petite ville de Flat Lake, pourtant bien cachée dans les bois au nord-ouest du comté d'Ottawa. Grâce aux miracles du «transfert d'appel» vantés par le représentant de la compagnie du téléphone, l'appareil se tut après deux sonneries, passant le relais à celui du domicile du fonctionnaire d'astreinte.

Encore qu'officiellement, il n'y eût pas de fonctionnaire d'astreinte. La formule désignait celui chez qui étaient transférés les appels en l'absence de quelqu'un au commissariat pour les recevoir. C'est-à-dire les trois quarts du temps.

Ce dimanche matin, aussi bien le chef de la police Jess Markham — homme jovial et bien en chair — que son adjointe étaient partis pêcher le brochet au Québec. Les jours suivants, d'aucuns s'étonnèrent de cette absence simultanée des deux uniques représentants des forces de l'ordre, mais à Flat Lake, la nouvelle ne surprit personne. D'abord parce que l'adjoint du chef de la police était sa propre femme, Sally; ensuite, ils exerçaient tous les deux cette responsabilité bénévolement; enfin, la plupart des petites villes n'avaient même plus de commissariat, s'en remettant depuis longtemps au comté pour le maintien de l'ordre. Par conséquent, même si Jess Markham avait été présent ce dimanche-là, sans doute n'aurait-il pas joué un rôle significatif : son expérience des enquêtes criminelles était des plus limitées, il n'avait jamais vu de cadavre, ni eu à élucider un meurtre. Sa principale tâche — et celle de sa femme — était de veiller au bon déroulement des cérémonies officielles et de faire respecter la limitation de vitesse à cinquante-cinq kilomètres à l'heure dans la commune.

Le maire, Walter Nash — vieillard débonnaire de soixante-dix-neuf ans qui occupait ce poste depuis près de quarante ans —, passait le week-end chez sa sœur à

Tyler Falls, dans le comté Dutchess au sud de l'État où avait lieu un pique-nique réunissant toute sa famille.

Quant au président de la Chambre de commerce, il n'y en avait pas. Maude Terwilliger avait exercé cette fonction depuis sa création, onze ans plus tôt. Mais lorsqu'une opération de la vésicule biliaire l'avait obligée à prendre sa retraite l'hiver précédent, le poste (une fois de plus destiné à un bénévole) était resté vacant. Personne ne s'en était vraiment ému. À Flat Lake, le commerce se réduisait à sa plus simple expression : un bazar, un magasin d'articles de chasse et de pêche, un concessionnaire de motoneiges et de moteurs de hors-bord, un petit restaurant, une station-service et quelques bed-and-breakfast.

Par élimination, Bass McClure, responsable — également bénévole — de la pêche et de la chasse, s'était donc retrouvé d'astreinte ce week-end-là.

Notez que Bass n'était pas le vrai prénom de McClure. Brian Carlin McClure pour l'état civil, il était né cinquante-sept ans auparavant à Flat Lake. Ou plus exactement à Mercy Hospital, situé à Cedar Falls, chef-lieu du comté et seule ville de quelque importance à quatre-vingts kilomètres à la ronde. Adolescent, il se passionnait davantage pour la pêche et la chasse que pour le travail scolaire, ignorant les mises en garde de ses parents selon lesquels il finirait homme des bois. La prospérité des années quatre-vingt lui avait cependant permis de gagner sa vie en servant de guide aux chasseurs et aux pêcheurs venus d'Albany, de New York, ou même de Long Island dans l'espoir d'attraper des perches l'été, des cerfs, des ours et des orignaux l'hiver. On l'appelait Bass — du nom américain de la perche — depuis si longtemps que tout le monde avait oublié son vrai prénom. Son permis de conduire était établi au nom de Bass McClure et sur la plaque d'immatriculation de sa vieille Jeep Renegade, on pouvait même lire BASS 1. Il lui en coûtait dix-huit dollars tous les deux ans.

En entendant le téléphone — deux coups rapprochés :

dring, dring… dring, dring… dring, dring, contrairement à la sonnerie habituelle — McClure sut que l'appel venait du commissariat. Il tendit le bras dans l'obscurité et décrocha après la troisième sonnerie, tout en regardant l'affichage lumineux de son radio-réveil. Cinq heures treize. Il referma les yeux dès qu'il eut le combiné dans la main, mais le 5 : 13 rouge restait imprimé sur sa rétine. Allait-il se transformer en 5 : 14 comme sur le réveil, ou rester à la même heure ?

— McClure, dit-il.

Un silence lui répondit, puis la voix d'un adolescent, ou peut-être d'un jeune homme.

— Allô ? Allô ?

Dans un premier temps, McClure eut l'impression que son correspondant était en proie à la panique. Ou à la confusion.

— Qui êtes-vous ? demanda-t-il, bien réveillé à présent.

— Jonathan Hamilton.

McClure identifia alors non seulement le nom, mais la voix. Il connaissait Jonathan pratiquement depuis sa naissance. Depuis la mort de ses parents, le jeune homme vivait seul avec ses grands-parents dans le domaine familial, sur la rive nord du lac. McClure savait même qu'il avait hérité son prénom de ses deux oncles : John et Nathan.

— Bonjour, Jonathan. Bass à l'appareil, Bass McClure.

Il avait essayé de parler sur un ton apaisant, certain qu'il s'était passé quelque chose de grave et que Jonathan avait besoin d'être rassuré.

— Bonj… bonjour, Bass…

— Tu as des ennuis ?

— Oooui…

— Quelle sorte d'ennuis ?

— C'est grand-papa Carter… Et grand-maman Mary Alice.

— Que leur est-il arrivé ?

McClure lui parlait comme à un enfant. Jonathan

14

Hamilton avait près de trente ans, mais tout le monde savait qu'il était un peu lent. Pour ne pas dire débile.

— Ils... ils... ils sont blessés?

Plus tard, McClure se rappellerait que ce n'était pas une véritable affirmation puisque, à la fin, Jonathan avait adopté une intonation montante, comme s'il posait une question.

— Gravement blessés?

— Oui.

— Très gravement?

McClure dut attendre la réponse un certain temps. Quand elle vint, ce fut un écho de ses propres paroles, l'intonation interrogative en moins.

— Très gravement, dit Jonathan.

Au cours de l'enquête qui suivit, Bass McClure devait expliquer qu'avant de rejoindre le domaine Hamilton, il avait envisagé de prévenir Mercy Hospital pour qu'on envoie une ambulance. Il avait également failli appeler le poste de police sur la route 30. Finalement, il avait décidé de se rendre seul sur les lieux, se contentant d'enfiler un pantalon, une paire de chaussures et un coupe-vent. Ses clés de voiture avaient passé la nuit sur le tableau de bord de la Jeep Renegade. À Flat Lake, on pouvait encore s'offrir ce luxe.

Lorsqu'on lui demanda pourquoi il n'avait pas appelé de renforts, ni même essayé de contacter quelqu'un depuis sa voiture à l'aide de sa CB, McClure ouvrit des yeux ronds :

— Des renforts? Mais je ne suis pas flic. Je suis guide de pêche. Quel genre de renforts pouvais-je appeler?

Exactement vingt-huit kilomètres et demi séparent la maison de Bass McClure du domaine Hamilton. L'essentiel du trajet se fait sur une route non goudronnée. Grâce à la sécheresse relative des semaines précédentes, elle était en assez bon état pour que McClure puisse rouler vite, couvrant la distance en moins d'une demi-heure.

Il se souviendrait plus tard qu'au moment où il tourna dans la longue allée menant à la maison principale, le jour se levait déjà. D'après les observations de la météo locale fournies par l'US Department of Commerce, il devait donc être environ six heures.

Au cours des années écoulées, McClure avait souvent fréquenté le domaine Hamilton. Porter Hamilton — le père de Jonathan — et lui avaient grandi ensemble. McClure avait chassé et pêché sur les terres du domaine avec Porter, avait été à l'occasion reçu par sa femme et lui, jusqu'à cette nuit funeste où, pendant que le couple dormait chacun dans sa chambre, un incendie s'était déclaré, enfumant toute la maison. L'oxyde de carbone qui avait tué Porter et sa femme avait envoyé Jonathan une semaine à l'hôpital, d'où il était ressorti marqué à jamais, encore plus «lent» qu'auparavant, pour reprendre les termes de McClure. Tout le monde ne se montrait pas aussi charitable : «bizarre», «anormal», «débile», tels étaient les adjectifs qu'il avait entendus à propos du jeune homme.

Après l'accident, les parents de Porter — les grands-parents de Jonathan — avaient ouvert le domaine à McClure, mais ce dernier n'avait pas répondu à leur invitation depuis un certain temps. À présent, en descendant de voiture, il était une nouvelle fois impressionné par la beauté paisible de la maison, de ses murs en pierre et de ses dépendances en bois de cèdre qui se détachaient sur l'immense forêt séculaire de conifères — épicéas, pins, sapins du Canada et cèdres tous plus majestueux les uns que les autres, certains atteignant plus de quinze mètres de hauteur.

McClure dépassa d'abord la loge, petite construction jamais occupée à sa connaissance et qui, vue de l'extérieur ce matin-là, paraissait sombre et vide. Il s'engagea ensuite sur un chemin en pente douce. Pour l'avoir souvent emprunté, il savait qu'il était recouvert de larges dalles apportées d'une carrière voisine dans une charrette à cheval voilà près de cent ans, lors de la construction de la maison. Mais une épaisse couche d'aiguilles de pin formait un tapis si moelleux sur le dallage qu'à chaque craquement de ses pas, McClure avait la sensation de marcher à même la terre comme des siècles auparavant. Des pensées étrangement bucoliques pour un homme qui avait toujours vécu à Flat Lake, avec la nature pour gagne-pain, et qui connaissait les bois du comté d'Ottawa mieux que personne.

Une centaine de mètres plus loin, le chemin bifurquait. À gauche, se dressait le modeste pavillon où Jonathan avait élu domicile ; à droite, la maison principale, le plus important des bâtiments disséminés sur le domaine. Un instant, McClure s'arrêta pour faire taire le craquement de ses pas, à l'affût d'un indice, d'un son qui pourraient le guider vers le lieu du drame.

Un gémissement étouffé lui parvint d'abord, une plainte ressemblant à celle d'un petit animal. Dans le passé, il lui était arrivé de poser des pièges. Ce qu'il entendait à présent lui rappelait le cri d'un coyote à la patte prise dans un lacet. Un cri plaintif, où il n'y avait plus trace de panique, comme celui d'une bête prisonnière depuis plusieurs heures et qui, une fois passés la surprise et l'affolement de la capture, se serait contentée d'une mélopée monocorde pour montrer combien elle trouvait le temps long.

McClure tendit l'oreille à droite, puis à gauche, à la manière d'un cerf se donnant toutes les chances d'identifier un son, de le localiser avec précision. À cette heure matinale où le vent ne soufflait pas encore, il n'était pas distrait par le grincement des branches, le bruissement du feuillage. Pour la première fois, il prit conscience du pépiement des oiseaux saluant le lever du soleil, mais leur chant, très aigu, était facilement reconnaissable.

Aucun doute, le gémissement venait de la droite, de la maison principale. D'un pas rapide — ce n'était pas le genre d'homme à courir — McClure suivit le sentier de droite jusqu'à la clairière entourant la maison. Il y faisait beaucoup plus clair. Là, assis sur les marches de devant, recroquevillé sur lui-même, Jonathan Hamilton se balançait imperceptiblement d'avant en arrière. Malgré la bouche fermée du jeune homme, malgré ses lèvres apparemment immobiles, McClure eut la certitude que le gémissement montait de ses entrailles.

Puisque Jonathan ne semblait pas remarquer sa présence — et pour ne pas le surprendre — il le héla en marchant, alors qu'il se trouvait encore à cinq ou six mètres de lui.

— Bonjour, Jonathan.

Pas de réponse, devait-il noter dans son rapport, mais le jeune homme leva la tête. Les yeux « dans le vague », il paraissait en état de choc, ou « semi-conscient ». McClure n'était pas sûr d'avoir été reconnu :

— C'est moi, Bass, dit-il.

Toujours pas de réaction : Jonathan resta assis à se balancer, même quand le visiteur s'approcha de lui, découvrant sur son front une tache rouge sang.

— Que s'est-il passé ? demanda-t-il.

Sans prononcer une parole, Jonathan tendit devant lui ses avant-bras, paumes tournées vers le ciel comme pour exprimer son ignorance. Il avait du sang — ou ce qui y ressemblait — sur les deux mains. Du sang humain, devaient confirmer les analyses de laboratoire ; même chose pour les taches sous les manches de sa chemise en flanelle, probablement faites au moment où il s'était recroquevillé sur lui-même.

— Debout ! déclara McClure d'une voix ferme, essayant de le tirer de sa stupeur.

Jonathan s'exécuta. McClure — qui mesurait lui-même plus d'un mètre quatre-vingts — fut frappé par la grande taille du jeune homme : il dut lever la tête de quelques centimètres pour croiser son regard. De plus, comme il devait le mentionner dans son rapport, Jonathan était pieds nus.

Du regard, McClure désigna l'intérieur de la maison.

— Montre-moi, dit-il.

À l'exception du réseau autoroutier, la route 30 est l'une des plus longues de l'État de New York. Elle part de la pointe sud de l'État, à la frontière avec la Pennsylvanie, où le bras oriental de la rivière Delaware a créé un paradis pour les pêcheurs de truites, entre des villes qui ont pour nom Fishs Eddy, Hale Eddy, Long Eddy ou East Branch. Après avoir serpenté vers le nord-est, la route oblique vers le nord à Margaretville, suit un moment le bras oriental de la rivière et traverse ensuite Grand Gorge, Cobbleskill, Schenectady, Johnstown, Gloversville. Comme poussée par la soif, elle longe la rive occidentale de Great Sacandaga Lake, trouvant sur son chemin un chapelet de lacs avant d'atteindre le comté d'Ottawa. Plus haut vers le nord, elle conduit le voyageur jusqu'à Tupper Lake, Raquette Pond, Saranac Lake, Meacham Lake, Deer River Flow et Lake Titus, puis enjambe la Salmon River à Malone, à plus de quatre cents kilomètres de son point de départ. Par un étrange souci de symétrie, elle s'interrompt presque comme elle a commencé, à Trout River, petite ville fréquentée par les pêcheurs de truites à la frontière canadienne.

Nulle part, cependant, la route 30 ne traverse des paysages plus spectaculaires que ceux du comté d'Ottawa, pour la bonne raison qu'aucun autre comté de l'État de New York — qui offre pourtant de magnifiques panoramas — ne peut rivaliser avec la beauté des forêts séculaires nichées au cœur du massif des Adirondacks. Le relief accidenté, la rudesse du climat et l'isolement ont conféré à cette région une pureté presque originelle. Les torrents, les lacs et étangs aux eaux cristallines sont bordés d'immenses conifères dont les teintes vont du gris-bleu le plus délicat au noir, en passant par des verts de plus en plus soutenus. Les troncs blancs et minces des bouleaux qui s'y mêlent forment un contraste saisissant. Et en l'absence d'une source importante de pollution atmosphérique sur des centaines de kilomètres vers l'ouest, le ciel est parfois d'un bleu presque aveuglant.

Au milieu de toute cette splendeur, quelqu'un avait un jour décidé de construire le poste J de la police de l'État de New York : l'emplacement au bord de la route 30 fut sans doute choisi moins pour la beauté du cadre que pour la proximité des deux principaux axes routiers traversant l'État d'est en ouest : la route 3 au nord, la route 28 au sud. Cependant, même ce bâtiment — en pierre de la région et en bois verni, peu vitré pour lutter contre le froid — se fondait dans le paysage.

Traditionnellement, le dimanche matin précédant le Labor Day, le calme régnait au poste de police, et tout permettait de penser qu'il en serait de même jusqu'à la fin de l'année. La circulation — rarement très intense — s'étalerait sur les trois jours de ce week-end prolongé, l'essentiel du flot de véhicules étant prévu pour le lundi, lorsque les vacanciers démonteraient leur tente ou fermeraient leur caravane pour regagner le sud de l'État. L'été touchait à sa fin : trop tard pour la pêche et la baignade, mais trop tôt pour les rouges et les ors de l'automne. L'ouverture de la chasse n'aurait lieu que dans deux mois ; même les chasseurs à l'arc n'arriveraient pas avant six semaines.

Ce dimanche-là, trois policiers étaient de garde : deux agents et un enquêteur — titre équivalent à celui d'inspecteur. Lorsque le téléphone sonna à six heures dix-huit précises, seul Edward Manning, le plus jeune des agents, était réveillé. Il décrocha à la deuxième sonnerie.

— Manning, poste de police.

— Bass McClure à l'appareil. Je voudrais parler à l'enquêteur de garde.

Manning n'avait rencontré McClure qu'une fois et, sur le coup, ce nom ne lui dit rien. Pourtant, quelque chose dans la voix de son correspondant l'incita à prendre sa requête au sérieux. Moins à cause d'un quelconque sentiment d'urgence que du ton autoritaire de son interlocuteur, devait-il expliquer plus tard.

— Ne quittez pas, répondit-il.

Il alla en salle de repos réveiller l'enquêteur Deke

Stanton — de son vrai nom Dwight Kirkbride Stanton. Au lycée, il n'était resté de ses deux prénoms que les initiales D.K., ensuite devenues Deke. À trente-trois ans, Stanton était une étoile montante de la police de l'État. Dans un système tirant sa fierté de ses aspects paramilitaires, il avait gardé son apparence d'ex-marine : cheveux en brosse, visage buriné, silhouette musclée à l'allure martiale, jusqu'à ses chaussures sur lesquelles il crachait sans doute pour les faire briller.

Il se redressa dès que Manning lui posa la main sur l'épaule en prononçant son nom.

— Qu'y a-t-il ?

— Un type du nom de McClure au bout du fil. Il dit qu'il veut parler à l'enquêteur en chef. Ça a l'air important.

— Bass McClure ?

Stanton connaissait McClure pour avoir enquêté avec lui sur deux ou trois affaires de braconnage. Un cerf abattu alors que la chasse n'était pas encore ouverte, un petit trafic de cartes de pêche, rien de très grave.

— Oui, chef.

— J'arrive.

La conversation entre Bass McClure et Deke Stanton dura moins de deux minutes, de six heures vingt à six heures vingt-deux très précisément. Conservée dans son intégralité grâce au dispositif d'enregistrement automatique installé sur le téléphone de la caserne, elle devait rester dans les annales comme « l'Appel ».

STANTON : Stanton à l'appareil.
MCCLURE : Bonjour, Deke. C'est Bass McClure. Désolé de vous déranger à une heure aussi matinale.
STANTON : Pas de mal. Qu'est-ce qui vous amène ?
MCCLURE : Deux cadavres et une mare de sang.

McClure n'était jamais bavard. Dans ce cas précis, toutefois, son laconisme laissa Stanton perplexe.

STANTON : Quel genre de cadavres ? Des cerfs ?
MCCLURE : Oh non, des humains.
STANTON : Nom de Dieu ! Quelle est votre position ?
MCCLURE : Ma quoi ?
STANTON : Où êtes-vous ?
MCCLURE : Au domaine Hamilton, sur la rive nord de Flat Lake.
STANTON : Vous avez identifié les corps ?
MCCLURE : Ce sont les grands-parents Hamilton. Enfin, c'étaient...
STANTON : Nom de Dieu...

À ce stade, la conversation s'interrompit, comme si Stanton réfléchissait. Mais presque aussitôt, il reprit la parole. Apparemment, même à plus de quatre-vingt-cinq kilomètres du lieu du crime, quelques secondes lui suffisaient pour décider qui était le meurtrier.

STANTON : Qui les a saignés ? Le garçon ?

McClure répondit sans hésiter. Malgré les vingt-huit ans de Jonathan Hamilton à l'époque, il lui paraissait évident qu'en parlant du « garçon », Stanton faisait allusion au petit-fils des victimes. Et il semblait prêt à conclure que c'était bien Jonathan qui les avait « saignés ».

MCCLURE : On dirait.
STANTON : Je vois. Bon, ne touchez à rien. J'arrive. [*Juron inaudible.*]

Lorsque Bass McClure avait dit à Jonathan « Montre-moi », le jeune homme avait acquiescé. Puis il s'était tourné vers l'escalier et, suivi de McClure, avait gravi les marches conduisant à l'intérieur de la maison. Dans l'entrée, McClure avait allumé. Il ne cherchait rien de particulier, devait-il expliquer plus tard ; il voulait seulement éclairer la pièce pour éviter de heurter un meuble ou de détruire des indices. À la lumière, cependant, il avait vu des taches de sang sur le sol. Et l'histoire racontée par ces taches lui paraissait d'une limpidité presque risible. Les plus grandes avaient la forme de pieds nus, gigantesques. D'après la direction de ces traces de pas et leur disparition progressive, leur auteur avait de toute évidence descendu l'escalier pour se diriger vers une petite table avec une lampe et un téléphone, avant de sortir par la porte que Jonathan et McClure venaient de franchir. En plus des traces de pas, il y avait de nombreuses gouttes de sang. Elles ne suivaient pas tout à fait le même chemin : de l'escalier, elles conduisaient directement à la porte, sans détour par la table.

À la vue de tout ce sang, McClure saisit Jonathan par le coude. Ce geste, devait-il expliquer plus tard, n'était pas destiné à maîtriser le jeune homme, simplement à l'écarter des traces qu'il fallait préserver pour l'enquête. Baissant les yeux, il remarqua les immenses pieds nus de Jonathan. Ils montèrent ensuite l'escalier, McClure guidant toujours Jonathan d'une légère pression sur le coude : ils rasèrent le mur afin d'éviter aussi bien les taches de sang sur les marches que la rampe, dont le bois ciré ferait une surface idéale pour relever des empreintes.

En haut, pas de surprise : les traces de pas, de plus en plus visibles, menaient à — venaient de, plus exactement — la deuxième des trois portes sur la gauche. À son approche, sentant le corps de Jonathan se contracter et lui résister, McClure obéit à ce qu'il croyait être le désir inconscient du jeune homme : il l'entraîna un peu plus loin, à un endroit sans taches de sang, et lui fit signe de ne pas bouger. Puis il pénétra dans la pièce, qu'il alluma également.

McClure s'était toujours considéré comme quelqu'un de peu impressionnable. Plusieurs fois, il avait sorti d'un lac un corps boursouflé, ou un cadavre déchiqueté d'une voiture accidentée. Il avait vidé des cerfs abattus depuis si peu de temps que leurs entrailles exposées à l'air froid fumaient. Un jour, il avait découvert le corps d'un alpiniste qu'il croyait encore vivant, avant de comprendre que ses soubresauts provenaient de vers grouillant sous sa peau. Pourtant, aucune de ces expériences ne l'avait préparé au spectacle qui l'attendait dans la pièce où il venait d'entrer. Il eut un violent haut-le-cœur et, avouerait-il ensuite, il avait failli vomir.

Étendus à angle droit sur le grand lit, les deux corps formaient un T. L'énorme quantité de sang masquait la plupart des coups de couteau, mais McClure en voyait assez pour savoir que les deux victimes étaient quasiment décapitées. Là où il formait une couche épaisse, le sang paraissait encore luisant et poisseux ; ailleurs, il était desséché, presque noir. Des mouches avaient commencé à s'agglutiner et se disputaient les places de choix en bourdonnant bruyamment.

Certain que les cadavres étaient ceux de Carter et de Mary Alice Hamilton — les grands-parents de Jonathan —, McClure avait pu se livrer à un début d'identification, et donner leur nom à Deke Stanton après avoir redescendu l'escalier avec Jonathan pour appeler le poste de police grâce au téléphone de l'entrée. Jonathan tremblait de tous ses membres, se rappellerait-il ensuite. Il avait cru qu'il frissonnait de peur, ou à cause de la fraîcheur de l'aube.

— Allons, Jonathan. On va te trouver des chaussures pour te réchauffer un peu.

Posant la main sur l'épaule du jeune homme, il l'avait entraîné hors de la maison, sur le sentier conduisant au pavillon.

McClure fut très critiqué pour la façon dont il avait agi en ces circonstances. Oui, devait-il reconnaître, il n'aurait sans doute pas dû utiliser le même téléphone que Jonathan un peu plus tôt ce matin-là. Pas plus qu'il n'aurait dû emprunter de nouveau le sentier menant de la maison principale au pavillon, sachant qu'il serait alors difficile — voire impossible — de distinguer la seconde série de traces de pas de Jonathan de celle qu'il avait pu laisser précédemment. Enfin, il n'aurait pas davantage dû laisser le jeune homme mettre des chaussures et des chaussettes, alors que les enquêteurs voudraient à coup sûr examiner la plante de ses pieds en l'état.

Pourtant, McClure avait fait tout cela. À la question «Pourquoi?», il devait répondre avec un haussement d'épaules : «Je ne suis pas flic.» Et voyant que cette explication ne satisfaisait personne, il s'était justifié plus en détail, ce qui ne lui arrivait pas souvent : «De mon point de vue, l'affaire était entendue. C'était comme si le petit-fils avait laissé sa signature partout. Je me disais qu'une heure plus tard, la police l'aurait embarqué pour le mettre derrière les barreaux jusqu'à la fin de ses jours. Alors pendant cette heure, je me suis dit que je pouvais au moins l'aider à se réchauffer.»

2

Menu fretin

AVANT de quitter le poste de police, Deke Stanton réveilla Hank Carlson, l'autre agent encore endormi au moment où le téléphone avait sonné. Laissant sur place le sergent Manning pour répondre aux appels radio et prendre les communications téléphoniques, Stanton et Carlson enfilèrent leur uniforme, empoignèrent les mallettes contenant le matériel nécessaire à l'enquête et grimpèrent dans leur voiture. À six heures trente-quatre, soit douze minutes exactement après la fin de la conversation téléphonique entre Stanton et Bass McClure — si l'on se fie à leur carnet de bord —, ils étaient sur la route. Stanton au volant, ils roulaient vers le nord lorsque Carlson demanda par radio à Manning de joindre à son domicile le capitaine Roger Duquesne, leur supérieur, pour l'informer de la situation, et d'appeler Mercy Hospital pour qu'on envoie un « car » — une ambulance, dans le jargon de la police — au domaine Hamilton. Carlson, obéissant vraisemblablement aux ordres de Stanton, recommanda en outre à Manning de contacter l'institut médico-légal du comté Franklin pour qu'ils dépêchent quelqu'un sur les lieux et se tiennent prêts à recevoir deux cadavres dans l'après-midi. Le comté d'Ottawa n'avait pas de médecin légiste, le nombre de morts suspectes ou inexpliquées par an ne justifiant pas la création d'un tel poste.

Sur la route 30 presque déserte à l'aube de ce dimanche, Stanton conduisait tous phares allumés, avec son gyrophare mais sans déclencher sa sirène. Le compteur à cent trente, il ne ralentissait que dans les virages. Il serait même allé plus vite, expliqua-t-il ensuite, s'il n'avait été à l'affût du danger le plus fréquent et le plus grave pour un automobiliste à une heure aussi matinale : l'apparition d'une créature à quatre pattes. Une collision à cent quarante avec un cerf, et l'on peut dire adieu à sa voiture ; avec un orignal, c'est à la vie qu'on dit adieu.

Quittant la route 30, Stanton s'engagea sur le réseau secondaire dont le revêtement de plus en plus sommaire l'obligea à ralentir considérablement. Il tourna pour prendre Flat Lake Road où le bitume faisait place à de la terre durcie et parcourut les derniers kilomètres un pied sur le frein, l'autre sur l'accélérateur. Sans réussir pour autant à égaler le temps réalisé par Bass McClure un peu plus tôt : son moteur avait beau être puissant, la faible garde au sol de la voiture et sa boîte automatique ne lui laissaient aucune chance face à la Jeep Renegade.

Il était près de sept heures et demie quand Carlson et lui arrivèrent sur les lieux. Un léger désaccord devait surgir quant à l'heure exacte : sept heures vingt-quatre selon Stanton, alors que McClure affirmait avoir regardé sa montre à sept heures quarante, surpris de ne pas voir la voiture de la police. Ce ne serait pas le seul sujet de discussion entre les deux hommes, qui n'avaient pas grand-chose en commun et s'étaient toujours méfiés l'un de l'autre. Aux yeux de McClure, la rigueur militaire de Stanton n'était qu'une mise en scène ridicule ; il ne voyait pas l'intérêt d'une approche réglementaire du moindre problème, alors qu'en général, un peu de bon sens et d'intuition permettait d'aller beaucoup plus vite au fond des choses. De son côté, Stanton considérait McClure comme un amateur et un cul-terreux ignorant de la procédure à suivre pour protéger le lieu du crime. Ces critiques mutuelles n'étaient d'ailleurs pas totalement dénuées de fondement...

Sortant du pavillon avec Jonathan Hamilton, McClure rencontra Stanton et Carlson sur le sentier qui menait à la maison principale. Ainsi que Stanton l'apprendrait ensuite, il s'agissait au moins du deuxième trajet de Jonathan sur ce sentier depuis l'arrivée de McClure : d'abord pieds nus, et maintenant avec ses chaussures.

— Il est en état d'arrestation ? demanda Stanton, désignant Jonathan de la tête sans saluer personne.

— D'arrestation ? s'étonna McClure. Ce n'est pas comme si je l'avais surpris en train de pêcher du menu fretin au lieu de le rejeter à l'eau !

— Où sont les corps ?

McClure indiqua la maison principale.

— Là-bas. Au premier étage.

Stanton pria McClure de l'accompagner, faisant signe à Carlson de rester avec Jonathan.

— Ne le quittez pas des yeux, et qu'il ne touche à rien, ordonna-t-il à l'agent.

Dans son premier rapport, Stanton devait écrire que le suspect paraissait agité, nerveux, et qu'il évitait le regard des personnes présentes.

Au lieu de rester sur le dallage du sentier, Stanton insista pour que McClure et lui marchent à côté, dans la bordure de lierre et de mousse. Pour McClure, le remède ne valait pas mieux que le mal, une zone supplémentaire risquant de se trouver contaminée. Mais il ne protesta pas.

Dans la maison principale, Stanton prit mille précautions pour ne rien déranger, enfilant des gants en caoutchouc avant d'entrer, évitant ostensiblement de poser les pieds sur les taches de sang et de déplacer toute preuve potentielle. Conduit par McClure jusqu'à la porte de la chambre du premier étage, il passa la tête pour étudier la scène qui s'offrait à lui. Il opina longuement du chef, sans dire un mot. Pourtant, McClure en était sûr, il avait blêmi et ravalé sa salive avec difficulté.

Pendant que McClure attendait dans le couloir, Stanton s'avança pour inspecter la pièce du regard. Ce fut la première de ses quatre visites sur le lieu du crime ce matin-là, pour prélever des échantillons de sang, faire des photos, prendre des mesures, relever des empreintes et inventorier tous les objets présents. De l'avis de McClure, une seule visite aurait suffi pour effectuer toutes ces tâches. Il soupçonnait Stanton d'avoir du mal à rester dans la pièce mais, une fois encore, il préféra garder ses réflexions pour lui.

Lorsque Stanton eut terminé, l'ambulance de Mercy Hospital était là. Il autorisa les ambulanciers à observer les corps depuis la porte, mais refusa de les laisser entrer avant l'arrivée du médecin légiste une demi-heure plus tard. Une fois sur place, celle-ci, une magnifique rousse à laquelle McClure ne donnait pas vingt-cinq ans, s'acquitta de ce qu'elle avait à faire en moins de dix minutes — peut-être voulait-elle elle aussi quitter la pièce au plus vite... Elle déplaça délicatement les cadavres, leur enveloppa les mains dans du plastique à l'aide de ruban adhésif et prit leur température par voie rectale, utilisant un thermomètre différent pour chacun. Carter Hamilton avait 33,7°, Mary Alice Hamilton 33,4°. Étant donné la température ambiante et le fait que les corps étaient découverts, expliqua-t-elle à Stanton, la mort devait remonter à six ou huit heures, soit entre une et trois heures du matin.

— Et l'arme du crime ? demanda Stanton.

— L'arme, ou les armes... On découvrira sans doute que le meurtrier a utilisé un ou plusieurs couteaux de chasse. Vous aurez la réponse définitive par courrier.

Stanton consentit enfin à laisser entrer les ambulanciers dans la chambre. D'un point de vue juridique, ce n'était pas à eux de constater le décès, mais il n'y eut aucune objection lorsqu'ils enfermèrent les victimes dans les housses prévues pour les cadavres. Si quelques désaccords devaient surgir sur l'heure du décès, la préservation des indices ou la recherche de l'arme du crime, personne n'avait le moindre doute au sujet de Carter et Mary Alice Hamilton : ils étaient morts, et bien morts.

Lorsque l'ambulance eut emporté les corps et que la voiture du médecin légiste se fut éloignée sur le chemin de terre, Deke Stanton s'intéressa de nouveau à Jonathan Hamilton. Après avoir demandé à l'agent Carlson de délimiter avec du ruban adhésif jaune le périmètre des lieux du crime — la maison principale, le pavillon, et le sentier qui les reliait —, il s'adressa pour la première fois à Jonathan. Environ une heure et demie s'était écoulée depuis l'arrivée des policiers.

— Viens un peu ici, mon garçon, dit-il.

Jonathan, qui avait passé tout ce temps assis sur une souche sous l'œil vigilant de Carlson, eut un regard hésitant.

— Oui, c'est à toi que je parle, insista Stanton.

Debout à trois ou quatre mètres de là, McClure vit Jonathan se lever lentement et se diriger vers Stanton. Quand il fut à quelques pas, Stanton lui fit signe de s'arrêter. Comme si l'enquêteur, qui ne mesurait guère plus d'un mètre soixante-quinze, était impressionné par la grande taille de Jonathan.

— Alors, que s'est-il passé ?

Jonathan haussa les épaules.

— Je... je... ne sais pas.

Le soleil était levé et Stanton portait des lunettes réfléchissantes d'aviateur. Il les garda durant toute la conversation.

— Eh bien moi, je crois que tu le sais. Ton grand-père et ta grand-mère sont dans leur chambre, au premier étage de la grande maison. Ils disent que tu les as poignardés. La seule chose que je veux savoir, c'est pourquoi tu as fait ça. Il doit bien y avoir une raison.

McClure fut surpris du stratagème grossier choisi par Stanton. Si Jonathan avait bel et bien tué ses grands-parents — ce dont il ne doutait guère —, il devait savoir qu'ils n'étaient plus en état de dire quoi que ce soit. Mais après tout, peut-être s'agissait-il d'un raisonnement encore trop complexe pour le jeune homme.

Devant son silence, Stanton répéta sa question :

— Dis-moi pourquoi tu as fait ça.

McClure et Stanton reconnaîtraient plus tard que l'enquêteur avait prononcé cette phrase mot pour mot. *Dis-moi pourquoi tu as fait ça.* En revanche, la réponse de Jonathan différait dans leurs souvenirs. Selon McClure, Jonathan aurait déclaré : «Je ne sais pas ce qui s'est passé.» Stanton, lui, écrivit dans son rapport que Jonathan avait seulement dit : «Je ne sais pas.»

Les deux hommes n'avaient pas non plus la même vision de la suite des événements. À en croire son rapport, Stanton aurait demandé à Jonathan s'il voulait bien l'accompagner à son bureau pour répondre à quelques questions, et Jonathan aurait accepté. Pour sa part, McClure prétendait que Stanton s'était contenté d'attraper le jeune homme par le bras, de le conduire jusqu'à sa voiture et de le faire asseoir sur le siège arrière. Les deux hommes s'accordaient en revanche à dire qu'à ce moment précis, Jonathan n'avait pas de menottes aux poignets.

Les intentions de Stanton à ce stade ne sont pas claires. Il ferma la portière arrière et fit le tour de la voiture pour rejoindre celle du conducteur. Pour McClure, il semblait évident que l'enquêteur s'apprêtait à s'installer au volant et à emmener Jonathan, laissant Carlson sur place pour surveiller le lieu du crime. Pareille décision — partir seul avec un suspect sans lui avoir passé les menottes — aurait toutefois représenté une violation des lois en vigueur dans l'État, même si la voiture était équipée d'un grillage métallique séparant l'avant de l'arrière. Or, Stanton considérait sans nul doute Jonathan comme un suspect — le seul et unique suspect, pour être précis —, surtout quand on lit son rapport, rapport d'après lequel Jonathan aurait répondu ne pas savoir pourquoi il avait tué ses grands-parents.

Cependant, avant que Stanton ait pu mettre un quelconque projet à exécution, le silence relatif fut rompu par le hurlement d'une sirène qui se rapprochait. Une minute plus tard, quatre véhicules remontaient l'allée, deux avec un gyrophare, le troisième laissant échapper la plainte décroissante de la sirène. Tous les trois appartenaient à la police de l'État : les deux premiers ressemblaient en tous points à celui dans lequel Stanton et Carlson étaient arrivés, le troisième ne portait aucun signe distinctif. Le quatrième était un véhicule tout-terrain, Ford Explorer ou Toyota Land Cruiser.

Un homme en civil, rougeaud et corpulent, descendit de la première voiture et regarda autour de lui. Ayant aperçu Deke Stanton, il s'avança vers lui. McClure entendit Stanton l'appeler « capitaine » avant qu'ils se concertent à voix basse. Quelques minutes plus tard, ils s'écartèrent l'un de l'autre et McClure eut la très nette impression que le capitaine (Roger Duquesne selon toute vraisemblance, bien que dans les différents rapports il apparaisse comme l'« officier supérieur de service ») avait établi un plan d'action. Il ouvrit la route dans sa voiture, tandis que Stanton, Carlson et le « prisonnier » (mot employé par Duquesne pour désigner Jonathan Hamilton) le suivaient dans un second véhicule. Pourtant, au lieu de repartir vers le sud en direction du poste de police, ils rejoignirent le quartier général de la région nord-est à Saranac Lake, aux locaux plus spacieux et avec une salle d'interrogatoire disposant de matériel vidéo et d'un miroir sans tain. Les quatre autres enquêteurs, arrivés sur les lieux du crime dans les deux dernières voitures de police, étaient restés sur place pour réunir des indices supplémentaires.

Quant au véhicule tout-terrain, c'était celui d'une journaliste. Elle avait capté les échanges radio sur la fréquence de la police et roulait vers le lieu du crime quand trois voitures avec sirène et gyrophare l'avaient doublée. Elle avait accéléré à son tour, se disant avec raison qu'en pareille circonstance, les policiers avaient mieux à faire que de l'arrêter pour excès de vitesse. Elle s'appelait Stefanie Grovesner et travaillait pour le *Daily Record* de Plattsburgh, au nord de l'État.

Dès le début de l'après-midi, la nouvelle du double

meurtre et de l'arrestation de Jonathan Hamilton se répandit à travers l'État, jusque dans le Vermont et le Canada tout proches. Le soir même, les stations locales de télévision s'étaient emparées de l'affaire. La plupart des téléspectateurs qui en découvrirent les détails aux informations de vingt-deux heures n'y virent qu'un nouveau crime sanglant, rendu un peu plus intéressant par son cadre rural et isolé, et par le fait que le suspect était le petit-fils des victimes. Seul Chuck Scarborough, présentateur de *Channel 4 News* sur NBC, mit le doigt sur le véritable enjeu du drame : puisqu'il s'agissait d'un double meurtre, cela signifiait qu'aux termes d'une loi récente réintroduisant la peine capitale dans l'État de New York, son auteur risquait la mort.

3

Doyle

L A ville de Saranac Lake est située sur une ligne séparant le comté Franklin de celui d'Essex, dans l'angle nord-est de l'État de New York. Pour le voyageur, elle se trouve à égale distance de la frontière canadienne au nord et de Burlington dans le Vermont à l'est — de l'autre côté du lac Champlain. Pour le randonneur digne de ce nom, elle représente une étape entre les Adirondacks, qui s'étirent vers le sud-ouest, et la chaîne de l'Alder Brook, qui remonte vers le nord-est. Elle est entourée de centaines de lacs et d'étangs dont les noms inspirés par la nature environnante — Placid, Rainbow, Clear ou Silver — n'évoquent qu'imparfaitement la beauté.

D'après son rapport d'activité, Deke Stanton arriva ce même dimanche au quartier général de Saranac Lake avec Jonathan Hamilton à midi vingt-cinq. Le rapport ne dit nulle part que le capitaine Duquesne l'accompagnait, encore moins qu'il lui avait ouvert la route. De midi quarante-cinq à treize heures cinquante, Stanton ficha son «suspect». Le fichage désigne généralement la procédure suivie par un officier de police avec un prisonnier — et non un suspect — après une arrestation. Il relève ses empreintes, le prend en photo, établit une fiche signalétique — nom et prénoms, adresse, date et lieu de naissance, profession... —, toutes formalités ne demandant en principe pas plus d'une vingtaine de minutes.

Même si les locaux de Saranac Lake comprenaient une salle d'interrogatoire dernier cri, équipée d'une caméra vidéo cachée derrière un miroir sans tain, il arrivait fréquemment aux enquêteurs de conduire un «entretien préparatoire» dans une pièce plus petite, dépourvue de matériel d'enregistrement. Ainsi Stanton commença-t-il par converser un certain temps avec Jonathan Hamilton autour d'une table. En l'absence de tiers, le jeune homme serait le seul à pouvoir ensuite contredire Stanton sur le contenu des questions posées durant l'entretien et de ses propres réponses.

Si l'on se fie au récit de Stanton, Jonathan reconnut dans un premier temps avoir tué ses grands-parents sous l'effet de la «colère», poignardant d'abord son grand-père, puis sa grand-mère, alors qu'ils étaient tous les deux endormis dans leur lit. À la question «Pourquoi?», Jonathan répondit qu'ils étaient «méchants» avec lui, qu'ils le traitaient «comme un petit garçon», ce qui l'«énervait» tellement qu'il avait fini par «perdre son calme» parce qu'il «ne pouvait plus les supporter». Pourtant, lorsque Stanton lui demanda des précisions supplémentaires, Jonathan «se referma comme une huître»: «M. Bass», déclara-t-il, lui avait dit qu'il n'était pas obligé de parler tant qu'on ne lui aurait pas désigné d'avocat. Remarque à l'origine d'une brouille entre Stanton et McClure qui dure encore aujourd'hui. En public, McClure jure ses grands dieux n'avoir jamais donné ce conseil à Jonathan; si le jeune homme a réellement prononcé cette phrase, suggère-t-il, c'est qu'il a dû mal comprendre et déformer ses propos. La sympathie de McClure pour Jonathan ne fait toutefois aucun doute, pas plus que sa compassion ce matin-là, et aux yeux de certains observateurs, la version de Stanton paraît assez crédible.

À ce stade, en tout cas, ou peu après, celui-ci avait terminé le fichage de Jonathan. Son rapport présentait toujours le jeune homme comme « suspect », ce qui signifiait qu'il n'avait pas été officiellement arrêté. Stanton affirmerait plus tard qu'il n'était même pas en garde à vue et aurait parfaitement pu quitter les lieux s'il l'avait voulu. Difficile cependant d'imaginer qu'il ait pu laisser Jonathan se lever et sortir de la pièce après l'aveu d'un double meurtre. Plus vraisemblable, Stanton savait qu'aussi longtemps que Jonathan n'était pas officiellement arrêté, on pouvait l'interroger sans l'avertir de ses droits constitutionnels.

Plus tard dans l'après-midi, il conduisit Jonathan dans la salle d'interrogatoire où il le fit asseoir à une table, face à lui et au miroir dissimulant la caméra vidéo. Il verrouilla ensuite la porte de l'extérieur (ce qui met en doute la prétendue liberté de Jonathan de quitter les lieux) pour aller demander au technicien vidéo et à un second enquêteur — Philip Manley — d'assister à l'entretien.

Le premier plan montre Jonathan assis à une table, plongé dans ce qu'il faut bien appeler un état d'hébétude. Pas rasé, les cheveux en désordre, il est installé dans un fauteuil en bois poussé contre la table, tel un détenu pendant son procès. Mais on aperçoit ses mains de temps à autre, signe qu'il n'a pas de menottes. Sur le bureau, bien en évidence face à la caméra, trône un gros réveil. On le voit en gros plan, il est quinze heures quatorze. La caméra s'attarde ensuite sur le visage de Jonathan. Hormis une trace de sang séché sur le front, il n'a aucune blessure apparente.

Avant de commencer l'entretien, Stanton décline son identité, ainsi que celles de Philip Manley et de Jonathan. Il donne la date, le lieu et l'heure, puis explique qu'ils sont ici pour discuter d'un « incident » survenu en tout début de matinée à Flat Lake. Il lit ensuite à Jonathan ses droits, lui rappelant qu'il peut garder le silence et demander un avocat, qui sera commis d'office s'il n'a pas les moyens de régler des honoraires. Tout ce que dira Jonathan pourra être retenu contre lui en vue du procès, ajoute-t-il. Après chaque mise en garde, il s'assure que le jeune homme a compris : celui-ci murmure chaque fois « Oui », assez distinctement. Enfin, Stanton lui demande s'il accepte de répondre à quelques questions sans la présence d'un avocat.

Jonathan parle alors si bas qu'il faut monter le volume à fond pour entendre sa réponse. Même ainsi, on a du mal à la comprendre, et il faut revenir plusieurs fois en arrière pour y parvenir. C'est seulement après en avoir deviné le contenu qu'on distingue les différents mots : « Je... je... je crois que je veux toujours un av... av... avocat. »

Aux termes de la loi, cette phrase a un pouvoir magique. En invoquant le droit de demander un avocat, le suspect met automatiquement fin à l'interrogatoire. Stanton, qui en a conscience, s'exécute aussitôt. À quinze heures vingt et une, soit sept minutes après son début, l'enregistrement s'interrompt.

Avec le recul, la réponse de Jonathan semble soulever plus de problèmes qu'elle n'en résout. D'abord, compte tenu de sa compréhension limitée du processus de l'interrogatoire — et de sa méconnaissance totale du système judiciaire auquel il n'avait encore jamais eu affaire —, il est peu vraisemblable que la décision d'invoquer son droit de faire appel à un avocat vienne de lui. À la lecture de ses droits, il avait réagi sans hésiter, chaque fois d'une voix intelligible, ne laissant aucunement prévoir son refus de répondre à des questions liées à l'affaire. Et puis, il y a l'adverbe *toujours* : « Je crois que je veux *toujours* un avocat. » Jonathan en avait-il déjà demandé un, et Stanton ignoré sa requête ? Possible, même si ceux qui connaissent le mieux Jonathan ont du mal à accepter ce scénario, à cause de la lenteur intellectuelle et de la docilité du jeune homme. Selon eux, jamais il n'aurait demandé un avocat si quelqu'un ne lui avait pas d'abord soufflé cette idée. Était-ce Bass McClure ? L'intéressé dément avec véhémence.

Il existe une autre explication. En tant qu'enquêteur,

Deke Stanton avait la réputation de ne pas faire dans la dentelle. Énergique et obstiné, il n'hésitait sûrement pas à brûler quelques étapes pour arriver à ses fins. Il suffit de voir son apparente facilité à oublier le règlement en quittant le lieu du crime seul avec Jonathan, ce matin-là. Or, la rapidité avec laquelle il avait mis fin à l'interrogatoire dès que Jonathan avait demandé un avocat d'une voix à peine audible pouvait passer pour du zèle.

Faut-il en déduire qu'il avait lui-même, quelques instants plus tôt, suggéré au jeune homme de faire cette requête ? N'oubliez pas qu'il avait déjà obtenu de lui une forme de confession, malgré l'absence d'enregistrement vidéo et de témoin. Stanton craignait-il que Jonathan ne revienne sur ses aveux face à la caméra, jetant ainsi le doute sur le compte rendu qu'il avait fait de ses premières déclarations ? Et si tel était le cas, quel crédit accorder à ce compte rendu ?

Après cet interrogatoire avorté, on trouve dans le rapport de Stanton l'entrée suivante, faite à quinze heures trente : « Suspect arrêté. » La période de quinze heures trente à seize heures trente est consacrée à la « fin du fichage du suspect ». Le sens exact de ces mots est assez mystérieux. Si l'on ajoute cette heure aux formalités précédentes, cela signifie qu'il a fallu deux heures et cinq minutes à Stanton pour une procédure qui n'aurait pas dû prendre plus de vingt minutes. En d'autres termes, ou bien Stanton falsifiait délibérément les entrées de son rapport d'activité, ou bien Jonathan Hamilton pouvait prétendre au titre de suspect le mieux fiché de l'État de New York.

Même en laissant à Stanton le bénéfice du doute, une fois le fichage de Jonathan terminé, il lui revenait de veiller à ce que son prisonnier soit amené devant un juge ou un magistrat « dans un délai raisonnable », pour citer le code de procédure pénale de l'État. Formule assez vague, il faut le reconnaître, et sans doute à dessein. Dans sa grande sagesse, le législateur a apparemment tenu compte du fait que ce qui est «raisonnable» pour une immense métropole peut se révéler inapplicable dans une région isolée du nord de l'État. À New York, par exemple, une salle du palais de justice reste ouverte jusqu'à une heure du matin, de manière à pouvoir notifier toutes les inculpations; le vendredi et le samedi, la cour siège vingt-quatre heures sur vingt-quatre. Pour un suspect arrêté à Manhattan, «dans un délai raisonnable» signifie donc le jour même. Pour Jonathan Hamilton, arrêté à Flat Lake, ou à Saranac Lake selon la façon dont on voit les choses, l'adjectif «raisonnable» recouvrait une réalité un peu différente.

Les meurtres dont il était accusé avaient été commis à Flat Lake, localité si petite qu'elle n'a même pas de tribunal. D'où, pour un homicide volontaire, la nécessité de notifier l'inculpation au tribunal de la ville du comté la plus proche, ou au tribunal de grande instance du comté d'Ottawa. Dans ce cas précis, il se trouvait que c'était le même. Seul problème : ces événements se déroulant un dimanche, veille du Labor Day qui est un jour férié, aucune notification d'inculpation ne pouvait avoir lieu avant le mardi suivant.

Ce serait un système bien injuste qui maintiendrait tout un week-end derrière les barreaux, sans possibilité de recours, un prévenu ayant eu la malchance d'être arrêté un samedi ou un dimanche (voire un vendredi soir), surtout pour un délit sans gravité. Au fil du temps, on a donc trouvé une procédure pour parer à ce genre d'éventualité : l'officier de police ayant procédé à l'arrestation avertit le procureur local ou celui du comté par un simple appel téléphonique à son domicile. À défaut, il peut contacter un juge local, ou celui du comté, toujours à leur domicile. Une fois mis au courant, le procureur, ou le juge, décide sur-le-champ d'autoriser la libération immédiate du prisonnier jusqu'à la notification d'inculpation le lundi suivant, ou bien il fixe le montant de la caution qui doit être préalablement expédiée par la poste. Si le prisonnier a les moyens et la chance de pouvoir joindre un avocat, celui-ci peut intervenir de son côté.

Dans certaines circonstances, on demandera une caution d'un montant astronomique pour empêcher la mise en liberté, à moins que l'on ne garde purement et simplement le prisonnier en détention préventive. Jonathan Hamilton entrait selon toute vraisemblance dans cette dernière catégorie. Pourtant, même en pareil cas, l'officier de police ayant procédé à l'arrestation doit prévenir les autorités. De surcroît, lorsqu'il s'agit d'un homicide volontaire (et un double meurtre répond au minimum à cette définition), le policier en question est tenu par le règlement de consulter dès que possible le procureur du comté.

Ce que fit Deke Stanton, si l'on en croit l'entrée suivante de son rapport : à seize heures cinquante ce dimanche-là, il téléphona au domicile du District Attorney du comté d'Ottawa. Voici le résumé de leur conversation :

> 16 h 50 — Ai joint D.A. Cavanaugh par téléphone à son domicile. Lui ai conseillé d'inculper le prisonnier de double homicide volontaire et de l'incarcérer à la prison du comté jusqu'à sa notification d'inculpation le 2/9/97 à 9 heures.
> Situation : Détention préventive.

On voit mal pourquoi Stanton aurait écrit ces lignes si elles ne correspondaient pas à la réalité. D'ailleurs, son comportement dans les heures qui suivirent confirme en tous points le contenu de son rapport : avec un autre enquêteur, il conduisit Jonathan Hamilton, menottes aux poignets désormais, à Cedar Falls où se trouve la prison du comté d'Ottawa. D'après le registre d'admission, Jonathan fut incarcéré à dix-huit heures dix-sept, pour « homicide volontaire ». Sa situation apparaissait comme suit : « Trib. de gde instance, 02/09/97, 9 heures, salle 1. »

Gil Cavanaugh, en revanche, affirma n'avoir été informé du double meurtre de Flat Lake, et de l'arrestation de Jonathan Hamilton, que dans l'après-midi du lundi...

Francis Gilmore Cavanaugh Jr. est le District Attorney du comté d'Ottawa depuis près de vingt ans. Proche de la soixantaine à l'époque du meurtre des grands-parents Hamilton, c'est un homme aux cheveux argentés, séduisant et élancé. Sous des dehors souriants, il a une poignée de main redoutable. Seul son nez légèrement couperosé trahit le fait qu'il ajoute à ses responsabilités politiques et juridiques une carrière de buveur professionnel. Il connaît tous les gens influents du comté et du nord de l'État de New York. L'été, il joue au golf avec les membres de la Chambre des représentants, les sénateurs et les juges fédéraux, les accompagne à la chasse en automne, skie avec eux en hiver. Il échange avec eux des récits de guerre, bien qu'il ait la réputation de savoir raconter plutôt qu'écouter. À ce qu'on dit, mieux vaut l'avoir dans son camp que comme adversaire.

Étant donné le contexte juridique, l'insistance avec laquelle Gil Cavanaugh nia avoir appris l'inculpation de Jonathan Hamilton avant le lendemain de l'arrestation revêt une signification particulière. La loi qui avait rétabli la peine capitale dans l'État de New York après un « moratoire » de trente ans avait créé dans le même temps le Capital Defender's Office — organisme chargé de garantir la meilleure défense possible aux prévenus risquant une condamnation à mort. Son directeur — le Capital Defender — avait pour mission de s'entourer d'une équipe de juristes capables de représenter ces prévenus ; de former un petit nombre d'avocats triés sur le volet et issus de cabinets privés ou de l'aide judiciaire, afin qu'ils puissent eux aussi plaider ce type d'affaires ;

41

de créer un centre de documentation pour les aider dans leur tâche ; d'informer les juges pouvant être amenés, à travers l'État, à prononcer une condamnation à mort.

Pendant le débat qui précéda la rétablissement de la peine capitale, l'un des principaux points de désaccord concernait le moment de la procédure où l'inculpé pouvait faire appel à un avocat. L'accusation ne souhaitait pas modifier la coutume voulant qu'on désigne l'avocat lors de la notification d'inculpation ; pour la défense, au contraire, les premières étapes de la procédure se révélant souvent décisives, le prévenu devait pouvoir rencontrer son défenseur le plus tôt possible. Après bien des tractations, un compromis fut trouvé : aussitôt après avoir autorisé l'inculpation d'homicide volontaire, le District Attorney du comté où l'arrestation a eu lieu doit impérativement prévenir le Capital Defender afin que, depuis sa position stratégique, il puisse désigner soit un membre de son équipe, soit un avocat compétent du secteur libéral, pour assurer sans attendre la défense du prévenu.

Le Capital Defender de l'État de New York s'appelle Kevin Doyle. Mince, le regard clair, l'air juvénile, il est intelligent, convaincant et infatigable. Ce n'est pas un nouveau venu : il a passé l'essentiel de sa carrière à défendre les condamnés à mort d'Alabama, où l'État paie dix dollars l'heure — un salaire de misère — les avocats qui consacrent leur vie à tenter d'éviter la chaise électrique aux prévenus.

À son entrée en fonction, l'une des premières mesures de Doyle fut d'envoyer à chacun des District Attorneys des soixante-deux comtés de l'État une lettre recommandée les informant de l'obligation de lui signaler toute inculpation d'homicide volontaire. Cette lettre comportait plusieurs numéros de téléphone permettant de joindre en cas d'urgence Doyle ou l'un de ses collaborateurs à toute heure du jour et de la nuit, n'importe où et en toutes circonstances.

On peut se demander si Gil Cavanaugh (l'un des

soixante-deux destinataires de la fameuse lettre) a négligé par accident la recommandation de Doyle, ou s'il l'a délibérement ignorée. Quoi qu'il en soit, sa version — selon laquelle il n'aurait pas eu connaissance de l'affaire avant le lundi après-midi — ne résiste pas à l'épreuve des faits. Et à aucun moment il n'a alerté le Capital Defender's Office.

C'est seulement le lundi en fin d'après-midi — soit une journée complète depuis l'heure à laquelle Stanton situait sa conversation avec Cavanaugh dans son rapport — que Doyle, en visite chez des amis sur la côte sud de Long Island, reçut un appel d'un de ses collaborateurs l'informant que toutes les chaînes de télévision parlaient d'un double meurtre commis dans une ville du nom de Flat Lake. Marmonnant quelques paroles d'excuse à l'intention de ses hôtes, Doyle se précipita vers sa voiture et se saisit d'une série de cartes routières pour y chercher la ville en question. De retour à l'intérieur de la maison, il passa une heure au téléphone à tenter de localiser et de joindre le District Attorney du comté d'Ottawa. Il parvint enfin à le contacter au clubhouse du Green Tree Country Club, à la sortie de Cedar Falls.

Il alla droit au but :

— J'apprends que vos services ont autorisé une inculpation pouvant déboucher sur une exécution capitale.

— Exact, répondit Cavanaugh. Je viens moi-même de le découvrir.

— Quand ?

— Quand quoi ?

— Quand l'avez-vous découvert ?

— C'est tout récent. Il y a très peu de temps, je ne peux pas mieux vous dire.

Mis en place depuis moins de deux ans à l'époque, le Capital Defender's Office occupait des locaux provisoires au sud de Manhattan, et disposait d'une unique agence à Rochester. Étudiant de nouveau sa carte routière, Doyle estima que Flat Lake se trouvait à égale distance des deux villes, situées à trois cents kilomètres environ. Il renonça aussitôt à confier l'affaire à l'un de ses collaborateurs. Deuxième possibilité : l'avocat du bureau d'aide judiciaire. Malheureusement, à cause de sa faible densité de population, le comté d'Ottawa n'en avait pas. Doyle en fut donc rapidement réduit à son ultime recours : dénicher à l'intérieur de la zone géographique en question un avocat du secteur libéral formé pour plaider ce genre d'affaires.

Malgré son esprit encyclopédique, il avait beau scruter la carte cet après-midi-là, il ne voyait personne dans la région concernée ayant suivi les stages requis. Il fut obligé de téléphoner à l'une de ses secrétaires habitant Manhattan, de la supplier pour qu'elle se rende à son bureau, sorte les registres et le rappelle. Il lui demanda alors de lire le nom de tous les avocats du secteur libéral qualifiés pour défendre un condamné à mort dans les cinq comtés les plus proches de Flat Lake. Elle en eut vite fait le tour : la liste ne comportait que six noms.

Les cinq premiers ne dirent rien à Doyle, qui nota tout de même leur numéro au passage. Seul le sixième fit apparaître un sourire ironique sur son visage.

— Bingo ! murmura-t-il.

4

Fielder

MATTHEW Fielder cassait du bois derrière son chalet quand il entendit le téléphone. Il décida de le laisser sonner — sinon, à quoi servirait un répondeur ? Par ailleurs, il y avait peu de chances que ce soit quelqu'un à qui il ait envie de parler.

À quarante-quatre ans, Matt Fielder était plus ou moins un marginal. Avocat pendant seize ans pour la Legal Aid Society de Manhattan, il avait suffisamment fait ses preuves pour être promu au rang de directeur. En d'autres termes, on l'avait sorti du tribunal — seul endroit où il se soit jamais senti à l'aise — pour le mettre derrière un bureau, où il était censé s'occuper des formalités administratives. Deux ans plus tard, lorsque la Legal Aid Society s'était mobilisée contre le maire à cause du non-respect d'un contrat, les résultats avaient été désastreux. Au lieu des hausses de salaire prévues, il y avait eu des coupes dans le budget. Et quand il était devenu évident que des têtes devaient tomber, Fielder avait volontiers offert la sienne. Il avait accepté un forfait de départ volontaire comprenant la retraite pour laquelle il avait cotisé, plus une indemnité de licenciement égale à trois mois de salaire. En tout, quarante-trois mille cinq cent soixante-deux dollars et dix-neuf cents. Le pactole, revu et corrigé par le service public...

Cette somme lui avait permis de s'acquitter des derniers versements de la pension alimentaire qu'il devait à son ex-femme, de régulariser enfin deux ou trois découverts et de racheter son 4×4 Suzuki rouillé, que l'organisme de crédit avait saisi le mois précédent pour la troisième fois. Avec un peu plus de dix-huit mille dollars en poche, il était alors tombé sur une petite annonce proposant des parcelles de cinq hectares de terrain inexploité dans les Adirondacks, au prix de deux mille dollars l'hectare. La photo montrait un cerf en train de se désaltérer dans un étang aux eaux cristallines, entouré d'une forêt de conifères. Sans chercher à en savoir plus, Fielder avait envoyé un chèque par la poste.

Il s'était ensuite fait nommer dans l'équipe des avocats commis d'office, afin de pouvoir défendre les prévenus sans ressources — seule chose qu'il savait faire après dix-huit ans de métier. On lui versait la somme colossale de quarante dollars l'heure pour plaider, vingt-cinq seulement pour préparer les dossiers. Tous les frais généraux étaient à sa charge : bureau, téléphone, fax, photocopieuse, carte de bibliothèque, assurance, fournitures, timbres et mutuelle. Comme il n'avait pas les moyens d'engager une secrétaire, il s'était acheté un ordinateur d'occasion pour faire lui-même sa comptabilité.

La première année, il avait réalisé un bénéfice net de quatre mille cinq cent soixante-deux dollars et trente-huit cents...

Alors qu'il se consolait en se disant qu'au moins, il paierait peu d'impôts, il avait reçu une lettre du Trésor public l'informant qu'il faisait l'objet d'un redressement fiscal de onze mille dollars pour avoir omis de déclarer sa retraite.

C'est à cette période qu'il décida de larguer les amarres...

Il appela l'équipe des avocats commis d'office pour donner sa démission. Laura Held, la responsable, décrocha. Matt et Laura avaient travaillé ensemble pour la Legal Aid Society et leur amitié remontait à une douzaine d'années, depuis que Laura avait réussi à le convaincre de défendre un sourd-muet qui ne savait ni lire, ni écrire, ni même communiquer par la langue des signes.

De nouveau, elle fit de son mieux pour le retenir, mais cette fois, il resta insensible à ses flatteries. Il lui expliqua sa décision de partir vivre dans les bois.

— Ce qui signifie que tu auras beaucoup de temps libre ? demanda-t-elle.

Il aurait dû prévoir qu'elle ne lâcherait pas prise aussi facilement.

— J'espère bien, répondit-il.

— Dans ce cas, je t'inscris au stage « peine de mort »...

— Quoi ? ! ?

Lorsqu'il en eut terminé avec la dernière bûche, Fielder envoya promener le marteau et les coins. En deux heures, il avait dû venir à bout d'au moins un quart de stère. Il aimait débiter le frêne, bois dur qui brûlait bien, plus facile à travailler que le chêne ou l'érable qui se cassaient rarement net. Le pire était l'orme : fibreux, il résistait obstinément. Rien à voir avec le frêne. Avec lui, il suffisait de frapper juste pour être récompensé. La vie aurait dû être à son image. Ces derniers temps, hélas, elle ressemblait plutôt à l'orme.

Fielder essuya la sueur qui lui coulait sur le visage et le torse avec son sweat-shirt qu'il avait retiré un peu plus tôt. Dans le silence de la clairière, il entendit un bip-bip étouffé venant de l'intérieur du chalet. Le téléphone ! Il leva la tête. À en juger par la couleur du ciel à travers les branches, il lui restait encore une demi-heure avant le crépuscule pour ranger son bois. Il débarrassa ses cheveux et son jean des éclats de bois avant de se diriger vers la porte du chalet.

Nouveau... message, lui annonça la voix de synthèse du répondeur.

Il appuya sur la touche « lecture ». « Matt, ici Kevin Doyle. On a un double meurtre dans le comté d'Ottawa.

47

La notification d'inculpation est prévue demain matin à Cedar Falls. Le District Attorney est un tueur. Il ira sûrement jusqu'au bout. J'espère que tu peux te charger de l'affaire. Appelle-moi dès que possible au (516) 555-7282. Merci d'avance.

Le stage « peine de mort », avait expliqué Laura, était un programme intensif de formation mis en place par le Capital Defender's Office pour préparer les avocats à défendre les meurtriers encourant la peine capitale. Tous ceux ayant déjà plaidé des affaires d'homicide volontaire étaient éligibles, mais seuls les meilleurs d'entre eux seraient retenus, avait-elle confié. Au cours des dix minutes suivantes, elle avait fait appel à l'attachement de Fielder pour la justice, à son altruisme et, en dernier recours, à son orgueil. Fielder n'avait bien sûr aucune chance : après tout, c'était la même Laura Held qui l'avait autrefois convaincu de défendre un client tellement incapable de communiquer avec autrui qu'il aurait pu venir tout droit de la planète Mars.

Le stage en question avait duré trois jours, pendant lesquels conférences, séminaires, mises en situation et ateliers s'étaient succédé sans discontinuer. Les cours commençaient le matin à huit heures et les groupes de discussion ne se séparaient que tard dans la nuit. Des experts de tout le pays étaient venus partager leur savoir, leurs stratégies, leurs anecdotes, leurs secrets, leurs succès et leurs échecs. David Bruck était arrivé par avion de Seattle pour présenter le morceau de bravoure de sa plaidoirie en faveur de Susan Smith, une mère de famille qui avait attaché ses deux jeunes enfants dans sa voiture avant de la laisser s'enfoncer dans un lac. Andrea Lyon, d'Ann Arbor, avait discuté les mérites d'une crise de larmes devant les jurés. Cessie Alfonso, assistante sociale de Jersey City, avait raconté qu'elle était revenue cent ans en arrière pour démontrer sur plusieurs générations la fréquence des cas de névrose, d'inceste, d'alcoolisme et de toxicomanie dans la famille d'un prévenu.

Fielder était sorti anéanti de cette expérience. Alors qu'autour de lui ses collègues se frottaient les mains, impatients de plaider ce genre d'affaire et de percevoir le salaire horaire amélioré qui s'y attachait, il frémissait à l'idée d'être responsable non seulement de la liberté d'un client, mais aussi de sa vie ou de sa mort. Invité à remplir un formulaire dont la dernière question portait sur le moment où il serait disponible pour défendre son premier client — question à laquelle les autres répondaient par « Immédiatement », « Demain » ou « Le plus tôt possible » —, il était resté assis vingt minutes avant de prendre son stylo. « Je ne suis pas du tout certain, avait-il écrit, d'avoir les nerfs assez solides pour faire ce travail. »

Exactement ce que Kevin Doyle souhaitait entendre. Ainsi était-ce Fielder qu'il avait contacté lorsque trois jeunes d'origine hispanique avaient été arrêtés dans le Bronx après avoir abattu un policier. Même chose lorsqu'un homme de cinquante-cinq ans avait vidé son chargeur sur sa compagne et le fils de celle-ci dans leur appartement de Manhattan. Très vite, cependant, il était apparu qu'aucune de ces deux affaires ne se terminerait par une exécution capitale : la première parce que les analyses balistiques avaient établi que seul l'un des trois suspects avait tiré (il devait ensuite se faire justice lui-même en se pendant aux barreaux de sa cellule), la seconde parce que l'âge du prévenu, son état de santé, les rapports élogieux de ses employeurs et son casier judiciaire vierge en faisaient un candidat improbable pour la peine de mort.

C'était une bonne nouvelle pour les intéressés, et Fielder poussa un soupir de soulagement en apprenant que s'il était responsable d'eux, au moins n'aurait-il pas leur mort sur la conscience. Mauvaise nouvelle, en revanche, pour son compte en banque : il serait de nouveau payé quarante dollars de l'heure pour une plaidoirie, vingt-cinq pour la préparation des dossiers. Mais il s'en moquait, trop heureux de ne plus être sous pression. Les deux affaires l'occupèrent six, voire sept jours sur sept, et trois mois s'écoulèrent avant qu'il puisse s'arrêter une semaine pour faire les six heures de route en direction des Adirondacks et voir à quoi ressemblait le terrain qui lui avait coûté dix mille dollars.

C'étaient bien cinq hectares inexploités, aucun doute là-dessus. L'étang aux eaux cristallines se révéla être une dépression marécageuse inondée par la fonte des neiges, et qui promettait de l'approvisionner en moustiques tout l'été. En revanche, un ruisseau serpentait dans la forêt de conifères promise, et les cerfs abondaient. Persuadé qu'on lui accorderait un prêt au vu des sommes gagnées dans les deux affaires criminelles, il commanda des rondins dans une scierie locale. Après tout, construire un chalet n'était sûrement pas sorcier...

Il remonta dans le nord de l'État trois semaines plus tard. Son premier arrêt fut pour la scierie, où il demanda que sa commande soit remise à plus tard, sa banque lui ayant refusé le prêt escompté.

— Vos rondins sont déjà livrés, répondit le patron.

— Toutes mes excuses.

— Ne vous excusez pas. Construisez votre chalet. Vous me paierez plus tard.

On était bien loin de New York...

Fielder réécouta le message sur son répondeur. *Un double meurtre* : comme il l'avait appris lors de celui commis à Manhattan, cela suffisait à faire peser sur le prévenu la menace de la peine capitale : aux termes de la loi, il s'agissait d'une «circonstance aggravante». *Cedar Falls* : le chef-lieu du comté d'Ottawa, à une bonne heure de route du chalet de Fielder, situé à la sortie de Big Moose. Deux heures s'il neigeait. *Le District Attorney est un tueur.* Fielder savait que Doyle disposait d'informations sur chaque procureur de l'État, de même qu'un entraîneur prend soigneusement note des stratégies de l'équipe adverse. En règle générale, plus le comté était proche d'une grande ville, moins le District Attorney risquait d'être un adepte de la peine de mort. Ce qui s'était vérifié lors des deux premiers procès plaidés par Fielder : dans le Bronx, Robert Johnson était si ouvertement opposé à la peine capitale que le procureur général l'avait dessaisi du dossier ; à Manhattan, Robert Morgenthau, lui aussi un opposant, faisait au moins semblant d'étudier chaque affaire avec un minimum d'impartialité.

Or, le comté d'Ottawa était aussi éloigné que possible d'une grande ville, dans tous les sens du terme. Sur le plan démographique, on se serait cru dans celui d'Herkimer, où se trouvait le chalet de Fielder. Au lieu de s'installer verticalement dans des immeubles, les gens s'étaient éparpillés sur tout le territoire en laissant un maximum d'espace entre eux. Ils conduisaient des pick-up, possédaient des armes à feu, buvaient de la bière, votaient républicain, et avaient gardé pour devise « Œil pour œil, dent pour dent ». Aussi la phrase de Doyle *Il ira sûrement jusqu'au bout* signifiait-elle que, dans cette affaire-là, la menace d'une exécution capitale planerait du début jusqu'à la fin.

Même s'il nota le numéro de Doyle, Fielder était bien décidé à rester en dehors de tout ça.

Il lui avait fallu près d'un an pour construire son chalet. En accumulant toutes les erreurs des charpentiers amateurs, avec quelques innovations de son cru. Il avait coulé sa dalle de béton sous la pluie, si bien qu'une fois sèche, elle était uniformément couverte de petits trous. Il avait installé la porte à l'envers et la baie vitrée derrière devant. Il s'était entaillé le genou, écrasé successivement les deux pouces d'un coup de marteau, cassé un orteil en lâchant un rondin ; il était même tombé de son toit, atterrissant par miracle dans une congère. Mais une fois la construction terminée, il savait débiter un rondin d'un seul coup de tronçonneuse, enfoncer un clou de quatre-vingt-cinq en trois coups de marteau, tracer à main levée un trait droit à la craie.

Et il avait son chalet.

Certes, celui-ci était fait à part égales de rondins et de calfatage, mais il arrêtait le gros de la pluie et une partie du vent. Il avait un plancher en pin, l'électricité, l'eau courante et des sanitaires dignes de ce nom. Fielder se chauffait au bois, avec un poêle qui pouvait fonctionner portes ouvertes pour faire joli, ou fermées pour plus d'efficacité. L'esthétique faisait en général place à l'efficacité vers le début du mois de septembre.

Les chèques correspondant aux deux affaires d'homicide finirent par arriver et Fielder put rembourser la scierie. Ses excuses pour le retard furent accueillies par un haussement d'épaules fataliste accompagné de la remarque suivante : « Je m'suis dit qu'dans votre petite voiture rigolote, vous n'iriez pas bien loin avec tous ces rondins. » L'été suivant, avec les six cents dollars qui lui restaient, Fielder loua une pelleteuse pour curer son marécage. S'il ne ressemblait pas encore tout à fait à un étang aux eaux cristallines, au moins était-ce un début.

Seulement riche de petite monnaie, et obligé de gagner des sommes plus conséquentes, Fielder se fit rédacteur juridique. Il accepta une série de cas d'appel, rédigeant des plaidoiries pour des membres du barreau qui cherchaient à faire commuer les condamnations de leurs clients. L'équipe des avocats commis d'office qui l'avait payé quarante dollars de l'heure pour plaider au tribunal les lui versait à présent pour élaborer des argumentaires sur son ordinateur. Pour une fois, son éloignement de New York n'était pas un handicap, surtout lorsque arrivait le moment de la visite aux détenus, qui faisaient à leur manière l'expérience de la vie au nord de l'État — dans des lieux aux noms inattendus comme Dannemora, Malone, Lyon Mountain ou Comstock. Il se mit également à écrire des nouvelles, réussissant même à en vendre une à une revue littéraire de la région, *St. Lawrence Currents*, pour soixante-quinze dollars. Si ce n'était pas une somme conséquente...

Bien sûr, tout n'était pas rose pour Fielder. Lui qui avait du mal à se faire des amis en temps ordinaire menait désormais une vie ressemblant dangereusement à celle d'un ermite. Il trouvait régulièrement un prétexte pour monter dans sa voiture et aller acheter au village le journal de la veille ou un kilo de sucre. Dans ces moments-là, il se demandait s'il ne voulait pas surtout vérifier que le village en question — Big Moose, soixante-quinze habitants — était toujours là, et qu'il n'avait pas raté un cataclysme ayant plongé durant son sommeil le reste du monde dans un hiver nucléaire. Quelques minutes à l'épicerie-tabac-journaux suffisaient généralement à le rassurer. Il y avait toujours quelqu'un en train de se lamenter sur l'augmentation du prix du kérosène, de comparer les mérites respectifs des vers de sable et des asticots, ou de commander des seaux neufs à temps pour la récolte de la sève d'érable. Un coup d'œil aux gros titres de l'*Adirondack Adviser* — quotidien local faisant également office de brochure publicitaire et de catalogue immobilier — l'informait des dernières nouvelles : à l'intérieur du comté, un chauffard avait été arrêté pour conduite en état d'ivresse sur la route 19, tandis que sur la scène internationale, les perches de Little Bog Lake mordaient particulièrement bien à l'hameçon Lazy Ikes n° 2. Fielder avait renoncé à trouver le *New York Times*, sauf le dimanche où, poussé par le désespoir, il se rendait à Utica, à une centaine de kilomètres de là.

Il composa le numéro donné par Doyle, déterminé à refuser sa proposition. Non qu'il n'eût pas besoin d'argent. Si le prévenu risquait bel et bien la peine de mort, il serait payé cent soixante-quinze dollars de l'heure. Peu importait que dans les cabinets d'avocats de Wall Street, on touche cinq cents dollars pour un banal déjeuner avec un client : aux yeux de Matt Fielder, l'idée de travailler pour cent soixante-quinze dollars de l'heure équivalait à gagner au loto.

Il n'aurait donc pas craché sur cet argent. Ni sur le travail proposé. Se colleter avec une affaire criminelle faisait l'intérêt de ce métier. Si Fielder avait quitté le navire, ce n'était pas à cause des grands procès, mais des délits mineurs : possession de stupéfiants, vols de voiture ou à l'étalage, resquille dans les transports en commun... Sans parler de la gestion d'un cabinet d'avocat.

— Allô?

C'était une voix de femme.

— Bonjour. Ici Matt Fielder. Je devais rappeler Kevin Doyle.

— Un instant.

Par deux fois, déjà, il avait tenté d'échapper à une affaire proposée par Doyle : il plaidait, il était débordé, il s'apprêtait à partir en vacances... Doyle avait balayé ses excuses, comme s'il sentait qu'en réalité, Fielder exprimait là ses réticences à défendre un prévenu encourant la peine capitale. Or, c'étaient précisément ces réticences qui avaient amené Doyle à placer Fielder en tête de sa liste.

Les deux fois, Doyle avait eu gain de cause. Les deux fois, Fielder avait oublié ses états d'âme pour s'attaquer au dossier, se trouvant rapidement trop impliqué dans la défense de ses clients pour s'interroger sur leur sort si les choses tournaient mal. Les deux fois, la providence avait permis qu'il n'en soit pas ainsi — pas de manière irrémédiable, en tout cas.

Cette fois, en revanche, c'était une autre histoire. Doyle ne l'avait pas caché dans son message. *Le District Attorney est un tueur*, avait-il dit. *Il ira sûrement jusqu'au bout.*

— Doyle à l'appareil.

— Bonjour, Kevin. C'est Matt Fielder.

— Merci de ton appel. Tu te plais toujours autant dans les bois?

— C'est une expérience édifiante.

Les politesses s'arrêtèrent là.

— J'ai une affaire sensible, Matt.

— C'est ce que j'ai cru comprendre.

— Un jeune type du comté d'Ottawa. Vingt-huit ans. Pas d'antécédents connus. Il vivait sur un domaine avec ses grands-parents, à Flat Lake, un trou perdu. Pendant la nuit de samedi à dimanche, il s'est levé et les a poignardés dans leur sommeil. La police locale a une confession verbale. Il passe demain matin à neuf heures devant le juge, à Cedar Falls.

— Qui est le District Attorney ?

— Un certain Gil Cavanaugh. Je n'en sais pas beaucoup plus, si ce n'est qu'il se proclame républicain conservateur et ami du lobby des armes à feu. Tous les quatre ans il se fait réélire sur un programme sécuritaire encore plus répressif que le précédent. Il a recueilli quatre-vingt-huit pour cent des voix aux dernières élections.

— Formidable...

Fielder ne trouva rien d'autre à dire.

— Autre chose : il n'a même pas jugé utile de me prévenir. Soi-disant parce qu'il n'était pas au courant...

— Ton agence de Flat Lake ne peut pas s'en charger ?

Doyle éclata de rire.

— Mon agence de Flat Lake ? Je n'ai personne à moins de cent cinquante kilomètres du comté d'Ottawa.

— Sauf moi.

— Sauf toi.

Fielder s'essuya de nouveau le front avec une extrémité encore sèche de son sweat-shirt.

— Je ne veux pas être mêlé à ça, dit-il. On sait tous les deux qu'ils vont essayer d'avoir la peau de ce malheureux.

— J'ai besoin que tu me dépannes temporairement, Matt. Si dans une semaine, tu n'as pas changé d'avis, tu n'auras qu'un mot à dire pour que je te retire l'affaire. Parole d'honneur.

— D'accord.

Les deux hommes savaient parfaitement qu'à la fin de la semaine, Fielder aurait déjà épluché tout le dossier, et qu'il ne serait plus question pour lui de laisser tomber. Qualité rare chez un juriste, Doyle eut le bon goût d'avoir le triomphe modeste.

— Merci... Le prévenu s'appelle Jonathan Hamilton. Demain à neuf heures précises à Cedar Falls.

— Vieux roublard ! lança Matt Fielder.

5

Cedar Falls

L E palais de justice du comté d'Ottawa, un immeuble
en brique à deux étages, donne directement sur
Main Street, à égale distance de Maple Street et de Birch
Street. Comme il n'y a qu'une douzaine de rues à Cedar
Falls, Fielder trouva sans mal. Il gara le long du trottoir
son vieux 4×4 Suzuki, dont le moteur eut la bonté de
s'arrêter de lui-même avec un hoquet.

Avant d'enfiler sa veste, Fielder la secoua un bon coup,
espérant la débarrasser de l'odeur de naphtaline qui le
poursuivait depuis son départ du chalet. Il n'avait pas
éprouvé le besoin de se mettre en costume depuis près
d'un an et ne s'en portait pas plus mal. Il resserra son
nœud de cravate en gravissant les trois marches, et pria
le ciel que ses chaussures de chantier — les seules sur lesquelles il ait pu mettre la main ce matin-là — ne lui
vaillent pas trop de critiques. Il transportait un vieil attaché-case, rempli jusqu'à la veille au soir d'échantillons
de terreau et de bocaux avec des insectes ressemblant
dangereusement à des termites : il l'avait vidé pour y
mettre un bloc-notes, deux ou trois stylos et quelques formulaires officiels.

À l'intérieur, le bâtiment sentait le renfermé et le
moisi. La peinture des murs s'écaillait ; les parquets en
bois sombre étaient tachés, les lattes disjointes. Il découvrit une porte avec la pancarte GREFFE, frappa une fois et

57

entra. Derrière son guichet, une femme grisonnante lui sourit. Si elle avait remarqué ses chaussures, elle n'en dit rien.

— Bonjour !

— Bonjour ! répondit-elle d'une voix avenante.

— Je représente M. Hamilton, soupçonné d'homicide volontaire. C'est la première fois que je viens.

Fielder avait pour habitude d'afficher son ignorance dès que l'occasion se présentait. Il avait constaté qu'on aidait volontiers les gens assez candides pour reconnaître qu'ils n'étaient pas dans leur élément.

— Ne vous inquiétez pas. Je suis Dorothy Whipple, la secrétaire du greffe. Mais vous pouvez m'appeler Dot, comme tout le monde ici.

— Merci, Dot. Moi c'est Matt, Matt Fielder.

— Enchantée. Première chose : êtes-vous inscrit à l'Ordre des avocats de l'État de New York ?

— Oui.

— Parfait.

Il la regarda chercher autour d'elle un formulaire d'enregistrement.

— Êtes-vous ici à la demande du suspect, ou 18 b ?

Par 18 b, elle voulait dire « commis d'office ».

— Ni l'un ni l'autre, en fait. Je suis envoyé par le Capital Defender's Office, je relève plutôt de l'article 35 B du code de procédure pénale.

— Hmmm… Pas de case pour celui-là sur mon formulaire. Je crois qu'on va devoir l'ajouter à la main.

Fielder espérait trouver chez ceux qu'il rencontrerait ce matin-là ne fût-ce qu'un tiers de l'amabilité de Dot Whipple, mais il était sans illusions. Même lors des affaires criminelles qu'il avait plaidées dans le Bronx et à Manhattan, il avait vu des juges, des greffiers, des huissiers et des sténotypistes complètement désorientés en apprenant qu'il était envoyé par une autorité autre que celles dont ils entendaient parler quotidiennement. Une femme juge, à laquelle il présentait une banale demande de désignation d'un expert chargé d'évaluer les circonstances atténuantes — en l'occurrence les antécédents familiaux d'un prévenu —, était descendue de son estrade en criant qu'elle ne savait pas ce que c'était, et encore moins si elle avait le pouvoir d'en nommer un.

Fielder remplit le formulaire d'enregistrement et le rendit à Dot Whipple. Toujours avec le sourire, elle lui indiqua que l'audience aurait lieu dans la salle 1. Devant son regard interrogateur, elle désigna une porte de l'autre côté du couloir.

— C'est notre seule salle d'audience, confia-t-elle. Il y a des années, nous avions une salle 2. Mais comme il ne reste plus qu'un juge, ça paraissait un peu ridicule de le faire courir d'une pièce à l'autre.

La salle 1 du palais de justice est de dimensions modestes par rapport aux normes habituelles; la partie réservée au public peut accueillir une cinquantaine de personnes, moins quelques chaises cassées ou carrément absentes. Les murs sont lambrissés de pin, teinté pour lui donner l'apparence du chêne, ou du noyer. Des portraits de protestants blancs américains passés à la postérité ont été accrochés çà et là, apparemment par un géant. Les plus visibles sont Ronald Reagan, Tom Dewey, Nelson Rockefeller et Lou Gehrig.

Fielder fut surpris de trouver une douzaine de personnes sur les lieux alors qu'il était seulement huit heures et demie, et qu'il restait donc une demi-heure avant le début de l'audience. Ne voyant aucun huissier, il s'approcha d'un policier en uniforme mais sans casquette, qui répondit à son salut.

— Je représente le jeune Hamilton. Je me demandais si j'avais une chance de le rencontrer avant le début de l'audience.

L'homme eut un haussement d'épaules.

— Je ne vois pas ce qui s'y oppose. Je vais vérifier s'il est arrivé.

Alors qu'il disparaissait par une porte latérale, Fielder

se félicita de sa bonne fortune : deux contacts avec le système judiciaire, deux êtres humains. Si c'était un match de base-ball, il aurait déjà batté à .1000.

Quelques minutes plus tard, le policier passa la tête dans l'encadrement de la porte :

— Par ici, maître.

Ce qui frappa d'abord Fielder chez Jonathan Hamilton, ce furent son air juvénile et sa beauté. Son visage aux traits réguliers avait, fait inhabituel, à la fois des pommettes saillantes et des lèvres pleines. Sauf là où il n'était pas rasé, sa peau hâlée paraissait douce au toucher. Même sa barbe de trois jours semblait soyeuse, avec ses poils blonds au lieu d'une ombre approximative sur les joues. Une mèche de cheveux, blonds eux aussi, lui retombait sur le front. Pourtant, ces détails ne représentaient qu'une sorte de toile de fond, sur laquelle les yeux de Jonathan retenaient véritablement l'attention. Bleu pâle — d'une pâleur évoquant presque ceux d'un aveugle —, ils étaient d'une limpidité si troublante que Fielder avait parfois du mal à soutenir le regard du jeune homme, sans pouvoir s'en empêcher.

Il faut préciser que Matt Fielder est lui-même fort séduisant. Mais ses cheveux sombres, ses yeux noirs et sa mâchoire saillante devaient former ce matin-là un contraste saisissant avec la blondeur de Jonathan Hamilton, le bleu transparent de son regard et ses traits presque angéliques. Au cours des semaines et des mois qui suivirent, jamais les médias ne publièrent un article, ni ne diffusèrent un reportage télévisé sans les accompagner de la photo de l'un ou l'autre protagoniste, voire des deux. Un célèbre producteur de cinéma aurait même publiquement espéré un acquittement, afin que les deux hommes puissent jouer leur propre rôle à l'écran.

La cellule jouxtant la salle 1 est assez grande pour contenir une demi-douzaine de prisonniers à la fois, même s'il est peu probable que l'occasion se soit présentée. Ce mardi matin, Fielder et Jonathan s'y trouvaient seuls. Pour leur première rencontre, ils durent rester debout, séparés par des barreaux de fer. Fielder, malgré son un mètre quatre-vingts, se retrouva les yeux dans ceux de Jonathan.

— Matt Fielder, dit-il, tendant sa carte de visite entre les barreaux. Si vous en êtes d'accord, je serai votre avocat.

Jonathan prit la carte et fronça longuement les sourcils, au point que Fielder se demanda s'il savait lire. Le jeune homme passa alors son pouce sur la carte, à un endroit où les doigts de l'avocat avaient laissé une marque. Voyant qu'il n'arrivait pas à l'effacer, il prit sa manche de chemise et se mit à frotter avec application, d'un geste circulaire, étrangement soucieux de faire disparaître l'imperfection.

Fielder n'aurait pas été supris qu'il en ait pour un bon quart d'heure. Contrairement à la plupart des prévenus lors du premier entretien avec leur avocat, il ne manifestait aucune impatience, ne posait aucune des questions habituelles. Aussi Fielder entama-t-il lui-même la conversation.

— Sais-tu pourquoi tu es ici? demanda-t-il.

Jonathan hésita, avant de déclarer d'un ton penaud :

— Je crois que oui.

— Alors dis-le-moi, murmura Fielder de sa voix la plus bienveillante.

— À cause de grand-papa Carter et de grand-maman Mary Alice?

Le jeune homme leva les yeux pour s'assurer qu'il avait bien répondu.

— Tout juste. Et tu as une idée de ce qui leur est arrivé?

Fielder avait l'impression de parler à un enfant doté d'un corps de géant.

— Il paraît que je leur ai fait du mal.

— Du mal?

— Que je les ai t... tués.

Fielder hésita à poser la question qui s'imposait. Certaines fois, on pouvait demander à un client s'il était coupable, d'autres pas. L'avocat tentait de déterminer dans quel cas de figure il se trouvait lorsqu'il eut la surprise d'entendre Jonathan l'interroger.

— Qu... qu'est-ce qu'on peut me faire?

— Comment ça?

Fielder avait parfaitement compris la question, mais voulait découvrir exactement ce que savait Jonathan.

— Est-ce qu'ils peuvent me donner la peine cap... capitale?

L'avocat avait une règle absolue : ne jamais mentir à un client. Pas tant dans un souci d'éthique que par pragmatisme. Si un prévenu vous surprenait en flagrant délit de mensonge, il ne vous faisait plus jamais confiance. Fielder n'avait pas l'intention de déroger à cette règle, même dans les circonstances présentes.

— Oui, répondit-il. Ça peut arriver.

Un long silence s'ensuivit, durant lequel Jonathan parut digérer l'information. Après quoi il demanda :

— Ça veut dire quoi, « capitale »?

Fielder expliqua qu'il s'agissait de la peine de mort.

— Ce serait quand?

— D'abord, déclara Fielder, je suis ici pour veiller à ce que ça n'arrive pas. Mais en admettant que j'échoue, que je rate tous mes coups, je te promets que ça n'aurait pas lieu avant des années.

— Pas ce soir, alors?

Fielder ne put retenir un demi-sourire. Avec beaucoup de ménagements, il démontra à Jonathan qu'on n'exécutait jamais un prisonnier sans être d'abord passé par toutes sortes de formalités — enquête détaillée, audiences préalables, procès devant un jury, audience finale où est prononcée la condamnation, diverses procédures d'appel — qui pouvaient en vérité durer des années.

— Donc ça ne peut pas être ce soir. C'est impossible, conclut Jonathan.

Fielder lui promit solennellement que non, ni aucun autre soir avant longtemps. Aussitôt ces mots prononcés, il détecta un changement visible chez Jonathan. Toute la tension contenue dans son corps sembla se relâcher. Il paraissait incapable d'envisager un avenir lointain, comme si son horizon se limitait au matin et au soir d'une même journée.

Pendant les vingt-cinq minutes qu'avait duré l'entretien, la salle d'audience s'était progressivement remplie et, à son retour, Fielder la trouva envahie de spectateurs, de reporters, de caricaturistes et de badauds. En traversant la pièce, il surprit la fin d'une conversation à voix basse. Un homme de grande taille, aux cheveux argentés, déclarait à plusieurs personnes assemblées autour de lui : « ... et on nous envoie un avocat juif de New York pour le défendre. »

Quelques instants plus tard, Dot Whipple tapait sur l'épaule de Fielder.

— Et si je vous présentais votre adversaire ? suggéra-t-elle avec un clin d'œil, le conduisant précisément vers l'homme aux cheveux argentés, toujours occupé à discourir. Tandis que Dot faisait les présentations, l'intéressé tendit la main à Fielder avec un large sourire :

— Gil Cavanaugh. District Attorney.

Fielder le regarda droit dans les yeux en lui retournant son sourire, mais sans serrer la main tendue.

— Matt Fielder. Avocat juif.

Au moment où Fielder et Cavanaugh faisaient connaissance dans la salle d'audience du palais de justice de Cedar Falls, à environ quatre-vingts kilomètres plus au nord, dans la ville de Malone, le médecin légiste du comté Franklin procédait à l'autopsie de Carter et de Mary Alice Hamilton.

Le docteur Frances Chu n'en était pas à son coup d'es-

sai : durant les huit années où elle avait assisté le médecin légiste en chef de New York, elle avait pratiqué près
de deux mille autopsies, seule ou en collaboration. À
l'annonce qu'un poste se libérait dans le comté Franklin, lui permettant de fuir l'agglomération new-yorkaise
pour un salaire presque identique à celui qu'elle touchait jusque-là, sans cesser d'exercer à mi-temps pour son
propre compte, elle avait aussitôt envoyé son CV. Après
trois jours seulement, on l'avait rappelée pour lui poser
une unique question : quand pouvait-elle commencer ?
Cinq semaines plus tard, elle se débattait au volant d'une
camionnette de location, ses deux filles endormies à côté
d'elle, sa Ford Fiesta en remorque, en se demandant
pourquoi diable elle n'avait pas pris la peine de regarder
la carte avant d'accepter ce poste.

Difficile de trouver ville plus au nord que Malone sans
être obligé de franchir la frontière et de parler français
pour se faire comprendre. Elle est plus septentrionale
que la quasi-totalité du Vermont et du New Hampshire,
et qu'une bonne partie du Maine. Plus que Green Bay,
Wisconsin, et que Minneapolis, Minnesota. Elle est
même située à cent cinquante kilomètres plus au nord
que Toronto ! D'après ses habitants, il n'y a que deux sai-
sons à Malone : le mois de juillet, et l'hiver... Et alors
que Frances Chu et son assistant se mettaient au travail
ce mardi matin, la température dans la salle d'autopsie
non chauffée ne dépassait pas dix degrés. Le mois de
juillet était déjà loin.

Le docteur Chu n'avait rien d'une petite nature. Au
cours de ses visites guidées de la ville de New York, elle
avait vu pratiquement tout ce qu'on pouvait imaginer.
Cadavres criblés de balles ou découpés à coups de
machette, mutilations rituelles, suicidés qui s'étaient
jetés du haut d'un immeuble, noyés, et même une ou
deux victimes du métro : coincées après une chute accidentelle dans le minuscule espace entre la rame et le
quai, pleinement conscientes, elles ne souffraient pas jusqu'au départ de la rame où, en soixante secondes, leur

corps se vidait de son sang et de tous ses organes. Depuis son arrivée à Malone, presque tous les cas de mort violente auxquels le docteur Chu était confrontée avaient pour cause des accidents de chasse ou de la route : collisions frontales, tonneaux, passagers projetés à travers le pare-brise, chasseurs tombés d'un arbre où ils s'étaient réfugiés, ou piétinés par un orignal qu'ils tentaient d'arrêter.

Aucun d'eux, pourtant, ne l'avait préparée à l'autopsie du cadavre des grands-parents Hamilton. Une fois le choc initial surmonté et l'examen terminé, elle confia à son assistant que durant toutes ses années de pratique, jamais elle n'avait vu deux victimes sur lesquelles on s'était acharné avec autant de cruauté. Un court extrait de son rapport d'autopsie illustre la nature de ses découvertes :

L'homme [...] présente plus de cent coups de couteau, concentrés — mais pas uniquement — sur le visage, le cou et le haut du torse. Toutes les veines principales et les artères du cou ont été sectionnées, ainsi que la moelle épinière. Deux vertèbres cervicales sont profondément entaillées, au point d'être presque arrachées [...].

La femme [...] a été poignardée à peu près de la même manière, sauf pour les deuxième et troisième vertèbres, entièrement arrachées dans son cas, laissant la tête rattachée à ce qui reste du haut du torse par une couche de peau et de muscles d'environ trois millimètres d'épaisseur.

Vers la fin du rapport, le docteur Chu tente de tirer quelques conclusions de son examen.

À cause du nombre et de la gravité des blessures, il est difficile de déterminer avec certitude si une ou plusieurs armes en sont à l'origine. Toutefois, il paraît vraisemblable qu'elles ont toutes été causées par un grand couteau, à la lame dentelée près du manche seulement. Cette lame devait faire approximativement treize centimètres de long et quatre centimètres de large à sa base.

Toute personne ayant quelques notions de coutellerie reconnaîtra certainement un couteau de chasse dans la description du docteur Chu.

— Mesdames et messieurs, levez-vous! proclama Dot Whipple. Cette audience du tribunal du comté d'Ottawa sera présidée par le juge Arthur Summerhouse. Vous pouvez vous asseoir.

Le silence se fit dans la salle tandis qu'un petit homme dans une très longue robe noire s'avançait pour prendre place sur l'estrade. Arthur Summerhouse, soixante-quatre ans à l'époque des faits, se donnait beaucoup de mal pour cacher son âge. Le peu de cheveux qui lui restait était teint d'un noir de jais et ramené sur le devant du crâne, à l'évidence pour tenter de recouvrir ce que la nature avait choisi de révéler. Une petite moustache, tout aussi noire, ornait sa lèvre supérieure, sans doute pour détourner l'attention de la bataille qui se livrait un peu plus haut.

— Bonjour, dit le juge.

— Bonjour, répondirent ceux qui étaient habitués à cette routine.

— Comparution du détenu n° 97-334, annonça Dot Whipple. Le ministère public contre Jonathan Hamilton. Accusé de double homicide volontaire.

Gil Cavanaugh se leva de son siège à une extrémité de la longue table réservée aux représentants de l'accusation et de la défense. Matt Fielder l'imita et s'avança vers le milieu de la table. Alors qu'ils déclinaient leur identité pour la greffière, Jonathan Hamilton fit son entrée par la porte latérale, encadré par deux policiers qui le conduisirent, menotté et les mains dans le dos, près de Fielder. Ils reculèrent d'un pas et restèrent là, juste derrière leur prisonnier.

— Votre Honneur..., commença Fielder.

Le juge leva les yeux du dossier qu'il était en train de consulter.

— Oui?

— Puis-je vous demander de faire enlever les menottes à Jonathan Hamilton pour comparaître?

— Qui êtes-vous?

— Matthew Fielder. Envoyé par le Capital Defender's Office pour représenter M. Hamilton.

— Souhaitez-vous pouvoir vous entretenir avec lui?

— Cela ne sera pas nécessaire. J'ai déjà eu l'occasion de le faire.

Le juge Summerhouse se leva brutalement de son siège, sans paraître beaucoup plus grand pour autant.

— Qui vous en a donné l'autorisation?

Filant la métaphore du base-ball, Fielder décida aussitôt qu'il ne battait plus qu'à .667. Un instant, il envisagea de mentionner que Dot Whipple l'avait enregistré sans difficulté, qu'un policier avait eu l'amabilité de le conduire jusqu'à la cellule réservée aux détenus, mais il y renonça. Étant donné l'attitude du juge, il aurait besoin de tous les alliés possibles. Il n'allait pas trahir ceux qui avaient eu la gentillesse de l'aider.

— Personne, répondit-il. J'ai cru pouvoir faire gagner un peu de temps à la cour en m'entretenant avec mon client avant l'ouverture de l'audience.

— Monsieur...

— Fielder.

— ... Fielder, j'ignore d'où vous venez, et comment on procède là-bas. Mais ici, la règle veut que vous ne soyez pas l'avocat de ce prévenu tant que je ne vous ai pas officiellement désigné. Entendu?

— Oui, Votre Honneur.

— Et tant que vous n'êtes pas officiellement désigné, vous n'êtes pas censé vous entretenir avec lui. Entendu?

— Oui, Votre Honneur.

— Voulez-vous à présent que je procède à votre désignation?

— Oui, Votre Honneur.

— C'est bon, vous êtes en règle.
— Merci, Votre Honneur.
— Et cessez de lever les yeux au ciel !
— Pardon, Votre Honneur.
— À présent, Maître, que puis-je pour vous ?
— Que vous autorisiez mon client à comparaître sans menottes.
— Refusé.

La suite de l'audience fut plus ou moins à l'image de cet échange. Gil Cavanaugh annonça son intention de réunir au plus vite un grand jury pour présenter les preuves dont il disposait. Fielder tendit à Cavanaugh une lettre exprimant son souhait que Jonathan témoigne devant ce jury. Puis il demanda qu'on ajourne la séance afin de s'assurer que son client consentait toujours à témoigner, et de le préparer si tel était le cas. Le juge Summerhouse lui rappela que le prévenu pouvait être libéré si le grand jury ne votait pas son inculpation dans les six jours suivant son arrestation. Fielder proposa de renoncer à cette disposition légale et de porter le délai à trente jours. Le juge répondit qu'il ignorait si c'était en son pouvoir. D'après les textes, insista l'avocat, ce délai pouvait être allongé pour une « raison valable », et l'obtention du consentement de son client entrait certainement dans cette catégorie. Cavanaugh déclara qu'il se moquait bien que le prévenu consente ou non à témoigner, et que le délai soit porté à trente jours ou à trente ans, car il ferait voter l'inculpation dès le lendemain.

— Dans ces conditions, votre client veut-il témoigner devant le jury ? demanda le juge à Fielder.
— J'ai son consentement écrit. Mais d'après la loi, nous avons droit à un temps de préparation raisonnable.
— Eh bien, prenez votre temps, la journée entière si vous le souhaitez !
— La journée ? !...

Fielder s'efforça de ne pas lever les yeux au ciel.

— ... J'ai rencontré mon client pour la première fois

il y a une demi-heure. À ce stade, je ne peux même pas vous dire s'il est capable de témoigner !

Là aussi, le juge avait une réponse toute prête.

— Voulez-vous demander un examen psychiatrique, en application de l'article 37 de la loi sur la santé mentale ?

— Pas maintenant, répliqua Fielder.

Pas question de mettre d'emblée Jonathan entre les mains d'un psychiatre ou d'un psychologue désigné par le tribunal.

— Qu'entendez-vous par « pas maintenant » ?

— Tout simplement que je ne demande pas d'examen psychiatrique dans l'immédiat.

Le juge semblait à deux doigts d'exploser.

— Monsieur...

— Fielder.

— ... Fielder, connaissez-vous le sens de l'expression « maintenant ou jamais » ?

L'avocat marmonna entre ses dents que ça lui rappelait une chanson, mais « Elvis » fut le seul mot que le juge réussit à saisir.

— Que dites-vous ? demanda-t-il.

— Rien, Votre Honneur.

Le juge se tourna vers la greffière :

— Qu'a-t-il dit ?

— Je ne suis pas sûre d'avoir compris.

Une alliée de plus, se réjouit Fielder. Au base-ball, son score remonterait à .750. Le juge s'adressa de nouveau à lui :

— Réclamez-vous oui ou non un examen psychiatrique ?

— Non.

— Avez-vous conscience que par cette réponse, vous y renoncez définitivement ?

— J'ai conscience, dit Fielder d'un ton mesuré, que vous en avez décidé ainsi.

— Autre chose, maître.

— Oui, Votre Honneur ?

— Que je ne vous revoie pas en chaussures de chantier dans cette salle d'audience !

Le sixième jour après l'arrestation tombant un samedi, le juge Summerhouse fixa l'audience suivante au vendredi 5 septembre, pour permettre à Cavanaugh de réunir un grand jury et de faire voter l'inculpation. Jonathan Hamilton fut maintenu en détention.

6

Sandwich au jambon

L A peine de mort, c'est différent.
Cette petite phrase, que Fielder avait entendue
pour la première fois durant le stage organisé par le
Capital Defender's Office, est devenue le credo des avocats plaidant les affaires criminelles. Dès qu'un État
prend la décision de tuer, il transforme radicalement la
procédure habituelle, à laquelle il confère un caractère
exceptionnel. Pour certains partisans de la peine capitale, cette distinction sans fondement moral ni juridique
est à l'origine des innombrables et interminables délais
qui ralentissent la mise en œuvre d'un châtiment enra-
ciné dans la tradition biblique, autorisé par la loi,
approuvé par le gouverneur, prononcé par une cour de
justice et plébiscité par une majorité importante de la
population. Ce caractère exceptionnel est pourtant
reconnu par les tribunaux, y compris par la Cour
suprême qui, ayant rétabli la peine de mort malgré les
accusations de « cruauté » et de « monstruosité » portées
contre elle, a néanmoins veillé à ce qu'une exécution ne
puisse intervenir qu'au terme d'une procédure drastique
dont toutes les étapes, dès l'arrestation du prévenu, ont
été suivies à la lettre. Et en prévoyant les dispositions
nécessaires pour s'assurer que tel serait bien le cas en
toutes circonstances, les juges de la Cour suprême ont
maintes fois souligné la nature définitive, irrévocable, de

la peine capitale. Ils ont conçu de nouveaux critères pour évaluer le respect des garanties constitutionnelles, ajoutant des termes comme « procédure d'exception » ou « contrôle approfondi » au lexique juridique.

Difficile de dire avec certitude quand, à Cedar Falls, on a eu vent de ces garde-fous. Seul juge en exercice du comté, Arthur Summerhouse avait certainement été convié à l'un, au moins, des stages organisés par le Capital Defender's Office dès l'été et l'automne 1995. Il refuse toutefois de confirmer son éventuelle participation, et les documents permettant de vérifier quels magistrats ont assisté à ces stages n'ont pas été conservés.

Mais le mardi où avait eu lieu la première audience, lorsque Matt Fielder frappa vers quatorze heures trente à la porte du bureau du juge, il le trouva changé. Peut-être fallait-il simplement y voir la différence entre l'homme public et l'homme privé : ceux qui connaissent bien le magistrat admettent volontiers qu'en dépit de son agressivité au tribunal, il se montre agréable, voire aimable, dans le civil. Il se peut aussi que pendant cinq heures, il ait eu le temps de réfléchir, et de comprendre qu'il serait prudent d'accéder aux requêtes les plus raisonnables de Fielder. À en croire une rumeur persistante, ce serait pourtant un troisième facteur qui expliquerait son changement d'attitude : un coup de téléphone donné à un collègue de Rochester ayant présidé l'année précédente un procès criminel, qui s'était terminé avec l'acceptation par le prévenu d'une condamnation à perpétuité sans possibilité de remise de peine. Le collègue en question — il ne dément pas cette conversation mais refuse qu'on cite son nom — semble avoir fait bénéficier le juge Summerhouse de son expérience, lui expliquant sans détour que dans ce genre d'affaire, tout reposait sur une idée simple : dans le doute, accorder à la défense l'essentiel de ce qu'elle demande. Et n'aider l'accusation qu'avec mesure, sans avoir l'air de faire du zèle. Alors seulement obtient-on une condamnation à mort « propre » — qui sera confirmée en appel, y compris par la Cour suprême, jusqu'à laquelle elle remontera tôt ou tard.

Fielder émergea de l'entretien avec à la main une liasse de documents dûment signés et cachetés lui accordant l'aide de plusieurs experts — un détective privé, un psychiatre, une équipe de recherche de circonstances atténuantes et un cytopathologiste —, aux frais de l'État. Il pouvait également demander une transcription dactylographiée de l'audience du matin. Cette dernière pièce aurait une double utilité : d'abord, elle serait jointe au dossier que la défense soumettrait un peu plus tard au juge. Plus important, le fait que Fielder ait pu l'obtenir rappelait à la cour que toutes ses décisions, chacune des requêtes qu'elle refusait, seraient réunies, étudiées et conservées pour être utilisées par la défense, mais aussi lors d'un éventuel examen en appel, particulièrement dans le cas d'une condamnation à mort.

Ses documents sous le bras, le visage un peu plus souriant, Fielder tourna dans Maple Street pour rejoindre l'annexe du tribunal qui abrite depuis près d'un siècle la maison d'arrêt du comté d'Ottawa, plus connue sous le nom de prison de Cedar Falls.

L'heure était venue de rendre visite à Jonathan et de s'asseoir à une table avec lui.

Alors que Matthew Fielder se préparait à son premier entretien sérieux avec son client, Gil Cavanaugh se trouvait de l'autre côté de Main Street, en face du tribunal, dans l'Harriman Office Building — ainsi baptisé sans enthousiasme en hommage au membre de l'opposition locale qui en avait financé la construction une quarantaine d'années auparavant. Il avait réuni son équipe d'assistants et d'enquêteurs pour discuter des preuves que l'accusation présenterait le jour suivant au grand jury.

En l'absence d'un jury déjà constitué, Cavanaugh avait demandé au greffe du tribunal de rassembler le nombre requis de jurés pour le lendemain matin, neuf heures.

C'était la secrétaire du greffe, Dot Whipple, qui, parmi ses nombreuses attributions, assumait périodiquement cette tâche. Au téléphone depuis midi, elle s'efforçait de contacter une trentaine d'électeurs : le juge Summerhouse sélectionnerait vingt-trois d'entre eux pour former le grand jury devant prendre connaissance le jour suivant des preuves de l'accusation. Procédure plus tard contestée par Matt Fielder, qui demanderait à consulter la liste des jurés — dont les noms étaient normalement tenus secrets — afin de s'assurer qu'aucun de ceux ayant voté l'inculpation de Jonathan Hamilton ne ferait de nouveau partie du jury censé le juger.

Gil Cavanaugh savait que les chances de voir le prévenu témoigner devant le grand jury étaient si minces qu'il pouvait exclure d'emblée cette éventualité. Jamais Fielder n'irait à ce stade de l'affaire exposer son client à un interrogatoire. Le juge n'est pas présent dans la salle où délibère le jury : c'est au District Attorney d'assurer le double rôle de procureur et de « conseiller juridique » des jurés. Le rôle de la défense, lui, est réduit au minimum : l'avocat peut rester dans la pièce uniquement durant le témoignage du prévenu, et à condition de garder le silence. Enfin, les règles régissant les délibérations d'un jury lors d'une affaire criminelle sont très différentes de celles en vigueur dans les autres procès : au lieu des « preuves indiscutables » requises pour condamner un prévenu, seules des « présomptions raisonnables » sont nécessaires pour l'inculper. Et alors que dans un procès ordinaire, le jury doit voter la condamnation à l'unanimité, une simple majorité — douze voix sur vingt-trois — suffit pour prononcer une inculpation. Pas étonnant, donc, d'entendre répéter que dans une affaire criminelle, « le grand jury inculperait même un sandwich au jambon si on le lui demandait ».

Voilà pourquoi Gil Cavanaugh se disait que si nombreuses que soient ses preuves contre Jonathan Hamilton, il n'avait aucune raison — et donc aucune intention — d'en présenter plus que le strict minimum au jury. D'autre part, sachant que la défense aurait accès à une transcription de toutes les dépositions, Cavanaugh, en bon procureur, comptait appeler à la barre le moins de témoins possible et leur poser un nombre limité de questions — uniquement les plus évidentes, auxquelles on peut facilement répondre par oui ou par non, du genre : « Est-il exact, mon lieutenant, que le prévenu avait du sang sur le front la première fois que vous l'avez vu ? »

Dans le bureau de Cavanaugh cet après-midi-là, se trouvaient deux substituts du procureur, un juriste et quatre enquêteurs de la police : Deke Stanton, Hank Carlson, Gerard LeFevre et Everett Wells. C'était Stanton, premier policier — avec Carlson — à arriver sur le lieu du crime, qui avait effectué l'enquête préliminaire, lui encore qui prétendait avoir recueilli oralement les aveux de Jonathan avant de procéder à son arrestation. Wells et LeFevre s'étaient rendus sur place le mardi matin, avec un mandat de perquisition signé par le juge Summerhouse à son domicile le lundi soir. Tandis que le juge, l'accusation et la défense discutaient au tribunal, Wells et LeFevre avaient pénétré dans le pavillon où vivait Jonathan pour le passer au peigne fin, prendre des photos, prélever des échantillons de sang, des cheveux, des fibres et toute autre preuve matérielle. De retour à Cedar Falls, ils étaient allés droit au bureau de Cavanaugh, où se tenait la réunion, avec le fruit de leurs recherches. Il faudrait un certain temps pour que les photos soient développées, agrandies et répertoriées. Les échantillons devraient être analysés et comparés dans différents laboratoires de médecine légale. En revanche, les autres preuves matérielles se révéleraient d'une utilité plus immédiate. Au premier rang de la liste figuraient deux serviettes tachées de sang, découvertes au fond d'un placard sous le lavabo de la salle de bains de Jonathan. Enveloppé dans l'une d'elles, se trouvait un couteau de chasse. Avec un manche en bois de cerf et une lame en inox d'une dizaine de centimètres, dentelée uniquement sur sa moitié inférieure. On l'avait apparemment essuyé pour en faire disparaître les traces de sang et les empreintes digitales.

Cavanaugh et son équipe se concertèrent durant près de deux heures. La présentation minimale sur laquelle ils tombèrent finalement d'accord prévoyait le passage de quatre témoins à la barre : l'enquêteur Deke Stanton, pour qu'il raconte comment il avait arrêté Jonathan et recueilli ses aveux ; le médecin légiste Frances Chu, qui devait préciser la nature des blessures infligées aux victimes, l'heure probable du décès et le type d'arme utilisé ; l'enquêteur Gerard LeFevre, chargé de présenter le couteau et les circonstances de sa découverte ; et un témoin ordinaire, Bass McClure, pour qu'il évoque l'appel téléphonique du prévenu à l'aube le jour du meurtre, et sa découverte ultérieure du corps des victimes.

D'après le registre des visites, le premier entretien de Matt Fielder avec Jonathan Hamilton dura un peu plus de deux heures. De son propre aveu, cependant, Fielder n'apprit rien d'essentiel ; il calcula ensuite qu'en mettant bout à bout toutes les paroles prononcées, il n'atteindrait même pas une demi-heure. Un peu comme les matchs de base-ball à la télévision : trois minutes de publicité pour une minute de jeu. Avec Jonathan, c'étaient trois minutes de silence pour une minute de conversation.

À cause de ce mutisme, Fielder crut dans un premier temps son client en état de choc. Il semblait à peine conscient de son environnement immédiat. Aujourd'hui encore, « hébété » est l'adjectif qui revient sans cesse dans la bouche de l'avocat. Ayant déjà remarqué l'incapacité apparente de Jonathan à se projeter dans le futur au-delà du jour et du soir présents, il était à présent impressionné par son impassibilité — étrange façon de réagir au fait qu'à tort ou à raison, il venait d'être arrêté pour avoir tué ses grands-parents à coups de couteau.

Fielder lui posa beaucoup de questions, finissant par

obtenir un certain nombre d'informations. Ces questions — et les réponses de Jonathan — se limitaient toutefois presque exclusivement au passé du jeune homme : son enfance, son milieu familial, ses études, son adolescence. Par exemple, Fielder lui demanda s'il avait un emploi, comment il occupait ses loisirs. Il tenta de savoir s'il avait déjà eu des ennuis et, inversement, s'il pouvait citer des succès dont il était fier. L'avocat savait qu'il aurait tôt ou tard besoin de tous ces détails. Par ailleurs, il était plus facile de faire parler Jonathan de son passé que des raisons pour lesquelles ils se retrouvait brusquement en prison. Et Fielder avait conscience qu'en soi, le simple fait que Jonathan s'exprime était important. Il fallait avant tout établir un climat de confiance. Le meurtre pouvait attendre. Ils auraient tout le temps d'y revenir...

Pour le profane, il peut sembler étrange que Fielder renonce à poser au plus tôt à son client la question cruciale de son innocence ou de sa culpabilité. Il y a toutefois de bonnes raisons à cette stratégie, et Fielder savait ce qu'il faisait. L'avocat de la défense, particulièrement celui commis d'office, apprend très vite à se montrer prudent quand il prend contact avec son client. Vouloir apprendre d'entrée de jeu s'il est coupable ou innocent revient à demander lors d'un premier rendez-vous : « As-tu couché avec quelqu'un d'autre ? » À sa première rencontre avec l'avocat envoyé pour le représenter, le prévenu est spontanément méfiant. *Qui est ce type ?* se demande-t-il. *Par qui est-il payé ? Qu'est-ce qui me prouve qu'il n'est pas de mèche avec ceux qui veulent m'enfermer pour de bon ? Après tout, eux aussi inspiraient confiance quand ils m'ont convaincu de tout leur dire, dans mon intérêt.* S'il parvient à surmonter cette paranoïa initiale et à considérer son avocat comme un allié, sa seconde réaction sera probablement la suivante : *Si je lui dis que je suis coupable, il risque de ne pas mettre la même énergie à me défendre que s'il me croit innocent* — une crainte facile à comprendre, et parfois fondée. Ainsi, face à un prévenu que tout semble accuser, beaucoup d'avocats ne lui demanderont-ils jamais s'il est coupable. Sans doute une parfaite illustration de la politique dite « de l'autruche ».

Il y avait une autre raison pour laquelle Fielder ne ressentait pas le besoin de connaître toute l'histoire dès le premier jour. Dans l'immédiat, il fallait uniquement décider si Jonathan devait témoigner ou non devant le grand jury. D'après les preuves existantes, Fielder soupçonnait le jeune homme d'avoir effectivement tué ses grands-parents. Mais pourquoi ? C'était ce qu'il lui faudrait découvrir. Or, quelle que soit la réponse à cette question, elle ne serait pas suffisamment convaincante pour que l'avocat veuille laisser son client en discuter avec le jury.

Le petit propriétaire qui abat un cambrioleur, la femme battue qui tue son mari ivrogne et brutal, le commerçant qui défend son magasin après une vingtaine de vols : tels sont les prévenus qu'on envoie sans hésiter devant le jury. Bien que la loi ne cautionne pas vraiment leurs actes, s'ils sont capables de raconter leur histoire en apitoyant les jurés sur leur sort, ils ont toutes les chances de s'en tirer à bon compte : avec un non-lieu, ou une inculpation pour un délit mineur, comme le port d'arme prohibé, qui n'est même pas passible d'une peine de prison.

En revanche, aucun jury ne croirait que Jonathan avait tué en état de légitime défense ses grands-parents, pour les empêcher de le voler ou de le maltraiter.

Son témoignage pouvait donc attendre.

Mais au-delà de cet argument, et de la nécessité pour un avocat d'établir un climat de confiance avec son client, une dernière raison empêchait Fielder d'inciter Jonathan à parler du meurtre dès leur premier entretien. En ce mardi après-midi, Matt Fielder commençait à avoir une vague intuition que non seulement le jeune homme ne savait pas pourquoi il avait tué ses grands-parents, mais que, de surcroît, il n'était peut-être même pas sûr de les avoir tués.

Ainsi Matt Fielder et Jonathan Hamilton passèrent-ils

plus de deux heures à faire connaissance. Pour Jonathan, c'était sa première véritable occasion de découvrir l'homme qui serait son avocat, quoi qu'il pût mettre derrière ce titre. Quant à Fielder, c'est à ce stade qu'il commença vraiment à s'intéresser à Jonathan, pas seulement comme à un nouveau client qui attendait son aide, mais comme à un grand enfant sans défense, d'une innocence désarmante, et dont la survie était désormais entre ses mains. Même si, à cause du vocabulaire limité de Jonathan et de ses difficultés d'expression, ce fut un processus lent et parfois laborieux, une image commença à émerger cet après-midi-là, une ébauche qui devait progressivement s'étoffer et se préciser au fil des semaines et des mois.

7

Jonathan

Jonathan Porter Hamilton vint au monde le 12 août 1969. À sa naissance, ses parents — Porter Hamilton et Elizabeth Greenhall Hamilton — avaient eu leur part de difficultés conjugales. Deux fois séparés, deux fois réconciliés, ils avaient fini par trouver un compromis aux termes duquel ils faisaient chambre à part, chacun dormant dans une aile de la maison principale du domaine dont le père de Porter — Carter Hamilton — avait hérité de son propre père, Meriwether Hamilton. Ce dernier avait fait fortune au début du siècle en vendant des troncs d'arbres centenaires aux scieries et aux usines de pâte à papier. À une époque, il possédait cent vingt-cinq mille hectares de forêt au cœur de la région aujourd'hui connue sous le nom d'Adirondack Park. L'État l'arrêta avant qu'il n'ait abattu tous les arbres encore debout, lui rachetant ses terres pour une somme auprès de laquelle ses gains précédents étaient de la menue monnaie. Meriwether ne garda pour lui qu'une «parcelle» de cent vingt-cinq hectares, sur laquelle il entreprit de construire les sept bâtiments qui composent aujourd'hui le domaine Hamilton.

Carter Hamilton, le grand-père de Jonathan, grandit sur le domaine et, hormis cinq ou six années d'université et d'armée, y passa toute son existence. Il faisait office d'associé de l'empire financier de Meriwether

Hamilton, qui englobait désormais des sociétés immobilières, des gisements de gaz et de pétrole, ainsi qu'un groupe de presse. Lorsque Carter épousa Mary Alice Pointdexter en 1930, il quitta Flat Lake pour deux semaines de lune de miel dans les Caraïbes, au retour desquelles il s'installa avec sa jeune épouse dans le pavillon où devait ensuite habiter Jonathan. Carter et Mary Alice eurent deux enfants : William, né en 1938 et emporté par une méningite dans sa première année, puis Porter, né en 1940.

Ce dernier semble avoir eu le tempérament le plus aventureux de toute la famille Hamilton. Séduisant, diplômé d'Harvard, c'était à la fois un étudiant brillant et un joueur de lacrosse de niveau international. Grâce à une bourse de la fondation Rhodes, il partit vivre et étudier à Oxford pendant deux ans. Il revint accompagné d'Elizabeth Greenhall, sa future femme. Ils emménagèrent rapidement dans l'un des appartements du premier étage de la maison principale, devenant eux aussi des résidents permanents du domaine.

La nature exacte de la mésentente entre les parents de Jonathan est difficile à cerner. Porter Hamilton avait une réputation de coureur de jupons. D'après une anecdote — difficile à confirmer, mais vraisemblable —, l'encre de sa signature sur le contrat de mariage était à peine sèche quand, au retour de l'église, il avait disparu une bonne partie de la soirée dans une chambre à l'étage avec la demoiselle d'honneur. En l'occurrence Margaret Greenhall, sœur cadette d'Elizabeth Greenhall Hamilton que Porter avait épousée deux heures auparavant.

On peut se demander pourquoi Elizabeth supporta les frasques de son mari durant près de quarante ans. Elle a laissé le souvenir d'une femme douce et timide, aidée par ses domestiques, Elna et Klaus Armbrust, un couple d'Allemands qui s'occupaient respectivement du ménage et des terres. Elizabeth sortait rarement de chez elle. Elle n'avait apparemment jamais obtenu son permis de conduire ni sa carte de sécurité sociale et, sans fortune personnelle, était entièrement dépendante de son mari et de l'allocation mensuelle qu'il lui versait. Porter Hamilton — qui dirigeait alors la plupart des entreprises familiales — devait déjà, à cette époque, prendre le temps de la conduire en voiture dans les magasins pour qu'elle puisse faire ses courses, donnant son avis sur chacun de ses choix.

Seule certitude au sujet d'Elizabeth : peu après son mariage, elle se mit à boire et était plus ou moins alcoolique à la naissance de Jonathan. Non qu'elle se soit jamais donnée en spectacle : c'est à l'abri des regards, dans sa chambre du premier étage, son verre de cristal à la main, qu'elle buvait du xérès à petites gorgées. Seuls sa belle-mère, Mary Alice Hamilton, et son médecin, le docteur Nash (frère de Walter Nash, longtemps chef de la police de Flat Lake), semblent avoir pris conscience de l'ampleur du problème.

En 1969, quand naquit Jonathan, on connaissait mal les effets de l'alcoolisme maternel sur le fœtus. On commence tout juste à en mesurer la gravité, la manière indélébile dont les victimes sont marquées. Les chercheurs ont identifié un certain nombre de symptômes physiques et mentaux qui, réunis, permettent de diagnostiquer une maladie officiellement répertoriée dans les ouvrages médicaux sous le nom d'«alcoolisme fœtal» — communément appelé «gueule de bois incurable». Sur le plan physique, elle peut se traduire par un front proéminent, un nez écrasé, un palais mou, un bec-de-lièvre, des yeux enfoncés et écartés, une mâchoire anormalement étroite, des oreilles malformées et un cerveau plus petit que la moyenne. Sur le plan intellectuel, on note une réussite aux tests légèrement inférieure à la normale, et de nombreux troubles du comportement liés aux difficultés de concentration. C'est toutefois sur le plan affectif qu'elle laisse les cicatrices les plus discrètes, mais les plus profondes : ses victimes font preuve d'une innocence et d'une naïveté caractéristiques qui les mettent à la merci des revendeurs de drogue, des pervers sexuels et autres délinquants.

Malgré les progrès effectués pour identifier cette maladie, en déterminer la fréquence et prévenir le public des dangers de l'alcool pendant la grossesse, relativement peu de recherches ont été faites pour retrouver les individus présentant ces symptômes et en étudier les conséquences à long terme. La difficulté vient en partie de ce que la maladie étant connue depuis peu, les chercheurs ne disposent pas d'un échantillon représentatif d'adultes qui en sont atteints. Le cas de Jonathan Hamilton illustre bien le problème.

Le décès d'Elizabeth Greenhall Hamilton remontant à près de dix ans, on ne peut établir avec certitude qu'elle ait bu plus que de raison au cours du premier trimestre de sa grossesse. Pourtant, à cause de ses antécédents et de l'état de Jonathan, on est tenté de conclure qu'il présente au minimum une forme atténuée, «fruste», de la maladie. Un diagnostic catégorique est rendu encore plus difficile par le début d'asphyxie de Jonathan lors de l'incendie qui détruisit en partie la maison principale, causant la mort de ses deux parents au cours de l'hiver 1989. Quoi qu'il en soit, il a bel et bien les yeux écartés, un palais mal fermé et des oreilles — du moins d'après les photos — très différentes de celles de tous ses ancêtres immédiats; il a obtenu des résultats nettement inférieurs à la moyenne aux tests psychométriques et ceux qui le connaissent bien le décrivent comme quelqu'un de limité, incapable de se concentrer, et d'une naïveté extrême.

D'après le dossier médical confié par l'hôpital de Cedar Falls, Jonathan est né à terme; il ne pesait cependant que deux kilos et mesurait moins de quarante-cinq centimètres — chiffres caractéristiques de l'alcoolisme fœtal. En revanche, son carnet de santé nous apprend qu'il rattrapa très vite son retard en termes de croissance et d'apparence physique. À son entrée à l'école primaire de Cedar Falls, c'était l'un des élèves les plus grands de sa classe mais aussi, à sept ans, l'un des plus âgés. Sur les photos de famille, on voit un bel enfant, rarement souriant. Chaque fois, il fixe l'objectif avec un détachement rappelant étrangement celui d'un top model.

Les établissements scolaires de Cedar Falls n'étant ni très exigeants, ni très sélectifs — aujourd'hui encore, moins de trente pour cent des élèves qui en sont issus vont à l'université —, les troubles du comportement de Jonathan et ses difficultés d'apprentissage passèrent inaperçus pendant plusieurs années. Mais à l'âge de onze ans, son attitude asociale et son intelligence limitée devinrent évidentes. Malgré sa grande taille, sa beauté et ses performances physiques, il semble s'être fait peu d'amis. Ses aptitudes à la compréhension écrite étaient proches de celles d'un élève de cours préparatoire, euphémisme charitable pour dire qu'il ne savait pas lire. Parmi les appréciations de ses enseignants successifs, on trouve : « [...] n'arrive pas à se concentrer ni, par incompréhension ou mauvaise volonté, à suivre les consignes les plus élémentaires, [...] a du mal à se contrôler, refuse les responsabilités, [...] demande une surveillance individuelle constante. »

Par deux fois, Jonathan ne réussit pas à passer dans la classe supérieure et dut redoubler le cours moyen, puis la sixième. Il entra au lycée à dix-sept ans. Le rapport écrit d'un psychologue, consulté par le proviseur de l'établissement, paraît tout droit sorti d'une publication médicale traitant des conséquences de l'alcoolisme fœtal :

Le sujet présente une intelligence très inférieure à la normale, avec des difficultés particulièrement marquées en lecture et en mathématiques. Ses facultés d'abstraction sont limitées (repérage dans le temps et dans l'espace, des liens de cause à effet, etc.). Ses capacités d'attention et de concentration se situent très loin du niveau moyen pour son âge.

On constate une certaine inadaptation sociale, qui se

manifeste par une alternance d'hyperactivité et de léthargie, accompagnée de réactions impulsives, voire agressives.

À cause de ses difficultés en lecture, le sujet a été évalué à l'aide de tests non écrits, auxquels il a obtenu des résultats nettement en dessous de la norme. Ses réponses au test de Rorschach sont à la limite de l'infantilisme.

Un an plus tard, Jonathan avait quitté le système scolaire. Incapable de conserver un emploi, même le moins qualifié, il passait le plus clair de son temps au domaine, ne s'aventurant à l'extérieur que sous la surveillance d'un adulte, généralement son père ou son grand-père.

Si l'alcoolisme d'Elizabeth Hamilton avait été la cause des problèmes de son fils, il en devint ensuite l'effet. Jonathan était un enfant incontrôlable et exigeant, dont les sautes d'humeur et les difficultés scolaires mettaient à rude épreuve la patience limitée de sa mère. Progressivement, elle se détourna de lui.

Pourtant, alors même que son développement intellectuel et affectif stagnait, sa croissance physique se poursuivait de plus belle. Selon certains témoins, le corps du jeune homme donnait l'impression de compenser les déficiences de son cerveau abîmé. À l'âge de quatorze ans, il était déjà aussi grand que sa mère ; à seize ans, il la dépassait d'une tête. Les ouvrages médicaux traitant de l'alcoolisme fœtal suggèrent qu'il retarde l'apparition des caractères sexuels liés à la puberté. Dans le cas de Jonathan, ce facteur fut sans doute à l'origine d'une poussée de croissance tardive qui semble s'être prolongée au-delà de dix-huit ans, où il dépassait un mètre quatre-vingts.

Si Jonathan enfant déconcertait Elizabeth Hamilton, devenu adulte, il l'effrayait. Malgré l'absence de preuves, il n'est pas invraisemblable qu'il s'en soit pris à elle ou l'ait brutalisée. On a de plus en plus d'exemples de jeunes malades qui s'attirent des ennuis après l'adolescence à cause de leur inadaptation sociale : ils recherchent en permanence l'attention d'autrui et les gratifications, ils mentent, ils volent. Sur le plan sexuel, ils sont alternativement vulnérables et agressifs ; à l'occasion, ils peuvent même se montrer physiquement violents. Ils ont souvent affaire à la justice, à la fois comme coupables et comme victimes, ce qui ne paraît pas avoir été le cas de Jonathan. Du moins n'existe-t-il aucune trace d'une éventuelle arrestation avant la mort de ses grands-parents, anomalie pouvant s'expliquer par son existence extraordinairement en marge du monde réel, au-delà des murs de pierre du domaine Hamilton.

À l'approche du vingtième anniversaire de son fils, en tout cas, Elizabeth semble s'être totalement détachée de lui et du reste de la famille, vivant recluse entre les quatre murs de sa chambre, avec pour seule compagnie sa fidèle bouteille de xérès. Les grands-parents de Jonathan, Carter et Mary Alice, qui supportaient mal cette réclusion volontaire de leur belle-fille, préférèrent s'installer dans le pavillon. La maison principale devint un lieu d'une tristesse monumentale. Elizabeth ne quittait pas sa chambre du premier étage, son mari était toujours par monts et par vaux, et Jonathan, qui vivait au rez-de-chaussée, se retrouvait pour l'essentiel livré à lui-même. Chaque soir, les trois générations d'Hamilton dînaient ensemble autour de la même table, dans un silence pesant parfois rompu par des échanges superficiels.

Et puis, une nuit de l'hiver 1989 — le 17 février à l'aube, très précisément —, ce fut la tragédie. Le couple Armbrust fut réveillé par l'alarme du détecteur de fumée de la maison principale. Personne ne put découvrir l'heure exacte de son déclenchement, mais à en croire les résultats de l'enquête qui suivit, le vent aurait dû tourner à cent quatre-vingts degrés par rapport à sa direction habituelle pour que la sonnerie parvienne jusqu'à la maison des domestiques. Le temps que Klaus Armbrust fracture la porte d'entrée, le premier étage était envahi par la fumée. Par miracle, il put réveiller Jonathan et le tirer hors du bâtiment, mais ne réussit pas à retourner à l'intérieur.

86

La brigade de pompiers volontaires de Cedar Falls intervint à temps pour sauver la maison, mais pas les occupants du premier étage. Encore sous le choc, Jonathan assista par cette nuit glaciale de février au départ des cadavres de ses parents. Le médecin légiste conclut que les deux victimes étaient mortes asphyxiées pendant leur sommeil. D'après les conclusions de l'enquête, le feu avait pris dans la chambre d'Elizabeth, qui aurait posé avant de s'endormir un châle ou un peignoir sur un radiateur électrique.

Jonathan passa une semaine à Mercy Hospital, à se remettre d'un début d'asphyxie, puis d'une pneumonie — complication fréquente quand on a inhalé de la fumée. À sa sortie, il retourna au domaine, où il s'installa dans le pavillon avec ses grands-parents, tandis qu'au premier étage de la maison principale, des ouvriers réparaient les énormes dégâts provoqués par les flammes, la fumée et l'eau.

Ses contacts avec le monde extérieur étant toujours aussi limités après l'incendie, il est difficile d'évaluer l'impact physique et moral de cet événement sur le jeune homme. Elna et Klaus Armbrust sont des gens peu loquaces, peu portés à donner leur avis sur Jonathan Hamilton ou sur tout autre sujet. À cause de ses visites périodiques, Bass McClure est l'une des rares personnes étrangères à la famille à avoir vu Jonathan assez régulièrement. Depuis des années, il était le bienvenu au domaine dont il parcourait les sentiers, pêchant dans les étangs avec la bénédiction des propriétaires. À plusieurs reprises, Porter et lui avaient placé aux quatre coins de la propriété des pancartes menaçant de poursuites les chasseurs et autres intrus. Porter et Elizabeth morts, McClure s'était fait un devoir, chaque fois qu'il le pouvait, de passer vérifier que Jonathan et ses grands-parents ne manquaient de rien.

— L'incendie a laissé des traces chez ce garçon, déclare-t-il, et il lui a fallu du temps pour s'en remettre physiquement. Mais je crois que moralement, il n'a

jamais surmonté le choc. D'abord, il s'est mis à bégayer
— ce qu'il n'avait jamais fait. Et puis il semblait anéanti.
Avant l'incendie, il avait des périodes de calme et d'hyperactivité — un peu comme un enfant de trois ans, ou
un chiot. Après, il était tout le temps calme. Il restait assis
à contempler ses mains ou ses chaussures, ou à fixer sur
vous cet étrange regard pâle. Je n'ai jamais su ce qu'il
voyait, ni ce qu'il pensait. Inquiétant, je vous assure.
Comme si toute son énergie et son agressivité s'étaient
envolées. Vous comprenez?

Son énergie envolée, Jonathan devint moins incontrôlable pour ses grands-parents. Une fois les réparations
terminées dans la maison principale, le premier étage de
nouveau habitable, ce furent Carter et Mary Alice qui
retournèrent s'y installer. Jonathan resta dans le pavillon.
Au terme d'un accord avec ses grands-parents? Par entê-
tement? Difficile à dire. Relativement habile de ses
mains, il aménagea la plus petite des deux chambres,
construisant un joli meuble de télévision avec des chutes
de bois. Curieusement, le pavillon était assez bien tenu,
quoique d'une propreté approximative. Trois fois par
jour, le jeune homme rejoignait la maison principale où
Elna Armbrust leur servait les repas, à ses grands-parents
et à lui. Un rituel sans doute silencieux, et lugubre.

8

Opérationnel

L'AUDIENCE du vendredi suivant fut un non-événement. Fielder avait mis une paire de mocassins noirs à la place de ses chaussures de chantier ; si le juge Summerhouse s'aperçut du changement, il ne fit pourtant aucune remarque. Comme la première fois, Jonathan fut amené devant la cour menottes aux poignets, comme la première fois, Fielder demanda qu'on les lui enlève (ce qu'il ferait à chaque nouvelle audience) et toujours comme la première fois, sa requête fut refusée. Gil Cavanaugh annonça que le jury s'était réuni pour prendre connaissance des preuves existantes et qu'une majorité de jurés avaient inculpé Jonathan Hamilton mais, au nom des règles de confidentialité, il refusa de préciser de quoi. Dans la salle d'audience, cependant, il ne faisait de doute pour personne que c'était d'un double homicide volontaire.

Cavanaugh demanda ensuite un ajournement de séance jusqu'à la semaine suivante, pour lui permettre de faire reproduire les différents documents qu'il devrait fournir à la défense lors de la lecture officielle de l'acte d'accusation, durant laquelle Jonathan ferait connaître son intention de plaider non coupable.

En tout et pour tout, l'audience dura à peine plus de deux minutes. Sa brièveté n'empêcha pas Gil Cavanaugh de passer la demi-heure suivante sur les marches du palais de justice, à poser pour les caméras et à affirmer dans chaque micro tendu que les citoyens du comté d'Ottawa pouvaient compter sur lui pour faire appliquer les lois de l'État.

— Il est de mon devoir de procureur, déclara-t-il entre autres, de faire passer un message solennel à tous ceux qui nous écoutent, afin qu'ils sachent que les braves gens de ce comté ne toléreront pas des actes aussi barbares, aussi bestiaux. La Bible nous enseigne que telle est la volonté de Dieu : œil pour œil, dent pour dent, une vie pour une vie. Encore que dans ce cas précis, malheureusement, le compte n'y sera pas, une vie sur les deux ne sera pas vengée. Mais nous ferons tout ce qui est en notre pouvoir, je vous le promets. Certains d'entre vous l'ignorent peut-être, mais je suis moi-même grand-père.

Personne n'avait jamais accusé Gil Cavanaugh d'être avare de mots...

Lors de son deuxième véritable entretien avec Jonathan Hamilton, Matt Fielder l'interrogea sur ce qu'il savait des deux meurtres. Il était prêt à faire machine arrière à la première réticence de son client : il n'allait pas détruire la confiance qu'il avait eu tant de mal à établir lors de l'entretien précédent. Mais Jonathan ne manifesta aucune réticence — là n'était pas le problème. Le problème venait plutôt du caractère fragmentaire de ses souvenirs :

— Je me suis réveillé au m... milieu de la nuit, mais c'est tout ce que je me rappelle. Après, je me suis encore réveillé, plus tard. Il co... commençait juste à faire jour, un petit peu. J'avais be... besoin d'aller aux toilettes, et j'ai marché à tâtons. Dans la salle de bains, il n'y a p... pas de fenêtre et il faisait encore plus noir. Mais je... je ne voulais pas allumer, ça m'aurait fait mal aux yeux. J'ai p... pissé. J'ai tiré la chasse et la poignée était collante. Je me suis dit que j'avais p... peut-être mal visé. J'avais soif, alors je... je suis allé au lavabo. Le robinet était collant aussi. J'ai fait une tasse avec mes mains... (Il fit une démonstration à Fielder.) ... Quand j'ai... j'ai mis les mains sous le jet, le lavabo était plein. Je ne savais pas pourquoi. Alors j'ai allumé...

Jonathan semblait ne pas vouloir aller plus loin. Fielder dut l'encourager.

— Qu'est-ce que tu as vu?

— L'eau.

— Et alors?

— Elle était tou... toute rouge.

Jonathan avait d'abord cru que quelqu'un avait fait de la peinture. Il y avait de la peinture rouge dans la cuvette des toilettes, sur le rebord du lavabo, sur le miroir, sur le mur, sur l'interrupteur, sur le sol : partout. Dans la cuvette, l'eau était rouge clair, comme si quelqu'un avait rincé un pinceau dedans. Partout ailleurs, c'était rouge foncé. Tellement foncé à certains endroits qu'on aurait dit du noir.

— J'ai tou... touché, continua Jonathan. Et j'ai senti mes doigts. Ça ne sen... sentait pas la peinture. Alors j'en ai mis un peu au b... bout de ma langue. C'était s...salé.

Ses yeux avaient fini par s'habituer à la lumière. Il avait vu une traînée rouge, de la salle de bains à la porte d'entrée.

— Tu avais compris ce que c'était? lui demanda Fielder.

— Du... du sang?

L'avocat acquiesça.

— Qu'as-tu fait ensuite?

— Je... je suis allé voir grand-papa Carter et grand-maman Mary Alice.

— Et qu'as-tu trouvé?

Pas de réponse.

— Qu'as-tu trouvé, Jonathan? répéta Fielder, aussi doucement que possible.

— Ils a... avaient plein de coupures partout.

C'était alors qu'il avait téléphoné, et que Bass McClure avait pris son appel.

De retour à son chalet, ce soir-là, Fielder enleva son costume pour se remettre en jean et en sweat-shirt. Il avait surmonté son agacement initial d'avoir fait une heure et demie de route — aller! — pour deux minutes d'audience sans intérêt. En comparaison, son entretien avec Jonathan lui paraissait presque passionnant. Même en l'absence de révélations sur les meurtres proprement dits, au moins le jeune homme avait-il parlé de ce dont il se souvenait. Et le reste finirait bien par remonter à la surface, ce n'était qu'une question de temps, pensait-il. Ce en quoi il avait tort. Quelles qu'aient pu être les atrocités commises par Jonathan cette nuit-là, elles semblaient trop profondément enfouies pour qu'il les exhume un jour. Fielder comprenait : après tout, il disposait des photos prises sur les lieux du crime, en couleurs et sur papier glacé. N'importe qui aurait préféré oublier pareil spectacle.

Jonathan avait fait de son mieux, il faudrait s'en contenter.

En revanche, l'avocat était soulagé d'avoir une semaine devant lui : la loi ne lui donnait que cinq jours après la lecture de l'acte d'accusation pour demander par écrit un non-lieu, à cause du refus de Cavanaugh de laisser au prévenu le temps nécessaire à la préparation de son témoignage devant le grand jury. Cette semaine supplémentaire augmentait d'autant le temps qu'il pourrait consacrer au dossier.

Sans parler de l'aspect financier.

D'après ses calculs, et en comptant le temps de trajet, onze heures s'étaient écoulées entre son départ de chez lui et son retour. À cent soixante-quinze dollars de l'heure, il avait gagné près de deux mille dollars. Pour quelqu'un dont le compte en banque ressemblait à une jauge à l'aiguille constamment proche du zéro, cette somme avait quelque chose d'irréel. Quand on verse trop longtemps un salaire de misère à un individu, il finit par croire qu'il ne mérite pas mieux.

Alors que le législateur mettait au point les conditions

d'application de la peine capitale, la question des indemnités allouées à la défense s'était révélée un des problèmes les plus épineux auxquels il ait eu à faire face.
Aux yeux des adversaires de la peine de mort, le défaut
majeur du système est qu'en face de la puissance et de
la richesse de l'État, on trouve presque invariablement
les citoyens les plus démunis — tant sur le plan économique qu'intellectuel et culturel. Le nombre élevé de
recours entraînés par le rétablissement de la peine capitale a montré jusqu'où un État pouvait aller avant que la
Cour suprême ne déclare inconstitutionnelle la procédure mise en place pour déterminer quels accusés doivent, ou non, avoir la vie sauve. En d'autres termes, la
question est la suivante : quelles garanties minimales un
État doit-il promulguer et appliquer avant de pouvoir
exécuter quelqu'un ?

L'une des priorités absolues doit être la possibilité
pour l'accusé de bénéficier de l'assistance effective d'un
avocat. Et le mot clé est ici l'adjectif « effective ».

En 1972, année où l'affaire Furman contre l'État de
Géorgie fit date, la Cour suprême donna un grand coup
de balai et annula tous les textes d'application de la
peine capitale existant à l'époque : ceux de trente-neuf
États et du district de Columbia, ainsi que ceux du gouvernement fédéral. En tout, six cents condamnations à
mort furent commuées.

L'affaire Furman n'eut pas pour conséquence une
interdiction de la peine de mort dans les États en question. En revanche, elle démontra (dans le plus long rapport jamais remis par la Cour suprême, dont les neuf
juges, exemple unique dans l'histoire, avaient exprimé
chacun par écrit leur opinion) que la Géorgie et les
autres États ayant rétabli la peine de mort n'avaient pas
su la faire appliquer de manière juste et impartiale. Ce
faisant, la Cour suprême indiquait selon quelles modali-

tés son application pouvait être conforme à la Constitution.

Les décrets d'annulation étaient à peine signés que les États s'attelèrent à la rédaction d'une nouvelle législation prenant en compte les recommandations faites lors de l'affaire Furman. Au début, ces tentatives rencontrèrent des obstacles imprévus, à l'origine de nombreux contretemps. Chaque fois, pourtant, le législateur apprenait quelque chose et les lois finalement votées profitèrent de ces expériences. À la fin de la décennie, les couloirs de la mort recommencèrent à se remplir dans les prisons et quand, en 1977, un certain Gary Gilmore réussit à convaincre ses avocats de ne plus s'acharner à prolonger sa vie, la peine capitale s'imposa de nouveau dans la jurisprudence américaine. Au milieu des années quatre-vingt-dix, les condamnations à mort étaient devenues monnaie courante, au point que personne ne s'étonnait plus d'apprendre dans le journal l'exécution de deux ou trois prisonniers la nuit précédente.

Après l'affaire Furman, l'État de New York attendit deux décennies pour rétablir à son tour la peine de mort, à compter de septembre 1995. Non que le législateur n'ait pas tenté de le faire plus tôt, mais chaque proposition de loi allant dans ce sens avait été rejetée, de justesse, grâce au veto de Mario Cuomo, gouverneur démocrate et farouche abolitionniste. La peine capitale ne fut réintroduite dans l'État qu'après sa défaite aux élections de 1994 face à George Pataki, républicain conservateur partisan d'une politique plus répressive.

Après les dernières mises au point, la nouvelle législation présentait l'immense avantage de bénéficier des succès et des échecs d'une quarantaine d'autres États. Avec pour résultat (reconnu bien malgré eux par les opposants les plus en vue de la peine capitale), des textes d'application parmi les plus explicites qui soient concernant les garanties apportées aux accusés.

Non seulement la loi prévoit des indemnités raisonnables pour les avocats commis d'office dans les affaires criminelles, mais elle oblige l'État à leur fournir tous les moyens utiles pour assurer à leur client une assistance *effective*. Dans cette logique (adoptée uniquement parce qu'elle était apparue comme celle de la Cour suprême depuis l'affaire Furman), la défense peut s'assurer les services de détectives privés, de psychiatres et de psychologues, de consultants, d'interprètes, de travailleurs sociaux et d'une foule d'autres experts, tous rémunérés par l'État. Au besoin, les frais de déplacement et d'hébergement sont également remboursés. Si des transcriptions s'avèrent nécessaires, l'État doit les prendre en charge. Même chose pour d'éventuelles photocopies d'épais dossiers. S'il faut des photos, on peut faire appel à un photographe professionnel.

N'allez cependant pas croire que la loi soit rédigée de façon à ne bénéficier qu'à la défense. D'après certaines dispositions spécifiques, le District Attorney peut compter dans une affaire criminelle sur des injections massives d'argent de l'État, mais *seulement à partir du moment où il décide de requérir la peine capitale*. Si l'on peut se féliciter d'un système qui s'efforce de répartir équitablement les ressources existantes entre les deux adversaires, on peut aussi être tenté d'ironiser sur une loi qui fait de la «mort légale» une affaire rentable, et s'interroger sur le message envoyé aux procureurs, surtout ceux qui se débattent déjà avec mille et une contraintes budgétaires.

En somme, la peine de mort n'est pas seulement «différente», elle coûte cher, terriblement cher. Et comme toujours, c'est le contribuable qui paie la note.

Ayant obtenu les signatures nécessaires du juge Summerhouse l'après-midi de la première audience, Matt Fielder devait à présent réunir une équipe opérationnelle. Pour trouver un détective privé, il s'était d'abord adressé au tribunal, puis à la prison, et enfin dans un bar situé une centaine de mètres plus loin, sur le trottoir d'en face. Chaque fois, on lui avait parlé d'un certain Pearson J. Gunn qui habitait apparemment une vieille maison en bois à Tupper Lake, mais passait souvent l'après-midi, et la plupart de ses soirées, dans un bar de Cedar Falls. Fielder finit par localiser l'établissement en question, une petite taverne où, contrairement à ce que pouvait laisser croire son nom, le Dew Drop Inn, on ne buvait pas que des gouttes de rosée. Pete, le serveur, lui suggéra aimablement de s'asseoir et d'attendre une vingtaine de minutes s'il voulait avoir une chance de rencontrer Gunn.

En effet, à quatre heures précises, la porte s'ouvrit brusquement, faisant carillonner une série de clochettes accrochées au-dessus. Des « cloches à ours », avait expliqué Pete la première fois que Fielder s'était étonné de leur présence. On les portait dans les bois, pour se faire entendre des ours et leur laisser une chance de s'éloigner. Ce qu'il fallait éviter à tout prix, c'était de les surprendre.

— Le voilà, déclara Pete, sans lever les yeux des verres qu'il était en train de laver.

Fielder se retourna juste à temps pour découvrir une sorte de géant qui, sans doute à cause de l'association inconsciente avec les clochettes, lui parut avoir tout d'un ours — la taille, la corpulence, et la pilosité.

Gunn et lui se dirigèrent vers un coin au fond du bar, où ils s'attablèrent devant un pichet d'une bière ambrée des Adirondacks. Fielder fit les frais de la conversation pendant que Gunn s'occupait de vider le pichet, ou presque. Une heure plus tard, ce dernier avait plusieurs pages de notes illisibles, une assez bonne compréhension de l'affaire, et la vessie sans doute bien remplie. Fielder, lui, avait son détective privé, et une sensation d'euphorie qui ne le quitta pas durant tout le trajet de retour.

Quant à l'équipe des circonstances atténuantes — chargée de rassembler des informations pouvant persuader le jury que plusieurs éléments du passé de l'accusé contrebalançaient les circonstances aggravantes du meurtre, et qu'une condamnation à mort n'était donc pas justifiée —, Fielder était allé la chercher jusqu'à Albany, où il avait contacté le cabinet Miller & Munson, plus connu sous le nom de M & M, à cause du logo qui ornait ses cartes de visites et son papier à lettres. Bien qu'il ait déjà rencontré une des deux associées, Fielder n'avait jamais travaillé avec elles, ce qui le laissait dans l'expectative. Il avait toutefois tenté de se rassurer grâce aux connotations agréables des deux initiales. Il y avait bien sûr les bonbons — petites billes de chocolat enrobées de sucre, parmi lesquelles Fielder avait toujours préféré les marron, à cause de leur couleur presque naturelle. Il y avait aussi Mantle et Maris, célèbre duo des Yankees, qui avaient réussi à eux deux cent quinze coups de circuit en une seule saison.

De toute façon, il n'aurait besoin que d'une seule associée du cabinet Miller & Munson.

Le base-ball figurait sur la très courte liste des passions de Matt Fielder. Sans un accident regrettable, il aurait pu faire une carrière professionnelle. Il avait obtenu une bourse pour jouer dans l'équipe de l'université du Michigan comme troisième base — de même qu'il passait à la batte en troisième position. Trois ans de suite, c'était lui qui avait marqué le plus de points pour les Wolverines, avec une moyenne de .396. La dernière année, il avait atteint .456, ce qui lui avait valu une place dans l'équipe des dix meilleurs joueurs universitaires de la saison, ainsi que dans plusieurs sélections nationales. Il avait terminé vingt-troisième du classement établi par les dirigeants des Boston Red Sox, qui l'avaient engagé dans l'une de leurs équipes d'espoirs à Galveston, au Texas. L'accident regrettable avait eu lieu sept semaines après le début de la saison, à une époque où il battait à .429, plus beau score de sa ligue, et où il s'attendait à être appelé d'un jour à l'autre dans l'équipe des meilleurs espoirs à Sarasota, en Floride. Une balle envoyée au centre du terrain par le batteur lui avait percuté le coude, et fracturé le cubitus en onze endroits. Un an plus tard, après trois opérations et six plaques en titane, il avait finalement « raccroché » et regagné l'université du Michigan à Ann Arbor pour essayer de faire son droit. Dans l'ensemble, il avait détesté. Les problèmes de contrats, de propriété, de contentieux ne l'intéressaient pas le moins du monde ; le droit civil était une torture, l'étude des procédures de faillite d'un ennui mortel. Le droit pénal, en revanche, présentait un intérêt, et l'idée de se battre pour les exclus — d'être la voix qui ferait taire le désir de vengeance de la populace — avait finalement représenté l'étincelle qui avait transformé l'étudiant médiocre en avocat inspiré.

Désormais entouré d'un détective privé et d'une collaboratrice chargée des circonstances atténuantes, Fielder était pratiquement opérationnel. Bientôt, il aurait besoin d'un spécialiste des maladies mentales — un psychiatre ou un psychologue, ou les deux — mais il voulait prendre son temps pour trouver exactement celui qui convenait. Car quelle qu'en soit la cause, il avait déjà la très nette impression que la lenteur apparente de Jonathan Hamilton pouvait s'apparenter à un « handicap mental ». Or, Fielder savait qu'aux termes de la loi en vigueur, ce serait un argument décisif : le législateur avait eu le mérite de reconnaître que la peine de mort était un châtiment inapproprié en pareil cas, quels que soient l'atrocité du crime ou le poids des circonstances aggravantes. (Il y avait néanmoins une restriction : pour qu'on puisse invoquer le « handicap mental », la débilité de l'accusé devait s'être manifestée avant l'âge de dix-huit ans. Dans le cas de Jonathan, au moins une partie de ses problèmes pouvait être attribuée à son début d'asphyxie pendant l'incendie. Mais cela remontait à 1989, alors qu'il avait déjà dix-neuf ans.)

Ensuite, Fielder envisagea de faire appel à un médecin pour étudier et interpréter les rapports d'autopsie. Cela aussi pouvait attendre. Il ne recevrait pas les rapports avant plusieurs semaines au moins et, dans un premier temps, sa propre connaissance des termes médicaux suffirait.

Ses éventuels besoins en experts et en moyens supplémentaires dépendraient dans une large mesure des preuves découvertes par l'accusation. Peut-être le moment viendrait-il de faire intervenir des spécialistes des empreintes digitales, des traces de pas ou de sang, des cheveux et des fibres. D'avoir recours à un laboratoire indépendant pour effectuer des tests ADN, ou encore de demander une exhumation pour permettre une nouvelle autopsie. Mais rien ne pressait. Il n'aurait pas la maladresse de courir soumettre au juge Summerhouse une liste interminable de requêtes dont l'utilité était, à ce stade en tout cas, relativement hypothétique. Certains conseillent plutôt aux avocats de la défense de ratisser large et d'exiger sans attendre tout ce qui peut se révéler nécessaire : ce sont souvent des professeurs d'université habitués à théoriser devant les étudiants et dans les publications spécialisées. Fielder avait appris que sur le champ de bataille, il vaut parfois mieux attendre avant de tirer.

Enfin, il savait qu'il pouvait aussi réclamer la désignation d'un assistant, d'un autre avocat qui travaillerait avec lui, pour des indemnités à peine moins élevées que les siennes. Là encore, pourtant, il décida de ne pas se précipiter. Matt Fielder n'avait pas choisi par hasard de venir habiter une région reculée des Adirondacks. Il finissait par apprécier la solitude, et avait toujours préféré travailler seul. Si le Capital Defender's Office jugeait qu'il avait besoin d'un assistant, il ne se priverait pas de le lui faire savoir. Autant attendre que Kevin Doyle appelle et fasse lui-même la suggestion. Il savait où le trouver, après tout. C'était au moins une certitude.

Ce soir-là, Fielder s'installa devant son poêle à bois. Il faisait assez chaud pour en laisser les portes entrouvertes. Les flammes léchaient les bûches de frêne, de chêne, d'érable et de bouleau. L'été qui avait suivi l'achat du terrain, il avait fixé des rubans rouges sur les arbres morts pour les repérer plus facilement une fois que les autres auraient perdu leurs feuilles, et qu'il serait impossible de les distinguer. Quand il ne construisait pas son chalet, il abattait des arbres, cassait du bois et l'empilait jusqu'à avoir un bûcher assez imposant pour affronter un hiver polaire.

Il aurait pu raconter l'histoire de chacune des bûches qu'il brûlait. Pas seulement à quelle essence elle appartenait, mais de quel arbre précis elle venait, de quelle partie du tronc; s'il avait dû ébrancher l'arbre avant de l'abattre; si celui-ci était tombé à l'endroit prévu ou à côté (phénomène rare, mais qui s'était produit une ou deux fois); s'il avait eu du mal à le débiter, à le transporter; si le cœur était sain ou pourri; quel insecte ou quelle maladie avait causé sa mort; et combien de temps il avait eu pour sécher.

Il en arrivait à éprouver, en brûlant son bois, le même genre de sensation qu'un chasseur mangeant du gibier. Jamais il n'avait pu placer une bûche dans le feu sans se désoler à l'idée de la détruire définitivement. Pas étonnant si certaines tribus d'Indiens d'Amérique demandaient solennellement pardon à leur proie avant de s'asseoir pour la manger lors d'un festin. C'était une histoire d'amour et de haine, un conflit entre le désir de protéger le monde animal et l'instinct de survie. Pourtant, Fielder le brûleur de bûches se reconnaissait une certaine supériorité morale sur les mangeurs de gibier, aussi longtemps du moins qu'il disposait d'une réserve suffisante d'arbres enrubannés de rouge à abattre : il épargnait ceux encore vivants. Mais cela ne faisait-il pas de lui un charognard, obligé de se contenter des carcasses? Était-ce tellement mieux?

Il tourna ses pensées vers Jonathan Hamilton, seul dans sa cellule à la prison de Cedar Falls, sans feu pour le réchauffer. Qu'est-ce qui avait bien pu dérailler dans le pauvre cerveau malade du jeune homme pour qu'il se déchaîne soudain contre les deux personnes qu'il aurait dû aimer et respecter plus que tout au monde? Quel événement avait pu déclencher pareille folie meurtrière?

Si Matt Fielder était incapable de répondre à ces questions, on pouvait raisonnablement imaginer qu'il en allait de même pour Jonathan Hamilton. À cet instant précis — d'après le carnet de bord tenu par le gardien de service cette nuit-là —, il dormait profondément sur la couchette qui, une fois dépliée, occupait un tiers de la cellule de deux mètres sur trois où il vivait depuis une semaine. Si Jonathan était dans l'œil du cyclone qui allait mettre à l'épreuve la plus récente législation sur la peine de mort, il ne donnait pas l'impression d'avoir conscience de sa situation particulière. Rien de surprenant à cela : n'importe quel météorologue vous dira qu'une des principales caractéristiques des cyclones est la zone de calme absolu qui se trouve en leur centre.

Si Jonathan dormait cette nuit-là, tel n'était pas le cas de son avocat. À une centaine de kilomètres au sud-est de Cedar Falls, parfaitement réveillé, Fielder contemplait les flammes et les braises du feu qui brûlait dans son poêle, tout en dressant mentalement d'interminables listes de ce qu'il devrait faire pour un client si démuni qu'il ne fallait pas compter sur son aide. Ainsi le processus était-il déjà enclenché, identique à celui qui, vingt-cinq ans plus tôt, avait conduit Fielder d'un terrain de base-ball de la petite équipe de Galveston, au Texas, jusqu'à une grande faculté de droit d'Ann Arbor, Michigan ; qui l'avait tiré de sa somnolence au beau milieu d'un cours de droit pénal de première année, l'avait amené à défendre un nombre incalculable de marginaux du temps où il travaillait pour un cabinet d'aide judiciaire, l'avait envoyé au stage «peine de mort» dont il était sorti convaincu de son manque de résistance nerveuse pour accomplir ce qu'on lui demandait. Un processus identique à celui qui, après avoir écouté le message de Kevin Doyle ce fameux lundi après-midi, l'avait poussé à prendre le combiné, à rappeler, et à accepter à contrecœur de s'engager à faire le maximum, à mettre toute sa compétence, son expérience et sa détermination — c'est-à-dire chaque parcelle de son être — dans une bataille dont l'issue était, au sens le plus littéral du terme, une question de vie ou de mort.

9

Un dossier en béton

L ORSQUE Fielder s'était levé de la table au fond du Dew Drop Inn à Cedar Falls pour prendre congé de Pearson Gunn, celui-ci l'avait imité et, lui tendant une main aussi large qu'une patte d'ours, avait grogné quelque chose comme «À bientôt». Fielder à peine sorti, Gunn s'était tourné vers Pete pour commander un deuxième pichet avant de se rasseoir. Si Matt Fielder se concentrait plus facilement devant un feu de bois, il fallait à Pearson Gunn une quantité apparemment illimitée de bière ambrée des Adirondacks pour arriver au même résultat. Il avait donc passé deux heures et demie à la même table, à boire et à réfléchir, les yeux dans le vague. Vers vingt-trois heures, Pete avait appelé Molly Molloy, le taxi local, pour la prévenir qu'il était l'heure de « la course de Gunn », comme ils disaient entre eux.

Le lendemain matin, le détective se leva comme si de rien n'était et prépara son petit déjeuner habituel : six œufs, douze tranches de bacon et quatre tartines, le tout arrosé de trois tasses de café noir assez brûlant pour ébouillanter un lapin.

Ce repas expédié, il pouvait se mettre au travail.

Hillary Munson raconte souvent qu'elle a fait ses classes à la dure. C'est un pur produit de l'enseignement public new-yorkais, qui lui a appris à lire, à compter et à écrire, mais aussi à se débarrasser d'un agresseur armé d'un cutter. Elle a passé sa licence de psychologie à New York State University New Paltz, et sa maîtrise en sciences sociales à Albany State University. Étudiante, elle n'était inscrite ni au club de débats ni à celui d'art dramatique, ne jouait pas au hockey sur gazon et ne fréquentait pas les garçons : elle travaillait à plein temps dans un foyer pour femmes battues et dans un centre de désintoxication pour toxicomanes. Ainsi avait-elle financé ses droits d'inscription, sa chambre, et ses repas, tout en venant en aide à beaucoup de gens.

Sa maîtrise en poche, Hillary s'était associée avec Lois Miller, titulaire du même diplôme. Ensemble, elles avaient fondé Miller & Munson, cabinet de conseil en psychologie et en sciences sociales qui proposait ses services aux entreprises, aux municipalités, aux établissements scolaires et autres institutions ayant besoin de programmes spécifiques pour résoudre les problèmes de drogue, de reconversion professionnelle, de pédagogie ou de gestion des crises. Elles avaient installé leurs locaux dans un petit bureau sans fenêtre, au premier étage d'un immeuble délabré du centre d'Albany.

Fin 1992, après un an d'activité, elles totalisaient trois clients et un chiffre d'affaires de deux mille cent soixante-dix dollars...

Au début du second semestre de 1993, elles étaient sérieusement endettées et devaient trois mois de loyer. À cette époque, le frère cadet d'Hillary fut arrêté pour avoir dévalisé un magasin d'Eagle Street après en avoir brisé la vitrine. Il fut aussitôt inculpé de cambriolage avec effraction, délit passible de deux ans et trois mois à sept ans de prison. Hillary rendit visite au jeune avocat commis d'office de son frère. Visiblement surmené, il lui expliqua qu'en plaidant coupable, il réussirait peut-être à limiter les dégâts et à obtenir une peine de un à trois ans de prison. Hillary suggéra alors de proposer elle-même à la cour une peine de substitution comprenant un suivi psychologique, un stage de formation professionnelle et des travaux d'intérêt général. Considérant qu'ils n'avaient rien à perdre, l'avocat la laissa tenter sa chance.

Long de onze pages soigneusement dactylographiées à intervalle simple, le document final comportait une reconstitution détaillée des antécédents du prévenu, une évaluation de ses besoins et une stratégie pour sa réinsertion. Impressionné, le juge mit l'accusé en liberté sous contrôle judiciaire, à condition que ledit contrôle soit assuré par le cabinet Miller & Munson, qui devrait périodiquement remettre un rapport au magistrat. Ses services seraient rémunérés par l'Etat.

En deux ans, le cabinet devint un rouage essentiel du système judiciaire, avec une vaste clientèle, aussi bien au tribunal de district qu'au tribunal civil ou pour enfants. Tous les avocats du comté d'Albany finirent par comprendre que pour éviter la prison à un prévenu, obtenir la garde d'un enfant ou sauver un jeune de la délinquance, il leur suffisait de prendre leur téléphone et d'appeler les deux jeunes femmes de M & M.

En 1995, alors que la nouvelle législation de l'État de New York sur la peine capitale allait entrer en vigueur, Hillary Munson fut l'une des rares personnes extérieures à la profession conviées par Kevin Doyle à participer au stage « peine de mort ». Arrivant en retard à un cours, elle trébucha sur un attaché-case et ses notes s'éparpillèrent dans l'allée centrale. L'avocat qui l'aida à les ramasser (celui-là même qui avait eu la mauvaise idée de laisser dépasser son attaché-case) l'invita à déjeuner pour se faire pardonner. Célibataire, il n'était pas le premier homme séduit par la beauté d'Hillary. Elle avait un petit visage aux traits délicats et au sourire irrésistible, encadré par une chevelure brune et bouclée qui ondulait dès qu'elle bougeait. Tous les deux passèrent un bon moment ensemble et échangèrent leurs cartes de visite à la fin du repas.

Matthew J. Fielder, pouvait-on lire sur celle de l'avocat.

Aux yeux de Pearson Gunn, la tâche prioritaire était d'exclure toute possibilité, même infime, qu'une autre personne que Jonathan ait commis les deux meurtres. À cette fin, il décrocha le combiné et composa un numéro qu'il connaissait par cœur. Il avait gardé un téléphone à cadran, convaincu que ceux à touches étaient un phénomène de mode et tomberaient rapidement dans l'oubli, en même temps que les réveils à affichage digital, les climatiseurs et les voitures à boîte automatique. Le numéro composé par Gunn était celui de son contact au quartier général de Saranac Lake. Bien qu'il refuse aujourd'hui encore de révéler son nom, il s'agissait sans nul doute du capitaine Roger Duquesne, jusque-là mentionné sans plus de précision comme l'« officier supérieur de service » qui s'était rendu au domaine Hamilton le matin du crime.

Gunn avait lui-même passé quinze ans dans la police, avant sa démission forcée suite aux violences subies par un suspect arrêté pour le meurtre et le viol d'une fillette de six ans au camping Blue Mountain Lake. À l'époque, Gunn et Duquesne étaient collègues. C'était Gunn qui avait plongé, témoignant lors de l'enquête interne que Duquesne était absent au moment où le suspect s'était blessé en roulant trois fois de suite en bas de l'escalier. L'histoire avait paru invraisemblable aux inspecteurs chargés de l'enquête, mais Gunn n'ayant pas mis Duquesne en cause, sa tête avait été la seule à tomber. Ainsi était-il devenu ex-policier et détective privé, tandis que Duquesne avait fini capitaine. Dans les forces de l'ordre, cependant, la loyauté prime sur toutes les autres vertus, et dès lors Pearson Gunn n'avait jamais eu besoin de chercher très loin un contact au quartier général.

Malgré le silence prudent de Gunn et un démenti véhément de Duquesne, en anglais et en français, il y a donc de fortes chances pour que les deux hommes se soient rencontrés ce week-end-là, sans doute le samedi en fin de soirée. Ce dont on est sûr, c'est que le lundi matin, Gunn (pour qui l'après-midi ne commence pas avant quinze heures) se rendit au chalet de Fielder près de Big Moose afin de lui soumettre son rapport.

Il s'agissait d'un « rapport » oral. Dans la police, il avait appris que si on prenait des notes, un petit malin d'avocat mettrait tôt ou tard la main dessus et les passerait au microscope pour vous ridiculiser et transformer son client en enfant de chœur. Plus tard, en tant que témoin de la défense, il avait été confronté aux mêmes pratiques, mais en sens inverse — c'était le District Attorney qui se retrouvait en possession des notes de la défense. Voilà comment Gunn avait appris à tout stocker dans sa tête. Et tant qu'il ne dépassait pas trois pichets de bière ambrée des Adirondacks par jour, ce système marchait plutôt bien.

Ce que Gunn rapporta à Fielder, c'est qu'aux yeux de la police et du District Attorney, il s'agissait d'un dossier en béton, dont l'issue ne faisait aucun doute. Les enquêteurs avaient découvert et photographié une traînée de sang qui partait de la chambre des victimes, descendait l'escalier, franchissait la porte et rejoignait la salle de bains du pavillon de Jonathan Hamilton. Au fond d'un placard sous son lavabo, ils avaient trouvé deux serviettes ensanglantées. Dans l'une d'elles était caché un grand couteau de chasse. Les premières analyses concluaient à la présence de deux groupes sanguins : O+ et A−. Selon le médecin légiste, les prises de sang effectuées sur les victimes montraient que Carter Hamilton était O+ et Mary Alice Hamilton A−. Plusieurs échantillons devaient subir des tests ADN, dont les résultats n'arriveraient pas avant quatre ou cinq semaines mais établiraient sans nul doute, avec une marge d'erreur quasi inexistante, que le sang était celui des deux victimes.

À la traînée de sang s'ajoutait une série de traces de pas sanglantes, mais difficilement interprétables faute d'avoir été protégées des allées et venues. Une personne aux pieds nus, chaussant vraisemblablement du 44, les avait laissées en entrant et en sortant de la maison où le crime avait eu lieu. Le problème était que, d'après ses propres déclarations, un certain Brian McClure, dit « Bass », avait accompagné Jonathan Hamilton dans et hors de la maison alors que le jeune homme était nu-pieds. Ce que confirmait le premier récit fait par Hamilton — à McClure — de sa découverte des corps.

Plusieurs paires de chaussures avaient été trouvées, et saisies, dans le pavillon de Jonathan. Du 44, à chaque fois.

Ensuite, les enquêteurs avaient relevé sur le lieu du crime un certain nombre d'empreintes digitales. Elles avaient été comparées à celles des deux victimes, fournies par le médecin légiste, et à celles de Jonathan Hamilton, prises durant son fichage. On avait aussi prélevé des cheveux et des fibres, dont sept longs cheveux blonds qui, à première vue tout au moins, ressemblaient à ceux de l'accusé.

Les maisons environnantes avaient reçu la visite des enquêteurs. Les plus proches voisins — Klaus et Elna Armbrust — habitaient sur le domaine à cinq cents mètres de là et travaillaient pour les Hamilton, lui comme garde-chasse, elle comme employée de maison. Aucun d'eux n'avait entendu le moindre bruit pendant la nuit, ni remarqué la présence de voitures suspectes. Peut-être à cause du sol desséché par le manque de pluie, les enquêteurs n'avaient découvert aucune trace de pas ou de pneu digne d'intérêt. Les Armbrust étaient les seuls habitants à plus d'un kilomètre à la ronde, et personne d'autre n'avait vu ni entendu quoi que ce soit d'anormal.

Enfin, Gunn révéla à Fielder que, d'après ses informations, le jury du tribunal de Cedar Falls avait inculpé Jonathan Hamilton de double homicide volontaire et que Gil Cavanaugh allait requérir à coup sûr la peine capitale.

À sept heures le lundi matin, sous une petite bruine, Hillary Munson prit à la sortie d'Albany la route 87 en direction du nord. À neuf heures, elle arrivait à la prison de Cedar Falls. À neuf heures et demie, installée en face de Jonathan Hamilton dans l'un des parloirs, elle le regardait droit dans les yeux. Hillary mesure à peine plus d'un mètre cinquante. Assis, Jonathan était presque aussi grand qu'elle.

Lors de ce premier entretien avec le jeune homme, elle poursuivait plusieurs objectifs. D'abord, comme Matt Fielder, elle voulait gagner sa confiance. Ce qui se révéla plus difficile que prévu, malgré son expérience des contacts avec des individus aux capacités de communication limitées. Ensuite, elle devait faire signer à Jonathan un certain nombre d'autorisations pour commencer à réunir les dossiers détenus par les établissements scolaires, les hôpitaux et autres institutions. Elle avait la conviction qu'en rassemblant suffisamment de documents sur une personne, on tombait tôt ou tard sur ce qu'on cherchait. Elle racontait souvent l'histoire d'un jeune homme dont le dossier médical avait disparu, sauf quelques vieilles radios de la mâchoire. « Envoyez-les-moi », avait-elle soupiré. À leur arrivée, elle avait découvert que son client s'était fait arracher toutes les dents à l'âge de quatorze ans. Elle lui avait demandé pourquoi : parce qu'on ne lui avait jamais dit de se les brosser et qu'elles étaient toutes cariées, avait-il expliqué. À partir de ce simple fait, Hillary avait brossé le tableau d'une enfance extrêmement négligée, qui avait épargné au jeune homme une peine de dix ans de prison.

Les dents de Jonathan, elles, paraissaient en bon état. Il signa les formulaires sans protester, mais lentement, sans même faire semblant de les lire. Une preuve de sa candeur, aux yeux d'Hillary.

Enfin, elle s'attaqua à son principal objectif : amener Jonathan à lui donner autant de « contacts » que possible. Par « contacts », elle entendait les membres de sa famille, amis et autres individus qui pourraient l'aider à découvrir tout ce qu'il y avait à savoir sur lui. Elle avait pour mission de reconstituer en détail l'histoire de son client.

Qui étaient ses ancêtres ? Quels dysfonctionnements étaient programmés avant même sa conception ? Comment s'était déroulée la grossesse de sa mère ? Avait-il eu une naissance traumatisante ou sans histoire ? Quelle influence avaient exercée sur lui les différents membres de sa famille ? Avait-il eu une enfance heureuse ? Une scolarité réussie ?

Fielder avait averti Hillary des difficultés qui l'attendaient. Sans parents ni grands-parents pour l'aider, et à cause de son intelligence limitée, Jonathan serait un cas difficile. Non qu'il y mette de la mauvaise volonté — ni Fielder ni Hillary n'avaient cette impression —, simplement à cause de son terrible isolement du reste du monde, à plus d'un titre.

Au cours des deux heures qui suivirent, Jonathan évoqua en tout et pour tout deux membres encore vivants de sa famille. Les deux oncles auxquels il devait son prénom et qui étaient partis vivre ailleurs plusieurs années auparavant. Nathan, pensait-il, était mort d'une « crise d'angine ». Lorsque Hillary lui avait demandé de préciser, il avait placé ses mains sur sa poitrine pour imiter quelqu'un en train d'étouffer. Quant à John, son autre oncle, on lui avait dit qu'il habitait très loin, mais il ne savait pas où.

— As-tu des nouvelles de lui ?

— Il nous envoie des cartes postales de temps en temps.

— Qui ça, « nous » ?

— M... mes grands-parents et moi.

Hillary avait remarqué que Jonathan parlait d'eux comme s'ils étaient encore vivants.

— Quelle sorte de cartes postales ?

— Des images.

— Quelle sorte d'images ?

La statue de la Liberté ou les chutes du Niagara, espérait-elle entendre, ce qui lui donnerait au moins un nom de ville par où commencer ses recherches.

— Des animaux.

110

Des animaux... Elle aurait capitulé si elle n'avait pas appris qu'il valait toujours mieux poser la question suivante, même si elle paraissait idiote et débouchait neuf fois sur dix sur une réponse tout aussi idiote.

— Quelle sorte d'animaux ?

Le visage de Jonathan s'éclaira un peu. Apparemment, il aimait les animaux.

— K... kangourou.

Pas vraiment ce qu'attendait Hillary. Peut-être cet oncle John travaillait-il dans un zoo...

— Et encore ?

Jonathan fronça les sourcils. À grand-peine, il parvint à retrouver et à articuler un autre nom.

— N... nithorynque.

— Un ornithorynque ?

Jonathan eut un large sourire, mais pas Hillary, occupée à se demander comment elle allait retrouver un inconnu nommé John Greenhall en Australie. Elle voulut ensuite savoir si Jonathan avait des frères et sœurs : autrefois, répondit-il, il avait eu un grand frère qui s'appelait Porter et que personne n'avait vu depuis des années.

— Tu as une idée de l'endroit où il est ?

Jonathan hocha lentement la tête.

— Mort, je crois.

Hillary n'insista pas.

— Y a-t-il quelqu'un d'autre ?

La question parut le prendre au dépourvu. Il resta un moment immobile et silencieux. Puis, d'une voix à peine audible — si douce que plus tard, Hillary ne pourrait pas affirmer avoir bien compris —, il murmura quelque chose qui ressemblait à « Peut-être bien ». Mais lorsqu'elle lui demanda de répéter, il se comporta comme s'il n'avait rien dit, comme si, à peine prononcé, le mot s'était envolé.

En tout, Hillary passa un peu plus de trois heures avec Jonathan lors de ce premier entretien. Elle en sortit épuisée, tant il lui avait été difficile de soutirer à son client les bribes d'informations qu'il pouvait — ou voulait — partager avec elle. Elle tirait toutefois un certain réconfort du fait qu'elle s'était bien entendue avec lui, qu'elle avait toutes les signatures nécessaires, et quelques éléments sur son passé.

Avec le recul, cependant, on peut dire que le principal intérêt de l'entretien résidait sans doute dans cette réponse mal comprise par Hillary Munson.

Pas grand-chose n'échappe à Pearson Gunn. C'est du moins ce qu'il s'imagine. Il rendit visite à Jonathan Hamilton le mardi, alors que Matt Fielder était devant son ordinateur, en train de rédiger sa demande de non-lieu, et qu'Hillary Munson, de retour à Albany, se démenait pour obtenir tous les dossiers existants sur Jonathan Hamilton.

Gunn — qui balaie toute allusion à la nécessité d'établir un climat de confiance avec l'accusé d'un geste de sa grosse main pataude en aboyant : «Est-ce que j'ai une tête d'avocat ?»— évoque beaucoup plus volontiers que Fielder ou Munson ses entretiens avec Jonathan. Malgré son refus de citer les propos du jeune homme, il accepte de résumer la conversation qu'ils eurent tous les deux ce jour-là.

— J'ai trouvé le gosse à moitié hébété, rapporte-t-il. Comme s'il s'était réveillé un matin en prison sans pouvoir expliquer pourquoi. Quand je lui ai demandé s'il voulait bien me dire ce qui était arrivé à ses grands-parents, il a opiné du chef et déclaré qu'il savait qu'ils avaient été tués. Je lui ai demandé quel effet ça lui faisait ; il a répondu qu'il les aimait beaucoup et qu'ils lui manquaient. Il ne s'est pas mis à pleurer, mais presque. Il avait l'air sincère. Des gens qui mentent et qui font semblant, croyez-moi, j'en vois tout le temps. Alors que lui avait l'air vraiment sincère.

«Ensuite, je lui ai demandé s'il savait qui avait fait ça. Il a dit qu'il n'était pas sûr. À ce moment-là, j'ai préféré me taire. Pour voir s'il n'allait pas ajouter quelque chose de lui-même, sans que je lui pose une autre question. Et c'est ce qui s'est passé. Quelques instants plus tard, il a vaguement haussé les épaules en disant "Moi?".

« Le plus étonnant, c'est que je n'arrivais pas le moins du monde à savoir s'il venait de m'avouer que c'était lui le coupable, ou s'il avait lancé ça par hasard, comme dans un jeu de devinettes. On aurait dit qu'il faisait de son mieux pour me donner la bonne réponse, pour me faire plaisir. C'était bizarre, vraiment bizarre.

Lorsqu'on lui demande quelle fut sa première impression de Jonathan, Gunn fronce les sourcils.

— Je me rappelle avoir pensé qu'il manquait une case à ce gosse. Je n'avais pas le sentiment qu'il mentait. Il n'était pas assez intelligent pour ça. Et pourtant, tout le désignait comme le coupable, plutôt dix fois qu'une. Alors voilà ce que je me suis dit : c'est lui le meurtrier. D'une manière ou d'une autre, il le sait. Mais pour une raison mystérieuse, il ne s'en souvient pas.

« J'ai lu quelque part qu'on pouvait faire quelque chose de si affreux, de si contraire à sa personnalité, qu'y penser est trop pénible et qu'on doit l'enfouir dans un coin de sa mémoire pour continuer à vivre. L'enfouir complètement. Au point de ne plus s'en souvenir. Même devant un détecteur de mensonges, on nie et l'appareil ne réagit pas. Incroyable, de quoi l'esprit humain est capable !

À voir Gunn aussi loquace aujourd'hui, on peut être sûr qu'il a partagé ces mêmes impressions avec Matt Fielder au lendemain de son entretien avec Jonathan. Et si l'on regarde de près l'attitude de la défense durant les premiers jours et les premières semaines de l'affaire, il est clair que Fielder, Gunn et Munson en étaient plus ou moins au même point. Devant l'avalanche de preuves qui accablaient Jonathan, ils avaient fini par se faire à l'idée qu'il ait pu tuer ses grands-parents. Ce qu'ils ignoraient, en revanche, c'est *pourquoi*, et ils se retrouvaient dans une impasse : si Jonathan lui-même ne se rappelait pas avoir commis ces meurtres — ce qu'ils ne mettaient pas en cause —, comment diable allaient-ils découvrir les raisons de son geste?

Voilà où en étaient ces trois individus qui cherchaient désespérément à sauver la vie d'un quatrième. Lequel se révélait totalement incapable de les aider. Quelques mois plus tard, Fielder devait exprimer ainsi leur sentiment initial de frustration : « Tels des sauveteurs, nous tentions par tous les moyens d'empêcher un homme de se noyer sous nos yeux. Il lui aurait suffi de tendre la main vers nous pour que nous puissions le repêcher. Malheureusement, il n'avait pas de bras. »

10

Chili végétarien

L E vendredi matin, c'est sous une pluie glacée que Matt Fielder prit la route de Cedar Falls. Pluie suffisamment drue pour qu'il déclenche ses essuie-glaces, mais pas assez pour les empêcher de couiner. Son 4×4 Suzuki était un modèle de base : quatre cylindres, cinq vitesses, deux portes et pas grand-chose d'autre. Il avait refusé de sortir deux mille dollars de plus pour l'«option confort» comprenant des vitres teintées, le désembuage de la lunette arrière, des essuie-glaces intermittents, le verrouillage centralisé des portières, l'éclairage du miroir de courtoisie et deux ou trois équipements supplémentaires qui lui avaient paru à l'époque totalement superflus. Il aurait aimé avoir les essuie-glaces intermittents, qu'on refusait bien sûr de lui vendre séparément — le constructeur avait tout prévu. Fielder conduisait donc une main sur le volant, l'autre sur la commande des essuie-glaces qu'il actionnait toutes les cinq secondes environ, pour qu'ils fassent un seul passage sur le pare-brise à chaque fois. Il les avait baptisés «essuie-glaces intermittents à commande manuelle».

À son arrivée au palais de justice, la pluie s'était installée, mais de toute évidence, l'affluence n'avait pas diminué pour autant. Il dut tourner dans la rue adjacente pour pouvoir se garer, s'arrêtant finalement devant la prison. Le temps qu'il retourne vers le palais, son cos-

115

tume était constellé de taches d'eau et ses chaussettes trempées dans ses mocassins.

Rapide, l'audience ne fut cependant pas dépourvue d'intérêt. Gil Cavanaugh lut l'acte d'accusation voté par le jury. Comme tout le monde s'y attendait, Jonathan était inculpé de double homicide volontaire, ainsi que de plusieurs délits annexes · coups et blessures volontaires ayant entraîné la mort, violation de domicile, et port d'arme (le couteau) prohibé.

À la question de savoir comment l'accusé allait plaider, Fielder répondit pour Jonathan : « Non coupable. »

Cavanaugh demanda ensuite que l'accusé se soumette à une prise de sang, au prélèvement de quelques cheveux et au relevé de ses empreintes digitales, sans doute pour les comparer aux échantillons recueillis sur le lieu du crime. Fielder réclama un délai de réponse, sans se faire d'illusions sur ses chances de l'obtenir. Contrairement à un interrogatoire, auquel on peut se soustraire en invoquant le Cinquième Amendement — qui donne le droit à un prévenu de ne pas faire de déclarations pouvant être retenues contre lui —, les échantillons demandés par Cavanaugh n'avaient pas valeur de témoignage. Puisque Fielder pouvait difficilement prouver qu'on mettait ainsi la vie de Jonathan en danger (comme il aurait pu le faire, par exemple, s'il avait fallu extraire une balle logée près du cerveau), ou qu'il s'agissait d'une procédure choquante (comme d'examiner le contenu de l'estomac de son client), il suffisait à Cavanaugh pour obtenir gain de cause de démontrer que de fortes présomptions de culpabilité pesaient sur l'accusé — ce que le grand jury avait déjà établi en votant son inculpation.

Passant à l'offensive, Fielder présenta à son tour une requête, sous la forme d'une demande de non-lieu motivée par le refus de Cavanaugh d'accorder à la défense le temps nécessaire pour décider si Jonathan devait témoigner ou non devant le jury, et l'y préparer le cas échéant. Là encore, Fielder savait qu'il n'avait aucune chance. Pourtant, il ne voulait rien laisser au hasard. Ce qui paraissait superflu dans une affaire ordinaire pouvait se révéler crucial quand l'accusé encourait la peine de mort. Fielder se devait entre autres de tenter un recours à chaque étape de la procédure, sur lequel les cours d'appel puissent ensuite s'appuyer pour que la peine de mort reste une exception dans l'État de New York. Même dans les affaires ordinaires, le cauchemar de tout avocat est de découvrir qu'il a involontairement cautionné une violation des droits de son client en ne protestant pas à temps et dans les règles.

Les prisons sont pleines de condamnés dont les avocats n'ont pas pris la peine de réagir.

En l'absence de requêtes supplémentaires, le juge Summerhouse fixa l'audience suivante trois semaines plus tard, pour laisser le temps à chacune des parties de répondre par écrit aux requêtes de l'autre.

La pluie n'avait pas réussi à doucher l'enthousiasme de Gil Cavanaugh pour les conférences de presse improvisées sur les marches du palais de justice.

— Nous sommes le 12 septembre, déclara-t-il dans les micros qu'on lui tendait après l'audience. En tant que District Attorney élu par les citoyens du comté d'Ottawa, je dispose à compter d'aujourd'hui de cent vingt jours pour décider si je vais requérir le châtiment suprême dans cette affaire. Si horribles que soient ces meurtres, je vais accorder à l'accusé une faveur à laquelle ses malheureuses victimes sans défense n'ont certainement pas eu droit. Je vais différer quelque temps ma décision, pour laisser à la défense une chance de me convaincre que je ne devrais pas réclamer la peine de mort. Je vais étudier tous les documents qui me seront soumis au cours des trois semaines à venir. Je suis un homme sévère, mais juste. Vous en êtes témoins, je m'engage publiquement. La balle est désormais dans le camp de la défense.

Alors que les cameramen se bousculaient autour de lui, Cavanaugh, debout sous un parapluie tenu par un

117

de ses assistants, répondit à des questions servies sur un plateau par certains journalistes. Non, jamais il n'avait vu un crime aussi affreux durant toutes ses années au service de l'État. Oui, il était certain que le coupable était sous les verrous, les braves gens du comté pouvaient dormir sur leurs deux oreilles. Non, *a priori*, il ne voyait pas ce que pouvait lui apprendre la défense pour qu'il renonce à requérir la peine capitale, mais il voulait quand même leur laisser une chance. Oui, il s'attendait à être réélu avec une confortable majorité en novembre prochain.

Après quoi il s'excusa et disparut, suivi de son équipe.

Lorsque les journalistes se dirigèrent vers Fielder, qui avait suivi le spectacle un peu à l'écart, il les arrêta d'un geste en annonçant qu'il n'avait aucun commentaire à faire. Il détestait recourir à ce genre d'attitude. D'abord parce que les journalistes peuvent être utiles : dans un monde où l'information sert de monnaie d'échange, ils sont généralement prêts, moyennant une piste intéressante, à partager avec vous leur connaissance du terrain et des bruits qui courent, voire une rumeur naissante. Par ailleurs, le numéro de Cavanaugh exaspérait Fielder, qui aurait bien aimé lui clouer le bec. Mais qu'avait-il à dire ? Que son client ignorait s'il était coupable ? Qu'il ne se rappelait pas avoir assassiné ses grands-parents ? Et que, s'il était bel et bien le meurtrier, il ne pouvait expliquer son geste ?

— Désolé, répéta-t-il trois ou quatre fois.

— Allez-vous tenter de convaincre le District Attorney de ne pas demander la peine de mort ?

— Désolé.

— Votre client a-t-il une chance de s'en tirer ?

— Désolé.

— Quand accepterez-vous de répondre à nos questions ?

— Je ferai une déclaration le moment venu.

C'était tout ce qu'il avait trouvé. Les relations publiques n'avaient jamais été son fort. Il s'éloigna du groupe de journalistes et s'engagea dans la rue où était garée sa voiture, juste à temps pour voir un agent en uniforme glisser un PV sous l'un de ses essuie-glaces intermittents à commande manuelle.

Apparemment, ce n'était pas son jour.

À peu près à l'heure où Matt Fielder repartait vers son chalet, une technicienne se mettait au travail à Rigney Bluff, dans la banlieue de Rochester, à plus deux cents kilomètres à l'ouest. Yvonne Saint Germaine était employée par GenType, un laboratoire commercial. Ouvert depuis seulement trois ans à l'époque, il employait déjà quatre-vingt-cinq personnes et faisait plus de sept millions de dollars de chiffre d'affaires annuel. GenType et une poignée d'autres laboratoires comme CellMark, LabCorp et BioTest (le choix d'un nom à deux syllabes facilement identifiables semblait une condition nécessaire pour réussir dans cette branche) devaient leur réputation au fait qu'ils étaient habilités à pratiquer des tests ADN.

Moins d'une décennie auparavant, la découverte du rôle unique de l'acide désoxyribonucléique comme marqueur génétique avait révolutionné la science de l'identification. Et plus récemment, sur la côte Ouest, un procès retentissant avait rendu l'ADN célèbre dans tous les foyers. Que peu de gens connaissent le sens de ces initiales, et qu'un nombre encore plus restreint d'entre eux ait une idée de la théorie qui se cache derrière cette application, ne changeait rien à l'affaire : on ne pouvait plus se contenter de dire à un jury que quelque chose ressemblait à du sang, que c'était du sang, du sang humain, et même du sang humain appartenant au groupe AB –. Dès 1997, chaque procureur américain savait qu'il devait dorénavant pouvoir expliquer aux jurés que des tests ADN avaient été effectués, et qu'il y avait très exactement une chance sur 46 351 562 837 pour que le sang prélevé sur le lieu du crime ne soit pas celui de l'accusé. À condition que ce dernier ne s'appelle pas O.J. Simpson, le tour était joué.

Yvonne Saint Germaine ouvrit le colis urgent arrivé le matin même de Cedar Falls, quelque part dans l'État de New York. À l'intérieur se trouvait une deuxième pochette qui, une fois ouverte, révéla son contenu : vingt-sept petits flacons enveloppés séparément. Chacun renfermait un morceau de coton, une tache rouge sur une plaque de verre, un petit morceau de tissu, ou encore un cheveu humain avec son follicule. Chaque flacon était numéroté. Tous les numéros étaient différents, mais précédés de la lettre X. Dans le langage d'Yvonne Saint Germaine, X signifiait « inconnu ». Elle découvrit également, protégé par du plastique à bulles, deux tubes remplis de sang. Les bouchons violets et le sang encore liquide lui indiquèrent qu'il avait été correctement mélangé à un anticoagulant. Les tubes portaient respectivement la mention C 1 et C 2, signifiant qu'il s'agissait d'échantillons connus devant servir d'éléments de comparaison.

Enfin, une lettre dactylographiée à en-tête du District Attorney du comté d'Ottawa demandait que chaque échantillon soit soumis à des tests génétiques et précisait qu'un lot supplémentaire, portant la mention C 3, serait envoyé à GenType dans quelques semaines.

Yvonne jeta un coup d'œil à sa montre, nota l'heure sur son carnet et sortit à l'aide d'une pince stérile le premier échantillon, X 1, de son sachet. À première vue, un petit morceau de tissu-éponge provenant sans doute d'une serviette ou d'un peignoir. Le tissu avait dû être blanc au départ, ou gris pâle, ou beige. Difficile à dire avec certitude, puisqu'il était imprégné de ce que l'œil entraîné d'Yvonne identifia comme du sang.

Matt Fielder passa son samedi à couler la dalle de béton d'une grange qu'il espérait construire avant l'arrivée de l'hiver, et à préparer une grande marmite de chili. À voir Fielder faire la cuisine, un observateur éventuel aurait aussitôt déduit qu'il avait invité quelqu'un à dîner, et que ce quelqu'un était une femme.

Il n'aurait eu qu'en partie raison.

Fielder avait progressivement modifié sa recette de chili depuis qu'il était devenu végétarien une dizaine d'années auparavant. Les ingrédients comprenaient désormais des lentilles, des haricots noirs ayant préalablement trempé, des oignons, des poireaux, du céleri, des carottes, des tomates et toute variété de champignons sauvages qu'il avait pu cueillir. Une demi-douzaine d'épices différentes, allant du poivron rouge au piment noir habaneras — dont les réactions chimiques sont imprévisibles —, relevaient le tout. Une fois prêt, le chili était si épais qu'on pouvait y faire tenir une fourchette debout, et d'une consistance si riche que les végétariens avaient d'abord un mouvement de recul.

En vérité, un peu de compagnie féminine n'aurait pas fait de mal à Fielder. Marié à vingt-trois ans, redevenu célibataire à trente, il vivait seul depuis. Certes, il avait eu d'autres femmes dans sa vie, mais s'était toujours arrangé pour les tenir à distance. Peut-être à cause du traumatisme représenté par son divorce, ou du besoin de se retirer dans sa coquille, ou encore des nombreuses petites manies qu'il devait à son existence prolongée de vieux garçon. En tout cas, ceux qui le connaissaient bien — et ils étaient peu nombreux — le considéraient comme une « cause perdue » qui terminerait ses jours dans la solitude. Sa sœur, épouse comblée entourée d'une maisonnée d'enfants, disait de lui pour plaisanter qu'il était allergique au mot « relation ».

Ce samedi-là, pourtant, Fielder faisait un effort, mais pas envers la gent féminine. Le chili qu'il avait préparé était destiné à un dîner de travail où il serait question de Jonathan Hamilton, et l'invité n'était autre que Pearson Gunn, détective privé.

Gunn arriva vers dix-neuf heures, au volant d'une Chevrolet Impala de 1957 avec d'énormes ailerons. Elle laissait derrière elle un nuage de fumée bleutée qui mit dix bonnes minutes à se dissiper après l'arrêt du moteur. Gunn descendit de voiture, une carafe de vin rouge en équilibre au bout de son index, qui semblait rentrer difficilement dans l'anneau à droite du goulot. Fielder, dont les préférences allaient plutôt au bordeaux, vit qu'à chaque balancement le vin moussait, un peu comme une huile de moteur au milieu de l'hiver. Il remercia chaleureusement, mais s'abstint de regarder l'étiquette de peur d'y lire, en guise d'appellation d'origine, Vignoble Valvoline ou Château Esso.

Dans les formulaires qu'ils rempliraient plus tard pour percevoir leurs indemnités, les deux hommes indiqueraient n'avoir travaillé que deux heures ce soir-là, vraisemblablement par prudence. En réalité, ils se mirent à table vers vingt et une heures, burent jusqu'à minuit et veillèrent jusqu'à trois heures du matin, passant en revue ce qu'ils savaient de l'affaire, ce qu'ils ignoraient, et la stratégie à adopter.

On ne connaissait aucun ennemi à Carter et à Mary Alice Hamilton. Tous les deux avaient quatre-vingts ans passés au moment du crime. Depuis la mort de leur fils et de leur belle-fille dans l'incendie survenu dix ans plus tôt, ils s'étaient progressivement repliés sur eux-mêmes. Ces dernières années, ils s'étaient rarement aventurés au-delà des murs de pierre du domaine. Avec leurs quelques amis encore en vie, ils gardaient le contact grâce au téléphone, ou à de rares échanges épistolaires.

Gunn avait enquêté en détail sur les Armbrust, le couple de domestiques allemands qui vivait sur le domaine. Tout concordait à leur sujet. Ils avaient servi la famille Hamilton durant près de trente ans, veillant sur le domaine et sur trois générations de ses occupants. Klaus s'était fait arrêter une fois, à dix-sept ans, pour conduite sans permis ; Elna n'avait pas de casier judiciaire. Tout le monde s'accordait à reconnaître qu'ils s'entendaient bien avec les grands-parents de Jonathan. Atterrés par le double meurtre, il s'étaient également inquiétés, de manière compréhensible, pour leur avenir.

Leurs besoins modestes avaient toujours été satisfaits. Ils semblaient n'avoir rien à gagner, et tout à perdre, à ces deux décès.

Gunn s'était brièvement entretenu au téléphone avec Bass McClure, que Jonathan avait prévenu le matin du crime, et qui, hormis Jonathan, avait été le premier sur les lieux. Gunn le connaissait bien, et l'appréciait. Après sa conversation officieuse avec le capitaine Roger Duquesne, il avait par ailleurs le sentiment que l'accusation en voulait à McClure. Ce mécontentement provenait-il simplement du fait que Bass n'avait pas protégé correctement le lieu du crime des allées et venues, ou allait-il au-delà ? Fielder demanda à Gunn d'essayer d'en savoir plus. Un témoin de l'accusation réticent peut se révéler le meilleur ami de la défense.

Enfin, Jonathan Hamilton revint au centre de la conversation. Ni Fielder ni Gunn ne l'avouèrent ouvertement, mais tous les deux étaient intimement convaincus de la culpabilité de leur client. Ce qu'ils ignoraient, c'était le mobile du crime. Et ils avaient toutes les raisons de penser que l'accusation n'était pas plus avancée. Il n'y avait aucun témoin vivant des meurtres autre que Jonathan. Bien sûr, le jeune homme avait fait des « aveux » à Deke Stanton, mais ils étaient purement verbaux, n'avaient pas été enregistrés, et Stanton était le seul à les avoir entendus. D'où leur valeur limitée, même si l'accusation parvenait à convaincre le juge Summerhouse qu'ils étaient recevables. Et si tel n'était pas le cas, Gil Cavanaugh se retrouvait sans témoin direct.

La méfiance des procureurs envers les témoignages indirects ne repose sur rien de rationnel. Les témoignages directs sont généralement d'ordre visuel : *J'ai vu qu'il pleuvait.* Les témoignages indirects, eux, évoquent un fait, qui une fois avéré permet d'en déduire logiquement un second : *Le trottoir était mouillé et les gens avaient ouvert leurs parapluies.*

Or il se trouve que la majorité des « erreurs judiciaires » est causée par des témoignages directs. À l'origine, il y a toujours une erreur humaine : identification erronée, mémoire défaillante, comptes rendus d'observation imparfaits. Par contraste, rien n'est plus fiable que plusieurs témoignages indirects qui se recoupent pour désigner le coupable.

Mais tel n'est pas l'avis des jurés.

Pour des raisons mystérieuses, un jury attachera plus de crédit à un témoin intimidé, partial et susceptible de se tromper qui vient à la barre déclarer sous serment qu'il « n'oubliera jamais ce visage », qu'à un raisonnement logique basé sur des faits scientifiquement prouvés qui incriminent le prévenu avec une certitude presque mathématique.

Les procureurs l'ont appris à leurs dépens. Aussi, en l'absence d'un témoin oculaire, redoutent-ils de voir le jury ordonner un non-lieu, faute de charges suffisantes. D'instinct, ils cherchent alors ce qui peut le mieux pallier l'absence de témoignage direct : un mobile.

Contrairement à l'«intention», un mobile n'a pas besoin d'être prouvé. La loi, y compris dans les affaires criminelles, exige une preuve de l'intention. Qui, elle, ne fait référence qu'à l'objectif immédiat d'un individu : *L'accusé a tiré sur la victime dans l'intention de causer sa mort.* Le mobile, en revanche, est ce qui a donné naissance à l'intention : *L'accusé, furieux d'avoir été trahi, a tiré sur la victime dans l'intention de causer sa mort.*

Un procureur sans mobile, c'est un peu comme un lion sans crinière. Certes, il a ses griffes, ses crocs, sa force, sa vitesse et sa ruse. Mais sans crinière, aussitôt la panique s'installe. Et plus l'affaire est importante, plus la panique est grande.

Fielder se versa encore un verre de vin. Dans un moment de faiblesse, il avait jeté un coup d'œil à l'étiquette de la carafe et entrevu l'adjectif «vermeil» précédé d'un nom. Il avait immédiatement détourné le regard, préférant ignorer ce qu'il avait bu toute la soirée. Hélas pour lui, l'esprit humain adore chercher le mot manquant. Tord-boyaux vermeil? Antigel vermeil? Liquide de freins vermeil?

— Je te parie que C... Cavanaugh et son équipe se creusent autant la tête que nous pour trouver un mobile, lança-t-il.

— C... Cavanaugh?

Gunn ne put résister au plaisir de souligner les difficultés d'élocution soudaines de Fielder. Sans relever, celui-ci poursuivit :

— Il faut qu'on le coiffe au poteau.

Gunn contemplait le reflet des flammes sur son verre.

— Pas de problème. Je m'y mets dès demain. Même si c'est impossible, bordel! Du moment que tu me le demandes... Avec un peu de volonté, on arrive à tout.

Fielder, qui avait à ce stade un bon litre de breuvage vermeil — et d'idées claires — de retard sur Gunn, s'efforça de digérer ce qu'il venait d'entendre, mais son cerveau refusa de coopérer.

— Qu... qu'est-ce que tu dis?

L'alcool était une seconde nature pour Pearson Gunn : il ne se sentait jamais plus lucide que lorsqu'il avait sérieusement forcé la dose. Il lui suffit d'appuyer sur une touche interne pour revenir en arrière et retrouver la phrase demandée.

— Je m'y mets dès demain, répéta-t-il. Même si...

Fielder se redressa.

— Non, la dernière phrase.

Cette fois, Gunn avança en accéléré.

— Avec un peu de volonté, on arrive à tout.

— C'est ça!

— Ça quoi?

— Volonté! Les dernières volontés! Ces gens étaient riches. Il y a forcément un ou plusieurs testaments quelque part. Tôt ou tard, même un guignol comme Cavanaugh va s'en apercevoir et essayer de mettre la main dessus, pour voir à qui ils ont légué leur argent.

Si jamais c'est à Jonathan... au poil! On tient son mobile!

— Au poil?!?

En jaugeant son adversaire, Matt Fielder s'était fait une première impression partagée par la plupart des ennemis de Cavanaugh, aussi bien avant l'affaire que depuis. Les pirouettes du District Attorney devant les caméras et ses déclarations bassement électoralistes l'avaient convaincu d'avoir affaire à un bouffon doublé d'un démagogue. Ce faisant, il l'avait gravement sous-estimé. Car, malgré ses gesticulations, l'homme était habile : pas grand-chose ne lui échappait et il ne négligeait aucune piste.

Tandis que Fielder et Gunn, assis devant leur feu, se félicitaient d'avoir eu l'intelligence de penser à un testament comme mobile possible, à cent vingt kilomètres de là, Gil Cavanaugh dormait paisiblement. La même idée lui était venue une semaine plus tôt, et il avait déjà chargé l'un de ses assistants de demander une autorisation au juge pour avoir accès au testament en question.

De surcroît, il avait également plusieurs longueurs d'avance sur Hillary Munson pour l'obtention des dossiers médicaux et scolaires de Jonathan Hamilton. La défense ignorait encore que dans le cadre du «fichage» de son prisonnier, Deke Stanton lui avait fait signer un certain nombre de documents. Parmi eux figuraient plusieurs cartes destinées au relevé de ses empreintes digitales et un reçu pour ses effets personnels, deux formalités classiques. Tel n'était pas le cas des formulaires vierges, du même type que ceux présentés par Hillary à Jonathan une semaine plus tard. Seule différence, Hillary avait expliqué à son client exactement à quoi il s'engageait, et pourquoi c'était important pour lui; Stanton s'était contenté de lui indiquer où signer. À cause de ses difficultés de lecture et de sa docilité naturelle, Jonathan avait bien sûr obtempéré. Stanton avait remis les formulaires signés à Cavanaugh, qui les avait joints aux demandes de dossiers envoyées aux institutions et services concernés.

Fielder devait découvrir tout cela lorsque les destinataires de ses propres demandes l'appelèrent pour l'informer qu'ils avaient déjà transmis les dossiers en question au District Attorney. Il réagit à cette découverte par l'envoi à Cavanaugh d'une lettre indignée dans laquelle il annulait les autorisations initialement données par son client. Ce qui revenait bien sûr à fermer la porte de l'écurie une fois que les chevaux se sont échappés. Fielder révisa du même coup son opinion sur Cavanaugh, force lui étant d'admettre que l'enquête de la défense avait beaucoup de retard sur celle du District Attorney.

Si vexante que soit cette prise de conscience, la situation n'était pas nouvelle pour Fielder. En réalité, la défense devance rarement l'accusation : cela tient à la nature même de la procédure, dans laquelle l'accusation a tendance à agir alors que la défense se contente de réagir. Curieusement, c'est aussi l'un des aspects que Fielder préférait, celui qui réveillait en lui l'esprit de compétition. Faire figure de paria était l'une des raisons qui l'avaient incité à devenir avocat de la défense. Comme beaucoup de ses collègues, il tire sa fierté de sa certitude d'être plus performant quand les choses se présentent mal, quand ses chances de réussite sont au plus bas — alors même que le procureur s'apprête à sabler le champagne pour fêter sa victoire...

— Y a pas à dire, tu sais faire la cuisine !...

La voix de Pearson Gunn tira Fielder des brumes de l'alcool.

— ... Tu prends quelle viande, pour faire un chili aussi consistant ? Du gibier ?

Et Fielder qui comptait sur les pouvoirs de déduction de cet homme pour sauver la tête de son client...

Ils en étaient donc là, le capitaine et le second d'une équipe de fortune, seulement forte de trois membres qui n'avaient pas joué un seul match ensemble, face à une sélection de vétérans avec une puissance de tir redoutable. Non seulement ils partaient avec un handicap certain, mais ils jouaient aussi sur le terrain de l'équipe adverse, devant un public hostile, sous l'œil d'un arbitre partial. Et ils découvriraient sous peu qu'ils avaient laissé l'équipe locale marquer plusieurs points avant même de passer à la batte.

Pourtant, Fielder en était sûr, il ne tarderait pas à coincer Cavanaugh.

11

Hillary

L E lundi suivant, la gueule de bois de Fielder avait pratiquement disparu. Il avait dormi jusqu'à plus de neuf heures le dimanche matin, soit trois bonnes heures de plus que d'habitude. À son réveil, il n'y avait plus trace de Pearson Gunn qui — pour autant qu'il s'en souvienne — avait sombré vers trois heures du matin dans un profond sommeil sur le canapé. L'absence de la Chevrolet Impala dans l'allée indiquait cependant que le détective avait fini par revenir à lui et regagner ses foyers.

Fielder avait passé le reste de la journée dans le brouillard, avec la sensation d'avoir la langue enflée et couverte de fourrure. Les nausées succédaient aux maux de tête et sa gorge était tellement sèche qu'il arrivait à peine à déglutir. Il mourait de soif mais, à chaque gorgée de liquide, son estomac menaçait de se vider de son contenu.

Vers quatorze heures, il décida de se secouer. Il enfila une paire de chaussures, grimpa dans son 4×4 et prit la route 28, direction Utica. À deux reprises, il faillit finir au fossé dans un virage ; chaque fois, une poussée d'adrénaline le ramena à la réalité pendant une dizaine de minutes.

À Utica, il s'offrit un café et un bagel, et acheta l'édition du dimanche du *New York Times.* Repartant vers le nord, il conduisit la vitre ouverte pour se maintenir éveillé. Et le chauffage à fond pour ne pas geler sur place. Par miracle, il arriva à bon port, mais plus ou moins en pilotage automatique ; il ne devait garder aucun souvenir de ce trajet.

Le même soir, alors qu'il remettait un peu d'ordre dans le chalet, il tomba sur l'objet du délit renversé près du canapé. Plus inquiétant, la carafe était quasiment vide. Rassemblant son courage, Fielder se força à lire l'étiquette en entier. PORTO VERMEIL. Il eut un haut-le-cœur où se mêlait le goût du café, du bagel, et des raisins fermentés.

Pendant au moins deux ans, sa boisson la plus alcoolisée serait le cidre.

Il parcourut le supplément sports du *Times* pour vérifier le résultat des matchs de base-ball. Dans la partie magazine, les dessins humoristiques ne lui parurent pas spécialement drôles ; il y en avait même un qu'il ne comprenait pas. Il passa vingt minutes à essayer de faire les mots croisés, mais il pouvait à peine lire les définitions en petits caractères et les minuscules numéros. Deux fois, il se trompa de case. Par-dessus le marché, c'était un mot fléché. Il avait horreur de ça.

À dix-neuf heures trente, il se coucha en priant le ciel de lui pardonner et de l'aider à trouver le sommeil. Vers vingt-deux heures, un dieu compatissant finit par exaucer ses prières.

Pearson Gunn consacra presque toute la journée du lundi à tenter de localiser les testaments de Carter et de Mary Alice Hamilton. Leur décès ne remontant qu'à deux semaines, ils n'avaient pas encore été homologués. Ce qui supposait de retrouver le notaire devant qui ils avaient été établis, et qui, avec un peu de chance, en aurait conservé un exemplaire dans ses dossiers.

Une quinzaine de notaires exerçaient dans la région de Cedar Falls, et tous avaient fait, à un moment ou à un autre, appel aux services de Gunn. Mais les Hamilton résidaient sur le territoire de la commune de Flat Lake, où Gunn ne pensait pas qu'il y eût un représentant de la profession. Pis, Flat Lake n'était même pas une commune à proprement parler : s'il existait un notaire dans les environs, il devait travailler à son domicile. Et Gunn se voyait mal aller frapper aux portes pour le découvrir.

Il appela tous ceux qu'il connaissait à Cedar Falls. Aucun n'avait rédigé de testament pour les Hamilton. Il essaya les pages jaunes, à la rubrique «Notaires». Aucun n'avait d'adresse à Flat Lake. À court d'idées, il se rendit au palais de justice, où Dot Whipple le laissa consulter un gros livre rouge comportant un annuaire des notaires.

— Autrefois, les noms étaient classés par comté, lui expliqua-t-elle. Mais ils ont changé de méthode il y a quelques années et maintenant, il n'y a plus qu'une liste par ordre alphabétique de tous les notaires de l'État.

Ce qui ne servait à rien.

— Dot, j'ai besoin de votre aide, supplia-t-il.

Il savait depuis longtemps que le meilleur moyen d'obtenir de l'aide était de la demander ouvertement. Les gens aimaient se rendre utiles. Dot fronça les sourcils.

— Et les parents de Jonathan ? suggéra-t-elle.

— Difficile de leur poser la question, dit Gunn. Ils sont tous les deux morts carbonisés dans un incendie. Ça doit faire dix ans.

— Je sais, répliqua Dot, qui connaissait l'histoire de toutes les familles du comté, ou presque, et devait donc être au courant de la mort des parents de Jonathan dans l'incendie de leur maison.

— Et alors ?

— Alors ils sont morts.

Ce n'était pas une révélation.

— Certes...

— Ce qui veut dire que leurs testaments à eux ont été homologués depuis longtemps.

Pearson Gunn menant l'enquête à Cedar Falls pour retrouver le testament des grands-parents de Jonathan, Matt Fielder décida que l'heure était venue ce lundi de faire un petit voyage en voiture. Il avait appelé Gil Cavanaugh dès le matin pour lui demander l'autorisation d'examiner les preuves matérielles existantes — tout ce qui avait été prélevé sur le lieu du crime, pris à Jonathan lors de son arrestation, ou saisi plus tard dans son pavillon grâce au mandat de perquisition. La réponse de Cavanaugh l'avait en partie satisfait. La bonne nouvelle était qu'il pouvait prendre connaissance des preuves (mais toute autre réponse aurait représenté une faute professionnelle, doublée d'un manque de courtoisie). La mauvaise nouvelle était que les preuves en question avaient été mises en sûreté au poste de police H. Or, ce bâtiment, qui abrite le quartier général de la police de l'État de New York et l'école de police, se trouve à Albany. C'est-à-dire à plus de deux cents kilomètres de route, rien que pour l'aller...

Heureusement, c'était une journée magnifique. Et puisqu'il serait à Albany, autant en profiter, se dit Fielder. Il téléphona à Hillary Munson et s'arrangea pour la rencontrer à son bureau dans l'après-midi. Il était temps de commencer à rédiger la lettre dans laquelle ils présenteraient les circonstances atténuantes à Cavanaugh. Non que cela change grand-chose : le District Attorney irait jusqu'au bout, et ils savaient tous les deux ce que cela signifiait. Mais il en fallait plus pour arrêter Fielder.

D'autant qu'il avait une idée derrière la tête. Voilà deux ans qu'il n'avait pas revu Hillary. Depuis le jour où ils avaient déjeuné ensemble, il gardait sa carte de visite dans son portefeuille et une image d'elle — sourire mutin et boucles soyeuses — gravée dans sa mémoire. C'était grâce à cette image que, dans son fidèle 4×4 Suzuki, il oubliait les kilomètres.

Il arriva à Albany vers treize heures et trouva sans difficulté le quartier général de la police de l'État, vaste bâtiment moderne où se mêlaient la brique, le verre et le bois blond, mis en valeur par un éclairage discret. Il rappelait davantage à Fielder la bibliothèque d'une banlieue résidentielle que les commissariats délabrés et crasseux de la police de New York auxquels il était habitué. Au nord de l'État, apparemment, on ne lésinait pas sur les moyens.

Malgré son air juvénile, le policier qui le reçut était aimable et efficace. Il alla chercher un grand sac de voyage au fond de la pièce, le posa sur le comptoir et entreprit de le vider de son contenu.

— C'est pour l'affaire Hamilton, non ?

Fielder acquiesça.

— À ce qu'on dit, ils vont griller le gosse. Le lieutenant parie à dix contre un qu'il finira sur la chaise électrique.

— Jamais, répliqua Fielder. Pari tenu.

— Vous croyez ? demanda candidement le policier, regardant autour de lui pour s'assurer que personne n'écoutait cet échange inattendu d'informations confidentielles.

— J'en suis sûr.

— Dans ce cas, bonne chance.

Il semblait tellement sincère que Fielder n'eut pas le courage de lui avouer qu'un pari à dix contre un en faveur de l'exécution de Jonathan lui paraissait tout à fait réaliste. Le lieutenant se trompait seulement sur le type d'exécution. Aux termes de la législation éclairée de l'État de New York, la chaise électrique avait été abandonnée au profit de l'injection d'une drogue mortelle, considérée comme une méthode plus humaine. On avait entendu trop de récits où la tête des prisonniers éclatait dans une explosion de flammes bleues, quand leurs yeux ne jaillissaient pas de leurs orbites.

Il avait fallu une certaine persévérance, mais à midi, entre le savoir-faire de l'une et la force physique de l'autre, Dot Whipple et Pearson Gunn avaient passé en

133

revue le contenu de cent soixante-quatre caisses de dossiers stockés au sous-sol du palais de justice, et officiellement baptisés « archives ». Au milieu du cent soixante-cinquième carton, ils découvrirent la chemise à soufflets qu'ils cherchaient : TESTAMENTS AUTHENTIFIÉS — 1989. Elle contenait une trentaine de documents, dont les testaments de Porter et Elizabeth Hamilton. Dot la retourna pour qu'ils puissent voir le cachet imprimé au dos :

M. WILBUR H. MAPLE
Notaire et expert auprès des tribunaux
40, Front Street
Saranac Lake, New York

— Avez-vous une autorisation du juge pour les consulter ? demanda soudain Dot.
— Pas sûr, répondit Gunn.
On voit mal, cependant, Dot refuser de photocopier les testaments à ce stade. Cela aurait paru trop bête, après tout ce temps passé à les retrouver. Par ailleurs, Dot a toujours eu un faible pour Pearson Gunn : on l'a entendue plus d'une fois dire que si elle avait vingt ans de moins, il ne lui résisterait pas.
Vingt minutes plus tard, Gunn roulait vers Saranac Lake, pour s'entretenir avec M. Wilbur H. Maple, notaire et expert auprès des tribunaux, et tenter d'apprendre si, par hasard, il n'aurait pas également rédigé le testament des grands-parents de Jonathan Hamilton.
Gunn jubilait — à juste titre. Bon détective, doué d'un flair assez sûr, il s'acquitte généralement de sa tâche d'une manière ou d'une autre. Ce jour-là, pourtant, quelque chose lui avait échappé. Alors que les photocopies des testaments des parents de Jonathan trônaient sur le siège du passager de sa Chevrolet, il avait fait l'erreur de les considérer uniquement comme un moyen d'arriver à son but — en l'occurrence les testaments non homologués des grands-parents de Jonathan, qui pour-

134

raient faire la lumière sur le mobile du double meurtre de Flat Lake.

Ce que Gunn avait négligé, c'était de lire ceux en sa possession.

Lorsque le policier eut entièrement vidé le sac de voyage de son contenu sur le comptoir, Fielder se trouva face à un bric-à-brac impressionnant. Dans des pochettes de plastique transparent étaient enfermés séparément le couteau de chasse découvert sous le lavabo de Jonathan et les deux serviettes tachées de sang qui avaient servi à le dissimuler. Fielder n'eut pas l'impression de voir du sang : en séchant, il avait pris une teinte brun sombre, presque noire par endroits. Là où on avait découpé les échantillons pour les analyses de laboratoire, le tissu était troué.

Il y avait aussi de nombreux vêtements qui devaient appartenir à Jonathan. Les chaussures, en particulier, retenaient l'attention : une paire de bottes, deux paires de baskets et des sandales, toutes avec des étiquettes en indiquant la pointure, du 44. Or, l'enquête avait établi que les traces de pas sanglantes allant du lieu du crime au pavillon de Jonathan avaient été laissées par un individu chaussant du 44. Deux autres pochettes en plastique abritaient respectivement une chemise en flanelle et un short. En les observant de plus près, Fielder remarqua des taches de sang sur les coutures latérales.

Il y avait encore des lunettes de soleil, des couverts, plusieurs gravures sur bois grossièrement exécutées, une collection d'animaux en porcelaine, un Frisbee et quelques articles de toilette ; cinq ou six livres, qui semblaient n'avoir jamais été ouverts ; un portefeuille contenant vingt-deux dollars et une enveloppe avec trois dollars vingt-sept cents en pièces de monnaie ; une douzaine de pierres plates, de forme ovale, si lisses qu'elles devaient provenir du lit d'un ruisseau, et sûrement idéales pour faire des ricochets ; une boîte à cigares remplie de vieilles photos, que Fielder sortit et contempla quelques instants. À en juger par les cheveux blonds et la similitude des traits, la plupart, voire toutes, devaient être des photos de famille. D'après les clichés qu'il avait vus dans le journal après le double meurtre, il reconnut les grands-parents de Jonathan en des temps plus heureux, posant avec lui devant ce qui ressemblait à un authentique canoë en écorce de bouleau. Il y avait plusieurs photos d'un couple, vraisemblablement les parents de Jonathan. Plusieurs aussi d'un chien, peut-être un setter irlandais. Et celle d'un enfant d'un an tout au plus, plissant les yeux à cause du soleil. Écornée et jaunie, elle paraissait assez ancienne pour qu'il s'agisse de Jonathan lui-même, petit garçon, mais il était difficile de l'affirmer.

Ce furent cependant les deux derniers objets sortis du sac qui représentèrent le coup de grâce pour Fielder. Le premier était une pierre à aiguiser les couteaux, dont la forme irrégulière prouvait qu'elle avait beaucoup servi ; le second, un étui en cuir, vide. Fielder récupéra le couteau de chasse, toujours dans sa pochette en plastique, et le posa près de l'étui de manière à ce qu'ils soient côte à côte.

Ils étaient parfaitement assortis.

M. Wilbur H. Maple, notaire et expert auprès des tribunaux, se révéla être un octogénaire tout droit sorti d'un roman de Dickens. Il faisait à peine un mètre cinquante-cinq malgré ses chaussures à semelles compensées, avait le visage couperosé, et aurait été totalement chauve sans une frange d'un blanc neigeux qui lui encadrait le front, reliant une paire de favoris broussailleux. Il portait un costume trois-pièces, sans doute bleu marine à l'origine mais qui avait viré au violet, et auquel on aurait facilement donné l'âge de son propriétaire.

— Que puis-je pour vous, monsieur ? demanda-t-il à Pearson Gunn, une fois les présentations faites.

— Me dire si vous avez rédigé un testament pour un dénommé Carter Hamilton.

Mieux valait ne pas compliquer inutilement les choses et n'évoquer dans un premier temps qu'un seul testament.

— Mais très certainement, répondit Maple avec un large sourire.

— Je me demandais si je pourrais y jeter un coup d'œil.

— Je ne crois pas.

— Pourquoi ?

— Vous arrivez trop tard, mon garçon.

— Pardon ?

— Je l'ai déjà transmis au District Attorney. Quelqu'un de son équipe a débarqué ici au milieu de la semaine dernière, avec une autorisation en bonne et due forme. Et il est reparti avec.

— En avez-vous gardé une photocopie ?

Gunn promena autour de lui un regard plein d'espoir, sans trouver la moindre trace de photocopieuse. L'appareil le plus moderne était une machine à écrire portable Smith-Corona datant des années trente.

— Non. Aucune utilité.

— Pourquoi ?

— Deux raisons, déclara Maple, en se tapotant la tempe de l'index. Premièrement, tout est là.

— D'accord, déclara Gunn, entrant dans le jeu. Et que dit le testament ?

— Que si Carter et sa femme mouraient ensemble, tout irait à leur petit-fils Jonathan. C'est bien votre client ?

— En effet.

— Ce garçon a de la chance.

— Si l'on veut...

— Bien sûr, j'ai veillé à ce que la banque assure une tutelle, sachant qu'il est un peu lent, si vous voyez ce que je veux dire...

— Et si Jonathan ne peut pas hériter du domaine ?

Gunn avait lu quelque part qu'il existait une loi interdisant à un meurtrier condamné par la justice d'hériter de ses victimes.

— La procédure habituelle. Le domaine serait partagé à parts égales entre tous les arrière-petits-enfants vivants lors de la mort des donateurs. Comme il n'y en a pas, il faudra chercher un peu plus loin. Je crois me rappeler que votre client a un oncle qui vit Dieu sait où. En Autriche, peut-être ?

— Je vois... Vous avez mentionné une seconde raison pour laquelle vous n'avez pas photocopié le testament.

— Parfaitement.

— Laquelle ?

— J'ai rédigé pour Carter et Mary Alice des testaments joints et mutuels. Ils sont identiques, seules les signatures diffèrent.

Gunn n'avait jamais entendu parler de ce type de testament passé de mode quarante ans auparavant, essentiellement parce qu'il n'apportait pas une protection suffisante en cas de décès simultanés. Il en savait toutefois assez pour poser la question suivante.

— Est-ce que je pourrais avoir celui de Mary Alice ?

— Je ne vois pas ce qui s'y oppose, à condition que je le récupère à temps pour le faire homologuer.

Gunn échangea volontiers cette promesse contre le testament. Mais c'était une victoire à la Pyrrhus : comme toutes les autres preuves dans cette affaire, il conduisait directement et inexorablement à Jonathan. Pis, il était déjà, à toutes fins utiles, entre les mains de l'ennemi.

Certes, Matt Fielder avait son testament.

Gil Cavanaugh, lui, avait son mobile.

Alors qu'il se rendait au cabinet Miller & Munson après sa visite au quartier général de la police, Fielder se surprit à siffloter, à se regarder dans le rétroviseur, à recoiffer ses cheveux en désordre à cause du voyage en voiture. C'est seulement en se passant la main sur le menton pour vérifier s'il était bien rasé qu'il comprit pour qui et pourquoi toutes ces précautions. Pour qui? Hillary Munson, évidemment. Pourquoi? Parce qu'il n'était pas insensible à son charme.

Il avait beau refuser de l'admettre, sa vie solitaire dans les bois ne le comblait pas totalement. Ce qu'il niait avec véhémence, affirmant qu'il était aussi heureux de vivre loin de la civilisation que Thoreau en son temps. Dans des moments comme celui-ci, pourtant, il devait bien se rendre à l'évidence.

Il tenta de se ressaisir. Au fond, que savait-il d'Hillary? Qu'elle était ravissante, menue, pleine d'esprit et d'énergie? Bon début. Mais il ignorait si elle avait un homme dans sa vie, voire un mari. Après tout, il ne l'avait pas vue depuis longtemps. Au train où allaient les choses aujourd'hui, une jeune beauté comme elle ne resterait pas deux mois célibataire. Elle pouvait avoir des enfants. Et même être enceinte de neuf mois! Il devait se calmer, se montrer raisonnable.

Mais le désir est un phénomène étrange, qui n'a rien, ou presque, à voir avec la raison. Alors qu'il roulait dans les rues d'Albany cet après-midi-là, essayant en vain d'oublier les charmes d'Hillary Munson et de se concentrer sur l'affaire qui l'occupait, Matt Fielder avait déjà un plan.

On a beaucoup écrit sur ce qui fait un bon avocat et, en particulier, un bon avocat de la défense. Contrairement à une opinion répandue, l'éloquence n'est pas la seule qualité requise. D'après les statistiques, très peu d'affaires débouchent sur un procès; dans leur écrasante majorité, elles requièrent des talents très différents de ceux nécessaires devant un jury. Esprit d'analyse, qualités d'organisation, capacité de travail sur dossier : autant de facultés indispensables. Il est cependant un ingrédient essentiel malgré ses connotations péjoratives. «Montrez-moi un bon avocat, comme dit l'autre, et je vous montrerai un maître de la manipulation.» Les avocats sont des manipulateurs. Ils manipulent non seule-

ment les jurés, mais les juges, les témoins, les autres avocats, les employés du tribunal, les responsables du
contrôle judiciaire, leurs propres clients... tout le monde
sans exception. Le « maître de la manipulation » est celui
dont les victimes n'ont pas conscience d'être manipu-
lées. Le « grand maître » va plus loin : ses victimes van-
tent son attitude sans détour et si peu manipulatrice...

Naturellement, aucune de ces considérations ne traversa consciemment l'esprit de Matt Fielder tandis qu'il
allait rejoindre Hillary Munson. En revanche, il décida
de se priver de déjeuner. Ainsi, il n'aurait pas à s'inquiéter de fléaux tels qu'une haleine parfumée au thon
ou un bout de laitue coincé entre les dents. De surcroît,
il pourrait dire à Hillary qu'il n'avait pas pris le temps de
manger de toute la journée, et lui demander si elle ne
connaîtrait pas un petit restaurant tranquille où ils pourraient aller dîner tout en continuant, bien sûr, à affiner
leur stratégie.

À condition, toutefois, qu'elle ne soit pas enceinte de
neuf mois.

Vers quinze heures quarante, ce même après-midi,
l'horloge biologique de Pearson Gunn lui rappela qu'il
était temps de se diriger vers le Dew Drop Inn pour faire
un brin de causette avec Pete. D'expérience, Gunn savait
qu'on peut compter sur les serveurs pour vous mettre au
courant des dernières nouvelles et autres potins,
rumeurs, détails croustillants ou renseignements pratiques. À défaut, ils vous serviront toujours quelques
chopes de bière ambrée — et bien fraîche — des Adirondacks.

Vingt minutes plus tard, les clochettes à ours au-dessus de la porte du bar carillonnèrent deux fois, et Gunn
fit son entrée. Pete jeta un coup d'œil surpris à la pen-
dule : elle avait une minute de retard.

140

Non seulement Hillary Munson n'était pas enceinte de neuf mois, mais Matt Fielder la trouva plus ravissante que jamais. De plus, elle semblait sincèrement heureuse de le voir, et si elle se contenta de l'embrasser sur les deux joues, il se dit qu'il avait toute la soirée pour y mettre bon ordre. Par ailleurs, ils n'étaient pas précisément seuls. À quelques mètres, une secrétaire travaillait devant son ordinateur, et il y avait une troisième femme — une blonde séduisante pas beaucoup plus grande qu'Hillary. Celle-ci fit les présentations :

— Matt Fielder... Lois Miller, ma partenaire.

Ils échangèrent une poignée de main. Celle de Lois avait une fermeté agréable.

— À ce que j'ai compris, votre client a toutes les chances d'y rester, lança-t-elle.

— Si on peut parler de chance..., répliqua Fielder, espérant les amuser par son humour noir.

Il suivit Hillary dans le bureau du fond, où ils passèrent les deux heures suivantes à chercher un moyen de sauver la tête de Jonathan Hamilton. Plus précisément, à ébaucher le document écrit que Fielder devait soumettre à Gil Cavanaugh et dans lequel il présenterait sa demande de prise en compte des circonstances atténuantes — liste des arguments de nature à convaincre l'accusation de ne pas requérir la peine capitale dans cette affaire.

Peu leur importait la certitude que Gil Cavanaugh ferait la sourde oreille : ce n'était pas une raison pour se laisser décourager, ils le savaient tous les deux. En revanche, ils devaient veiller à ne pas trop dévoiler leur stratégie. Et, en premier lieu, à ne pas admettre implicitement que Jonathan était le meurtrier. D'où un fréquent recours à des termes tels que «présumé», «supposé», «en admettant que...». D'autre part, ils devaient se garder d'aborder les notions de «mobile», d'«intention» et de «remords», qui sous-entendaient une éventuelle culpabilité. Il ne leur restait donc que Jonathan : qui il était vraiment, les aspects attachants de sa personnalité, pourquoi il ne méritait pas d'être exécuté par l'État.

En tête de liste, venaient les capacités intellectuelles limitées du jeune homme. Il fallait y faire allusion — c'était leur principal atout — tout en évitant à ce stade de présenter Jonathan comme « débile mental » aux yeux de la loi. Une telle affirmation, écrite noir sur blanc, deviendrait un argument de la défense et pourrait inciter Cavanaugh à faire examiner Jonathan — comme il en avait le droit — par ses propres experts psychiatres afin de vérifier, et éventuellement de réfuter, la validité du diagnostic. Hillary et Fielder n'avaient aucune intention de lui faciliter à ce point la tâche. Avant, ils voulaient découvrir quels examens leur client avait subis dans le passé, et quels en étaient les résultats. S'ils concluaient à son « arriération mentale », la défense pourrait s'appuyer sur eux, à la manière d'un joueur de blackjack qui garde en réserve une main de dix-sept ou dix-huit. Même si ces résultats étaient plus équivoques, suggérant la nécessité d'une nouvelle série de tests, Hillary et Fielder tenaient à ce qu'ils soient pratiqués par leurs propres experts, plutôt que par un quelconque Docteur Peine de Mort figurant dans le carnet d'adresses de Cavanaugh.

Restait la cause de l'éventuelle arriération mentale de Jonathan. Si elle était antérieure à son début d'asphyxie pendant l'incendie, aucun souci à se faire. Dans le cas contraire, en revanche, la défense se heurterait à l'article selon lequel, pour que son client échappe à la peine de mort, les premiers symptômes devaient s'être manifestés avant l'âge de dix-huit ans.

Aussi Hillary et Fielder s'en tinrent-ils à des mots comme « lenteur », « compréhension laborieuse », « capacités limitées » pour décrire les facultés mentales de Jonathan. Ils parlèrent de ses difficultés de lecture et d'apprentissage, de ses troubles mineurs du comportement, de son incapacité à accéder à l'abstraction, de ses tendances asociales. À aucun moment ils ne se laissèrent aller à exposer clairement la thèse dont Fielder savait qu'il serait sans doute obligé de la défendre en dernier recours devant un jury, alors que Jonathan serait déjà condamné et qu'il resterait à décider s'il devait passer sa vie en prison, ou mourir : « Vous ne pouvez pas faire exécuter ce garçon, pour la bonne raison que c'est un arriéré mental. »

Ensuite, Hillary et Fielder s'attaquèrent aux autres circonstances atténuantes. La mort tragique des parents de Jonathan y figurait en bonne place, puisqu'elle était survenue alors que le jeune homme avait seulement dix-huit ans. S'y ajoutait le fait que, ses grands-parents disparus, Jonathan se retrouvait sans famille. L'ironie de ce dernier point n'échappait cependant pas à Fielder : il rappelait dangereusement l'histoire de l'enfant qui tue ses parents et implore ensuite la clémence du jury parce qu'il est orphelin.

Le casier judiciaire vierge de Jonathan et son histoire exempte d'actes violents méritaient d'être mentionnés, surtout si on les comparait au passé chargé de la plupart des condamnés à mort. De même, il fallait tenir compte du comportement de Jonathan au cours des heures suivant le double meurtre : en admettant qu'il soit coupable, il n'avait pas tenté de fuir, ni de faire totalement disparaître l'arme présumée du crime. Il avait prévenu lui-même les autorités et attendu leur arrivée. Pas grand-chose à voir avec l'attitude d'un meurtrier endurci.

La liste était longue. Deux heures plus tard, Hillary et Fielder avaient rassemblé une douzaine d'arguments, chacun soigneusement formulé pour ne pas donner à l'accusation plus d'armes qu'elle n'en avait déjà, ni exciter le zèle de Cavanaugh. Durant tout ce temps, Fielder ne s'était jamais laissé distraire de leur tâche, à deux exceptions près : lorsqu'il avait remarqué l'absence d'alliance au doigt de Hillary et, un peu plus tard, l'odeur de jasmin de son parfum. Dans sa retraite près de Big Moose, les rares femmes qu'il avait croisées sentaient plutôt la sciure et le cambouis.

— J'ai très mal à la tête, déclara-t-il soudain, non sans

une certaine exagération. Vous n'auriez pas de l'aspirine ?

— Peut-être un peu de Midol...

Hillary fouilla dans son sac.

— Je n'ai pas de crampes, ni de règles douloureuses, précisa-t-il. Il me faut juste la bonne vieille aspirine des familles.

— En y réfléchissant, je dois avoir des cachets anti-râleurs.

— Je ne râle pas.

Elle leva un sourcil. Curieusement, Fielder trouva cette réaction irrésistible. Que ses maux de tête aient été réels ou simplement l'étape numéro un de son plan séduction (ce qu'il nie farouchement aujourd'hui encore), le sourcil levé d'Hillary eut sur la libido de Fielder le même effet que si elle avait remonté sa jupe ou son chemisier.

Pour passer à l'étape suivante de son plan, il devait à présent trouver un moyen d'aborder sans en avoir l'air la question du dîner. Ses maux de tête feraient une transition idéale. S'il ne se sentait pas bien, c'était qu'il n'avait rien mangé de la journée : un seul remède s'imposait.

Le problème vint du sourcil levé d'Hillary. Il réduisit à néant les efforts de concentration de Fielder.

En considérant avec du recul la suite des événements, on peut raisonnablement accepter la version de l'avocat, qui prétend avoir voulu répéter : « Je ne râle pas », en y ajoutant les mots « j'ai faim ». L'affaire du dîner aurait ainsi été dans la poche.

Au lieu de quoi, la phrase réellement prononcée par Fielder fut la suivante : « Je ne râle pas, j'ai envie de vous. »

Pearson Gunn resta quelque temps au bar avec Pete, à se mettre au courant des nouvelles locales et à vider progressivement de son contenu son pichet de bière ambrée des Adirondacks. Mais les tabourets du Dew

Drop Inn étaient trop étroits — ou le postérieur de Gunn trop large — et le détective finit par aller s'installer à une table, réussissant par miracle à transporter en un seul voyage son pichet, son verre, son attaché-case, son chapeau et le reste de ses affaires.

Malheureusement, une fois attablé, il n'avait plus Pete pour lui faire la conversation. Certes, quelques clients entraient de temps à autre, et s'ils connaissaient Gunn (ce qui était le cas de la plupart), ils s'arrêtaient pour bavarder avec lui, s'asseyaient même quelques minutes. Tôt ou tard, cependant, ils repartaient, le laissant en tête à tête avec lui-même. C'est durant l'un de ces moments de solitude qu'il décida, pour passer le temps, de sortir de son attaché-case le dossier sur lequel il avait travaillé un peu plus tôt dans la journée. Celui de Jonathan Hamilton, bien sûr. Il trouva un endroit sec sur la table et étala ses papiers devant lui.

Le premier document de la pile était le testament de Mary Alice Hamilton, celui que Wilbur Maple lui avait récité de mémoire. Il le parcourut, le trouvant en tous points conforme à la description que Maple en avait fait.

Ensuite venaient les testaments des parents de Jonathan, homologués après leur mort huit ans auparavant, ceux-là mêmes qui avaient conduit Gunn chez Maple. Le détective feuilleta le premier. C'était celui de Porter. Lui aussi appartenait à la catégorie « joints et mutuels », apparemment une spécialité de Maple. Il avait été rédigé en août 1988, annulant les précédents et leurs codicilles. Un cachet sur la couverture indiquait qu'il avait été homologué en novembre 1989. Un certificat de décès y était agrafé, portant la date exacte — 17 février 1989 — et la cause — « incendie d'origine accidentelle ».

Gunn revint au texte du testament. On y lisait que Porter était sain de corps et d'esprit, mais conscient de la précarité de la vie humaine. En conséquence, il léguait son domaine à son épouse, Elizabeth. Il envisageait ensuite l'éventualité (qui devait devenir réalité) de leur disparition simultanée. Si tel était le cas, les parents de

145

Porter, à la tête de l'essentiel de l'empire Hamilton, étaient « suffisamment bien pourvus » pour que le testament ne leur laisse que quelques effets personnels. Une petite somme devait aller au dernier frère vivant d'Elizabeth, John Greenhall, qu'on disait habiter Sydney, en Australie. Gunn se rappelait avoir entendu Maple évoquer un oncle de Jonathan vivant en Autriche. Piètre géographe, Gunn supposa que les deux pays n'en faisaient qu'un. Australie, Autriche... En tout cas, ils ne devaient pas être très éloignés...

Suivaient des sommes modestes destinées aux héritiers du second frère d'Elizabeth, Nathan, mort « en laissant une descendance ». Gunn n'était pas certain du sens de cette formule.

Enfin, le domaine dans sa totalité devait être réparti équitablement entre les deux fils de Porter et d'Elizabeth, Jonathan et Porter Jr., et leur descendance s'ils en avaient une.

« J'ai envie de vous. » Ces mots lâchés, le mal était fait, pour parler comme les commentateurs des matchs de base-ball. Matt Fielder avait bien essayé de les « ravaler », d'inspirer profondément pour les faire repartir par où ils étaient venus. En vain. Il rougit, grimaça, tenta désespérément de trouver une excuse. Mais s'excuser d'une phrase malheureuse est une tâche aussi insurmontable que de faire repousser une forêt de séquoias. Il faut des générations pour réparer ce qui a été détruit en un rien de temps.

À ce stade, Hillary arborait un large sourire.

— Je vous demande pardon ?

Les mains sur les hanches, elle pinçait les lèvres pour réprimer un éclat de rire, le sourcil plus levé que jamais.

— Désolé, marmonna Fielder.

— De quoi ? pouffa Hillary.

— De ce lapsus. Je voulais juste dire que j'avais faim.

— Freud apprécierait.

— Désolé, répéta-t-il. Ce n'est pas seulement le fait d'avoir envie de vous, encore que ce soit sûrement vrai. Je crois que je vous aime, vraiment.

On aurait dit une réplique tirée d'un soap opera.

— Merde, j'ai envie de faire l'amour avec vous.

Encore un effort, et il réussirait à transformer une simple défaite en débâcle absolue...

— Vous m'en voyez flattée.

Flattée? Fielder venait de mettre son cœur à nu, de tout avouer en se ridiculisant au passage. Il s'attendait donc au minimum à une réaction extrême : un évanouissement, ou une exclamation outragée.

— *Flattée?* dit une voix qui ressemblait à s'y méprendre à la sienne.

— Tout à fait... (Apparemment, Hillary avait elle aussi entendu cette voix de ventriloque.) ... Et en d'autres circonstances, je pourrais même répondre favorablement à cette invite.

S'efforçant d'ignorer le «je pourrais même», trop tiède à ses yeux, Fielder préféra répéter :

— En d'autres circonstances?

— Oui, je...

— ... Vous sortez avec quelqu'un?

— On peut dire ça.

— J'en suis ravi pour vous. Comment s'appelle-t-il?

— Ce n'est pas un homme.

— Pardon?

— En fait, c'est une femme. Vous l'avez rencontrée en arrivant.

Fielder se creusait la cervelle.

— Lois?

— Lois.

— Vous êtes...

— Lesbienne. Lorsque je vous ai présenté Lois comme ma «partenaire», j'espérais que vous comprendriez.

— Ce n'est pas pour rien qu'on m'appelle Matt le Myope.

147

— Vous n'êtes pas myope, Matt. Simplement, vous vivez dans les bois depuis trop longtemps.

Gunn ouvrit des yeux ronds : Jonathan avait donc un frère. Un frère appelé Porter Jr. Il apparaissait dans le testament de leurs parents, mais avait plus tard été omis dans ceux des grands-parents, qui détenaient l'essentiel de la fortune familiale.

Même le cerveau embrumé par deux pichets de bière, Gunn trouva ces informations du plus haut intérêt. Il vida son verre, se leva, et se dirigea vers la cabine téléphonique où il composa le numéro de Fielder. Après quatre sonneries, le répondeur se déclencha, ne lui offrant que la voix enregistrée de l'avocat.

Le propriétaire de la voix se trouvait alors près de deux cents kilomètres plus au sud, dans un petit restaurant du centre d'Albany, où il partageait avec Hillary Munson et sa partenaire Lois Miller un dîner qui se révélerait fort agréable. La nouvelle de l'existence du frère de Jonathan attendrait le lendemain.

12

Lézards mouchetés

Au nord des Adirondacks, vit un minuscule caméléon qu'on appelle le lézard moucheté. Observez-le un certain temps, et vous serez convaincu qu'il est incapable d'avancer en ligne droite. Il part dans un sens, puis dans un autre, avançant brusquement de trois pas pour reculer de deux. Il donne un si bon exemple de paranoïa que les Québécois de la région l'ont surnommé «le lézard lunatique».

Après la découverte de l'existence de Porter Hamilton Jr., Matt Fielder et son équipe réagirent à la manière des lézards mouchetés. Le mardi, après avoir appris de Pearson Gunn que Jonathan avait un frère, Fielder confia au détective la tâche de retrouver Porter. Choix logique, Gunn étant l'enquêteur officiel de l'équipe. Par ailleurs, Fielder avait encore besoin du concours d'Hillary pour compléter sa liste des circonstances atténuantes.

Le mercredi, Fielder remplaçait Gunn par Hillary. Il avait décidé que la jeune femme serait mieux placée pour retrouver la trace de Porter, puisque la recherche de membres disparus de la famille faisait partie de ses attributions. Du même coup, il demanda à Gunn de l'aider à réunir des arguments.

Le jeudi, Porter étant toujours introuvable, Fielder remit Gunn en selle, considérant que si Hillary et le détective conjuguaient leurs efforts, ils ne pouvaient pas échouer. Il rédigerait lui-même la liste des circonstances atténuantes.

Hillary réussit à mettre la main sur un certificat de naissance au nom d'un certain Porter Hamilton Jr., né à l'hôpital de Cedar Falls le 26 juin 1964. Grâce à lui, elle put obtenir un numéro de sécurité sociale, de permis de conduire, et une liasse de bulletins scolaires qu'elle étudia de près dans l'espoir de localiser Porter. De son côté, Gunn retourna à Flat Lake pour interroger de nouveau Klaus et Elna Armbrust, le couple de gardiens vivant sur le domaine Hamilton.

Lors de sa première rencontre avec eux, il avait compris qu'ils n'étaient pas du genre à livrer spontanément beaucoup d'informations. Une fois encore, il dut les soumettre à un questionnaire serré. Oui, ils se souvenaient du frère aîné de Jonathan, que tout le monde dans la famille appelait « Junior ». Une sorte de provocateur, selon Elna Armbrust, un garçon violent qui avait « touché à la drogue » pendant son adolescence. Il avait quitté le domaine vers 1985 ou 1986, à l'âge de vingt et un ou vingt-deux ans. Non, ils ne l'avaient pas revu depuis, ni entendu parler de lui.

Tout garçon violent et ayant « touché à la drogue » devait être fiché par la police, conclut Gunn. Il appela une de ses sources (une fois encore, on peut supposer qu'il s'agissait du capitaine Roger Duquesne, même si Gunn, en tant que détective privé, avait sûrement d'autres contacts capables de l'aider dans ce domaine), lui demandant de rechercher un nom et une date de naissance sur le fichier. La réponse lui parvint le samedi après-midi. À sa grande surprise, elle était négative : l'ordinateur central de la police judiciaire de l'État de New York à Albany n'avait aucun casier au nom de Porter Hamilton, Junior ou Senior, né ou non le 26 juin 1964.

Provisoirement dans une impasse, Gunn se dirigea d'instinct vers un environnement familier. Le Dew Drop

Inn n'est pas seulement l'endroit où il a le plus de plaisir à boire ; c'est aussi là que lui viennent ses meilleures idées et qu'il se constitue l'essentiel de son réseau (encore que ce dernier mot, datant des années quatre-vingt-dix, ne fasse pas partie de son vocabulaire).

Assis à sa table habituelle, devant son fidèle pichet, il suivait les allées et venues des habitués du Dew Drop Inn. Par chance, Bass McClure fut parmi ceux qui firent leur entrée cet après-midi-là. McClure et Gunn se connaissaient, et s'entendaient plutôt bien. Gunn avait déjà interrogé McClure sur sa conversation téléphonique avec Jonathan à l'aube, le matin du double meurtre, et sa visite au domaine Hamilton dans l'heure qui avait suivi. McClure ayant été la première personne, après Jonathan, présente sur le lieu du crime, les deux hommes avaient conscience de son statut de témoin à charge. Gunn savait-il alors que McClure avait déjà témoigné devant le jury ? Difficile de l'affirmer. En tout état de cause, ils avaient pris leurs distances, comme s'ils étaient l'un et l'autre sur leurs gardes.

L'alcool a toutefois la réputation de lever certaines inhibitions et, ce samedi-là, Gunn n'hésita qu'une fraction de seconde avant de faire signe à McClure de le rejoindre à sa table. Si ce dernier eut quelques réticences, il n'en laissa rien paraître.

Ils parlèrent d'abord de la pluie et du beau temps : des jours qui raccourcissaient déjà, des feuilles qui commençaient à jaunir, de la neige qui ne tarderait pas. Ils évoquèrent l'ouverture prochaine de la chasse, le niveau de l'eau à Stillwater Reservoir, les nids d'aigles de Wolf Pond, avant de comparer les mérites respectifs de la conduite sur deux et sur quatre roues motrices. Une fois ces sujets essentiels épuisés, le silence s'installa.

Gunn sauta sur l'occasion.

— Tu connais le frère aîné de Jonathan Hamilton ?

— Junior ?

— Lui-même.

McClure haussa les épaules.

— Je ne l'ai pas vu depuis des lustres. Si je me souviens bien, il a plié bagage deux ou trois ans avant l'incendie.

— Tu sais où je pourrais le trouver?

McClure fronça les sourcils.

— Il me faut juste quelques points de repère, précisa Gunn.

McClure parut retrouver la mémoire.

— La dernière fois qu'on m'a parlé de lui, il s'était fait arrêter après une série de cambriolages.

— Où ça?

— Dans la région de Syracuse, je crois. Ou de Rochester. Ce genre de coin.

— Il en a pris pour combien de temps?

— Aucune idée.

McClure était à court d'informations. Une bière plus tard, il repartait.

Hillary Munson n'eut pas beaucoup plus de succès. Elle avait épluché le fichier de la sécurité sociale, d'après lequel Porter Hamilton Jr. était sans emploi depuis près de dix ans. Officiellement, du moins. Il n'avait pas déclaré de revenus à l'administration locale ou fédérale, ni fait immatriculer de véhicule dans l'État de New York, ni demandé le renouvellement de son permis de conduire. Il n'avait pas d'adresse postale et ne figurait pas sur l'annuaire (ni sur liste rouge) dans la douzaine de comtés du nord de l'État qu'elle avait vérifiés; il ne percevait aucune prestation sociale, pas plus qu'il n'avait demandé à bénéficier de l'assistance médicale gratuite ou de bons alimentaires. Les militaires ne l'avaient pas revu depuis son recensement à l'âge de dix-huit ans, en 1982.

On aurait dit qu'après avoir quitté Flat Lake une douzaine d'années auparavant, il avait disparu de la surface de la terre.

Alors qu'Hillary Munson et Pearson Gunn épuisaient toutes leurs pistes, Matt Fielder, assis devant son feu, terminait le brouillon de sa demande de prise en compte des circonstances atténuantes.

Présenter par écrit un plaidoyer propre à émouvoir l'adversaire est un art, dans lequel Fielder excellait. Il l'avait prouvé, sous une forme ou une autre, durant toute sa vie professionnelle — dans les mémorandums rédigés avant plaidoirie ou prononcé du verdict, dans les lettres aux procureurs, aux juges, aux responsables du contrôle judiciaire. Il en était arrivé à écrire de manière si persuasive qu'il finissait invariablement par se convaincre du bien-fondé de ses arguments, si fragiles fussent-ils.

Et tandis qu'il se relisait, la magie opérait de nouveau. Comment pourrait-on ne pas tomber d'accord avec lui ? Comment pouvait-on sérieusement envisager de requérir la peine de mort contre ce grand enfant qui n'avait jamais fait de mal à personne, s'était livré aux autorités et pouvait à peine expliquer son geste ? Même Gil Cavanaugh devait comprendre qu'un tel châtiment ne se justifiait pas dans cette affaire.

Vers vingt-trois heures, confiant dans sa force de persuasion, Fielder s'endormit par terre devant son feu. Tout à ses efforts pour amener Cavanaugh à épargner Jonathan, il avait cédé ce soir-là à son plus grand élan d'optimisme, en même temps qu'à un aveuglement sans précédent...

Peu avant minuit, devant son troisième et dernier pichet de bière, Pearson était perplexe. Comment un individu violent et consommateur de drogue — depuis longtemps responsable de ses actes aux yeux de la loi — pouvait-il s'être «fait arrêter après une série de cambriolages» sans qu'il y ait la moindre trace de son casier judiciaire ? Surtout si les cambriolages en question avaient été commis à Syracuse ou à Rochester, deux villes

153

qui, à la connaissance de Gunn, se trouvaient bien dans l'État de New York.

Il vida le fond de son pichet dans son verre. Il avait beau tourner cette histoire dans tous les sens, ça ne tenait pas debout. Un cambriolage, passe encore. Même deux, avec un peu de chance. Mais toute une série ?! Il but sa bière d'un trait. Personne ne se tirait aussi facilement d'une série de cambriolages. Si vous comptez braquer une banque, autant le savoir : vous ne l'emporterez pas au paradis...

Gunn ouvrit alors une bouche immense, ce qui serait passé inaperçu si elle n'avait pas été pleine de bière.

— J'ai trouvé ! gargouilla-t-il.

Toute personne se tournant dans sa direction aurait vu la bière dégouliner de sa barbe sur ses genoux. Mais Pearson Gunn s'en moquait. Porter Jr. n'était pas un vulgaire cambrioleur, il avait braqué des banques ! Or, presque toutes les banques sont assurées par la FDIC, ce qui signifie que le gouvernement américain peut se porter partie civile au côté de celui de l'État concerné.

La raison pour laquelle Junior n'était pas fiché dans l'État de New York semblait soudain limpide : c'était le FBI qui détenait son dossier.

Après l'illumination du samedi soir, la découverte de Porter Hamilton Jr. fut pour Gunn une expérience presque décevante. Le dimanche, il téléphona au Bureau fédéral des prisons et réussit à convaincre quelqu'un de taper un nom et une date de naissance sur le clavier de son ordinateur ; en moins d'une minute, il apprit que Porter était l'hôte du centre de détention d'Atlanta, Géorgie.

— Qu'est-ce qu'il fait là ? demanda-t-il.

— Il doit fabriquer des plaques d'immatriculation.

— Non, il est là pour quel genre de peine ?

— Oh... (Il y eut un silence, ponctué par le bruit des touches du clavier.) ... Trois cent soixante mois.

154

C'est-à-dire un peu plus de vingt-six ans, en retirant les éventuelles remises de peine pour bonne conduite. Exactement ce que Gunn pensait depuis le début : on ne se tire pas aussi facilement d'une série de cambriolages. Surtout quand le FBI s'en mêle.

Aussitôt après cette conversation téléphonique, Gunn avait prévenu Fielder, qui avait envoyé dès le lendemain matin une lettre à Porter l'informant que son frère Jonathan avait de graves ennuis, et lui demandant d'appeler dès que possible en PCV pour organiser sur place un entretien entre lui et l'un des défenseurs de Jonathan.

Trois jours plus tard, Porter téléphonait : il serait heureux de rencontrer toute personne qui viendrait le voir. Fielder refusa de lui préciser la nature des ennuis de Jonathan, expliquant que la ligne était certainement sur écoute. En vérité, il voulait en dire le moins possible : il préférait laisser à celui qui ferait le voyage le soin d'apprendre de vive voix la nouvelle à Porter, afin de juger de sa réaction. Même si tout dans ce double meurtre incriminait Jonathan, Fielder savait que lui, au moins, ne devait exclure aucune éventualité. Certes, il était peu probable que Porter soit impliqué. Mais quand les chances de sauver son client sont pratiquement nulles, on ne néglige aucune piste.

Plus tard le même jour, Fielder se rendit à Cedar Falls. C'était un après-midi splendide : le soleil brillait dans un ciel sans nuages, illuminant les couleurs automnales des arbres. Fielder vit défiler des sumacs rouges, des érables pourpres, des chênes orangés, des bouleaux dorés, et toute une palette de tons fauves, ocre et bruns mêlés à ceux des conifères, qui allaient du vert le plus foncé au gris-bleu le plus pâle.

Il trouva le juge Summerhouse dans son bureau et lui présenta une demande de remboursement de frais de déplacement pour Pearson Gunn et Hillary Munson qui devaient aller interroger un témoin à Atlanta.

— Qu'est-ce qui lui arrive, il ne peut pas prendre l'avion? plaisanta le magistrat. Vous allez encore me raconter qu'il est souffrant ou quelque chose du même genre?

— Quelque chose du même genre, en effet, dit Fielder avec le sourire.

— Pourquoi vos deux assistants doivent-ils se déplacer?

Depuis qu'il avait décidé de ne pas faire lui-même le voyage, Fielder attendait cette question. Malgré la faible probabilité — de l'ordre d'une chance sur un million — que Porter avoue une éventuelle complicité, Fielder ne voulait pas être celui qui recueillerait ces aveux. Il ne voulait pas risquer d'être cité comme témoin à ce stade de l'affaire, ce qui l'obligerait à se récuser comme avocat de Jonathan. La meilleure solution, avait-il conclu, était d'envoyer Gunn et Hillary à sa place : ainsi y aurait-il deux témoins au lieu d'un pour enregistrer les déclarations de Porter.

— Normalement, répondit-il au juge Summerhouse, je devrais les accompagner. J'espérais faire gagner quelques dollars au contribuable. Mais en y réfléchissant...

— Ce ne sera pas nécessaire, l'interrompit le juge en signant précipitamment le document avant que Fielder ait pu y ajouter son nom.

Quatre jours plus tard, assis côte à côte dans une petite cabine, face à une vitre en Plexiglas, Pearson Gunn et Hillary Munson tenaient chacun un combiné contre leur oreille. Physiquement, l'homme installé de l'autre côté de la vitre, lui aussi un combiné à l'oreille, était très différent de Jonathan Hamilton. La trentaine, le visage marqué, Porter James Hamilton Jr. — alias Junior (ou P.J., comme il préférait se faire appeler, préférence confirmée par le tatouage rudimentaire qui ornait la première phalange de son index et de son majeur gauche) — rappelait surtout à ses visiteurs l'image classique du détenu blanc véhiculée par Hollywood. Sean Penn, voire Kevin Bacon, auraient pu décrocher le rôle. Aussi blond que Jonathan, P.J. avait en revanche une moustache effilée et des favoris lui descendant jusqu'au menton. Contrairement à ceux de son frère, ses yeux n'étaient pas bleu pâle mais gris cendré, en partie cachés par de lourdes paupières qui lui donnaient l'air endormi. Une cicatrice ancienne partait de la commissure de ses lèvres et disparaissait jusque sous le maxillaire, suggérant que son menton était artificiellement rattaché au reste de son visage, comme celui d'une marionnette de ventriloque.

C'était essentiellement sa grande taille qui le rapprochait de son frère, et cette ressemblance disparut lorsqu'il s'avachit sur la chaise de la cabine.

— Alors, comme ça, Saint Jonathan s'est fait coffrer?

Telles furent les premières paroles de P.J., une fois les présentations faites.

— En effet, reconnut Gunn. Votre frère a été arrêté.

— Et on l'accuse de quoi?

— D'un meurtre.

P.J. se redressa sur son siège.

— Sans blague!

— Nous n'avons pas pris l'avion jusqu'ici pour plaisanter, déclara Hillary.

— Il s'est fait qui?

Hillary ne comprit pas aussitôt ce jargon de taulard, mais Gunn fut plus rapide.

— On pense qu'il « s'est fait » vos grands-parents, répondit-il.

Les paupières de P.J. se soulevèrent et il dévisagea ses interlocuteurs l'œil rond et la bouche ouverte — expression tellement spontanée de sa stupéfaction, devaient ensuite admettre Gunn et Munson, qu'elle en était presque comique. Le «Putain, je rêve!» qu'il laissa échapper ensuite semblait superflu.

Gunn et Munson passèrent quelques minutes à informer P.J. plus en détail avant de l'interroger sur ses propres ennuis. Au cas où sa réaction à l'annonce de la nouvelle n'aurait pas suffi à les convaincre de son innocence, il y avait aussi l'argument non négligeable de son alibi : arrêté dans la banlieue de Syracuse en octobre 1996, il était sous les verrous depuis. Il avait avoué quatre braquages de banque, mais on lui en avait mis une douzaine d'autres sur le dos. Même en plaidant coupable, il avait écopé de trente ans de détention. Il eut un haussement d'épaules :

— Ça aurait pu être pire. Au moins, je suis dans une prison fédérale. On mange mieux. J'aurais pu me retrouver à Marion, Illinois, à faire des pipes à John Gotti... Excusez mon langage, ajouta-t-il avec un sourire ironique à l'intention de Hillary.

Gunn et elle le questionnèrent sur l'enfance et l'adolescence de Jonathan, afin d'obtenir tout renseignement pouvant être utile à Matt Fielder dans sa recherche de circonstances atténuantes. Il leur parut coopératif. À l'évidence, il considérait son frère comme un enfant gâté — et l'avait prouvé d'emblée en l'appelant « Saint Jonathan ». Pourtant, il les aida de son mieux, surtout après avoir appris que Jonathan risquait la peine de mort. Malheureusement, il ne leur révéla pas grand-chose. Ainsi que l'avait expliqué Elna Armbrust, il avait commencé à se droguer et à consommer des boissons alcoolisées dès quatorze ou quinze ans, alors que son frère était encore enfant. À vingt ans, P.J. avait déjà commis une douzaine de petits délits, pour lesquels il n'avait toutefois pas été arrêté. À vingt-deux ans, il avait définitivement quitté le domaine. Il avait appris la mort de ses parents trois ans plus tard, en regardant le journal télévisé. Il aurait bien voulu assister aux obsèques, mais la prison du nord-ouest de la Pennsylvanie où il était détenu à l'époque lui avait refusé une permission de sortie accompagnée.

— S'ils me l'avaient donnée, je me serais fait la belle, reconnut-il avec un sourire.

L'entretien touchait à sa fin.

— Bon, eh bien merci de votre aide, dit Hillary en rangeant son stylo dans son attaché-case.

— À votre service, madame.

— On a eu du mal à vous retrouver, ajouta Gunn. Pendant un temps, on ignorait même votre existence. On croyait que Jonathan était fils unique.

— Oh non, répliqua P.J. On était trois.

Au moment où, à leur tour, Pearson Gunn et Hillary Munson dévisageaient P.J. l'œil rond et la bouche ouverte, Matt Fielder mettait la dernière main à la liste des circonstances atténuantes destinée à Gil Cavanaugh. Il l'avait relue tant de fois qu'il aurait pu la réciter par cœur. Il en avait faxé un exemplaire à Kevin Doyle, au Capital Defender's Office, afin de s'assurer qu'elle ne contenait aucun élément pouvant être utilisé contre Jonathan. Quand Doyle l'avait appelé pour lui donner le feu vert, il s'était montré peu rassurant :

— Ta lettre est parfaite, Matt. Mais d'après ce que je sais sur Cavanaugh, il serait prêt à requérir la peine de mort contre sa propre mère pour se faire réélire.

Qu'est-ce que Doyle en savait? Après tout, ce n'était jamais que son supérieur hiérarchique, spécialiste pour l'État de New York des affaires où le prévenu risquait la peine capitale. De quoi se mêlait-il?

Fielder sortit la version finale sur son imprimante, apposa sa signature au bas de la lettre et la mit sous enveloppe. Il se rendit ensuite en voiture à la poste de Big Moose et la tendit à l'employée.

— Je voudrais envoyer cette lettre par exprès, et en recommandé avec accusé de réception.

— C'est du sérieux, alors.

— On ne peut plus sérieux.

— Je n'en vois pas passer souvent. Ça doit vraiment être une question de vie ou de mort.

— Vous pouvez le dire.

— Vous étiez trois? répétèrent à l'unisson Pearson Gunn et Hillary Munson.

— Évidemment, répondit P.J., l'air surpris de leur ignorance. Moi, Jonathan et Jennifer.

— Jennifer?

Hillary ressortit son stylo de son attaché-case. L'entretien devait se poursuivre une demi-heure de plus.

Dans la famille Hamilton, Jennifer était l'enfant du milieu. Née en 1967, elle avait donc trente ans — trois ans de moins que P.J., mais deux de plus que Jonathan. Blonde aux yeux clairs, elle était censée ressembler à Jonathan et, toujours selon P.J., elle était « canon ». Cela dit, il y avait longtemps qu'il ne l'avait pas vue, longtemps aussi qu'il n'avait pas rencontré de « gonzesse », pour reprendre son vocabulaire imagé.

Comme son frère aîné, Jennifer était apparemment une brebis galeuse aux yeux du clan Hamilton. D'après les bribes d'informations qui lui étaient parvenues depuis son départ, P.J. pouvait affirmer qu'elle aussi avait quitté le domaine pour ne plus y revenir, environ deux ans après lui. Aux dernières nouvelles, elle vivait dans le Vermont, ou dans le New Hampshire, sous un nom d'emprunt. Il ne savait pas où exactement, et avait oublié son nouveau nom. Sa date d'anniversaire — le 6 septembre — était la seule chose dont il se souvenait. Mais il doutait fort qu'elle ait un casier judiciaire.

— Ce n'est pas le même genre de brebis galeuse que moi...

— Quel genre, alors? demanda Hillary.

P.J. la déshabilla du regard avec un sourire entendu.

— Vous savez bien... Le genre à aimer les plaisirs de la vie.

Ce fut tout. Jennifer quelque chose, trente ans, vivant quelque part dans le Vermont ou dans le New Hampshire. Et aimant les plaisirs de la vie...

Assis l'un à côté de l'autre dans l'avion qui les ramenait vers Albany, Gunn et Munson comparèrent leurs notes. Ils en avaient appris suffisamment pour éliminer P.J. Hamilton comme suspect : voilà au moins une information qu'ils pourraient livrer à Fielder. Car au sujet de Jonathan, P.J. n'avait guère éclairé leur lanterne. En revanche, il avait créé la surprise en leur dévoilant l'existence d'une sœur. Dont il savait si peu de chose, hélas, qu'elle risquait de les entraîner dans une nouvelle impasse.

En admettant qu'ils aient la chance de la retrouver...

Gunn se pencha soudain devant Hillary pour attirer l'attention de l'hôtesse.

— Excusez-moi... Je ne me sens pas très bien. Vous n'auriez pas de la bière blonde à bord ?

13
Flat Lake

L E tribunal siégea de nouveau le vendredi 3 octobre. Les médias étaient là, mais cette fois en moins grand nombre. Les deux parties se livraient à une bataille de procédure, peu propice aux petites phrases dignes d'être citées au journal télévisé. Seules les personnes présentes — ou celles qui se donnèrent la peine de lire le journal le lendemain — apprirent donc que, comme on pouvait s'y attendre, le juge Summerhouse avait rejeté la demande de non-lieu de la défense, motivée par le refus d'accorder un délai supplémentaire pour permettre au prévenu de témoigner devant le grand jury; comme on pouvait également s'y attendre, il avait accepté la requête de l'accusation aux termes de laquelle Jonathan Hamilton devait se soumettre à une prise de sang, au prélèvement de quelques cheveux et au relevé de ses empreintes digitales.

Les téléspectateurs n'eurent pas davantage droit aux protestations de Matt Fielder lorsque le juge lui ordonna de présenter ses autres requêtes dans le délai normal de quarante-cinq jours prévu par la loi pour les affaires où la peine de mort n'est pas en jeu.

— Cela vous laisse beaucoup de temps, assura-t-il à Fielder. Arrangez-vous pour me les faire parvenir sans retard. L'audience est levée jusqu'au 17 novembre.

Comme d'habitude, en revanche, ces mêmes télé-

162

spectateurs n'échapperaient pas à un discours de Gil Cavanaugh. Il avait reçu la demande de prise en compte des circonstances atténuantes trois jours plus tôt.

— J'ai donc eu tout loisir d'en prendre connaissance, déclara-t-il devant l'assistance et les caméras.

Trois jours, c'était presque le temps mis par Fielder pour taper la lettre en question...

— Comme elle en a le droit, la défense me demande de renoncer à requérir la peine de mort dans cette affaire, annonça-t-il de sa plus belle voix de baryton. Mais je reçois mes ordres des habitants de ce comté, et il est de ma responsabilité de faire respecter les lois de l'État. La défense souligne que M. Hamilton n'avait pas de casier judiciaire avant ce double meurtre. Peut-être a-t-elle raison d'un point de vue technique. À mes yeux, cependant, il est devenu un meurtrier en tuant sa première victime. S'il s'était arrêté là, la loi ne m'aurait pas autorisé à requérir la peine capitale, encore que si j'étais le législateur, les choses seraient différentes. Dans l'immédiat, il faut qu'il ait tué une seconde victime, qu'il ait détruit une seconde vie humaine pour que nous puissions demander justice. D'après moi, M. Hamilton avait bel et bien un casier judiciaire à ce stade. Il avait assassiné deux bons chrétiens. Aux termes de la loi, je n'ai pas besoin d'attendre qu'il en tue un troisième — peut-être l'un de vous — pour faire mon devoir.

«Ensuite, toujours selon la défense, M. Hamilton serait un peu lent. Comme si cela devait excuser son geste. Eh bien, mes chers concitoyens, si je me fie à ce que mes parents m'ont appris, la lenteur intellectuelle peut excuser une lecture hésitante, ou de mauvaises notes à l'école, mais en aucun cas un double meurtre. Nous réserverons à M. Hamilton le même traitement qu'à n'importe quel autre habitant de ce comté. Nous ne le traiterons pas plus mal parce qu'il a eu quelques difficultés scolaires. Mais nous ne le traiterons pas mieux pour autant. Dans ce pays, la justice est la même pour tous. (Cavanaugh éleva la voix de manière théâtrale :)

Ainsi en suis-je arrivé à la conclusion que mon mandat, la volonté des braves gens qui m'ont élu et ma propre conscience me commandaient de faire mon devoir, si ingrat soit-il. Par conséquent, moi, Francis Gilmore Cavanaugh, District Attorney du comté d'Ottawa, certifie solennellement devant vous que si le prévenu est reconnu coupable de ces crimes haineux et impardonnables, je demanderai à un jury composé de ses pairs de lui infliger la seule condamnation appropriée : la peine de mort.

Bien que la décision de Cavanaugh n'ait surpris personne, elle éclipsa les autres nouvelles de la soirée et fit les gros titres des journaux à travers l'État. Même le *New York Times*, qui en avait pourtant vu d'autres, casa un entrefilet au bas de sa première page :

UN PROCUREUR DU NORD DE L'ÉTAT REQUIERT
LA PEINE DE MORT APRÈS UN DOUBLE MEURTRE

*Pour le District Attorney du comté d'Ottawa,
la lenteur d'esprit n'est pas une excuse.*

Cedar Falls — Un homme de vingt-huit ans encourt la peine de mort après le décès de ses grands-parents, retrouvés poignardés le 31 août dernier.

Jonathan Hamilton, originaire de Flat Lake, New York, a été accusé le mois dernier d'un double homicide volontaire. Aujourd'hui, Gilmore Cavanaugh, District Attorney du comté d'Ottawa, a annoncé son intention de requérir la peine de mort au cas où le prévenu serait reconnu coupable.

Rejetant l'argumentation de la défense selon laquelle Hamilton ne mérite pas la peine capitale à cause de son absence de casier judiciaire et de ses difficultés de compréhension, Cavanaugh a insisté sur le fait que « la lenteur d'esprit n'excuse en aucun cas un double meurtre ».

L'avocat du prévenu a refusé de commenter cette déclaration.

Si le District Attorney obtient gain de cause, Hamilton pourrait être le premier condamné à mort depuis le rétablissement, il y a deux ans, de la peine capitale dans l'État de New York. La dernière exécution dans l'État remonte à plus de trente ans.

L'article ayant paru dans le numéro du samedi, Matt Fielder ne put se le procurer. Mais trois jours plus tard, il en reçut une photocopie par courrier, envoyée par Kevin Doyle. Le Capital Defender's Office se fait un devoir de découper tous ceux traitant de la peine de mort.

Sa lecture mit Fielder en fureur. D'abord, les avocats étant d'une susceptibilité sans pareille, il trouva assez vexant de découvrir le nom de Cavanaugh cité à deux reprises alors que le sien n'apparaissait même pas. Mais le coup de grâce fut l'allusion à son refus de commenter la déclaration du District Attorney. Qu'aurait-il bien pu dire ? Les journalistes ne voyaient donc pas à quel dilemme il était confronté ? S'il montait à son tour à la tribune afin de demander la clémence pour son client à peine conscient de ce qui lui arrivait, il reconnaissait *de facto* sa culpabilité. En revanche, s'il rappelait qu'il n'existait que des preuves indirectes contre Jonathan, cela pouvait ensuite se retourner contre lui. Il méprisait les avocats qui avaient toujours une solution de rechange : « Mon client n'est pas coupable. Et en admettant qu'il le soit, c'était de la légitime défense. Et même si ce n'en était pas, il était ivre au moment des faits, à moins qu'il n'ait perdu la raison. Oui, c'est cela, il avait perdu la raison ! »

Il parcourut de nouveau l'article. Dans la marge, Doyle avait écrit les mots suivants : *À tous les coups on perd !* Lui, au moins, comprenait... Mais combien de chances y avait-il pour que le jury se compose de douze Kevin Doyle ? Pour qu'il y en ait même un seul ? Il avait vu les sondages d'opinion. D'après la dernière enquête, environ quatre-vingts pour cent des électeurs du comté d'Ottawa étaient partisans de la peine capitale. Et la plupart d'entre eux considéraient qu'elle se justifiait dans tous

165

les cas d'homicide, pas seulement dans ceux retenus par le législateur pour cause de circonstances aggravantes. Les enquêteurs avaient tenté de savoir quel type de prévenu l'électeur moyen serait prêt à épargner, et le résultat était inquiétant. «Je ne crois pas qu'on devrait appliquer la peine de mort dans les cas de légitime défense», avait-il entendu, ou «Je ne suis pas pour si c'est un accident», ou encore, la réponse préférée de Fielder : «Je ne voterais sans doute pas la peine de mort si je n'étais pas sûr que l'accusé soit coupable.»

Le sort en étant jeté, Fielder entreprit de préparer ses dernières requêtes écrites. Quarante-cinq jours, ça peut sembler long, mais cette fois, pas question d'attendre la dernière minute comme il le faisait du temps où il travaillait pour l'aide judiciaire. Des éléments vitaux pour la défense étaient en jeu : validité des preuves présentées aux jurés, légalité des saisies effectuées par la police de l'État, recevabilité des aveux prétendument faits par Jonathan à Deke Stanton, sans oublier le problème des documents, résultats d'analyses et photos que l'accusation devait remettre à la défense avant l'ouverture du procès.

Dans l'intervalle, Pearson Gunn et Hillary Munson reçurent la consigne de se libérer de leurs autres engagements afin d'unir leurs efforts pour retrouver la trace de Jennifer Hamilton. Fielder se sentait personnellement responsable du fait que, pour la deuxième fois en quelques semaines, une découverte fortuite — l'existence du frère, puis de la sœur de Jonathan — mettait la défense dans l'embarras.

Si P.J. ne les avait pas beaucoup aidés, cela pouvait s'expliquer par son départ du domaine dès 1986, alors que Jonathan avait tout juste dix-sept ans. À cette époque, c'était déjà un petit délinquant consommateur de drogue et d'alcool, autant de raisons pour lui de se désintéresser d'un frère de cinq ans son cadet. Avec Jen-

nifer, peut-être en irait-il différemment. Si P.J. disait vrai
— ce qui restait à démontrer —, elle n'avait quitté à son
tour le domaine que deux ans plus tard, en 1988, alors
que Jonathan avait dix-neuf ans. Enfant du milieu, elle
était plus proche de lui par l'âge et participait sans doute
davantage à la vie de la famille. Avec un peu de chance,
elle serait donc mieux placée que P.J. pour apporter
quelques éclaircissements sur l'enfance de son jeune
frère.

Par ailleurs, elle représentait leur dernier espoir.

La répartition des tâches effectuée, Matt Fielder s'assit devant son ordinateur avec la ferme intention de s'attaquer à la rédaction de ses requêtes. C'était sans compter avec le soleil de ce dimanche matin, dont les rayons
obliques tombant sur son écran l'empêchaient de lire les
caractères. Il aurait bien fermé les volets, mais le rebord
de la fenêtre était encombré par un bric-à-brac de
lunettes noires, stylos, trousseau de clés, petite monnaie,
flacons vides pour prélever et faire analyser l'eau de son
puits. De plus, il lui répugnait de travailler à la lumière
électrique. Les jours raccourcissaient bien assez vite et les
feuilles tombaient déjà. Bientôt, à cause du froid et de
l'obscurité, il pourrait passer beaucoup moins de temps
dehors. Après tout, il avait quarante-cinq jours pour soumettre ses requêtes au juge : il pouvait bien s'offrir un
peu de répit. Au lieu de fermer ses volets, il éteignit son
ordinateur.

Et grimpa dans son 4×4.

Il aurait pu partir vers le nord-est, dans la direction de
Stillwater Reservoir, où il aurait sûrement aperçu un ou
deux aigles. Il avait repéré un nid au faîte d'un des plus
grands arbres et, par un matin d'été, il avait eu la chance
d'assister au premier vol d'un aiglon. Les parents
l'avaient incité à quitter son refuge, d'abord en refusant
de le nourrir, puis en volant de plus en plus près du nid.
Ils s'étaient ensuite postés sur une branche basse d'un
arbre voisin d'où, chacun leur tour, ils avaient poussé des
cris stridents jusqu'à ce que l'aiglon, perché de manière

167

hasardeuse au bord du nid, ait fini par rassembler son courage et s'élancer. À moins qu'il n'ait simplement perdu l'équilibre et se soit trouvé contraint d'improviser dans les airs. En vol, il paraissait presque aussi imposant qu'un aigle adulte. Après une heure de tentatives approximatives, il décrivait des cercles, plongeait vers le sol et atterrissait en douceur comme s'il avait volé toute sa vie.

Mais Matt Fielder ne partit pas vers Stillwater Reservoir.

Il aurait aussi pu prendre la direction de Little Mouse Mountain au sud-est, le plus haut sommet à des kilomètres à la ronde, d'où il aurait découvert un immense panorama de lacs et de rivières paré de teintes automnales. À cette période de l'année, en ne faisant pas trop de bruit, il pouvait espérer voir là-haut des ours noirs en train de se repaître de petites pousses, de baies et de fleurs sauvages avant la période d'hibernation.

Mais il ne partit pas vers le sud-est.

Il aurait même pu emporter son canoë et rouler vers l'ouest jusqu'à Beaver Falls, où il serait facile de mettre le bateau à l'eau et où, contre dix dollars, quelqu'un de la station-service Amoco de Stuckley accepterait de conduire son 4×4 à Otter Creek et de l'y attendre. En chemin, il avait toutes les chances de rencontrer des cerfs occupés à paître au bord de l'eau, peut-être même un orignal en train de brouter la végétation recouvrant un bras mort de la rivière.

Mais il ne partit pas non plus vers l'ouest.

Il préféra monter vers le nord-est et s'enfoncer dans la région des lacs. Sur la route, sachant qu'il n'avait pas à se dépêcher d'escalader une montagne pendant que le soleil était encore haut, ni à s'arranger pour atteindre un débarcadère avant la tombée de la nuit, il prit le temps d'admirer le paysage, de respirer l'air parfumé. Il savait qu'il ne verrait ce jour-là ni aigles, ni ours noirs, ni orignaux en train de paître, car il s'était fixé un objectif plus modeste. Il roulait vers Flat Lake et le domaine Hamilton.

Le lieu du crime.

La manière dont Pearson Gunn et Hillary Munson s'étaient partagé le travail pour tenter de retrouver Jennifer Hamilton était simple : Munson la chercherait dans le Vermont, Gunn dans le New Hampshire. Pour l'essentiel, ces recherches se feraient par téléphone. Se sentant coupables d'avoir découvert aussi tardivement l'existence du frère de Jonathan — et celle de sa sœur —, ils avaient décidé d'ajouter une motivation supplémentaire à leur quête sous la forme d'un pari amical. Le gagnant serait le premier à dénicher l'adresse correcte de Jennifer. Le jeu en valait la chandelle : si Gunn l'emportait, Hillary lui offrirait un pichet de bière blonde; si c'était Hillary qui gagnait, Gunn lui devrait une invitation à dîner. Ce dernier s'apprêtait-il à faire avec elle la même gaffe que Matt Fielder? On ne le saura pas : c'est finalement Hillary qui en fut de sa poche.

Il apparut très vite qu'aucune Jennifer Hamilton née le 6 septembre 1967 n'avait de casier judiciaire — que ce soit dans l'État de New York, du Vermont ou du New Hampshire, ou au FBI. Aucune Jennifer Hamilton n'avait non plus passé son permis de conduire, ni acheté un véhicule immatriculé dans l'un des trois États. Aucune compagnie de téléphone, de gaz ou d'électricité n'avait d'abonnée à ce nom.

Pearson Gunn avait toutefois eu l'occasion de découvrir, quelque temps auparavant, que les ordinateurs étaient des engins amusants, capables de faire des recherches aussi bien en amont qu'en aval : il suffisait d'entrer une date de naissance pour voir la machine cracher le nom de toutes les personnes de ses différents listings nées ce jour-là. Gunn n'en parla pas tout de suite à Hillary. Il voulait d'abord faire un test dans le New Hampshire et voir s'il décrochait le gros lot. Sinon, il pourrait toujours suggérer à la jeune femme d'essayer à son tour dans le Vermont.

Gunn connaissait un collègue à Manchester, qui avait un ami à Laconia, lequel contacta quelqu'un à Concord, qui accepta de leur ouvrir son bureau le dimanche matin pour leur permettre de faire une recherche avec la date de naissance. Là, ils passèrent plus de quatre heures à éplucher tous les fichiers et listings possibles et imaginables : permis de conduire, numéros d'immatriculation, casiers judiciaires (déjà vérifiés par Gunn), jurés, fonctionnaires territoriaux, permis de port d'arme et de chasse, cartes de pêche, ordres des médecins et des infirmières, bénéficiaires de l'aide sociale, enseignants, coiffeurs et esthéticiennes. Ils obtinrent le nom de milliers d'individus nés le 6 septembre 1967, mais pas celui de Jennifer Hamilton.

C'est en faisant défiler la liste des assistants de puériculture agréés qu'ils découvrirent quelque chose d'intéressant. Avec soixante-douze noms, c'était l'une des plus brèves. (Par comparaison, celle des fonctionnaires territoriaux comportait mille huit cent soixante noms, celle des propriétaires d'armes à feu deux mille trois cent cinquante-six, et celle des pêcheurs trois mille cent onze.) Ils durent attendre la troisième et dernière page pour tomber sur une piste possible.

ASSISTANTS DE PUÉRICULTURE AGRÉÉS — NÉS LE 06/09/97
(Page 3/3)

Hunter, Clifford B.
Johnson, Patricia Sewell
Jones, Lucy M.
Keller, Laura Greene
Laker, Cynthia Claridge
Laverton, Harriet C.
Lundberg, Mary Ann
Madge, Marjorie S.
Manning, Carolyn McCaster
Marcher, Jennifer H.

170

Norton, Hope
Paterson, T. Forest
Pendover, Kathleen Bryson
Sutherland, Anne Howell
Todd, Edward L.
Tyson, Charlene
Underwood, Susan W.
Van der Haas, Judith A
Williams, Ned
Yates, Priscilla Osgood
Zucker, Pamela T.

Il était trop tôt pour crier victoire, mais une «Jennifer H.» née le 6 septembre 1967 méritait qu'on vérifie son identité. Ce qu'ils firent en ouvrant son dossier. Il remontait à juillet 1991, date à laquelle elle avait demandé l'autorisation d'ouvrir à son domicile, dans la ville de Keene, une garderie de type 3 pour cinq enfants au plus. Elle avait reçu une attestation temporaire lui permettant de commencer dès septembre de la même année, et l'agrément officiel était arrivé en mai 1992. Mais il n'avait pas été renouvelé en 1994, et elle n'avait pas repris son activité depuis. Elle avait cependant fourni une adresse, un numéro d'identification et un numéro de téléphone. Mieux, son nom complet apparaissait sur sa demande d'autorisation : Jennifer Hamilton Marcher.

De toute évidence, Jennifer s'était mariée. Malheureusement, quand Gunn et Hillary appelèrent le numéro indiqué, personne n'avait entendu parler de Jennifer Marcher, ni de Jennifer Hamilton, et encore moins de Jennifer Hamilton Marcher. Leur correspondant expliqua que c'était son nouveau numéro, attribué lors de son emménagement deux ans auparavant. Et il habitait Portsmouth, pas Keene.

L'annuaire ne les aida pas davantage. Mais en entrant le nom «Jennifer Marcher» dans l'ordinateur, ils récoltèrent une série d'informations : numéro de permis de conduire et de sécurité sociale, convocation à un procès en tant que jurée (restée sans réponse) et, beaucoup plus intéressant, une adresse récente. Apparemment, Jennifer Hamilton Marcher habitait Nashua, au 14 Nightingale Court.

Elle était sur liste rouge, ce qui ne les arrêta pas longtemps. Vingt minutes plus tard, Gunn écoutait une voix féminine sur un répondeur : «Bonjour. Vous êtes bien chez Jennifer. Laissez votre message après le bip sonore et je vous rappellerai dès que possible.»

Il raccrocha : il n'avait rien à dire et préférait rencontrer Jennifer. Surtout, il était trop occupé à savourer sa victoire.

Pour Matt Fielder, il existait deux catégories de lacs. Ceux où l'on avait laissé construire des routes et des maisons jusqu'à la rive, puis — comme si cela ne suffisait pas — des jetées et des pontons sur l'eau. Et ceux auxquels on n'avait pas touché : pour les voir, il fallait traverser la forêt à pied, son canoë sur le dos si l'on voulait faire un tour sur l'eau. Cela changeait tout, et c'était ce qui avait attiré Fielder dans les Adirondacks.

Flat Lake appartenait indiscutablement à la seconde catégorie.

Celui qui passe seulement l'été dans le comté d'Ottawa — où les rigueurs de l'hiver sont telles qu'on lui pardonne volontiers — pourrait croire que Flat Lake, le «lac immobile», doit son nom au calme absolu de ses eaux à la belle saison, protégées par le feuillage ininterrompu des arbres qui les bordent. Chênes, érables et frênes s'élèvent au-dessus des cèdres, pins, épicéas et sapins qui dominent à leur tour les buissons de genévriers, de lauriers sauvages, d'andromeda et de fougères. S'y mêlent de nombreux bouleaux, dont le tronc blanc tranche sur les teintes plus sombres. En automne, les arbres sont suffisamment à l'abri du vent pour garder leurs feuilles longtemps après qu'elles ont pris leurs tons rouges et or. D'où une débauche de couleurs spectaculaire, souvent redoublée par son reflet parfait à la surface immobile du lac.

Cette immobilité n'est qu'une illusion. Les eaux de Flat Lake sont constamment renouvelées. Non par les flots boueux d'un torrent riche en alluvions ou d'un ruisseau charriant divers débris, mais par un puits artésien naturel situé au fond du cratère où s'est formé le lac à l'ère glaciaire. Il représente une source permanente d'eau cristalline d'une pureté et d'une fraîcheur telles qu'à Cedar Falls, les autorités locales l'ont très tôt déclarée d'intérêt public, pour la protéger de la convoitise des firmes commercialisant les eaux minérales.

Afin que l'eau continuellement renouvelée puisse s'écouler, Flat Lake dispose d'un déversoir à son extrémité sud : une grille d'acier, seule trace visible d'intervention humaine pour un observateur averti. On l'abaisse tous les ans, au printemps. Un processus laborieux qui requiert la présence de deux hommes car il se fait entièrement à la main, aucune ligne électrique n'arrivant jusqu'au lac. On règle la hauteur de la grille de manière à ce qu'elle ne dépasse pas le niveau de l'eau et agisse comme le filtre d'une piscine géante. Ainsi la moindre feuille, brindille ou le moindre gland restés à la surface du lac sont-ils entraînés de l'autre côté de la grille où ils disparaissent à la vue, restaurant l'illusion d'une immobilité parfaite.

Fielder s'assit sur un rocher au bord de l'eau, émerveillé par la beauté du site, fasciné par son calme. En l'espace d'une heure, il dénombra deux cerfs, trois lapins et une famille de sept ratons laveurs, tous venus se désaltérer. Il aurait aimé rester plus longtemps mais, ayant appelé Klaus Armbrust avant de partir et pris rendez-vous pour visiter le domaine, il ne voulait pas le faire attendre. Quand il se leva, sa chaussure souleva un éclat du rocher sur lequel il était assis. Une variété d'ardoise, à en juger par son aspect feuilleté. Il ramassa l'éclat de roche, le cala entre le pouce et l'index de sa main droite, puis, d'un geste si ample que ses phalanges frôlèrent les fou-

173

gères, il propulsa la pierre en direction du lac. Un, deux, trois, quatre, cinq, six, sept ricochets ! Avec un sourire satisfait, il regarda les cercles concentriques s'élargir, se rejoindre et s'effacer, jusqu'à ce que la surface de l'eau soit de nouveau étale.

Klaus Armbrust déverrouilla la porte d'entrée de la maison principale et s'écarta pour laisser entrer Fielder. Une odeur de renfermé les accueillit, preuve que la nature avait déjà commencé à faire valoir ses droits sur la maison vide.

— Cet endroit a connu sa part de tragédie, observa Fielder.

— Pour ça oui, approuva Klaus.

La visite ne dura pas plus de vingt minutes. Fielder ne s'attendait à aucune découverte sensationnelle. Après tout, la police de l'État avait déjà passé à trois reprises les lieux au peigne fin, chaque fois de manière encore plus méthodique que la précédente, et Pearson Gunn était venu deux fois pour la défense. Fielder voulait néanmoins se faire une impression personnelle du lieu où Carter et Mary Alice Hamilton avaient été assassinés, et où, huit ans et demi plus tôt, leur fils et leur belle-fille avaient péri dans un incendie.

Construit un siècle auparavant, à une époque où l'on aimait le travail bien fait, l'intérieur était entièrement en pierre et en bois. Des poutres en chêne massif aux parquets en pin, des immenses cheminées de pierre aux placards et aux étagères encastrés, tout évoquait un monde révolu où l'on bâtissait amoureusement de magnifiques demeures au lieu de bâcler le travail pour respecter les délais et éviter les dépassements de devis. Ici, pas de laine de verre, de plastique, de vinyle ou de Formica. Tout était en dur. Tout venait de la terre et quand, son heure venue, le bâtiment croulerait sous son poids, tout retournerait à la terre.

À l'étage, Elna Armbrust avait réussi à effacer toute

trace du carnage, ou presque : malgré ses efforts, quelques taches de sang discrètes restaient visibles sur les murs et le parquet de la chambre. Fielder se surprit à s'interroger : quelle folie avait bien pu s'emparer de Jonathan cette nuit-là, quelle rage inimaginable l'assaillir, pour transformer ce grand enfant docile en une machine à tuer ?

De la maison principale, ils se rendirent au pavillon de Jonathan. Minuscule en comparaison, il avait à l'évidence été construit avec le même soin. Fielder fut surpris par l'ameublement sommaire des pièces, et le peu d'objets dont son client avait choisi de s'entourer. Son lit avait été fait, son oreiller était même redressé et un coin du drap rabattu, comme en prévision de son retour imminent. Enfin, les deux hommes s'arrêtèrent dans la salle de bains, où Fielder examina le placard sous le lavabo. Seul un idiot aurait eu la bêtise d'y cacher l'arme du crime, un idiot ou un enfant. Malheureusement, Jonathan Hamilton pouvait entrer dans les deux catégories.

L'avocat éprouva un certain soulagement à sortir au soleil, et s'emplit les poumons de l'air automnal en attendant que Klaus ait cadenassé la porte du pavillon.

— Dites-moi, Klaus, elle était comment, la sœur de Jonathan ?

— Jennifer ?

Fielder acquiesça.

— Une jolie fille... Très jolie même, dit Klaus avec nostalgie, comme s'il essayait de se la représenter après toutes ces années.

— Quel genre de fille ?

L'homme parut réfléchir.

— Calme... Intelligente...

— Autre chose ?

Klaus contempla ses chaussures.

— Pas heureuse, lâcha-t-il avec réticence.

— Ah bon ?

175

— Non, pas heureuse, répéta-t-il, comme s'il n'avait rien à ajouter.

Fielder, lui, n'en avait pas tout à fait terminé.

— Votre femme et vous-même avez parlé à M. Gunn du frère de Jonathan, je crois?

— Oui, monsieur.

— Pourquoi n'avoir pas mentionné sa sœur?

Klaus eut un haussement d'épaules.

— Parce qu'il ne nous a pas posé de questions sur elle.

Fielder eut beau méditer cette réponse sur le chemin du retour, force lui fut de reconnaître qu'elle tombait sous le sens. Voilà deux personnes qui avaient passé toute leur vie adulte dans l'ombre de ceux qu'ils servaient, à qui on avait sans doute appris à se taire devant les inconnus, et dont la maîtrise de l'anglais était de toute façon limitée. Pas vraiment le genre de gens à donner spontanément des informations.

Mais si les derniers mots de Klaus Armbrust tombaient sous le sens, que penser de sa remarque selon laquelle Jennifer n'était pas heureuse? Pour quelle raison? Qu'est-ce qui avait pu conduire le fils d'une famille riche et privilégiée vers la drogue, la boisson et, pour finir, la prison? Comment sa sœur, après avoir reçu en cadeau la beauté et le confort matériel, avait-elle pu être malheureuse au point de disparaître sans laisser de traces, ou presque? Et quelle était la place exacte de cette pièce manquante dans le puzzle Jonathan Hamilton?

Il y avait là matière à réflexion...

14
Nightingale Court

EN fait, il y a deux New Hampshire. Celui des cartes postales, d'abord, des décors de cinéma et des cassettes vidéo vendues aux touristes. C'est le New Hampshire du Nord, dominé par l'immense parc de la White Mountains National Forest qui couvre des milliers d'hectares de paysages parmi les plus beaux et les plus sauvages de toute l'Amérique du Nord. Là, le voyageur découvre le mont Washington, plus haut sommet à l'est des Rocheuses, où soufflent les vents les plus violents jamais mesurés à la surface de la terre et où disparaissent chaque année quelques alpinistes assez inconscients pour sous-estimer ses dangers. Là, se trouvent aussi plusieurs sites touristiques mondialement connus : le profil de l'Old Man of the Mountains, les gorges de la Flume, le défilé de Franconia Notch, la station de Cannon Mountain, Lost River, la « rivière perdue », et Castle in the Clouds, le « château dans les nuages ». Là, enfin, abondent lacs et rivières sous toutes leurs formes, des rapides impétueux de l'Androscoggin aux vastes étendues immobiles du lac Winnipesaukee.

Mais il y a un autre New Hampshire.

Au sud de l'État, pas de sommets vertigineux. Pas de gorges ni de rivières perdues, pas de défilés et autres châteaux dans les nuages. En se réveillant à Manchester, Concord, Keene, Jaffrey ou Derry, on se croirait dans une banlieue du New Jersey ou de Long Island. Devant les maisons avec garage alignées côte à côte sur leur carré de terrain, seuls les panneaux de basket poussent sur le goudron des allées, et les eaux les plus tumultueuses sont celles du centre local de lavage de voitures. Les principaux sites touristiques sont des galeries marchandes à l'enseigne de McDonald's, Burger King, Taco Bell, Texaco ou Jiffy Lube, des bowlings ou des pizzerias. C'est là que se trouve la ville de Nashua, à quinze kilomètres à peine du Massachusetts et à des années-lumière des White Mountains.

Matt Fielder ignorait bien sûr tout cela lorsque Pearson Gunn et Hillary Munson vinrent lui annoncer qu'ils avaient retrouvé la trace de Jennifer Hamilton à Nashua, New Hampshire, au 14 Nightingale Court très exactement. Gunn et Munson ayant fait le voyage jusqu'à Atlanta, Fielder décréta que c'était à lui de prendre sa voiture pour aller à Nashua.

— Par ailleurs, ajouta-t-il, j'en ai assez de rédiger des requêtes.

Gunn éclata de rire.

— « Par ailleurs » mon œil ! Tu veux y aller parce que cette Jennifer est une belle gosse.

— Laisse-le tranquille, intervint Hillary. Crois-moi, si quelqu'un ici a besoin d'une belle gosse, c'est bien Matt.

Fielder la foudroya du regard, ce qui l'arrêta net. Deux jours plus tard, il était sur la route.

En début d'après-midi, après cinq heures de voiture, il arriva à Nightingale Court, petit caravaning au bord de la route 3 A, dans la banlieue nord de Nashua. Il repéra aussitôt le numéro 14, un mobile home de taille modeste mais bien tenu, posé sur une couche de parpaings dissimulée avec art par un treillage en bois blanc et des chrysanthèmes rouges en pot.

En chemin, il s'était longuement interrogé sur l'approche à adopter avec Jennifer. En bon détective privé,

178

Gunn lui avait conseillé d'attendre sur place, incognito, qu'elle rentre chez elle ou qu'elle en sorte. S'il hésitait encore après l'avoir vue, il aurait plusieurs solutions : l'appeler par son nom et observer sa réaction. Ou demander à un agent de l'interpeller sous un prétexte quelconque et de vérifier son identité. Ou encore la suivre en voiture et heurter son pare-chocs arrière assez fort pour qu'ils soient obligés de s'arrêter et d'échanger leurs numéros de permis de conduire.

Tout cela ressemblait un peu trop à un film d'espionnage, et Fielder avait choisi une méthode plus directe. Il descendait de son 4×4 pour se diriger vers le mobile home lorsqu'un car scolaire s'arrêta tout près de lui, l'obligeant à reculer d'un pas pour ne pas se faire renverser. La porte s'ouvrit avec un sifflement et cinq ou six enfants, de six à seize ans environ, en jaillirent. Alors qu'ils se dispersaient vers les différents mobile homes, l'un d'eux attira l'attention de Fielder. Il paraissait avoir douze ou treize ans, et son visage aux traits reconnaissables était surmonté d'une masse de cheveux blonds qui lui retombaient sur le front. Avant même qu'il approche de sa destination, Fielder savait exactement où il allait. Il le regarda dépasser les numéros 11 et 12 — il n'y avait pas de 13 — pour rejoindre le mobile home blanc avec son treillage et ses chrysanthèmes. Il y était presque quand la porte s'ouvrit, laissant apparaître Jennifer Hamilton Marcher.

Malgré son désir d'être discret, Fielder ne réussissait pas à la quitter des yeux. Elle était grande — un mètre soixante-quinze environ — et mince. Blonde, elle aussi, avec une longue chevelure lisse. Et belle, étonnamment belle, comme son frère et son fils. En la qualifiant de « belle gosse », Pearson ne lui avait pas rendu justice. P.J. Hamilton était plus près de la vérité quand il parlait de « canon », terme encore faible pourtant. Il ne rendait pas compte de son hâle régulier, de ses grands yeux bleus, de sa bouche peut-être un peu charnue pour le reste du visage. Ni de sa façon d'incliner légèrement la tête, faisant glisser ses cheveux du même côté. Ni de son geste maternel pour attirer son fils derrière elle, de manière à s'interposer entre l'inconnu et lui pour le protéger. Ni de l'air avec lequel, solidement campée sur ses jambes, le défiant presque, elle regarda Fielder approcher.

On ne peut pas s'intéresser de près au sport sans croire à l'existence d'une dynamique menant à la victoire. Pour en avoir la preuve, il suffit de regarder un match de basket à la télévision. On comprend vite que les équipes ne marquent pas chacune leur tour, mais par à-coups. « Les Knicks continuent sur leur lancée : 17 à 2 » , dira le présentateur, ou encore : « Les Bulls ont marqué 12 paniers d'affilée. » Il existe même un antidote sur mesure contre de telles montées en puissance : les vingt secondes de quart-temps destinées à casser la dynamique.

Dès ses années de lycée, Fielder avait appris sur le terrain qu'il était crucial de contrôler le déroulement d'un match de base-ball, qu'on pouvait ainsi influer de manière massive et décisive sur le score final.

Il gardait le souvenir d'un match amical, un samedi après-midi, où il battait avec un coureur sur base. Son équipe était menée 6 à 0. Elle n'avait pas frappé une seule balle. Whitey Ryan, le meilleur ami de Fielder, avait bénéficié d'un but sur balles et venait d'atteindre la deuxième base grâce à un mauvais lancer. Fielder, qui le suivait à la batte, avait deux strikes contre lui. Le lanceur, un grand type dégingandé à la puissance digne d'un joueur professionnel, lui envoya une balle à la fois haute et rapide. Avec un score différent, Fielder l'aurait laissé passer. Ses deux strikes l'obligeaient toutefois à protéger le marbre. Malgré un swing approximatif, il frappa la balle, mais au sol, entre la première et la deuxième base. Le deuxième baseman, un tout jeune joueur du nom de Goober Wilson, la ramassa sans difficulté. Au lieu d'éliminer Fielder en première base, il préféra faire le malin et envoyer la balle en troisième base avant l'arrivée de

Whitey Ryan. Dans sa précipitation, il l'expédia au-dessus de la tête du troisième baseman et elle atterrit sur le parking. Whitey Ryan marqua, et Fielder put atteindre la deuxième base. Surtout, ce fut le moment où l'équipe de Fielder parvint à inverser la dynamique en sa faveur. Les huit batteurs purent effectuer leur tour des bases, cinq d'entre eux réussissant même à frapper les balles du lanceur jusque-là intouchable. À la fin de la manche, l'équipe de Fielder avait marqué sept points. Elle devait gagner le match 8 à 6.

Fielder se vanta ensuite d'avoir renversé la tendance grâce à sa balle frappée. Whitey Ryan, qui maîtrisait mieux que lui les complexités du base-ball, le reprit aussitôt : « Tu ne peux pas dire ça. Goober aurait facilement pu t'éliminer en première base. Tout vient de son erreur tactique. Sinon, tu étais out. »

La leçon que Fielder avait retenue ce jour-là ne portait toutefois pas sur le choix de la base où lancer la balle, ni sur l'intérêt de s'en tenir à l'option la moins risquée pour éliminer un attaquant. Ni même sur les subtilités des règles du base-ball. Non, elle avait trait à la dynamique — à la manière dont une décision hâtive dans une action de routine pouvait non seulement décider du sort d'un batteur, mais parfois changer le cours du match et le résultat final.

C'était une leçon qu'il n'avait jamais oubliée.

Pour Matt Fielder, le moment où la dynamique de l'affaire Jonathan Hamilton commença à s'inverser en faveur de la défense restera celui où il croisa pour la première fois le regard de Jennifer Hamilton Marcher.

Certes, l'expression qui traversa alors le visage de la jeune femme pouvait très bien ne refléter que l'angoisse prévisible d'une mère à la vue d'un inconnu en train de les dévisager, elle et son enfant. Qui était cet homme ? Que faisait-il là ? Leur voulait-il du mal ? Était-il de la police ? Avait-il suivi son fils depuis la sortie de l'école ? Avait-il passé la semaine écoulée à les surveiller ?

N'importe laquelle de ces interrogations aurait amplement justifié qu'elle s'inquiète. Dans l'expression de Jennifer, cependant, Fielder lut plus que de l'inquiétude, presque de la panique. Durant les semaines et les mois suivants, il penserait souvent à ce premier échange de regards durant lequel il s'efforça de sonder l'âme de cette étrange et belle jeune femme qui devait tellement influencer le cours de l'affaire et de sa propre vie, de comprendre sa place exacte dans cette famille de plus en plus énigmatique. Telles furent à peu près ses conclusions : une dizaine d'années s'étaient écoulées depuis que Jennifer avait quitté le domaine, s'était installée deux États plus loin, avait changé de nom et refait sa vie. Durant tout ce temps, jamais elle n'était retournée voir sa famille, pas même pour une visite de courtoisie ; elle n'avait pas décroché son téléphone, ni même envoyé une carte postale pour donner signe de vie. Elle avait échangé une existence confortable, voire la fortune, contre un mobile home calé sur des parpaings dans un caravaning.

Sans jamais revenir en arrière.

Et voilà que, malgré ses efforts pour faire une croix sur son passé, sa famille semblait avoir réussi à retrouver sa trace. Car Jennifer avait certainement entendu les flashs d'information et lu les gros titres. Elle avait appris l'arrestation de son jeune frère à la suite du double meurtre de ses grands-parents. Et elle se doutait qu'un jour ou l'autre, on remonterait jusqu'à elle. La police, la presse, les avocats, peu importait. Seul comptait le fait qu'après dix ans, ses efforts pour repartir de zéro étaient réduits à néant. Elle avait eu beau fuir, se battre pour s'en sortir, changer de nom et d'État, la vue de cet inconnu qui la regardait lui annonçait que, de nouveau, elle allait être prise dans la toile tissée par cette famille qu'elle avait tout fait pour rayer de sa mémoire.

En une fraction de seconde, le temps de croiser le

regard de ce grand type brun debout près de sa drôle de voiture, elle avait compris qu'il était là pour une seule et unique raison : Jonathan. Quant à Matt Fielder, ainsi devait-il décrire sa propre réaction : «J'étais sûr d'avoir levé un lièvre. J'ai très vite senti que je n'avais pas fait toutes ces heures de route pour rien.»

Assis à une table pliante en aluminium, ils burent du thé dans des tasses dépareillées. Le fils de Jennifer était ressorti jouer avec ses copains, après avoir promis de rentrer avant la tombée de la nuit. En fait, il avait neuf ans et s'appelait Troy. On lui donnait plus à cause de sa grande taille, expliqua-t-elle.

— Je suis Matt Fielder, avait déclaré l'avocat en s'avançant vers eux. Je défends votre frère Jonathan.

Il s'attendait un peu à ce qu'elle nie avoir un frère prénommé Jonathan, à l'entendre dire qu'il faisait erreur. À moins qu'elle ne feigne l'étonnement en apprenant que son frère avait besoin d'un avocat. Mais non. Elle s'était contentée de se tourner vers son fils et de lui demander d'aller se laver les mains.

À présent, Fielder buvait lentement son thé. Bien qu'il soit tiède et insipide, l'avocat se félicitait d'avoir quelque chose pour se distraire du visage qu'il avait tant de mal à quitter des yeux.

— Vous vivez ici depuis combien de temps? dit-il en contemplant l'intérieur du mobile home.

Tout était en Formica, en plastique ou en aluminium, avec des banquettes qui se dépliaient pour servir de lits et dissimulaient des tiroirs, un plan de travail qu'on relevait pour utiliser la plaque de cuisson, et des chaises pliantes. Compact, fonctionnel et propre, mais pas grand-chose de plus.

— Environ deux ans, répondit-elle, sans chercher à se justifier.

— Et avant?

— À droite et à gauche.

Il y eut un silence gêné. Tous les deux savaient qu'il n'était pas venu l'interroger sur ses pérégrinations.

— Comment va mon frère ? finit-elle par demander.

Il supposa qu'elle parlait de Jonathan. De toute façon, il y avait assez de tragédies familiales à évoquer sans mentionner P.J. et ses trente ans de prison en Alabama.

— Aussi bien que possible compte tenu des circonstances. Il semble partager votre capacité à survivre dans un espace réduit.

— Nous avons beaucoup de choses en commun.

— En effet. La ressemblance est frappante.

À peine prononcés, ces mots lui parurent bien trop solennels. Ce qu'il voulait lui dire, c'était combien il la trouvait jolie, incroyablement séduisante. Il voulait lui avouer qu'il se retenait pour ne pas la dévorer des yeux. Une petite voix intérieure lui murmura alors de se calmer s'il ne voulait pas se ridiculiser définitivement. Sans pouvoir l'affirmer, il avait bien cru reconnaître la voix d'Hillary Munson...

Jennifer se tourna pour regarder par la fenêtre les enfants occupés à taper dans un vieux ballon de football. Durant toute la conversation, elle surveilla ainsi, à intervalles réguliers, son fils du regard.

— Votre mari doit être blond lui aussi, déclara Fielder.

— Je ne suis pas mariée.

— Le père de votre fils, alors. M. Marcher...

— Il n'y a pas de M. Marcher. C'est simplement un nom que j'ai choisi, pour m'aider...

— À disparaître.

— Oui, à disparaître.

Fielder but une gorgée de thé. Il était presque à température ambiante désormais, et l'avocat fut tenté de demander un ou deux glaçons pour achever sa transformation en thé glacé. Mais à voir la taille du réfrigérateur coincé sous le plan de travail, il n'y avait sûrement pas de place pour un freezer, ni même pour un bac à glaçons.

— Pourquoi vouloir disparaître ? demanda-t-il.

Elle éclata de rire, mais d'un rire sec, sans joie, comme en réponse à une plaisanterie éculée dont elle aurait été la cible.

— Vous connaissez l'expression « dysfonctionnements familiaux » ?

Il acquiesça. Elle poussa un profond soupir.

— Je ne crois pas que vous ayez vraiment envie d'entendre ça.

— Possible. Mais il le faut. C'est peut-être ma seule chance de sauver la vie de votre frère.

De nouveau, elle regarda par la fenêtre.

— Ils peuvent vraiment le tuer ?

— En tout cas, ils ont bien l'intention d'essayer.

Lorsqu'elle se retourna vers Fielder, ses yeux brillaient et une larme roula sur sa joue. Il aurait voulu tendre la main pour l'essuyer. Rejoindre la jeune femme de l'autre côté de la table et la prendre dans ses bras. Faire tout ce qui était en son pouvoir pour la consoler. Au lieu de quoi il resta assis, mains croisées sur les genoux, de peur de faire un geste mal interprété. Comment savoir si elle avait versé une larme sur le sort de Jonathan, ou sur le sien propre alors qu'elle s'autorisait à revenir sur son passé, un passé qu'elle s'apprêtait à déverrouiller — pas seulement pour son frère, mais pour elle aussi — après l'avoir nié sciemment, délibérément, pendant presque une décennie ?

Peut-être pleurait-elle sur leur sort à tous les deux, conclut-il.

15
Jennifer

À EN croire son récit, Jennifer Hamilton avait grandi
dans un foyer dominé par un père autoritaire, parfois violent, qui rendait encore plus insignifiante leur
mère, prisonnière de sa timidité et de son alcoolisme. Ses
grands-parents avaient baissé les bras et abandonné la
maison principale à leurs enfants et petits-enfants, préférant s'installer dans le pavillon qui deviendrait celui de
Jonathan. S'ils prenaient leurs repas en famille, ils
vivaient de leur côté le reste du temps. Peut-être parce
qu'ils en avaient trop vu, supposait Jennifer.

Entre un aîné qui semblait attirer les ennuis et un petit
frère au sourire béat mais au cerveau malade, elle avait
tenté par tous les moyens de se faire une place. Mais
comme tout enfant du milieu vivant dans un environnement perturbé, ses efforts avaient été chichement récom-
pensés. Les rares fois où son père était là, où sa mère sortait de son indifférence, c'était pour réprimander P.J. ou
occuper Jonathan. Et Jennifer, de loin la plus équilibrée
des trois, se retrouvait livrée à elle-même.

Cela ne l'empêchait pas de s'épanouir. Elle s'était fait
des amis à l'école (sans toutefois oser les inviter chez
elle), avait de bonnes notes et s'absorbait dans la lecture
des centaines de livres qui garnissaient les murs de la
bibliothèque — livres considérés par le reste de la famille
comme faisant partie du décor. Elle avait tout lu, de Sha-

kespeare à Salinger, de Hawthorne à Hemingway. Des ouvrages évoquant des contrées lointaines, des villes remplies de gratte-ciel, de vastes océans, des gens qui riaient, aimaient, et vivaient heureux jusqu'à la fin de leurs jours. En les lisant, elle rêvait du jour où son prince charmant viendrait la chercher sur son cheval blanc. Peu lui importait qu'il soit beau. Malgré sa jeunesse, elle avait déjà vu les limites de la beauté.

Adolescente, elle était la plus grande de sa classe, ce qui intimidait les garçons malgré leur intérêt pour sa poitrine naissante. Un été, elle cessa de manger afin de ne plus grandir : sommée par son père de s'alimenter, elle obtempérait, puis demandait quelques instants plus tard la permission d'aller aux toilettes où, tirant la chasse d'eau pour couvrir le bruit, elle régurgitait la nourriture qui l'empêchait d'avoir une taille normale comme ses camarades. C'est beaucoup plus tard qu'elle rencontra dans ses lectures les termes d'« anorexie » et de « boulimie », longtemps après avoir surmonté ses accès de jeûne et de vomissements.

Alors qu'elle voulait aller à l'université, son père la fit asseoir un après-midi en face de lui pour lui rappeler combien la santé de sa mère était fragile. P.J., qui avait déjà sombré dans l'alcoolisme et la drogue, devenait un problème ; quant à Jonathan, ce n'était qu'un enfant sans cervelle dans un corps trop grand pour lui. « Si tu t'éloignes, ta mère en mourra. Elle n'a plus que toi », avait déclaré son père.

Qu'il ait eu tort ou raison, Jennifer se sentait incapable de lui désobéir au risque de provoquer la mort de sa mère. Elle s'inscrivit à l'institut universitaire de Cedar Falls, où Klaus Armbrust la conduisait chaque matin et revenait la chercher l'après-midi. Elle suivait facilement et trouvait sympathiques les autres étudiants. Mieux, elle n'était pas la plus grande de la classe. Les garçons l'avaient enfin rejointe. Malheureusement, peu sociable et manquant de confiance en elle à cause de son isolement prolongé, elle ne tarda pas à passer pour hautaine et indifférente. Elle réussit son diplôme d'anglais en un an et demi au lieu des deux habituels, bien décidée à poursuivre ses études dans une véritable université.

À peu près à la même époque, toutefois, P.J. quitta la maison, plongeant leur mère dans une dépression encore plus profonde qui aggrava son alcoolisme. Une nouvelle fois, le père de Jennifer parvint à la convaincre de rester au domaine où «on avait besoin d'elle», sans jamais préciser qui, ni en quoi. Elle s'exécuta néanmoins.

— Comment vous occupiez-vous ? demanda Fielder.

— Oh, j'avais un emploi. Mon père connaissait le propriétaire de la scierie de Pine Creek et lui avait demandé de m'engager pour faire la comptabilité trois jours par semaine. Il pensait que ça permettrait d'occuper Jonathan par la même occasion.

Chaque fois que Klaus emmenait Jennifer à la scierie, il déposait Jonathan avec elle. Pendant qu'elle tenait les comptes et réglait les factures, l'adolescent s'amusait dans la cour derrière les bâtiments, où étaient entreposés les montagnes de planches, les panneaux de contre-plaqué et les immenses tas de sciure et de copeaux. Lorsqu'il y avait du travail pénible, déplacer des billes de bois, par exemple, il donnait un coup de main : à dix-huit ans, il était assez fort pour travailler avec les ouvriers et soulever son propre poids, du moment qu'on ne lui demandait pas de compter quoi que ce soit, ni de prendre des initiatives. Mais la plupart du temps, il restait assis au soleil ou bien, pour tromper son ennui, il poursuivait les chiens qui régnaient en maîtres sur la cour.

Jennifer jeta un coup d'œil par la fenêtre. L'après-midi touchait à sa fin et, au fur et à mesure que s'allongeaient les ombres, sa nervosité croissait. Elle finit par se lever, incapable de poursuivre plus avant son récit. Elle avait tort de s'inquiéter : à point nommé, des pas retentirent au-dehors, la porte s'ouvrit et Troy fit irruption dans la pièce, hors d'haleine et noir de crasse.

Sans se soucier de la poussière ni de la sueur, elle le serra dans ses bras et lui ébouriffa les cheveux.

— Va te laver, dit-elle.

Sans protester, il se dirigea vers la salle de bains. Jennifer se retourna vers Fielder.

— Vous restez dîner ?

— Non merci. Vous n'attendiez personne. Et je dois trouver un endroit où dormir avant qu'il soit trop tard. En revanche, j'aimerais reprendre notre conversation demain, si vous en êtes d'accord.

— Vous pouvez dormir ici, suggéra-t-elle, désignant les banquettes. Mais je ne rentre pas du travail avant treize heures.

— Je peux peut-être passer vous voir à ce moment-là ?

Elle haussa les épaules sans répondre. Si son récit éclairait la lanterne de Fielder, pour elle ce n'était visiblement pas une partie de plaisir. Pourtant, elle n'avait pas refusé.

— Alors à demain.

Fielder fit en sorte que ces trois mots sonnent non comme une question, mais comme une affirmation.

Il reprit la route 3 A avec un sentiment de soulagement. Malgré la beauté de Jennifer et la tentation de dormir à quelques mètres d'elle, le mobile home le rendait claustrophobe. La perspective d'y passer la matinée enfermé, à attendre le retour de la jeune femme de son mystérieux travail, le décourageait d'avance.

Il trouva un Motel 6 à la sortie de Merrimack et paya cash les vingt-six dollars la nuit, pensant à demander un reçu pour le joindre ultérieurement à sa note de frais, s'il ne le perdait pas avant. Puis il fit un crochet vers le nord, en direction de Manchester, à la recherche d'un restaurant. À l'entrée d'un McDonald's, une immense banderole jaune annonçait une offre spéciale : quatre-vingt-dix-neuf cents le Big Mac. Fielder décida d'oublier qu'il était végétarien et en acheta deux à emporter, avec un grand Coca-Cola.

De retour dans sa chambre, bien calé contre la tête du

lit, il appuya sur la télécommande. Les caractères défilant au bas de l'écran lui apprirent que la pluie avait interrompu les World Series : à leur place, la chaîne repassait les meilleurs moments d'un match des Yankees de l'année précédente. Fielder avait le choix entre deux autres chaînes : l'une proposait des informations régionales, l'autre une rediffusion de *Cheers*. Il éteignit le téléviseur et attaqua son repas. Le Coca n'avait aucun goût, au point d'en être presque imbuvable.

Mais les Big Mac, eux, étaient prodigieux.

Il s'abandonna au sommeil vers vingt et une heures en pensant à Jennifer, à la fois content d'être couché dans un bon lit, et plein de regrets d'avoir décliné son offre de passer la nuit dans le mobile home. Qui sait, peut-être la jeune femme lui aurait-elle réservé une merveilleuse surprise, une fois son fils endormi ?

Dans ses rêves, pourtant, il ne vit pas Jennifer sourire une seule fois.

16
La volonté de Dieu

— Où en étions-nous ? demanda Jennifer.

Assis sous le porche du mobile home, ils se réchauffaient au soleil de l'après-midi, même s'il ne faisait que quelques degrés au-dessus de zéro. Fielder, qui avait toujours souffert du froid des hivers new-yorkais, s'était progressivement habitué au climat du nord de l'État. En se contentant pour l'essentiel de réapprendre à s'habiller. D'échanger les chaussures ridicules qu'il portait en ville contre une bonne paire de Rockport imperméables et fourrées. De remplacer ses pantalons en toile par de vrais jeans. De s'acheter un caleçon long et une parka en duvet. Enfin, d'oublier son amour-propre, sa phobie des couvre-chefs, et de porter un bonnet en laine.

Le reste était une question d'accoutumance. Au fond, on n'avait pas besoin d'une température ambiante de vingt degrés pour se sentir bien : il était possible, voire agréable de sortir par temps froid. Au premier frisson, il suffisait de respirer profondément et de bouger. Une fois en passant, on pouvait quitter ses gants pour vérifier combien de temps on tenait avant d'avoir les doigts gourds. Et petit à petit, on s'adaptait. Le froid finissait par devenir, sinon un ami, du moins un compagnon. On était désormais « du pays ».

— On en était à l'époque où vous travailliez à la scie-

191

rie pendant que Jonathan traînait dans la cour, répondit Fielder.

— En effet.

Cet arrangement avait fonctionné un certain temps. Trois fois par semaine, Klaus les déposait le matin et venait les chercher en fin de journée. Ils faisaient les trajets en silence — le garde-chasse toujours aussi taciturne, Jonathan réfugié dans son monde intérieur et Jennifer abandonnée à elle-même.

Jusqu'à un après-midi où la voiture tomba en panne alors que Klaus venait les chercher. Sans téléphone portable ni CB, il n'avait aucun moyen de les prévenir, et quand Jennifer comprit qu'il ne viendrait pas, la scierie était déserte : il ne restait personne pour les reconduire chez eux. Ils partirent alors à pied, Jennifer espérant croiser Klaus en chemin ou trouver un automobiliste qui les prendrait en auto-stop. Sinon, une douzaine de kilomètres seulement les séparaient du domaine, distance qu'ils pourraient couvrir en deux ou trois heures d'après les calculs de la jeune fille.

Elle se trompait.

Environ un kilomètre et demi plus loin, Jonathan demanda à satisfaire un besoin pressant. Ils quittèrent le bas-côté pour trouver un sous-bois où personne ne le verrait — précaution prise par Jennifer, la pudeur n'ayant jamais été le souci principal de Jonathan. Pourtant, il partit docilement chercher un arbre qui lui convienne. De longues minutes s'écoulèrent, et Jennifer s'impatienta. «Qu'est-ce que tu fais?» cria-t-elle. Ne recevant pas de réponse, ce qui était fréquent avec Jonathan, elle l'appela de nouveau.

Cette fois-là, il prononça quelques mots. «Besoin d'aide», crut-elle entendre. Elle se dirigea vers l'endroit où il l'attendait, le dos tourné. C'est seulement en arrivant près de lui qu'elle comprit son problème. Il avait une érection impressionnante et tenait son sexe entre ses mains comme s'il s'agissait d'une créature distincte de

192

lui. « Besoin d'aide », répétait-il, l'air complètement égaré.

— En le voyant, j'ai dû éclater de rire, murmura Jennifer, se protégeant les yeux du soleil comme pour mieux scruter le passé. Je lui ai dit d'enlever ses mains, croyant que tout redeviendrait normal. Ce qui n'a pas été le cas.

Fielder fut parcouru par un frisson qui n'avait rien à voir avec le froid. Il n'était plus vraiment sûr de vouloir entendre la suite. Un sentiment de malaise l'envahit.

— Continuez, dit-il, se rapprochant pour qu'elle puisse s'appuyer contre lui si elle le souhaitait.

— J'avais entendu dire que si ce genre de chose arrivait à l'hôpital ou chez le médecin, on donnait une tape bien placée au patient et tout rentrait dans l'ordre. Alors j'ai essayé. Mais je devais avoir peur de lui faire mal et je n'ai pas tapé assez fort. Les choses n'ont fait qu'empirer.

Jonathan avait l'air de souffrir atrocement. De plus, affolé par ce qui lui arrivait, il paraissait au bord de la panique, roulant des yeux et demandant d'une voix hachée à sa sœur de l'aider.

— Je ne voyais pas d'autre solution que de le faire jouir, poursuivit Jennifer. Alors j'ai commencé à le caresser en lui disant de se calmer, que tout allait s'arranger. Je me disais qu'il finirait bien par se détendre un peu, par y trouver un certain plaisir au lieu de paniquer à ce point. Dans un premier temps, c'est ce qui a semblé se produire. J'ai réussi à le faire asseoir par terre pour me faciliter la tâche. Je pensais toujours pouvoir l'en sortir : il se laisserait aller, finirait par jouir, et on n'en parlerait plus.

« Rien de tel, malheureusement. Son érection ne disparaissait pas, au contraire. Sa panique non plus. Avant que j'aie pu réagir, il m'a forcée à m'allonger, s'est couché sur moi en me bourrant de coups de poing et en m'écrasant sous son poids. Il essayait de me pénétrer, sans comprendre que c'était impossible, à cause de mes vêtements. Et plus il essayait, plus sa panique et sa colère augmentaient, au point que j'ai eu peur qu'il finisse par me tuer.

— Alors? demanda Fielder, même s'il devinait la suite.

— Alors je me suis laissé faire. J'ai retiré mon pantalon et mon slip, je lui ai montré comment s'y prendre. Et... il l'a fait.

À cet instant seulement, Jennifer s'écroula contre Fielder. Il la prit par l'épaule et l'attira à lui. Voyant qu'elle ne résistait pas, il la berça doucement.

Mais ce n'était pas tout.

— Après, j'ai dû saigner pendant une heure. On croyait tous les deux que j'allais mourir. Jonathan ne quittait pas le sang des yeux. Il devait être encore plus effrayé que moi. Soudain, la voiture de Klaus est passée sur la route : il avait réussi à réparer la panne. Mais j'avais trop honte pour lui faire signe, et nous l'avons laissé repasser dans l'autre sens, en direction du domaine.

Quand Jennifer cessa enfin de saigner, la douleur l'empêchait de marcher. Alors Jonathan — celui-là même qui venait de la violer — la souleva dans ses bras et la porta jusqu'au domaine encore distant de dix kilomètres, sans jamais la poser à terre pour reprendre son souffle durant ces deux heures de marche.

— À notre retour, il faisait nuit. J'ai réussi à regagner ma chambre et à me mettre au lit. J'ai jeté les vêtements qui m'avaient servi à éponger le sang mais, le lendemain matin, Elna les a trouvés et les a montrés à mon père. Il a fait irruption dans ma chambre, m'obligeant à raconter toute l'histoire. Au lieu de me plaindre, il a blêmi de rage. Il a refusé de sermonner Jonathan : pour lui, c'était un enfant inconscient de la portée de ses actes. À ses yeux, Klaus, et surtout moi, étions les principaux responsables. Il a ricané quand ma mère a voulu que je voie un médecin, prétendant qu'un léger saignement était tout à fait normal chez une jeune fille vierge. Ce soir-là, il nous a tous réunis pour nous faire jurer sur la Bible de ne jamais reparler de l'«incident» et de faire comme s'il n'avait jamais eu lieu.

— Et puis? demanda Fielder.

— Ça aurait pu marcher si je ne m'étais pas retrouvée enceinte.

— Nom de Dieu... Troy...

Il n'avait pu retenir ces mots. Soudain, tout s'éclairait : voilà pourquoi le jeune garçon ressemblait tant à Jonathan qu'à sa descente du car, il avait aussitôt reconnu en lui un Hamilton.

Jennifer acquiesça de la tête.

— Pourquoi? demanda Fielder.

En fait, il voulait dire : «Pourquoi ne pas avoir avorté?», mais il pouvait difficilement lui poser la question maintenant que son fils était là, apparemment normal et très aimé.

— Je souhaitais avorter, répondit Jennifer, comme si elle avait lu dans ses pensées. Seulement mon père ne voulait pas en entendre parler. Il était très pratiquant. Il m'a dit que c'était «la volonté de Dieu», que Dieu me punirait si je lui désobéissais. Je n'ai jamais compris qui désignait ce «lui».

Ainsi, un ou deux mois plus tard, sans dire au revoir ni laisser de lettre, avait-elle réuni quelques affaires dans un sac de voyage, pris deux cents dollars dans un tiroir de la commode de son père, et quitté Flat Lake en autostop. Le premier automobiliste qui s'arrêta la déposa à Cedar Falls. Dans un petit restaurant, elle engagea la conversation avec un couple âgé en route pour Portland, dans le Maine. Elle réussit à les convaincre de la prendre comme passagère, mais le lendemain matin, de violentes nausées l'obligèrent à interrompre son voyage. Dans une station-service, elle demanda où elle se trouvait.

— À Lebanon, lui répondit-on.

— Mais encore?

— Pas loin de Hanover. Et de White River Junction.

— Dans quel État?

— Le New Hampshire.

195

Alors qu'elle avait pris les deux cents dollars pour payer son avortement, elle en avait besoin désormais pour s'offrir un repas et une chambre dans un motel.

— À ce stade, expliqua-t-elle, j'avais déjà envisagé de garder le bébé. En fait, une fois partie, je savais que je ne retournerais jamais au domaine. Donc, plus de raison d'avoir honte. En revanche, je me sentais très isolée. Ça peut paraître absurde, mais si j'ai gardé ce bébé, c'est surtout pour être moins seule.

— Et vous n'êtes jamais revenue à Flat Lake ?

— Jamais. Ni dans l'État de New York. Troy est né six mois après mon départ. J'ai pleuré pendant deux jours quand on m'a appris qu'il était normal ; personne ne comprenait pourquoi ça m'inquiétait à ce point. J'ai alors ressenti le besoin d'annoncer la nouvelle à quelqu'un, et j'ai appelé Sue Ellen Simms, une des rares amies que j'avais encore à Flat Lake. Elle avait entendu dire que ma famille m'avait déshéritée, que mon père refusait de prononcer mon nom en public. Comme si j'étais morte. Pis, comme si je n'avais jamais existé.

«À l'époque, je travaillais pour une famille d'Enfield, je vivais dans une chambre au-dessus de leur garage. J'ai donné leur numéro de téléphone à Sue Ellen, lui faisant jurer sur ce qu'elle avait de plus précieux de ne le donner à personne. Quelques mois plus tard, elle m'a appelée pour m'annoncer qu'il y avait eu un incendie au domaine et que mes parents étaient morts. Quelque part, ça m'a fait plaisir, tellement je les détestais. Mais en même temps, j'avais honte de ma réaction. D'après Sue Ellen, le bruit courait que c'était Jonathan qui avait mis le feu.

Fielder se raidit.

— Ce n'est pas la version que j'ai eue.

— À propos de l'incendie ?

— Non, à propos des soupçons qui auraient pesé sur Jonathan. On m'a dit qu'il s'agissait d'un accident.

Jennifer haussa les épaules.

— Peut-être. Mais comment en être sûr ? Ma famille a

toujours très bien su garder un secret. Jusqu'à aujourd'hui, en tout cas.

— Difficile de garder secrète la mort de deux personnes assassinées à coups de couteau.

— Et cette fois, ça ne peut pas passer pour un accident...

Fielder ne releva pas cet humour un peu laborieux.

— Comment avez-vous choisi votre nouveau nom ? demanda-t-il. Pourquoi Marcher ?

— Il fallait que je trouve quelque chose. Lorsque je suis allée au service des permis de conduire pour faire valider le mien dans le New Hampshire, j'ai demandé si je pouvais y faire figurer mon nom d'épouse au lieu de mon nom de jeune fille. L'employée m'a d'abord réclamé un certificat de mariage, mais mon ventre a dû lui sembler une preuve suffisante. J'étais enceinte de huit mois et ça se voyait. En revanche, elle a absolument voulu maintenir Hamilton devant mon nouveau nom.

— Heureusement ! Sinon je ne vous aurais jamais retrouvée.

— Et je suis bien contente que vous soyez là.

Elle prit dans les siennes la main de Fielder posée sur son épaule.

— Mais pourquoi « Marcher » ? insista-t-il.

— Aucune idée, répondit-elle avec un nouveau haussement d'épaules. J'avais dû voir ce nom quelque part. Il me rappelait un peu Jonathan. Cette fois où il avait marché pendant des kilomètres en me portant dans ses bras. Je lui avais presque pardonné et je devais vouloir que le bébé ait quelque chose en commun avec lui.

— Troy se doute-t-il de sa véritable identité ?

— Non. Je lui ai expliqué que j'avais été mariée il y a longtemps. Il croit son père mort dans un accident de chasse. Voilà sans doute pourquoi il est si obéissant et me laisse jouer les mères poules.

Le récit de Jennifer touchait à sa fin. Fielder savait combien il avait dû lui en coûter, mais c'était aussi une sorte de catharsis, l'occasion de se libérer d'une histoire qu'elle avait trop longtemps gardée pour elle.

— Ce véhicule roule vraiment? demanda-t-elle en jetant un regard soupçonneux au 4×4 Suzuki.

— Il m'a conduit jusqu'ici, non?

— Alors emmenez-moi faire un tour, supplia Jennifer Hamilton Marcher.

Il fallait être de retour à l'heure où le car de ramassage déposerait Troy, ils n'allèrent donc pas très loin. Mais Jennifer semblait avoir besoin de s'éloigner quelques instants du mobile home, comme pour y laisser son récit maintenant qu'il était terminé. Ils roulèrent sans but pendant un certain temps, toutes vitres ouvertes, le chauffage à fond pour compenser.

— Tournez là, dit Jennifer, à l'approche d'un panneau indiquant Silver Lake Beach.

Fielder donna un grand coup de volant, faisant crisser les pneus du 4×4 qui tangua dangereusement dans le virage. Ils franchirent un portail non gardé et se garèrent près du lac sur un parking goudronné. Un lac comme on en fait dans le New Hampshire, d'une taille ridicule et envahi par le béton : à sa vue, Fielder se demanda si Jennifer ne regrettait pas la beauté sauvage de Flat Lake, et du comté où elle avait grandi.

Ils descendirent de voiture et marchèrent jusqu'à la rive. Il y avait des centaines de canards et d'oies, certains de passage avant de continuer leur migration vers le sud, d'autres installés à l'année après avoir perdu leur instinct voyageur et appris à survivre pendant l'hiver grâce à la générosité des habitants.

Au bord de l'eau, Jennifer prit de nouveau la main de Fielder dans les siennes et ils restèrent immobiles, à regarder les oiseaux battre des ailes, se lisser les plumes, chercher tout ce qui leur paraissait comestible.

— Vous passez la nuit ici? demanda-t-elle.

Que voulait-elle dire? Chez elle, ou dans l'État? La

198

gêne de Fielder dut se voir, car Jennifer ajouta aussitôt avec un sourire :

— Dans le New Hampshire.

— Je ne suis pas encore décidé.

— Quelqu'un vous attend?

— Seulement votre frère.

— Alors restez une nuit de plus. Je préparerai le dîner. Je suis assez bonne cuisinière, vous savez. Et je trouverai une baby-sitter pour Troy. Au caravaning, tout le monde me propose de le garder pour que je puisse sortir un peu... (Elle sourit d'un air malicieux.) Je serais ravie de leur donner une raison d'échanger quelques potins.

Fielder eut un petit rire.

— Voilà donc ce que je représente pour vous? Une raison d'échanger des potins?

— Mais non, murmura-t-elle. Pour moi, vous représentez peut-être quelqu'un à aimer.

D'abord, il ne fut pas sûr d'avoir bien entendu. Mais elle le regardait droit dans les yeux. À son expression, il comprit que l'attirance physique, comme les potins, n'était pas l'essentiel. Il avait devant lui une femme de trente ans, la plus belle qu'il ait vue depuis longtemps, avec beaucoup d'amour à partager. Depuis le début de son existence, seul son fils avait compté pour elle. Et voilà qu'elle lui demandait à lui, Matt Fielder, de rester quelques heures de plus et de lui donner une chance de l'aimer.

Son frère pouvait bien attendre une journée de plus.

Il retira sa main des siennes, la prit par la taille et l'attira à lui. Autour d'eux, les canards s'envolèrent, comme s'ils en avaient assez vu pour savoir qu'il n'y avait rien à attendre de ces deux-là.

17
Trop peur pour crier

JENNIFER était plus qu'une « assez bonne cuisinière ».
Elle prépara des blancs de poulet farcis aux champignons sautés et au riz sauvage, des asperges fraîches, une tourte aux myrtilles de la région — ingrédients que Fielder avait insisté pour payer à la caisse du supermarché.

— Je touche pas mal d'argent pour défendre votre frère, avait-il expliqué. C'est ma façon à moi d'en rendre une partie à la communauté.

— Et c'est moi la « communauté » ? s'était-elle esclaffée.

Une partie d'elle-même apparaissait que Fielder n'avait encore jamais vue, une partie qui osait sourire sans retenue, éclater de rire, et même flirter à l'occasion. Comme si elle avait dû grandir et devenir adulte trop vite, et que la présence de Fielder ait miraculeusement réussi à libérer la petite fille enfermée en elle, une petite fille qui n'avait jamais eu le droit de se montrer.

Le dîner dans le mobile home fut une expérience très conviviale. Ils étaient tous les trois assis autour de la table pliante, qui disparaissait presque sous les assiettes, les verres, les couverts et les serviettes en papier pliées avec art pour ressembler à celles des restaurants. Ils parlèrent des devoirs, de l'école, de la petite équipe de base-ball et des professeurs ; ils s'interrogèrent pour savoir si le rap était ou non de la musique, quelles étaient les voitures les plus rapides, quelles marques de baskets les plus branchées. Troy voulait se faire faire un tatouage — tout petit, sans mots grossiers, ni rien de choquant — mais sa mère le lui avait interdit. Ils demandèrent à Matt de trancher. Lorsqu'il prit le parti de Jennifer, Troy soupira : «Ces adultes, tous les mêmes!» en se tapant la tempe de la paume et en levant les yeux au ciel. À son sourire, toutefois, Fielder sentait qu'il était secrètement fier de susciter autant d'intérêt.

Après le dîner, le partage des corvées fut assez symbolique, la kitchenette contenant à peine une personne. Ils réussirent tout de même à se répartir les tâches : Jennifer fit la vaisselle, Fielder l'essuya et Troy la rangea.

Vers dix-neuf heures, l'«enfant-sitter» de Troy — qui se trouvait trop grand pour avoir une baby-sitter — arriva. Jennifer et Fielder souhaitèrent bonne nuit au jeune garçon.

— Vous allez où?

— Au cinéma, dit Jennifer.

— Voir quel film?

— On n'a pas décidé.

— Qu'est-ce qui passe?

— On n'en sait rien.

— Comment pouvez-vous aller au cinéma, si vous ne savez même pas ce qui passe?

Jennifer répondit à son fils par son haussement d'épaules favori, accompagné de son plus beau sourire.

— Dis, maman, vous n'auriez pas plutôt une sorte de rendez-vous?

Elle ne put s'empêcher de rire.

— Et si c'était le cas?

Il en resta coi, mais seulement quelques instants.

— Ne rentre pas trop tard, recommanda-t-il le plus solennellement du monde.

Comme n'importe quel parent aurait pu le confirmer à Fielder, on pouvait difficilement recevoir une approbation plus franche.

— Sérieusement, demanda Fielder en s'engageant sur la route, vous voulez aller au cinéma ?

— Pas question.

— Alors que suggérez-vous ?

— Qu'est-ce qui vous plairait ?

— Une seule chose : faire l'amour avec vous.

Il retint son souffle en priant le ciel qu'elle ne lui ordonne pas de rebrousser chemin et de la ramener chez elle.

— Mon Dieu…, se contenta-t-elle de dire. Voilà donc ce qu'on doit éprouver à dix-sept ans…

— Ne vous faites pas trop d'illusions. Vous n'avez pas encore vu la « suite nuptiale » du Motel 6.

— Qu'est-ce que vous en savez ? dit-elle en lui faisant un clin d'œil.

— Un point partout.

Il avait ri. Mais en fait, il savait : tout en elle prouvait qu'elle ne voyait pas dans cette soirée un simple rendez-vous galant.

Cette nuit-là, Fielder fit l'amour comme il en avait toujours rêvé sans jamais être totalement exaucé. Ce serait le seul moment de son existence où le plaisir de l'attente, l'urgence du désir et son insatiabilité, abolissant leurs différences durant quelques heures trop brèves, s'étaient conjugués pour composer une magnifique symphonie, sans la moindre fausse note.

Jennifer, elle, fut comblée au-delà de tout ce qu'elle avait pu espérer, d'aussi loin que remontaient ses souvenirs. Peu importait qu'elle ait dû attendre son trentième automne pour rencontrer son prince charmant. Peu importait qu'il ait fini par la trouver non dans un château au milieu des nuages, mais dans un caravaning de Nashua, New Hampshire ; ou qu'il soit arrivé non sur un cheval blanc piaffant d'impatience, mais dans un vieux 4×4 Suzuki vert aux pare-boue déchirés.

À la porte de la chambre, il l'avait soulevée dans ses bras pour franchir le seuil, oubliant que ce geste pouvait lui rappeler des souvenirs capables de de tout gâcher. Si tel avait été le cas, elle n'en avait rien laissé paraître : elle avait renversé la tête en arrière en riant comme une petite fille.

Elle se montra timide au moment de se dévêtir devant lui, timidité compréhensible aux yeux de Fielder : l'audace dont elle avait fait preuve en organisant cette soirée était battue en brèche par ses longues années de célibat forcé. Elle demanda à éteindre ; Fielder voulait par-dessus tout la voir. En guise de compromis, ils laissèrent allumée la petite lampe sur le bureau.

Il l'empêcha de déboutonner son chemisier pour pouvoir le faire lui-même, révélant un étrange maillot en dentelle.

— C'est un teddy, déclara-t-elle. Je l'ai acheté il y a des années, par correspondance. Ensuite, ils m'ont envoyé des offres pour toutes sortes d'articles — bas résilles, strings à paillettes, slips fendus… J'avais si peur que Troy ouvre une des enveloppes qu'on a déménagé. En tout cas, ça devrait vous plaire. C'est censé être sexy.

— En effet. Mais je préférerais le voir sur la chaise là-bas.

Se méprenant sur le sens de cette dernière phrase, elle se leva et se dirigea vers la chaise. Ce qui n'était finalement pas une si mauvaise idée, une fois qu'elle eut compris son erreur.

La soirée fut à cette image. Chaque fois qu'ils allaient jusqu'au bout de leurs fantasmes, quelque chose se produisait qui les faisait rire, ralentissait leurs ébats et les calmait, leur permettant ensuite de recommencer de plus belle.

Timide, Jennifer était également impatiente ; inexpérimentée, elle apprenait vite. Après avoir hésité à faire preuve de douceur, ou à laisser parler son désir, Fielder cessa de se poser des questions et fit les deux à la fois. Enfin, lorsqu'ils reposèrent côte à côte, conscients que ces précieux moments touchaient à leur fin, il comprit qu'il revenait d'un lieu où il n'était encore jamais allé.

— Qu'est-ce que tu préfères en moi ? lui demanda Jennifer.

Il pensa à son visage, à ses yeux, à ses lèvres charnues, à son sourire, au mouvement particulier de ses cheveux blonds, à ses seins de petite fille, à son ventre lisse, à ses fesses qu'il n'en finissait pas de caresser, à ses longues jambes...

— Alors ?

— Ta façon de m'embrasser.

— Moi j'aime ta voix. Plus que tout, j'aime écouter ta voix.

Ils s'habillèrent en silence pour le quart d'heure de trajet qui les ramènerait à Nightingale Court et à la réalité, l'un et l'autre définitivement transformés, incapables de dire ce qui les attendait le lendemain. Tenant la porte pour laisser sortir Jennifer, Fielder remarqua pour la première fois de la soirée combien sa chambre à vingt-six dollars la nuit paraissait nue et triste, au point qu'il appréhendait de revenir y dormir seul une demi-heure plus tard.

Jennifer leva la main vers l'interrupteur pour éteindre, mais il l'arrêta.

— Laisse-moi au moins la lumière, dit-il.

Si elle comprit l'allusion, elle ne sourit pas.

Alors qu'ils roulaient vers le caravaning, elle semblait aussi loin que lui de la soirée qu'ils venaient de passer ensemble. Mais si les pensées de Fielder le ramenaient sans cesse à sa chambre minable, celles de Jennifer étaient pour son fils. Elle s'inquiéta à voix haute.

— Tu crois que tout va bien ?

— J'en suis sûr.

— Comment le sais-tu ?

— La baby-sitter avait l'air tout à fait compétente. Elle a déjà élevé trois enfants, d'après ce qu'elle a dit.

— Je sais. Mais moi je ne lui ai pas dit qu'il aimait lire avant de s'endormir. Ni qu'il faut lui rappeler de se brosser les dents et de se débarbouiller. Et si jamais il se levait et se promenait dans son sommeil comme...

Elle laissa la phrase en suspens, apparemment préoccupée par les mille et un dangers qui pouvaient guetter son fils.

— Écoute, déclara Fielder, Troy va très bien et tu es une excellente mère. Il faut cesser de te faire autant de souci pour lui.

Elle se tourna vers lui et il lui prit la main, qu'il serra très fort avec un sourire rassurant. Le tour était joué.

— Il faut m'excuser, dit-elle. Je ne l'ai encore jamais laissé seul. Pas la nuit, en tout cas.

À leur arrivée, bien sûr, Troy allait parfaitement bien.

Fielder raccompagna la baby-sitter chez elle, à une centaine de mètres de là, puis il reprit la route du motel. Non sans avoir d'abord promis à Jennifer de passer prendre son petit déjeuner avec elle le lendemain, avant de retourner chez lui.

Cette nuit-là, Fielder revit en rêve sa soirée passée à faire l'amour avec Jennifer. Mais chaque fois qu'ils se rapprochaient, quelque chose en elle la retenait. Alors qu'il allait la pénétrer, elle paniquait et le repoussait pour lui demander si Troy avait pu lire avant de s'endormir, si la baby-sitter lui avait rappelé de se brosser les dents. « Et s'il se levait ! criait-elle. Et s'il se promenait dans son sommeil comme... »

« Comme quoi ? » lui demandait-il, avant de se réveiller et de s'apercevoir qu'il était dans la chambre du motel, les yeux grands ouverts, et qu'il venait de parler tout seul.

— Comme quoi ? répéta-t-il doucement, essayant de retrouver le fil de son rêve. *Nous faisions l'amour... quelque chose retenait Jennifer... elle s'inquiétait pour Troy... avait-il pu lire, se brosser les dents, s'était-il levé pour se promener en dormant comme...*

Comme quoi ?

Il sombra de nouveau dans le sommeil.

Le petit déjeuner est un moment difficile pour ceux qui n'ont pas l'habitude de manger avant le début de l'après-midi, mais Fielder s'efforça de faire honneur aux muffins anglais et au jus d'orange. Troy partit au pas de course attraper son car de ramassage, les laissant en tête à tête dans le mobile home soudain silencieux. Fielder fit signe à Jennifer de le rejoindre de l'autre côté de la table et, quand elle s'exécuta, il la prit dans ses bras et la fit asseoir sur ses genoux. Ses baisers avaient un goût de miettes, de beurre et de confiture. Après tout, il devrait peut-être songer à sacrifier au rite du petit déjeuner.

— Bien dormi ? lui demanda-t-il.

— Comme un bébé. Et toi ?

— Moi aussi, répondit-il, pourtant préoccupé par quelque chose d'indéfinissable.

— J'ai honte de moi, confia-t-elle.

— Mais tu as été merveilleuse !

— Ce n'est pas ça. J'ai honte de moi parce que je viens de me faire porter malade.

— Là, tu as raison d'avoir honte ! Surtout que je suis obligé de rentrer.

— Je sais. Mais j'avais besoin d'une journée de congé. En cinq ans, je n'ai pas eu un seul arrêt maladie.

Alors qu'ils faisaient la vaisselle, Fielder ne put s'empêcher d'attirer Jennifer à lui et ils se retrouvèrent sur le lit de la jeune femme. Au milieu de leurs ébats, Fielder eut l'impression que le mobile home allait basculer, mais non, il tint bon. Ensuite, ils en rirent.

— Tu crois que tes voisins se sont demandé pourquoi il tremblait sur ses fondations ?

— J'espère bien !

Elle regarda sa montre.

— Presque dix heures ! Il faut qu'on se lève et...

À cet instant précis, Fielder se souvint. Le rêve. Qu'avait-elle dit, déjà ? *Et s'il se levait ? Et s'il se promenait dans son sommeil comme...*

Comme quoi, à la fin ?

— Troy se promène vraiment en dormant ?

— Non, reconnut-elle après une seconde d'hésitation. Mais c'est quelque chose qui m'inquiète.

— Pourquoi ?

— Tu n'as jamais vu de somnambule ? C'est effrayant. Ils ont les yeux ouverts et peuvent faire n'importe quoi. Pourtant, ils sont endormis, et le lendemain matin, ils ne se souviennent plus de rien.

Certes, mais ce « comme… » ? D'où sortait-il ? Fielder sentait qu'il avait de l'importance.

— Ça te rappelle quoi ? demanda-t-il à Jennifer.

Elle haussa les épaules et détourna les yeux, comme pour surveiller son fils par la fenêtre. Cette fois, cependant, Troy était à l'école, et ce haussement d'épaules n'avait pas la nonchalance habituelle. En fait, elle avait délibérément évité son regard et éludé sa question. Un changement d'attitude prouvant que tout n'était pas un effet de son imagination.

— Ça te rappelle quoi ? répéta-t-il.

Elle continua à regarder par la fenêtre, alors même qu'il l'attirait à lui.

— Réponds-moi, insista-t-il.

Lorsque enfin elle se retourna, une étrange lueur brillait dans ses yeux : elle avait ce regard fixe, absent, qu'il ne lui avait pas revu depuis le moment où, la veille, elle avait terminé le récit de son enfance.

— Ce n'est pas « quoi », mais « qui », murmura-t-elle.

L'avocat en lui se détendit et, son interrogatoire achevé, il laissa un peu de répit à la jeune femme. Il avait depuis longtemps appris à ne pas s'acharner une fois obtenue la réponse qu'il cherchait. Au lieu d'obliger Jennifer à prononcer le prénom auquel ils pensaient tous les deux, il le fit lui-même.

— Jonathan ?

Elle approuva doucement de la tête.

Jonathan était somnambule. Il marchait dans son sommeil depuis sa petite enfance. On le retrouvait au rez-de-chaussée, ou recroquevillé dans la salle de bains, et même une ou deux fois sur la pelouse, jusqu'au jour où ses parents firent remplacer les serrures pour l'empêcher de sortir. Il avait les yeux ouverts, il voyait, faisait différentes choses, mais ne parlait jamais. Le matin, il ne gardait aucun souvenir de ce qui s'était passé, ni de la manière dont il était arrivé là où on l'avait retrouvé.

— Après le jour... où la voiture de Klaus est tombée en panne, expliqua Jennifer, Jonathan s'est mis à venir la nuit dans ma chambre. La première fois, j'ai cru qu'il s'était réveillé et qu'il voulait parler un peu. En fait, il dormait, et ce n'était pas de parler qu'il avait envie. Les nuits suivantes, je me suis enfermée à clé, mais le verrou n'était pas assez solide et il réussissait quand même à entrer. J'avais trop peur pour crier, trop peur pour dire quoi que ce soit.

— Alors, tu...

Elle acquiesça.

— Alors je me suis laissé faire. Il ne s'est jamais montré brutal comme la première fois. Je préférais me débrouiller pour le faire jouir, d'une manière ou d'une autre. Ça ne durait jamais longtemps. Ensuite, je le reconduisais dans sa chambre. Je ne suis pas sûre qu'aujourd'hui, il en ait le moindre souvenir.

Jennifer, elle, n'avait pas oublié. Elle n'avait jamais su avec certitude si sa grossesse remontait à son viol dans la forêt ou à l'une des visites nocturnes de Jonathan : de toute façon, cela n'aurait pas changé grand-chose. L'important, c'est qu'elle en était vite arrivée au stade où elle ne pouvait plus vivre sous le même toit que son frère, ni supporter l'indifférence de ses parents.

Fielder était sidéré.

— Tu te rends compte de ce que tu viens de m'apprendre?

— Quoi? Que je me suis comportée comme une putain?

Il la prit brusquement par les épaules.

— Une putain ? Une sainte, tu veux dire. Tu as choisi la seule conduite qui pouvait te sauver la vie. Mais ce n'est pas tout.

— Il y a encore autre chose ?

— Oui. Tu ne comprends donc pas ? Ton frère a tué tes grands-parents dans son sommeil ! Il n'a même pas eu conscience de ce qu'il faisait.

18

Rat de bibliothèque

L A nouvelle du somnambulisme de Jonathan eut un effet immédiat et spectaculaire sur l'équipe qui assurait sa défense. Avant de rentrer chez lui, Matt Fielder passa encore deux heures avec Jennifer, essayant de lui soutirer le moindre détail utile sur les troubles du sommeil de son frère. Elle avait dû être une des dernières personnes de sa famille à en découvrir l'existence. À l'époque des visites nocturnes de Jonathan dans sa chambre, elle avait abordé le sujet avec sa mère et ses grands-parents, mais à mots couverts. Apparemment, ils étaient tous les trois au courant depuis longtemps, une quinzaine d'années environ. Au début, ses déambulations avaient semblé plutôt inoffensives, voire amusantes : il parcourait la maison, se soulageait dans la poubelle de la cuisine ou se retrouvait dans le lit de quelqu'un. Plus tard, il s'était parfois montré violent, sans qu'il y ait eu besoin de faire appel aux autorités. Une nuit, il était tombé du haut de l'escalier dans son sommeil : on avait fait venir le médecin, mais en lui cachant les circonstances exactes de l'accident. Une autre nuit, en se débattant, il avait frappé sa mère qui avait eu l'œil tuméfié pendant près d'une semaine. Et il s'était une ou deux fois blessé aux mains en s'attaquant dans l'obscurité à un ennemi imaginaire, sans se rendre compte qu'il s'agissait d'un mur ou d'une porte. Jennifer n'avait jamais évoqué le problème avec son père : lorsqu'elle en avait pris conscience, ils ne s'adressaient pratiquement plus la parole. Au cours de conversations avec sa mère, elle avait cependant compris que la loi du silence en vigueur dans sa famille était plus que jamais à l'ordre du jour. Son père avait prévenu que si la moindre rumeur filtrait à l'extérieur, la police viendrait chercher Jonathan pour l'enfermer dans un asile psychiatrique dont il ne sortirait jamais.

La seule à qui Jennifer ait osé se confier depuis était son amie Sue Ellen, après lui avoir fait jurer de garder le secret. Fielder était la seconde personne à lui inspirer suffisamment confiance pour qu'elle lui dise la vérité ; malgré tout, les efforts nécessaires pour arracher ces révélations à sa mémoire avaient été aussi douloureux que l'extraction d'une dent au siècle dernier.

Elle doutait que Klaus ou Elna Armbrust aient eu connaissance du somnambulisme de Jonathan. Quant à son frère aîné, elle ne pouvait se prononcer. Elle avait perdu le contact avec lui depuis qu'il avait quitté le domaine deux ou trois ans avant elle, et ils n'en avaient jamais parlé auparavant.

Elle venait malgré tout d'offrir à Fielder une mine d'informations : en la serrant dans ses bras et en l'embrassant pour prendre congé d'elle, il ne put s'empêcher de souligner qu'elles seraient peut-être déterminantes.

— Ce que tu viens de m'apprendre peut sauver la vie de ton frère. Et je pèse mes mots.

— J'espère que tu as raison, répondit-elle. Je devrais le haïr, tu sais. Je devrais souhaiter sa mort. Mais curieusement, je n'arrive plus à lui en vouloir.

Riche de ses découvertes, Fielder reprit la route de Big Moose dans un état proche de l'euphorie. Ses pensées partaient dans toutes les directions. D'abord, il allait devoir éplucher les ouvrages sur le somnambulisme et son impact dans les affaires criminelles. Il lui faudrait obtenir du juge Summerhouse l'autorisation de désigner de nouveaux experts. Un peu plus tôt, il avait reçu le feu vert pour engager un expert psychiatre : à présent, il fallait affiner. Il aurait besoin à la fois d'un psychiatre et d'un psychologue, le premier pour examiner Jonathan, le second pour réaliser une expertise. Et sans doute aussi d'un neurologue pour faire passer des radios et un électro-encéphalogramme à son client, l'enfermer dans ces scanners et autres appareils à résonance magnétique qu'on utilise désormais, afin de découvrir quels étranges phénomènes se produisaient dans son cerveau durant son sommeil. Il faudrait également se renseigner à la prison, demander à vérifier dans les registres si quelqu'un avait signalé une activité nocturne anormale dans la cellule de Jonathan. Réinterroger le couple Armbrust, ainsi que P.J. à Atlanta. Se plonger dans les résultats de l'enquête menée en 1989 après l'incendie dans lequel Porter et Elizabeth Hamilton avaient trouvé la mort, pour voir s'il s'agissait bien d'un accident, ou si la rumeur incriminant Jonathan avait quelque fondement. Et retrouver la trace de cette mystérieuse Sue Ellen Simms pour lui demander si, après toutes ces années, elle se rappelait avoir entendu Jennifer mentionner le somnambulisme de Jonathan.

Surtout, il était temps de s'asseoir de nouveau à une table avec Jonathan pour lui présenter une facette de sa personnalité qu'il ignorait peut-être.

Pendant le week-end, Fielder rencontra Pearson Gunn et Hillary Munson pour discuter de ces derniers développements. Ils se donnèrent rendez-vous à Lake George, centre géographique du triangle formé par leurs domiciles respectifs, et passèrent l'après-midi à la terrasse d'un restaurant surplombant le lac, où ils dégustèrent leur repas au soleil en s'informant mutuellement de leurs découvertes.

Malgré leur impatience d'en savoir plus sur le somnambulisme de Jonathan, Gunn et Munson insistèrent pour que Fielder leur parle d'abord de Jennifer. Fins limiers tous les deux, l'absence prolongée de l'avocat ne leur avait pas échappé.

— Tu as dû mettre beaucoup de temps à la retrouver, spécula Gunn.

Fielder ne répondit pas. Il s'attendait à quelques sous-entendus, et ne put s'empêcher de rire quand Hillary lui souffla :

— On dirait que cette fois, au moins, tu n'as pas été déçu...

Gunn leur apprit que le laboratoire de la police avait terminé les analyses des indices recueillis sur le lieu du crime et les avait comparés aux échantillons fournis par Jonathan. Les serviettes découvertes dans son placard de salle de bains, ainsi que les taches sur les murs de la pièce, sur sa chemise en flanelle et sur son caleçon, contenaient un mélange de sang identique, d'après les tests ADN, à celui prélevé sur les deux victimes. Même chose pour les gouttes de sang conduisant de la maison principale au pavillon. L'analyse du sang donné par Jonathan était en cours.

On avait relevé des empreintes digitales du jeune homme en différents endroits de la maison principale, sur l'étui du couteau de chasse, sur un mur de sa salle de bains — où elles se confondaient avec le sang de ses grands-parents. Et Jonathan était indiscutablement l'auteur des traces de pas sanglantes — aussi bien celles faites par des pieds nus que par des chaussures.

Plusieurs dizaines de cheveux avaient été ramassés dans la maison principale, blonds pour un certain nombre, et dont l'examen au microscope révéla qu'ils ressemblaient en tous points à ceux provenant du cuir chevelu de Jonathan. Sept d'entre eux avaient encore leur follicule plus ou moins intact et avaient été soumis à des tests ADN. En l'absence de matériel génétique suffisant, une méthode un peu moins fiable serait utilisée qui incriminerait sans doute Jonathan avec un risque d'erreur de un sur un million au lieu de un sur un milliard.

— Merci de toutes ces bonnes nouvelles, déclara Fielder.

Hillary, elle, avait commencé à recevoir des dossiers en réponse à ses nombreuses requêtes. Tous concordaient : Jonathan avait des capacités intellectuelles « légèrement inférieures à la normale ». Était-ce synonyme de débilité mentale ? Les experts en doutaient, à des degrés divers. Or, aux termes de la loi rétablissant la peine de mort, « débile » était un mot magique. Les défenseurs de Jonathan hésitaient encore entre lui faire subir une nouvelle série de tests — la dernière remontait à près de quinze ans — ou se contenter des anciens. Fielder souligna que la thèse du somnambulisme rendrait peut-être la décision inutile, dans l'immédiat tout au moins. Elle leur avait fourni une piste supplémentaire, un nouveau panier dans lequel mettre une partie de leurs œufs. Dans les affaires où le prévenu encourait la peine de mort, leur rappela-t-il, on n'avait généralement aucune circonstance atténuante : eux s'offraient le luxe de pouvoir choisir entre la débilité ou le somnambulisme, voire les deux. Mal lotis jusque-là, ils ne savaient que faire de cette richesse soudaine.

Ensemble, ils se répartirent les tâches qui les attendaient. Hillary utiliserait ses contacts pour joindre des médecins susceptibles d'examiner Jonathan et de donner un avis sur son somnambulisme ; ensuite, elle tenterait de localiser Sue Ellen Simms. Gunn vérifierait si, en prison, Jonathan avait eu un comportement anormal pendant son sommeil ; il réinterrogerait aussi les Armbrust et P.J. — ce dernier par téléphone, espérait-il — et chercherait à en savoir plus long sur les causes de l'incendie dans lequel les parents de Jonathan avaient trouvé la mort. Ce qui laissait à Fielder le soin de lire tout ce qu'il pourrait trouver sur le somnambulisme, d'obtenir les autorisations nécessaires pour faire appel à de nouveaux experts et d'avoir un nouvel entretien avec son client. Au cas où il n'aurait su que faire de son temps, il avait toujours sa liste de requêtes à rédiger.

Aucun d'eux ne risquait de s'ennuyer.

Jonathan était détenu depuis six semaines — une fraction de seconde à l'échelle d'une procédure d'homicide — mais Fielder eut plutôt l'impression que six mois s'étaient écoulés. Les cheveux sales, son client paraissait moins blond qu'auparavant. Il avait perdu du poids et flottait dans sa tenue réglementaire. Surtout, son regard — d'un bleu si pâle jusque-là — paraissait terne, sans vie. Le jeune homme rappelait à Fielder un animal en train de dépérir en captivité, ou une plante transplantée à l'intérieur et qui manquerait de lumière.

— Bonsoir, Jonathan, lui dit-il, une fois qu'ils furent assis l'un en face de l'autre.

— Bonsoir, monsieur Fielder.

— Matt.

Quand Fielder appelait quelqu'un par son prénom, il attendait la même chose en retour.

— M... Matt.

— Ça va ?

— À peu près.

— Tu es sûr ? Tu manges à ta faim ?

Jonathan haussa les épaules, à la manière de Jennifer. Le haussement d'épaules de la famille Hamilton. La ressemblance était effrayante entre le jeune homme et sa sœur, entre Troy et eux.

— La n... nourriture n'est pas très bonne, reconnut-il. Et je d... dors mal.

— Pourquoi ça ?

— Je fais des mauvais rêves. J'ai vu le d... docteur hier. Il m'a donné des comprimés, pour m... m'aider à dormir.

— Quelle sorte de comprimés ?

— Tout petits... et blancs.

Fielder lui demanda à quoi il rêvait. Il espérait découvrir si Jonathan revoyait la découverte du cadavre de ses grands-parents ou, peut-être, le meurtre lui-même. Mais il ne se souvenait de rien. Si son inconscient se débattait avec ce qu'il avait fait cette nuit-là, sa conscience, elle, ne voulait rien savoir.

L'entretien dura une heure et demie. Comme on pouvait s'y attendre, Fielder fit les frais de la conversation. Il voulait informer Jonathan des efforts fournis par ses associés et lui-même, de l'intérêt qu'ils lui portaient, lui dire aussi de ne pas perdre espoir. Il s'efforça de le mettre en confiance, de l'inciter à parler de ses peurs et à participer activement à sa propre défense. Si louables qu'aient été ses intentions, elles eurent peu de succès. Comme d'habitude, Jonathan s'intéressait surtout à des détails triviaux. À quelle heure devait-il se réveiller le matin ? À quel moment se brosser les dents ? Comment se rappeler quel jour il devait prendre sa douche ? Qui s'occupait des écureuils qu'il nourrissait chaque jour du temps où il vivait au domaine ? Pourquoi refusait-on de lui donner des lacets pour ses chaussures ?

À la fin de l'entretien, l'avocat se jeta à l'eau.

— J'ai rencontré ta sœur, déclara-t-il.

— Jennifer.

Fielder réagit à cette affirmation comme s'il s'agissait d'une question.

— Oui, dit-il.

— Petit bébé.

Ces mots prirent Fielder au dépourvu. Hillary Munson avait cru entendre Jonathan marmonner « Peut-être bien » quand elle lui avait demandé si, P.J. mis à part, d'autres membres de sa famille étaient encore vivants. Retrospectivement, on pouvait penser qu'en fait, il avait dit « Petit bébé ». Cette fois, en tout cas, sa réponse ne faisait aucun doute. Fielder ignorait si le jeune homme avait appris la grossesse de sa sœur, et *a fortiori*, la naissance qui avait suivi son départ du domaine. En revanche, il avait vu la photo d'un bébé parmi les affaires saisies dans le pavillon de Jonathan. À l'époque, il avait

supposé que c'était une photo d'enfance de son client.
Il en était moins sûr à présent.

— Quel bébé ? demanda-t-il.

Trop tard : Jonathan avait les yeux dans le vague. Le
bébé qui avait surgi dans ses pensées était déjà loin, hors
d'atteinte.

Fielder poursuivit son interrogatoire.

— Avais-tu des problèmes de sommeil, à Flat Lake ?

Le jeune homme haussa une nouvelle fois les épaules.

— Tu t'es déjà réveillé dans un lieu que tu ne recon-
naissais pas ? insista l'avocat.

Un regard hébété lui répondit. Ses précautions ne
menaient nulle part. Il décida d'y aller carrément.

— Jonathan, te souviens-tu de t'être promené autour
de ta maison dans ton sommeil ? Ou d'avoir entendu
quelqu'un raconter que ça t'arrivait ?

Toujours le même regard hébété.

— Ça ne te rappelle vraiment rien ?

Jonathan sourit timidement, comme s'il avait enfin
compris la plaisanterie.

— Co... comment peut-on se promener p... pendant
son sommeil ?

Bonne question.

La réponse se révéla moins mystérieuse que Fielder ne
l'avait imaginé. C'est en tout cas ce qu'il découvrit durant
les deux journées complètes qu'il passa enfermé à la
bibliothèque municipale de Cedar Falls. Au départ, il
n'avait pas prévu de se plonger aussi vite dans la littérature spécialisée. Il aurait bien pris une journée de congé
pour abattre quelques arbres et casser du bois : plus physiques qu'intellectuelles, ces activités l'aidaient à se res-
sourcer, à ne pas oublier les raisons qui l'avaient poussé
à fuir la ville et à s'installer dans les montagnes.

C'était sans compter avec la pluie.

Anormalement ensoleillés, août et septembre avaient
fait place à un mois d'octobre pluvieux. Le lendemain

de sa rencontre avec Gunn et Munson à Lake George, Fielder avait été réveillé par une pluie verglaçante. À neuf heures, c'était un véritable déluge. La radio avait annoncé que le mauvais temps s'installait, ce qu'avait confirmé le baromètre. Or, Matt Fielder n'avait jamais trouvé un plaisir particulier à jouer de la tronçonneuse sous des trombes d'eau, ni à enfoncer un coin ruisselant avec une masse de six kilos.

D'où sa décision de prendre le chemin de la bibliothèque.

D'après les ouvrages spécialisés, près de un pour cent de la population adulte souffrirait de différentes formes de somnambulisme ou de «terreurs nocturnes». La plupart des crises surviennent durant les périodes de sommeil profond, ou «lent». Les adultes aussi bien que les enfants peuvent présenter cette pathologie, à ne pas confondre avec les cauchemars, qui sont une forme de rêve et ont lieu pendant le sommeil paradoxal. Les muscles sont alors littéralement paralysés, les principales fonctions motrices interrompues, empêchant l'individu de parler, de marcher ou de se déplacer.

Durant les phases de sommeil profond, en revanche, ou dans les rares cas de troubles du sommeil paradoxal, les examens indiquent que toutes les fonctions motrices sont en éveil. L'utilisation récente de la polysomnographie — technique permettant d'enregistrer, à l'aide d'électrodes, l'activité cérébrale et musculaire et leur interaction — confirme qu'un sujet endormi peut bel et bien se lever et se promener, devenant ainsi au sens propre un «somnambule», celui qui déambule dans son sommeil. Le même individu est capable de courir, sauter et parler, de donner coups de pieds et coups de poings, de brandir un couteau, de viser et de tirer avec une arme à feu, de se livrer à toutes sortes d'acrobaties alors que, dans le même temps, les traces de son activité cérébrale prouvent qu'il est endormi.

Les ouvrages parcourus par Fielder étaient remplis d'exemples dramatiques, certains sous forme d'anecdotes, d'autres accompagnés d'observations détaillées. Telle l'histoire de ce détective en retraite sortant d'une dépression nerveuse, à qui on avait fait appel pour élucider un meurtre apparemment sans mobile sur une plage du sud de la France, et dont on avait découvert, grâce à une empreinte de pied avec un orteil manquant laissée dans le sable, qu'il avait lui-même tué la victime lors d'une crise de somnambulisme.

Ou celle de cet homme, à la vie conjugale apparemment sans nuages, qui avait chassé son épouse en pleine nuit, puis l'avait rattrapée et poignardée au milieu de la rue avant de la tuer en lui fracassant le crâne sur la chaussée sous le regard horrifié des passants.

Il y avait encore cet habitant de Toronto qui, à vingt-quatre ans, s'était levé une nuit pour s'installer, encore endormi, au volant de sa voiture dans laquelle il avait rejoint, une vingtaine de kilomètres plus loin, la maison de ses beaux-parents. Alors qu'il s'entendait soi-disant très bien avec eux, il avait sauvagement attaqué sa belle-mère à coups de cric et, après l'avoir poignardée, avait tenté d'assassiner son beau-père. Il s'était ensuite rendu au commissariat où, remarquant pour la première fois ses mains couvertes de coupures, il avait avoué avoir tué deux personnes.

Une autre fois, un réfugié juif de soixante-trois ans avait vu en rêve des agents de la Gestapo faire irruption dans sa maison de Cleveland, Ohio : il s'était levé dans son sommeil et avait tiré à la carabine à travers la salle de séjour, tuant son épouse après trente-cinq ans de mariage.

Les histoires se succédaient, chacune plus fascinante que la précédente. Fielder avait entendu dire que même si on parvenait à hypnotiser quelqu'un, on ne pouvait lui faire commettre sous hypnose un acte horrible dont il aurait été incapable en temps normal. À présent, il découvrait que cette restriction ne s'appliquait pas aux somnambules. Paisibles dans la journée, voire gentils, ils devenaient agressifs et violents lors de leurs crises de somnambulisme.

Après une journée de lecture, Fielder en était convaincu : ces phénomènes avaient autant de réalité que la chaise sur laquelle il était assis ou que les livres devant lui. Il avait appris des termes comme « violence liée au sommeil », « automatismes non psychotiques », « apnée du dormeur », « épilepsie psychomotrice ». Il avait vingt-six pages de notes sur des études de cas, comptes rendus de polysomnographies et autres données scientifiques. Il disposait de statistiques répartissant les sujets atteints en fonction de l'âge, du sexe, du niveau d'instruction et de la profession.

Pourtant, si les experts étaient unanimes à reconnaître l'existence de ces troubles, leurs opinions divergeaient quant aux causes possibles. Bien sûr, les différentes études mettaient en évidence un certain nombre d'indices. La grande majorité des somnambules violents étaient des hommes, aux horaires de sommeil irréguliers pour bon nombre d'entre eux. Beaucoup faisaient les trois-huit et leurs heures de travail changeaient constamment, les obligeant à modifier leurs habitudes de sommeil. Souvent, ils avaient subi une expérience traumatisante ou des perturbations dans leur vie privée — deuil, divorce ou licenciement. Certains avaient déjà connu des troubles du sommeil moins aigus. D'autres avaient récemment augmenté leur consommation de café, de tabac ou de drogues diverses. Lors des tests, presque tous se révélaient impossibles à réveiller au cours des phases de sommeil profond.

Fielder y vit d'abord un paradoxe. Comment un dormeur au sommeil anormalement profond pouvait-il être sujet au somnambulisme ? Ne serait-ce pas plutôt le contraire ? Au fil de sa lecture, cependant, il comprit le point de vue des chercheurs : c'est précisément l'individu le plus difficile à réveiller qui risque d'être somnambule, parce que ses fonctions motrices répondent plus vite que sa conscience.

Fielder s'interrogea : quel genre de dormeur était Jonathan Hamilton?

Après ses deux journées à la bibliothèque municipale de Cedar Falls, il en passa deux de plus à celle de la faculté de droit de l'université de Syracuse. Là, pour cerner l'attitude des tribunaux face à la thèse du somnambulisme, il passa en revue des centaines de manuels, comptes rendus et articles de revues spécialisées. Il parcourut des textes définissant la santé mentale, la responsabilité du meurtrier, l'intention de donner la mort, la folie et différents troubles mentaux. Il étudia aussi les comptes rendus d'affaires dans lesquelles l'assassin avait agi durant une crise de démence ou d'épilepsie, sous l'effet de l'alcool ou de la drogue, ou encore en état de choc. Il lut l'histoire d'un homme qui avait étranglé ses enfants, convaincu que c'étaient des démons voulant détruire le monde. Il retrouva la trace de deux incidents mentionnés dans les ouvrages qu'il avait compulsés auparavant : contrairement au réfugié juif de Cleveland, qui n'avait pas eu autant de chance, l'habitant de Toronto avait été acquitté pour l'assassinat de sa belle-mère.

L'après-midi du deuxième jour, Fielder découvrit un cas déjà ancien de meurtre pendant une crise de somnambulisme. Un article de 1951, écrit par Norval Morris, professeur de droit, et curieusement intitulé «Le meurtrier somnambule : fantômes, araignées et Coréens du Nord», révélait l'existence d'une affaire inconnue, jugée à Victoria, en Colombie-Britannique : la Couronne contre Cogdon. Un an auparavant, une certaine Mme Cogdon avait été accusée du meurtre de Pat, sa fille unique de dix-neuf ans, à laquelle elle était profondément attachée. La nuit précédant le meurtre, elle avait rêvé que des araignées envahissaient sa maison et grouillaient sur le corps de sa fille. Quittant le lit conjugal, elle était allée dans la chambre de Pat, où elle s'était réveillée alors qu'elle lui essuyait violemment le visage.

221

Le lendemain, elle raconta l'incident à son médecin, ainsi qu'un rêve antérieur dans lequel des fantômes venaient chercher sa fille. Le médecin lui prescrivit un sédatif. Cette nuit-là, elle s'endormit après une discussion sur la guerre de Corée. Elle rêva que des soldats nord-coréens faisaient irruption chez elle, que l'un d'eux agressait Pat dans sa chambre. D'un bond, elle se leva, partit chercher une hache près de la réserve de bois et courut jusqu'à la chambre de la jeune fille, la tuant de deux coups de hache sur la tête.

À son réveil, elle se souvenait seulement du rêve, et de s'être précipitée chez sa sœur qui habitait la maison voisine, où elle s'était effondrée, déclarant entre deux sanglots qu'elle pensait « avoir blessé Patty ».

Au procès, Mme Cogdon raconta son histoire, dont l'accusation ne contesta pas la véracité. Ses avocats appelèrent à la barre son médecin, ainsi qu'un psychiatre et un psychologue. Tous les trois reconnurent qu'elle n'était pas psychotique et la défense n'utilisa jamais la démence comme argument. Ce qui n'empêcha pas Mme Cogdon d'être acquittée, les jurés ayant apparemment conclu qu'elle n'était pas, de leur point de vue en tout cas, véritablement l'auteur du meurtre.

Le récit du professeur Norval Morris avait beau être passionnant, Fielder savait qu'une affaire enterrée depuis des décennies ne suffirait pas à convaincre le juge Summerhouse. Il lui fallait un précédent, un premier jugement officiel proclamant que l'auteur d'un meurtre pendant son sommeil ne peut être reconnu coupable par le ministère public.

Il prolongea ses recherches pendant huit heures consécutives, jusqu'à près de minuit : à ce stade, courbaturé à cause de l'immobilité, il avait le plus grand mal à garder les yeux ouverts et son estomac vide protestait bruyamment. Il descendit pourtant jusqu'à un renfoncement exigu au sous-sol, afin de consulter un vénérable volume relié cuir et couvert de poussière. Intitulé *Les Procès de la Couronne*, il contenait les comptes rendus d'affaires jugées de l'autre côté de l'Atlantique plusieurs siècles auparavant.

Et il trouva ce qu'il cherchait : *Affaire Regina contre Hawkins.*

Il dut survoler de nombreuses pages imprimées en minuscules caractères, dans le jargon sibyllin des juristes de la vieille Angleterre, avant d'arriver au passage où l'auteur en venait enfin aux faits :

> Ensuite comparut devant la cour un jeune homme d'à peine dix-neuf ans, du nom de Thomas Hawkins, originaire du Bedfordshire. Le jeune Hawkins était accusé par la Couronne d'avoir assassiné sa propre mère en lui passant la lame d'un sabre à travers le corps.
>
> Les lords conclurent que le jeune homme avait sans l'ombre d'un doute infligé la blessure fatale. Ils s'attardèrent cependant sur son état mental au moment du crime. À en croire les témoins, il était alors profondément endormi. Il s'était brusquement levé, avait couru dans le bureau de son père où il s'était emparé d'un sabre, une arme de collection accrochée au-dessus de la cheminée. De là, il s'était rendu directement aux appartements de ses parents où, devant son père trop abasourdi pour réagir, il s'en était pris à sa mère comme un possédé. Son père avait fini par le maîtriser et l'immobiliser à terre, où il sembla se réveiller pour la première fois. Il ne savait ni où il était, ni pourquoi il était venu, ni ce qu'il avait fait.
>
> Lord Fletcher fit observer que le jeune homme méritait une sanction, mais personne ne le suivit.
>
> Les lords Soames et Merriweather furent tous les deux d'avis qu'il n'y avait pas eu de meurtre à proprement parler. Si un homme n'est pas lui-même au moment où il agit, déclarèrent-ils, peut-on lui demander de répondre de ses actes devant la justice ? L'auteur du crime n'est-il pas plutôt cet autre lui-même ?
>
> Ainsi le prisonnier fut-il libéré sur-le-champ.

Fielder dut supplier le gardien de la bibliothèque de lui faire la monnaie pour pouvoir utiliser la photocopieuse. L'heure de fermeture étant largement dépassée, le malheureux n'avait qu'une idée en tête : verrouiller le bâtiment pour la nuit. Il se laissa finalement apitoyer par les yeux rougis de Fielder et son expression désespérée, ajoutés à l'insistance avec laquelle il répétait qu'il s'agissait d'une question de vie ou de mort.

L'avocat regagna son chalet à presque trois heures du matin, alors que la pluie faisait place à de lourds flocons de neige fondue. Ses chaussures enlevées, il s'affala sur le canapé, trop fatigué pour se déshabiller ou pour aller jusqu'à sa chambre. Dans sa tête, les fusillades, meurtres à coups de couteau, de sabre ou de hache se mêlaient aux fantômes, araignées, agents de la Gestapo et autres envahisseurs nord-coréens.

À son réveil le lendemain après-midi, après un tour de cadran, la première couche de neige de la saison avait blanchi le sol et les arbres. Fielder avait des vêtements sales, des courbatures, des crampes d'estomac et une barbe de trois jours.

Mais il avait aussi un précédent.

19
Une preuve irréfutable

— Vous captez CBS, au fond des bois ?
— Certains jours, je ne capte même pas mon grille-pain, répondit Fielder. Qui êtes-vous ?
— Laura Held. Allumez donc votre téléviseur.

Il obéit. Laura Held travaillait comme assistante de Kevin Doyle à New York, au Capital Defender's Office. Pendant que l'appareil se mettait en route — il avait dix-neuf ans —, Fielder trouva la chaîne CBS juste à temps pour voir apparaître en gros plan le visage de Gil Cavanaugh.

— ... nous apporter de nouveaux éléments sur l'affaire ? demandait la journaliste.
— Absolument, répondit Cavanaugh.

Il était encore plus impressionnant à la télévision.

— Je peux d'ores et déjà vous dire que des enquêteurs de mon équipe ont retrouvé les testaments des victimes.

Il s'interrompit pour ménager le suspense.

— Et alors ?
— L'unique héritier vivant de tous ces millions de dollars se trouve comme par hasard être le prévenu — sauf, je m'empresse de le préciser à l'intention des contribuables, si je peux l'en empêcher.

Après un zoom arrière, l'image de la journaliste — une jeune femme séduisante assise dans un studio — apparut sur la seconde moitié de l'écran.

— Voilà, Mike. Gil Cavanaugh, le District Attorney du comté d'Ottawa, vient de confirmer que d'après les tests ADN, Jonathan Hamilton était bien présent sur les lieux où ses grands-parents ont été assassinés. De plus, c'est lui qui devrait hériter de leur fortune. À vous le studio.

— Retour à la case départ ? demanda Laura.

— Je vous ai déjà parlé de la fois où il m'a traité d'avocat juif ?

— Non. Mais ici, la formule est considérée comme redondante.

Ils partirent d'un même éclat de rire.

— Matt, vous êtes sûr de ne pas avoir besoin d'un assistant, cette fois ?

— Vous avez quelqu'un à me proposer ?

— Non. Il n'y a personne de compétent à moins de cent cinquante kilomètres de chez vous.

— Merci quand même d'avoir posé la question.

D'après l'informateur de Pearson Gunn, les tests ADN mentionnés par Cavanaugh étaient ceux pratiqués sur l'échantillon de sang donné par Jonathan. Six des cheveux ramassés sur le lieu du crime présentaient la même empreinte génétique que ceux du jeune homme. D'après les statistiques, les chances qu'ils s'agisse d'une coïncidence étaient de une sur 31 468 225.

Fielder ne se démonta pas. De son point de vue, la question n'était plus de savoir qui était le coupable — en admettant que tel ait jamais été le cas. On nageait désormais en pleine guerre psychologique. Cavanaugh pouvait avoir toutes les preuves matérielles qu'il voulait, et les résultats de tous les tests ADN, la défense disposait d'un atout de taille : le jeune Thomas Hawkins, originaire du Bedfordshire.

Hillary Munson informa Fielder qu'elle avait préparé une liste de psychiatres et de psychologues capables d'examiner Jonathan et de témoigner sur les problèmes de somnambulisme. Ensemble, ils la passèrent en revue, discutant des compétences de chaque expert, de sa personnalité et de ses disponibilités avant d'en retenir un dans chacune des deux spécialités. Comme lorsqu'on choisit un menu dans un restaurant chinois : un plat de la colonne A, un plat de la colonne B.

Fielder rédigea ses requêtes et les porta au juge Summerhouse, qui se fit bien sûr prier.

— Vous gaspillez l'argent des contribuables ! Pas étonnant que le gouverneur veuille diminuer vos indemnités.

Fielder sourit. Parmi les avocats plaidant les affaires criminelles, un certain nombre espéraient en secret que les juges refuseraient de débloquer des fonds pour engager des experts, leur donnant ainsi une chance de sauver en appel la tête d'un prévenu que tout accusait. Mais à ce stade, ce n'était pas la possibilité d'aller en appel qui intéressait Fielder : il voulait ses experts. Son sourire n'était qu'un coup de bluff, comme s'il mettait au défi le magistrat de risquer une erreur de procédure en refusant sa requête.

Et le juge Summerhouse signa les deux documents...

Pearson Gunn l'avait vérifié auprès de deux gardiens de la prison, jetant même un coup d'œil aux différents registres : personne n'avait signalé de crise de somnambulisme, ni de trouble particulier du comportement chez Jonathan Hamilton. En revanche, il apparaissait comme un dormeur au sommeil anormalement profond, que la sonnerie annonçant les repas ou les cris des autres détenus ne suffisaient pas à réveiller.

Gunn interrogea une nouvelle fois les Armbrust, sans rien apprendre de plus sur le somnambulisme du jeune homme. Ou ils en ignoraient l'existence, ou ils préféraient ne pas en parler. Klaus Armbrust confirma cependant les propos de Jennifer : il avait lui-même remplacé tous les verrous de la maison principale. Il montra à Gunn les énormes serrures qui s'ouvraient seulement de l'intérieur, avec une clé.

— Ça a d'ailleurs posé un problème la nuit de l'incendie, confia-t-il. J'ai dû casser une vitre pour entrer et tirer Jonathan de là. Les parents, eux, étaient endormis à l'étage. Je n'avais aucun moyen de monter là-haut. Trop de fumée.

La conversation téléphonique avec le frère de Jonathan à Atlanta n'apporta aucun élément nouveau. P.J. avait quitté le domaine trop tôt, ou il était trop occupé à l'époque pour avoir prêté attention à d'éventuelles crises de somnambulisme.

— Mais si ça peut vous être utile, déclara-t-il avec bonne humeur, je veux bien témoigner que mon frère était somnambule. Il ne se passe pas grand-chose par ici, vous savez. J'aurais bien besoin de changer de décor.

La neige n'avait pas tenu, mais des gelées précoces dans les Adirondacks avaient provoqué une chute massive des feuilles et compromettaient la récolte de citrouilles et de courges. Halloween et le mois d'octobre furent vite passés, comme l'automne ensuite. Chaque matin, les fenêtres du chalet étaient couvertes de givre ; la nuit, en montagne, le thermomètre descendait en dessous de moins dix.

Faute de temps pour abattre et débiter les arbres qu'il avait sélectionnés pendant l'été, Fielder fut obligé de commander un stère de bois de chauffage. Il lui en coûtait d'en arriver là, mais il ne quittait déjà plus son gros pull de laine à l'intérieur, même en brûlant une douzaine de bûches par nuit. Aussi bien le bon vieil *Almanach des agriculteurs* que les météorologistes avec leurs radars sophistiqués prédisaient un hiver rigoureux, avec de nombreuses chutes de neige pour compenser la sécheresse de l'année écoulée. Pour l'instant, les événements leur donnaient raison.

Fielder s'installa devant son ordinateur et reprit la rédaction de la liste des requêtes à soumettre au juge : irrecevabilité des preuves présentées au grand jury à cause de leur insuffisance (toujours difficile à établir pour un avocat, à qui la loi interdit d'assister à la présentation des preuves) ; irrecevabilité des preuves matérielles prélevées sur Jonathan ou saisies à son pavillon, en l'absence de raisons suffisantes pour l'arrêter et obtenir un mandat de perquisition ; irrecevabilité des prétendus aveux faits à Deke Stanton, car ils succédaient à une arrestation illégale et le jeune homme n'avait jamais renoncé en connaissance de cause à son droit de ne parler qu'en présence de son avocat ; obligation pour l'accusation de fournir à la défense toutes les pièces du dossier — résultats d'analyses, copies des rapports d'autopsie, mandats et comptes rendus de perquisitions, photos... — et de communiquer toute information en sa possession pouvant innocenter le prévenu.

Fielder ajouta à cette liste plusieurs requêtes que le juge Summerhouse aurait automatiquement rejetées lors d'une affaire ordinaire, mais qu'il examinerait cette fois de plus près, sachant que la peine de mort était en jeu. Il exigea qu'on lui fournisse immédiatement, et non la veille du procès, une copie de tous les rapports de police, ainsi que les brouillons des enquêteurs, la liste des témoins et la transcription des témoignages faits devant le grand jury. Il demanda que les audiences aient lieu dans un autre comté, pour éviter le préjudice porté par les conférences de presse improvisées de Gil Cavanaugh. Il demanda aussi la possibilité de récuser certains jurés, et voulait que le juge Summerhouse se récuse lui-même, à cause de ses liens trop étroits avec Cavanaugh. La liste était encore longue...

À ce stade, le Capital Defender's Office préconise de ne pas lésiner sur les requêtes : l'attitude inverse serait une faute professionnelle. Les juges détestent voir commuer leurs condamnations, même les plus légères, et font parfois preuve d'une largesse inhabituelle lors d'une affaire criminelle, afin de ne pas être désavoués en appel. Pour une fois, l'avocat n'a rien à perdre et doit prendre pour devise : *Dans le doute, ne t'abstiens pas.* Soit il obtiendra satisfaction, soit il aura gagné un motif d'appel. Or, comme chacun sait, seule la possibilité de faire appel maintient en vie les condamnés à mort. Ce qui, pour le meilleur ou pour le pire, est le travail de leurs défenseurs.

Après avoir déniché un psychiatre et un psychologue, Hillary Munson s'efforça de localiser Sue Ellen Simms, l'amie de Jennifer. Tâche relativement aisée en apparence, par comparaison avec les efforts nécessaires pour remonter jusqu'à P.J. Hamilton et sa sœur Jennifer. Cette fois, au moins, Hillary savait par où commencer : elle connaissait déjà l'existence de Sue Ellen.

C'était Fielder qui avait insisté pour qu'on la retrouve. Elle pouvait leur être utile pour confirmer le somnambulisme de Jonathan. Lors de ses premiers mois au service de la Legal Aid Society, Fielder avait représenté un prévenu accusé d'une agression. Au moment des faits, prétendait l'homme, il était sous l'influence de la phenocyclidine, puissant hallucinogène plus connu sous le nom de PCP ou « poussière d'ange ». Fielder connaissait un psychiatre de Kings County Hospital, expert en pharmacologie. Celui-ci avait témoigné qu'une quantité suffisante de PCP pouvait parfaitement inhiber les pulsions criminelles. Le procureur avait tenté en vain de mettre ses affirmations en doute lors d'un contre-interrogatoire.

Cela n'avait pas empêché les jurés de condamner le prévenu. En s'entretenant un peu plus tard avec eux, Fielder avait découvert qu'ils acceptaient le témoignage du psychiatre. C'était le prévenu qui ne leur inspirait pas confiance lorsqu'il prétendait s'être drogué le jour de l'agression.

Chat échaudé craint l'eau froide : Fielder s'était juré de ne jamais refaire la même erreur. Vingt ans après, il voulait une preuve irréfutable de la crise de somnambulisme de Jonathan la nuit du double meurtre. Et comme elle n'existait sans doute pas, il voulait au moins trouver un témoin objectif pouvant confirmer que Jonathan avait l'habitude de se promener dans son sommeil. Les circonstances inhabituelles du meurtre — absence de mobile convaincant (malgré la présence des testaments), nature des blessures infligées aux victimes, mélange d'égarement et de docilité de Jonathan après son forfait — feraient le reste.

Dans le livre d'or retrouvé par Hillary Munson à la bibliothèque du lycée de Cedar Falls, Sue Ellen apparaissait comme une adolescente gauche et sans charme. Exactement le genre de fille que Jennifer Hamilton, elle-même d'une grande timidité et gênée par sa haute taille, pouvait choisir comme amie. Elles chantaient toutes les deux à la chorale et faisaient partie du club de cuisine. Ni l'une ni l'autre, semblait-il, n'avaient été promises par leurs camarades à un brillant avenir après l'examen de fin d'études secondaires.

Sue Ellen avait mieux réussi que prévu, mais pas comme globe-trotter. Une visite au domicile de ses parents à Oak Forest révéla que si elle avait désormais un mari, un nouveau nom et trois filles, elle vivait toujours dans son comté natal, à Silver Falls.

Munie d'une adresse et d'un numéro de téléphone, Hillary remercia les parents Simms de leur aide et remonta dans sa voiture. D'abord, Matt Fielder rencontre la femme de ses rêves, se dit-elle avec un sourire. Ensuite, il découvre le somnambulisme de Jonathan. Et maintenant, il est sur le point d'avoir un témoin pour confirmer sa théorie.

Aucun doute, l'espoir renaissait dans le camp de la défense.

Pearson Gunn connaissait à peu près tous les gens influents du comté d'Ottawa. Et parmi eux, Donovan McNamara. Conducteur d'engins, McNamara — alias Donnie — pouvait indifféremment raser une maison avec un bulldozer, curer un étang avec une pelleteuse, poser un toit avec une grue, ou récupérer un chat en haut d'un arbre avec une grande échelle. Comme Gunn, c'était un habitué du Dew Drop Inn. Mais leurs goûts en matière de boissons différaient légèrement : Gunn avait beau lui vanter depuis longtemps les mérites de sa bière ambrée des Adirondacks, Donnie restait fidèle à la Molson's Ice. Ce vendredi soir, cependant, Gunn s'intéressait davantage à Donnie qu'au contenu de son verre. Car en plus de son activité de conducteur d'engins le jour, Donovan McNamara conduisait le camion des pompiers volontaires la nuit. Et c'était au volant de ce véhicule que, huit ans et demi auparavant, il avait répondu à un appel venant du domaine Hamilton près de Flat Lake ; les enquêteurs avaient ensuite fait appel à lui pour élucider les causes de l'incendie.

Gunn attendit d'en être à son deuxième pichet pour aborder le sujet. Donnie, lui, attaquait sa sixième Molson's Ice. Il était facile de faire les comptes, Donnie préférant garder les canettes vides sur la table, comme rappel des limites à ne pas dépasser. À la dixième, il arrêtait. Ou ralentissait la cadence...

— Tu te souviens de cet incendie au domaine Hamilton, il y a quelques années ? demanda Gunn, de son ton le plus dégagé.

Un rot sonore accompagna la réponse de Donnie.

— Oui, ça devait être en 91. Ou en 92.

— Dans ces eaux-là.

En fait, c'était en 89, mais Gunn n'avait pas envie de discuter.

— Putain de fumée, se rappela Donnie.

— Sûr. Tu faisais partie de la commission d'enquête ?

— Moi ? Non.

— Tu te souviens qui en était ?

— Pourquoi ?

— Comme ça. Un client m'a posé la question.

— Il veut vraiment le savoir ?

Doué du sixième sens des détectives privés, Gunn savait reconnaître un appel du pied. Il sortit son portefeuille, jeta un coup d'œil à l'intérieur, remarqua qu'il était plutôt dégarni.

— Ce n'est pas vital. L'info vaut une vingtaine de dollars.

— Disons cinquante, et la mémoire me reviendra peut-être.

— Sale radin d'Irlandais ! lança Gunn — dont les ancêtres venaient de la même île — en lui tendant le billet. Ça ne te suffit pas d'être payé un million de dollars de l'heure pour faire joujou avec tes engins Tonka !

— Hé, ma femme est encore enceinte !

— Elle est toujours enceinte, ta femme... (Donnie avait bien une cinquantaine d'enfants.) ... En tout cas, j'espère en avoir pour mon argent, continua Gunn.

Donnie glissa le billet dans sa poche de chemise.

— En fait, ils étaient deux sur le coup, dit-il. Un certain Meacham, de la brigade spéciale de Schenectady. Mais à ce que j'ai entendu dire, il a déménagé...

— Où ça ?

— Pour de bon. Au cimetière.

— Ça va beaucoup m'aider. Et l'autre ?

Donnie hésita longuement.

— Tu n'auras pas un centime de plus, déclara Gunn.

— D'accord, d'accord. Laisse-moi réfléchir. L'autre type était le capitaine des pompiers. Squitieri... Jimmy Squitieri, c'est ça. On l'avait surnommé l'Araignée.

— Je peux le trouver où ?

— Aucune idée. Il a pris sa retraite quelque part en Floride.

— C'est grand, la Floride, Donnie.

— Saratoga ?

— Petite ville de l'État de New York.

— Merde... Pourtant, ça ressemble à Saratoga.

— Sarasota ?

— Oui, ça doit être ça. Saratoga, Sarasota, c'est pratiquement du pareil au même.

Pas si mal, reconnut Gunn après coup. Retrouver James Squitieri à Sarasota, en Floride, ne serait peut-être pas une sinécure. Mais c'était plus facile que de chercher Jennifer H. dans le Vermont, ou le New Hampshire.

Une sonnerie stridente réveilla Fielder. Après quelques minutes de perplexité, il comprit qu'il s'était endormi sur le canapé devant le poêle. Et que la sonnerie stridente était celle du téléphone. Il le retrouva sous un coussin et répondit.

— J'allais abandonner, déclara une voix familière.

— Qui est-ce?

Il avait depuis longtemps cessé de faire semblant d'avoir reconnu son correspondant jusqu'à ce qu'il soit trop tard pour poser la question.

— Tu m'as déjà oubliée?

— Jennifer!

— Tu me manques.

— À moi aussi. J'ai été très occupé.

— Ça s'arrange?

— Oui. Grâce à toi.

— Matthew?

Elle lui avait dit préférer Matthew à Matt, qui lui rappelait un shérif de western.

— Oui?

— Tu crois que je peux aller voir Jonathan?

— Aller voir Jonathan...

Curieusement, il ne lui était jamais venu à l'idée qu'elle puisse en avoir envie, étant donné les raisons qui l'avaient poussée à quitter le domaine, et le fait qu'elle n'y soit pas retournée une seule fois durant toutes ces années. Mais maintenant qu'elle en parlait, ça paraissait la chose la plus naturelle du monde. Après tout, c'était son petit frère (et le père de son enfant!) qui était en prison pour meurtre et risquait la peine de mort. P.J. mis à part, elle était sa seule famille. Or, P.J. n'était pas vraiment en mesure de rendre des visites, malgré la proposition qu'il avait faite à Gunn.

234

Après réflexion, cependant, Fielder conclut que ce n'était pas une bonne idée.

— J'hésite, avoua-t-il. Je sais que ça te ferait plaisir, et à Jonathan aussi. Le problème, c'est qu'un jour, je devrai peut-être te faire appeler comme témoin. À ce moment-là, le District Attorney tentera de prouver que tu essaies d'aider Jonathan parce que c'est ton frère. Et il te demandera si tu lui as rendu visite. À partir de là, il aura beau jeu de suggérer que c'était pour t'entendre avec lui sur une version des faits, ou lui souffler les réponses.

— Je pourrai dire que je n'y suis pas allée.

— Il demandera alors à consulter le registre des visites de la prison. S'il découvre que tu as menti, ce sera pire.

— Donc il vaut mieux que je m'abstienne ?

— De ce point de vue-là, oui.

— Et toi ? Je peux venir te voir ?

Fielder fut totalement pris au dépourvu.

— Ici ?

Sa réponse ne resterait pas dans les annales comme un modèle de diplomatie.

— Chez toi, chez moi, peu importe.

Le mot « relation » s'imposa progressivement à son esprit. Il pensa à son indépendance chèrement acquise, aux joies de sa vie solitaire dans son chalet au fond des bois. Il ne se sentait pas prêt à s'engager.

— Tu me manques vraiment, Matthew.

Et pourtant...

— Écoute, moi aussi j'ai envie de te voir. Mais de même qu'il vaut mieux ne pas venir voir Jonathan, il serait sans doute gênant que toi et moi ayons, tu sais...

— ... une liaison ?

Ce terme lui rappela les émissions de divertissement à la télévision, ou les magazines vendus aux caisses des supermarchés. Il voyait d'ici leur photo à tous les deux en couverture du *National Enquirer* avec, en gros titre : PENDANT QUE SA SŒUR ET SON AVOCAT PRENNENT DU BON TEMPS, UN DÉTENU RISQUE LA PEINE DE MORT.

— Exactement, approuva Fielder. Écoute, j'ai du travail à finir. Mais le week-end prochain, j'aurai sûrement besoin de faire un tour en voiture pour me changer les idées, et..

— Tu reviendras m'interroger?

— On peut le dire comme ça.

Fielder mit la dernière main à ses requêtes. Il avait fini par demander tout ce qui lui venait à l'esprit, même les rapports disciplinaires des policiers et des enquêteurs pouvant être appelés à témoigner au procès. Il se rendit ensuite à Cedar Falls, pour en déposer des photocopies au bureau du District Attorney, et remettre l'original à Dot Whipple au palais de justice. Il en profita pour passer voir Jonathan à la prison. Il voulait le préparer aux visites des experts qui ne tarderaient pas à venir s'entretenir avec lui.

En fait, Jonathan avait beaucoup fréquenté les médecins depuis sa petite enfance, et la nouvelle le laissa relativement indifférent. Il est vrai qu'il en fallait beaucoup pour le faire réagir.

Une nouvelle fois, il marmonna les mots « Petit bébé », mais se referma sur lui-même quand Fielder tenta d'en savoir plus. Une nouvelle fois, il avait l'air pâle, amaigri, fatigué. Et encore plus absent que lors de la précédente visite. Fielder eut l'étrange sensation qu'ils étaient en train de le perdre.

— Bien sûr que je me souviens de Jennifer, déclara Sue Ellen Blodgett.

Elle avait abandonné son nom de jeune fille à son mariage. « Trop long à prononcer, vous comprenez? » avait-elle expliqué. Avec un sourire, Hillary Munson avait assuré que oui. Elle regardait Sue Ellen assise de l'autre côté de la table de cuisine en Formica. La jeune fille gauche et sans charme avait pris de l'assurance, mais ses vingt-cinq kilos en trop ne la rendaient pas tellement plus séduisante. Elle faisait sauter la plus jeune de ses filles sur ses genoux en fixant Hillary derrière ses lunettes à monture violette.

— Quand l'avez-vous vue pour la dernière fois? demanda celle-ci.

— Oh, il y a des années. Mais nous nous sommes téléphoné deux ou trois fois. Et nous avons échangé une ou deux lettres.

— Et ses frères?

— Porter faisait les quatre cents coups. Jonathan, lui, était plutôt du genre calme. (Elle s'interrompit pour essuyer une goutte de gelée rouge vif sur le menton de sa fille.) Est-ce qu'ils vont vraiment lui injecter, vous savez, une de ces drogues mortelles?

— Telle est bien leur intention. Que vous rappelez-vous d'autre, sur Jonathan?

Sue Ellen fit de son mieux, mais à l'écouter, il était clair qu'elle n'avait jamais passé beaucoup de temps au domaine Hamilton, et elle n'avait pas revu Jonathan depuis le départ de Jennifer, dix ans auparavant. Elle n'avait pas oublié pour autant la beauté du jeune homme, ni sa timidité, ni, surtout, sa lenteur d'esprit.

— Il était pratiquement débile, si vous voulez mon avis. Je ne veux pas être méchante, mais il passait son temps à ramasser des brindilles, des cailloux, des pommes de pin, et tout d'un coup il vous demandait «On joue?», ou «On mange?». C'est tout juste s'il pouvait se débrouiller seul.

Une autre fille de Sue Ellen fit son entrée et tira sa mère par la manche.

— Quand est-ce qu'on sort? demanda-t-elle d'un ton geignard.

Hillary décida d'aller droit au but.

— Jonathan avait-il des problèmes de sommeil?

— Il a longtemps mouillé son lit, si c'est ce que vous voulez dire. Et un peu plus tard, il s'est mis à se promener en dormant.

Hillary se redressa.

— En dormant?

— Parfaitement. Il était... comment dit-on? Somnibule, je crois. Ses parents ont même dû faire changer les serrures. Et j'ai entendu dire que c'était lui qui avait mis le feu. Il a pu le faire dans son sommeil, vous ne croyez pas?

— Où avez-vous entendu ça?

— La rumeur. Et vous êtes sûrement au courant de ses visites la nuit dans la chambre de Jennifer? (Hillary hocha la tête.) Elle a bien dû vous en parler, insista Sue Ellen.

— Et vous, comment l'avez-vous appris?

— C'est Jennifer qui me l'a raconté. J'étais sa meilleure amie. Je veux dire, j'ai toujours eu d'autres amies. Mais elle, je ne crois pas. Apparemment, elle n'avait que moi.

— Que savez-vous de son fils?

— Troy? Seulement que c'est Jonathan le père.

— D'où tenez-vous ça?

— C'est encore elle qui me l'a raconté. Elle m'a même envoyé une photo. Je dois l'avoir quelque part.

— Je peux la voir?

Hillary voulait dire : après leur conversation, mais Sue Ellen se leva aussitôt et, son bébé sur la hanche, disparut dans la pièce voisine. Elle réapparut quelques instants plus tard, sa deuxième fille accrochée à sa jupe, et la troisième à un mètre derrière, mystérieusement surgie de nulle part. Sue Ellen avait une boîte en carton sous le bras.

— Une partie de mes souvenirs, expliqua-t-elle en posant la boîte. Je suis très organisée.

Après avoir fouillé à l'intérieur, elle laissa échapper une exclamation triomphante et brandit une vieille enveloppe qu'elle tendit à Hillary. Elle contenait la photo d'un bébé qui aurait pu être Jonathan, et une lettre dont l'encre bleue avait pâli.

Le 19 décembre 1989

Chère Sue Ellen,

Ci-joint les photos de Troy que je t'avais promises. N'est-ce pas que c'est un trésor ? En plus, il est vraiment malin, pas du tout retardé comme « tu sais qui ».

Je vis chez une famille sympathique et j'ai un emploi intéressant. Mais avec le loyer, le crédit de la voiture, l'assurance, la nourriture et les couches, je suis toujours à court d'argent. Enfin, je ne vais pas me plaindre. Ici, au moins, Troy et moi sommes en sécurité.

Et avec R.B., ça se passe comment ? Il n'y aurait pas du mariage dans l'air ? Je suis un peu jalouse, mais aussi très heureuse pour toi. Embrasse-le bien fort pour moi.

Quant à J., je crois pouvoir lui pardonner, plus ou moins. Je sais qu'il a tout fait en dormant, sauf la première fois. Et cette fois-là, apparemment, il n'était pas non plus totalement conscient de ce qu'il faisait. (Même s'il a failli me tuer !)

En ce qui concerne mes parents, je devrais normalement être triste de me retrouver orpheline du jour au lendemain. Mais tu sais mieux que personne qu'ils étaient horribles, chacun à leur manière. Crois-tu vraiment que J. a pu mettre le feu dans son sommeil ? Mon Dieu, quand j'y pense !

Tu sais, Sue Ellen, je ne reviendrai jamais. J'ai tourné cette page de mon existence. Mais je te promets de ne pas t'oublier.

Ta meilleure amie pour la vie,
Jennifer

P-S : Je me souviens que tu aimes bien tout garder. Mais si tu ne jettes pas cette lettre, s'il te plaît, cache-la bien, pour que mes parents n'aient aucune chance de trouver mon adresse.

P-P-S : Tu me manques énormément.

— Je peux l'emporter ? demanda Hillary.

— Je pense que oui, répondit Sue Ellen. De toute façon, Jennifer a déménagé deux ou trois fois depuis. Mais vous ne parlerez pas du reste ?

— Quel reste ?

— Le vrai père de Troy.

— Personne n'en saura rien, c'est promis.

Sur la route, en regagnant Albany, Hillary se dit qu'elle n'avait pas eu le choix : elle était obligée de mentir. Avec un peu de temps, Matt Fielder, d'après ce qu'elle savait de lui, réussirait à convaincre Jennifer de témoigner pour sauver son frère, même si elle devait fouiller les recoins les plus sombres de son passé, et revivre le viol, l'inceste et la grossesse illégitime dont elle avait été victime. Mais ce ne serait qu'un témoignage verbal. La lettre était indispensable pour le confirmer. Elle mentionnait par écrit le somnambulisme de Jonathan, neuf ans avant le double meurtre des grands-parents Hamilton — longtemps avant que des avocats, des médecins et des proches aient eu des raisons de se concerter pour définir une stratégie permettant de gagner le procès.

D'où son importance. C'était la première pièce à conviction qu'ils pourraient produire si l'accusation leur reprochait de s'appuyer sur des présomptions.

Hillary Munson avait enfin trouvé une preuve irréfutable.

20

Chauves-souris, rapaces et grizzlis

Jonathan fut de nouveau appelé à comparaître le 17 novembre, dernier jour du délai accordé par le juge Summerhouse à la défense pour soumettre sa liste de requêtes. Fielder ayant remis le dossier la semaine précédente, le magistrat ne pouvait qu'ajourner la séance jusqu'à ce que l'accusation ait fait connaître sa réponse. Il donna cinq semaines à Cavanaugh, jusqu'au 22 décembre.

— Vous voyez, déclara-t-il à Fielder. Vous avez eu quarante-cinq jours. Le District Attorney n'en aura que trente-cinq. Ne venez pas ensuite m'accuser d'être injuste.

Injuste, peut-être pas, mais hypocrite, certainement. Summerhouse, Fielder et Cavanaugh savaient parfaitement qu'on accorde d'habitude deux semaines maximum à un procureur pour répondre aux requêtes de la défense, ce qui est amplement suffisant pour passer au traitement de texte des réponses en général toutes négatives. De surcroît, il y avait déjà près d'une semaine que Cavanaugh avait reçu le dossier.

Fielder préféra néanmoins garder le silence. Le juge avait bien le droit de laisser un peu de marge à Cavanaugh. Les experts médicaux pourraient par ailleurs mettre ce délai supplémentaire à profit pour s'entretenir avec Jonathan et préparer leur rapport. De son côté,

Gunn devait trouver l'adresse exacte en Floride d'un certain Squitieri, alias l'Araignée, et Fielder lui-même avait hâte de reprendre la route du New Hampshire.

Dans la cellule du palais de justice, il conversa une heure avec Jonathan, qui semblait aller un peu mieux. De nouveau, les préoccupations du jeune homme n'avaient pas grand rapport avec l'affaire. Il se plaignit du froid, et d'une impression de fatigue. Selon lui, c'était la nourriture, ou les comprimés qu'on lui donnait chaque matin. Fielder promit de se renseigner. Ces problèmes mis à part, Jonathan semblait tenir le coup. Fielder lui demanda d'être patient : la procédure suivait son cours normal, ou presque. Mais les différents retards ne semblaient pas inquiéter son client. Difficile de dire, en fait, s'il avait vraiment la notion du temps. Dans ce domaine, il réagissait comme un enfant. Seul aujourd'hui comptait pour lui ; demain était un concept insaisissable.

En sortant du palais de justice, Fielder tourna dans Maple Street pour se rendre dans un surplus de l'armée américaine qu'il avait remarqué un peu plus tôt. Il y acheta deux couvertures de laine qu'il déposa à la prison à l'intention de Jonathan. Au stage « peine de mort », on avait également abordé ce genre de détails : comment gagner la confiance de son client en veillant à ce qu'il ne manque de rien. Ça ne coûtait pas cher et on était largement récompensé de ses efforts. Les couvertures, par exemple, valaient une trentaine de dollars, dépense tout à fait à la portée de Fielder. Il avait même pensé à demander un reçu, qu'il posa sur le tableau de bord de sa voiture afin de ne pas le perdre.

En roulant vers son chalet, il s'aperçut que, pour la première fois, Cavanaugh n'avait fait aucune déclaration après l'audience. Ni plaidoyer fracassant en faveur de la peine de mort, ni proclamation de résultats de tests ADN, ni révélation de mobiles éventuels. Pour Fielder, en tout cas, le silence restait de rigueur. Sans doute faudrait-il tôt ou tard rendre public le somnambulisme de Jonathan, mais on n'en était pas là.

Alors que le chauffage poussif du 4×4 se mettait enfin en route, l'avocat desserra son nœud de cravate et entrouvrit la vitre pour avoir un peu d'air frais. Aussitôt, le reçu posé sur le tableau de bord s'envola et disparut, aspiré par l'ouverture.

Fielder sourit. Un dieu vigilant aurait-il détecté son secret espoir d'être remboursé de ses trente dollars ? Le punissait-il de ne pas être totalement désintéressé ? En tout cas, le reçu était reparti aussi vite qu'il était arrivé. Fielder pouvait se sentir noble et généreux.

Le premier médecin à venir s'entretenir avec Jonathan fut le docteur George Goldstein, psychiatre assermenté. Professeur réputé de médecine légale à Yale, par ailleurs spécialiste des troubles du sommeil, il avait un CV long de sept pages. C'était aussi un hypnotiseur accompli mais, comme Fielder, cette technique lui paraissait trop risquée à ce stade pour Jonathan, aussi bien sur le plan médical que juridique.

Il se présenta à la prison de Cedar Falls le lendemain de la dernière comparution de Jonathan, un jour où il gelait malgré le soleil. Le docteur Goldstein fut frappé par la façon dont le jeune détenu était vêtu. Il devait y faire allusion dans son rapport : « Le patient porte l'uniforme habituel des détenus, une combinaison en toile légère. Il est cependant enveloppé, à la manière des Indiens d'Amérique, dans une belle couverture de laine bicolore. Son sourire rayonnant suggère que, malgré son emprisonnement, il ne souffre pas du froid. »

Si le voyage à Atlanta à la fin du mois de septembre avait été agréable, la Floride en novembre se révéla un véritable paradis. Dès sa descente d'avion à l'aéroport international de Sarasota-Bradenton, Pearson Gunn se dirigea vers le comptoir de Thrifty, le loueur de voitures le moins cher du marché. Avant de quitter New York, il avait appelé le Capital Defender's Office pour savoir si on lui rembourserait une location chez Hertz. « N'y comptez pas », lui avait-on répondu.

Jimmy Squitieri n'habitait pas davantage Sarasota que Saratoga. En fait, seuls les champions de golf vivaient à Sarasota, les tennismen professionnels ayant élu domicile un peu plus au nord, à Bradenton. Jimmy Squitieri, lui, résidait à Fruitville, petite ville sans intérêt le long de la route 75 — sans doute la raison pour laquelle il racontait qu'il habitait Sarasota.

Gunn se gara le long du trottoir devant la maison. Enduite de stuc d'un blanc éclatant, elle était de plain-pied. Quelques arbustes soigneusement taillés et deux ou trois flamants roses en plastique aux ailes battant dans le vent décoraient la pelouse miniature, que Gunn trouva d'un vert très vif pour le mois de novembre. À la place du garage, une sorte de tente entièrement ouverte sur un côté paraissait faite sur mesure pour la Chevrolet Monte-Carlo bleu pâle qui trônait à l'intérieur. Une cigarette au coin des lèvres, un homme à la longue silhouette décharnée attachait une plante grimpante à l'encadrement métallique. Il clignait des yeux en permanence à cause de la fumée. Ou du soleil, difficile de savoir. Gunn s'avança pour se présenter. Avant qu'il ait pu articuler un son, l'homme prit la parole.

— C'est un auvent, expliqua-t-il.

Sa cigarette montait et descendait comme la baguette d'un chef d'orchestre, sans quitter le coin de sa bouche.

— Il protège la peinture métallisée des rayons ultra-violets, poursuivit-il.

Encore quelqu'un qui avait rédigé trop de rapports en son temps.

— On n'en voit pas beaucoup dans le nord du pays, dit Gunn.

— Des Monte-Carlo ?

— Et des auvents.

À l'intérieur, ils s'installèrent dans des fauteuils relax blancs sur une moquette jaune canari, l'Araignée avec

244

un verre de gin tonic à la main. Comme il n'était même pas treize heures, Gunn avait préféré s'abstenir.

— Vous n'auriez pas du jus d'orange ? avait-il demandé.

— Je n'en bois jamais, avait répondu l'Araignée.

Oui, il se souvenait de l'incendie à Flat Lake. C'était leur première enquête, à Eddie Meacham et à lui.

— Un brave type, Eddie, mais à cheval sur le règlement. Il voulait absolument déclarer qu'il s'agissait d'un incendie criminel. J'ai dû le convaincre de laisser tomber.

— Il avait des raisons de croire ça ?

— Évidemment. Les solives étaient carbonisées et les lattes de plancher soulevées là où la chaleur avait été la plus intense.

— D'après les journaux, pourtant, c'est un radiateur électrique qui aurait pris feu.

— Je sais. Mais jamais ils n'ont expliqué comment il pouvait y avoir des dégâts sous le plancher où se trouvait le radiateur.

— En effet.

— C'est quand même bizarre ! J'ai toujours appris que la chaleur montait, pas vous ?

Gunn acquiesça.

— Ça ne vous a pas empêché de signer le rapport, dit-il.

L'Araignée but une longue rasade.

— Oui et non. On a interrogé le gosse. Un débile. Comment il s'appelait, déjà ? Johnny ?

— Jonathan.

— C'est ça, Jonathan. Je lui demande s'il a joué avec les allumettes, s'il n'a pas eu un petit problème. Et qu'est-ce qu'il me répond ? « Je n'en sais rien. Je ne crois pas. » Vous avez bien entendu. Pas de protestation du genre « Moi ? Sûrement pas ! » Simplement : « Je ne crois pas. » Alors je vais voir le grand-père. Après tout, c'est lui le responsable légal, désormais. Je lui explique que ça se présente mal, que pour nous c'est un incendie criminel et qu'on doit embarquer le gosse. Sur ces entrefaites, arrive

245

l'expert de la compagnie d'assurances, qui commence à chercher des odeurs d'hydrocarbures. Je lui suggère d'aller faire un tour sur le sentier avec le grand-père, pour essayer de se mettre d'accord. Vous me suivez? (Gunn opina du chef.) Vous êtes sûr que je ne peux rien vous offrir? demanda l'Araignée, se levant pour remplir son verre.

— Non, je vous remercie.

— Vingt minutes plus tard, ils sont de retour. Le grand-père a renoncé à faire jouer l'assurance-vie. Une très grosse somme, vous savez. Mais ces gens-là sont pleins aux as, ils n'ont pas besoin de ça. Pour sauver les apparences, l'assureur accepte de prendre en charge les réparations de la maison. Ça pouvait représenter quoi? Deux ou trois mille dollars? Tout le monde était content. Et l'affaire classée.

— Sauf pour Meacham, qui voulait toujours conclure à un incendie criminel.

— Exact. Ce bon vieux Eddie, Dieu ait son âme. Dites-moi, vous étiez bien dans la police?

Gunn acquiesça.

— On était à peine arrivés sur le domaine qu'Eddie a reniflé quelque chose. Mais pas des odeurs d'hydrocarbures. Ça sentait le fric à plein nez. Aussitôt, il s'est dit qu'on tenait un filon, vous voyez?

Gunn acquiesça de nouveau. Il voyait très bien.

— Il s'est dit que si on menaçait de parler de causes criminelles, ou même suspectes... enfin, vous me comprenez. (Gunn comprenait.) Mais de mon point de vue, la famille avait été assez secouée comme ça. Le gosse débile qui se lève en pleine nuit, qui met le feu, qui tue ses parents... Par-dessus le marché, ils venaient de découvrir qu'ils ne toucheraient jamais l'argent de l'assurance-vie. Je trouvais que ça suffisait. On n'allait pas en plus les faire passer à la caisse... (L'Araignée vida son verre.) ... Vous me comprenez? répéta-t-il.

— Je suis bien chez la princesse de Nightingale Court?

— Matthew?

— J'ai l'impression d'être un apôtre quand tu m'appelles comme ça! Ou un saint.

— Mais tu es mon bon apôtre! Si tu savais comme tu me manques!

— Toi aussi.

— Tu viens quand?

— Je peux être dans ton lit d'ici dix minutes.

— Ne te moque pas. Ce n'est pas gentil.

— Je ne plaisante pas. Je t'appelle du Motel 6. Je peux réellement être chez toi dans une dizaine de minutes.

— Non. Ne bouge pas. J'enfile des vêtements et je vais chercher quelqu'un pour garder Troy.

— Pour les vêtements, pas la peine de te casser la tête.

Alors que Fielder attendait Jennifer dans sa chambre au motel, Pearson Gunn commandait son premier pichet de bière au Dew Drop Inn. Rentré de Sarasota l'après-midi même, il totalisait quatre vols en deux jours. L'avion perturbait Gunn, qui préférait de loin avoir les pieds sur la terre ferme. La bière l'aidait à retrouver ses repères, tout en lui procurant une agréable sensation de bien-être.

— *Bonjour, étranger!*

Gunn regarda à droite, vers l'endroit d'où venait ce salut à la québecoise. Mais il avait déjà reconnu la voix du capitaine Roger Duquesne, son ancien collègue devenu (bien qu'il refuse de le confirmer) son principal informateur au sein de la police.

— Roger!

Duquesne n'était pas en uniforme, mais comme il lui arrivait de travailler en civil, on pouvait difficilement savoir si, à cet instant précis, il était en service aux frais du contribuable ou s'il avait fini sa journée. En tout cas, il avait un verre à la main et le visage rayonnant.

Comme chaque vendredi soir, toutes les tables étaient

prises et ils restèrent au bar. Là, ils sacrifièrent très vite à la tradition, échangeant des récits de guerre en trinquant au bon vieux temps.

Si amoureux qu'il ait été de Jennifer, Matt Fielder avait réussi à ne pas donner libre cours à ses fantasmes pendant les semaines qu'il venait de consacrer à préparer la défense de son frère. Mais ses bonnes résolutions s'envolèrent dès qu'elle entra dans la chambre du motel.

Elle portait un jean délavé, un pull-over trop grand, des baskets et sa montre. C'était tout. Rien par-dessus, ni en dessous — comme il ne tarda pas à le découvrir. Il se demanda dans quelle tenue elle avait répondu à son coup de téléphone.

Une heure plus tard, le corps moite, ils reprenaient leur souffle.

— Quelqu'un peut m'expliquer pourquoi je vis seul dans un chalet au fond des bois ?

— Parce que tu as pris ta décision avant de m'avoir rencontrée ? suggéra Jennifer avec un rire mutin.

Réponse à laquelle il n'avait rien à ajouter.

— Comment va l'affaire ?

— Pas mal, en fait, dit-il. Nous avons retrouvé Sue Ellen. Elle confirme que le somnambulisme de Jonathan était connu. Apparemment, elle a même gardé une vieille lettre de toi dans laquelle tu en parlais. Si le District Attorney essaie de prouver que notre défense est fabriquée de toutes pièces, on pourra l'utiliser pour prouver notre bonne foi.

— Un point positif, donc ?

— Très positif... (En guise de récompense, il lui déposa un baiser sur le bout du nez.) ... Les médecins ont commencé leurs entretiens avec Jonathan. On en saura plus dans une semaine ou deux. Par ailleurs, il semble que les rumeurs concernant l'incendie étaient fondées.

— Ah bon ?

248

— Jonathan a sûrement mis le feu. Ça s'est passé en pleine nuit, il y a des éléments suspects, toutes les portes étaient fermées à clé. Et quand les enquêteurs lui ont posé la question, il n'a pas nié catégoriquement. Ça te surprend?

— Je suis certaine qu'il ne l'a pas fait délibérément.

— C'est bien ce qui compte.

— Et maintenant, tu vas faire quoi?

— Te prendre dans mes bras et te dire que je suis fou de toi.

Il joignit le geste à la parole. Était-ce vraiment lui qui venait de parler?

— Donc l'affaire est entendue? demanda Pearson Gunn à Roger Duquesne trois quarts d'heure plus tard, alors qu'ils en étaient à leur deuxième pichet.

— Mieux que ça, *mon ami*, confia Duquesne. C'est dans la poche.

— Pas de zones d'ombre?

— Bien sûr que si. Il y en a toujours. Sinon, les connards de détectives privés se plaindraient que c'est trop parfait et crieraient au coup monté.

— Quel genre?

— Quel genre de quoi?

— De zones d'ombre.

— Des bavures, *mon ami*. Peut-être que Deke Stanton n'a pas très bien lu ses droits au jeune homme. Que le dénommé Bass a un petit peu sagouiné les traces de pas. Que seuls six des sept cheveux correspondent à l'empreinte génétique du prévenu. Qu'on n'a pas mis le lieu du crime sous scellés. Que trop de personnes ont touché au couteau, si bien qu'à son arrivée au laboratoire, les experts de la police scientifique n'ont rien pu en tirer. *Rien du tout*. Dis-moi, *mon ami*, est-ce que ce genre de bourde peut sauver ton client?

— Ça m'étonnerait, répondit Gunn.

Mais c'était quand même bon à savoir.

D'après les conclusions du psychiatre George Gold-stein, Jonathan Hamilton ne gardait réellement aucun souvenir d'avoir poignardé ses grands-parents. Ce qui ne l'empêchait pas, toujours selon le docteur Goldstein, d'« avoir commis le crime pendant une crise de som-nambulisme ».

Le premier souvenir conscient de Jonathan datait de son réveil à l'aube pour aller aux toilettes, où il avait découvert du sang sur ses mains. Il n'avait d'abord pas compris. Puis, en proie à une angoisse grandissante, il avait suivi les traces de pas sanglantes jusqu'à la maison principale. Angoisse qui avait fait place à l'horreur sur le lieu du crime, où il avait été confronté au résultat de ses actes. Ces réactions étaient caractéristiques en cas de comportement violent durant le sommeil, de même que le coup de téléphone immédiat de Jonathan aux autori-tés, pour les prévenir que ses grands-parents étaient « gravement blessés ».

Aux yeux du docteur Goldstein, Jonathan Hamilton avait le profil classique du somnambule. Ayant lu les conclusions de l'enquête d'Hillary Munson, il savait que le jeune homme avait sans doute souffert d'alcoolisme fœtal, au moins sous sa forme la plus fruste. De surcroît, il avait dû avoir le cerveau endommagé par son début d'asphyxie pendant l'incendie.

Le docteur Goldstein découvrit que Jonathan avait une certaine conscience de son passé de somnambule, malgré ses réponses évasives lorsqu'on lui demandait comment il s'en souvenait. Quant au fait que les registres de la prison ne mentionnaient aucune activité nocturne anormale, il s'expliquait par le type de médicament donné à Jonathan pour combattre ses insomnies. Du clo-nazepam, substance proche du Valium que le docteur Goldstein prescrivait souvent à ses propres patients, essentiellement en cas de terreurs nocturnes.

Enfin, le docteur suggérait de soumettre le jeune

homme à une série de tests. Il recommandait en premier lieu d'interrompre tout traitement médicamenteux et de relier Jonathan à un polysomnographe — dont les électrodes, en transmettant des impulsions électriques de faible voltage aux principaux muscles, pourraient déclencher artificiellement une crise de somnambulisme.

Pour pratiquer une telle expérience, il faudrait bien sûr l'autorisation du directeur de la prison. Impossible, de ce fait, d'en cacher l'existence à l'accusation : elle resterait donc provisoirement dans la boîte à idées.

Alors que Matt Fielder passait le week-end « en famille » avec Jennifer et Troy, le travail de la défense se poursuivit. Pearson Gunn raya un certain nombre de tâches de sa liste de « choses à faire », et en ajouta quelques autres. Il commença aussi une nouvelle liste, réservée aux « sujets de réflexion ». Elle débutait assez modestement :

- Dinde ou canard pour Thanksgiving ?
- Droits constitutionnels lus à Jonathan ?
- Pourquoi aucune empreinte sur le couteau ?
- Diminuer ma consommation de bière ?
- Pourquoi seulement 6 cheveux sur 7 ?
- Assez d'antigel dans le radiateur ?

Relisant ce qu'il venait d'écrire, Gunn décida qu'il avait sans doute trop longtemps considéré les choses sous le même angle. Peut-être devrait-il changer d'approche, se montrer plus créatif. On avait même inventé une formule pour ça, comme pour le reste. On parlait d'« expression spontanée ». Pourquoi ne pas essayer ? Après tout, qu'avait-il à perdre ?

Finalement, il mangerait du canard pour Thanksgiving.

Hillary Munson travailla tard dans la nuit afin de terminer le rapport sur son entretien avec Sue Ellen Blodgett. Elle percevait l'importance du témoignage de la jeune femme pour établir que le somnambulisme de Jonathan n'était pas un phénomène récent. Elle voulait aussi reconstituer par écrit l'enchaînement des événements à la suite desquels Sue Ellen avait reçu la lettre de Jennifer Hamilton, afin de devancer d'éventuelles attaques sur sa recevabilité pendant le procès. Et elle tenait à boucler le dossier pour l'envoyer par la poste à Matt Fielder avant le début du week-end de Thanksgiving.

La perspective de ce week-end l'inquiétait. Elle devait descendre en voiture à New York (à Whitestone, dans le Queens, très précisément) où elle retrouverait ses parents, son frère, ses oncles et tantes et ses cousins — qu'elle n'avait pas vus depuis près de deux ans. Devant l'insistance de sa mère, elle avait accepté d'amener avec elle cet « ami » dont elle parlait depuis un certain temps, sans jamais révéler son nom.

Ils allaient avoir le choc de leur vie !

Le second médecin à se rendre à la prison de Cedar Falls pour rencontrer Jonathan Hamilton fut une psychologue du nom de Margaret Litwiller. Elle apporta un attaché-case rempli de matériel : formulaires de tests standard, feuilles blanches, pastel, cartes à jouer, dessins de personnages stylisés, photos noir et blanc, tests de Rorschach, poupées sexuées, blocs miniatures de couleur en forme de maisons, de voitures et d'autres objets de la vie quotidienne.

Elle passa près de trois heures avec Jonathan, durant lesquelles (d'après les observations du gardien présent, dûment consignées dans le registre des visites) ils « avaient joué tous les deux avec différents petits jouets ».

Dans le rapport confidentiel qu'elle remettrait à Matt Fielder deux semaines plus tard, le docteur Litwiller concluait que Jonathan, « tout en se repérant à peu près dans le temps et dans l'espace, a une forme d'intelligence et une capacité d'abstraction très primitives... Les tests psychométriques démontrent en particulier qu'il réagit de manière presque puérile à son environnement... Il faut cependant noter que ses réponses au test de Rorschach révèlent un degré d'agressivité surprenant. Devant des cartes évoquant normalement des papillons, des oiseaux ou des ours en peluche, Jonathan voit des chauves-souris, des rapaces et des grizzlis. Cette agressivité, bien que refoulée, semble dirigée contre des figures incarnant l'autorité, essentiellement ses parents et grands-parents ».

De l'avis autorisé du docteur Litwiller, il paraissait évident que dans son sommeil, libéré des contraintes imposées par le surmoi, Jonathan avait dirigé sa colère contre la cible la plus proche.

Thanksgiving tombait le 27 novembre. Des nuages bas cachaient l'horizon au nord-est, mais un anticyclone semblait installé au-dessus de la frontière canadienne. À Nashua, New Hampshire, Matt Fielder, Jennifer Walker et son fils Troy dirent main dans la main le bénédicité autour de la table pliante en aluminium du mobile home, avant de partager une dinde de taille modeste. À Tupper Lake, dans l'État de New York, Pearson Gunn découpa pour sa femme et lui-même un canard rôti, garni d'une farce maison à base de gibier. Dans une grande maison à étage de Whitestone, Queens, Hillary Munson et sa compagne Lois Miller s'attablèrent avec leur famille encore légèrement sous le choc, pour le traditionnel repas composé de cinq plats, dont le clou serait cette année-là une poule faisane.

À Cedar Falls, on glissa à Jonathan Hamilton un plateau en plastique à travers les barreaux de sa cellule. Il comportait plusieurs compartiments respectivement remplis, en ce jour de fête, de morceaux de poulet panés, de purée, de petits pois surgelés et de sauce aux baies rouges. La version « spécial prisonnier » du déjeuner de Thanksgiving...

21

Le mal des chalets

L E lundi qui suivit Thanksgiving, Matt Fielder se rendit de Nashua à Albany, plus à l'ouest, pour une
réunion de travail au bureau de Hillary Munson. Mitch
Dinnerstein, du Capital Defender's Office, était venu
spécialement de New York, envoyé par Kevin Doyle. Pearson Gunn était là lui aussi, ainsi que les docteurs George
Goldstein et Margaret Litwiller.

Fielder, qui avait eu l'idée de cette réunion, parla le
premier. Il avait rassemblé tous ses collaborateurs, expliqua-t-il, pour évoquer un problème pressant et leur soumettre une solution possible. Il s'agissait de leur image
négative dans la presse. Jour après jour, audience après
audience, Gil Cavanaugh manipulait un peu plus l'opinion en sa faveur. Jusqu'à présent, la défense avait gardé
le silence, de peur d'aggraver le cas de Jonathan à la première déclaration.

Quelques secondes leur suffirent pour convenir que
les médias ne leur faisaient pas de cadeau. Ils passèrent
ensuite à la discussion de la solution proposée par Fielder : révéler le somnambulisme de Jonathan pour voir
quel en serait l'impact.

Les deux médecins prirent successivement la parole.
Jonathan n'avait aucun grief conscient contre ses victimes, affirmèrent-ils, et le double meurtre ne pouvait
s'expliquer que comme un acte de violence perpétré

pendant son sommeil : il n'était donc pas juridiquement responsable. Tous les deux pouvaient certifier que le jeune homme n'était pas un simulateur, à cause de son manque d'agilité intellectuelle. Prêts à jouer leur réputation, ils votaient sans réserve pour que l'information soit rendue publique.

Hillary donna son accord de principe, tout en soulevant une objection. Récemment, les avocats avaient livré en pâture au public des stratégies plus exotiques les unes que les autres. La dernière décennie avait vu se succéder les procès médiatiques dans lesquels on mettait les crimes les plus atroces sur le compte de la démence, de l'alcoolisme, de la toxicomanie, de la passion du jeu, des violences conjugales, de l'inceste, de la schizophrénie, d'un traumatisme, ou encore du racisme. Alan Dershowitz avait même publié un livre sur le sujet, intitulé *The Abuse Excuse*. Hillary craignait qu'on soit proche du seuil de saturation et à la veille d'un revirement spectaculaire de la part des jurés, qui ne se préoccuperaient plus de savoir *pourquoi* le prévenu avait commis le crime, mais s'il était coupable ou non.

Mitch Dinnerstein intervint. Il voulait s'assurer qu'on ne mettait pas la charrue avant les bœufs.

— Êtes-vous vraiment prêts à reconnaître la culpabilité de votre client ? demanda-t-il.

Fielder lança un coup d'œil à Pearson Gunn, assis à l'autre bout de la pièce. Après tout, c'était lui qui, pour l'essentiel, avait mené l'enquête de la défense, lui aussi qui avait un informateur proche de l'accusation. Mais il tournait légèrement la tête, comme pour éviter le regard de Fielder. Était-il impressionné par les autres personnes présentes ? Alors qu'il avait quitté le lycée sans passer son examen de fin d'études, il se retrouvait entouré de gens couverts de diplômes. L'avocat décida que l'enjeu était trop important pour s'arrêter à ce genre de considérations.

— Et toi, Pearson, qu'en penses-tu ? l'interpella-t-il.

D'après ce que tu sais, Cavanaugh a-t-il vraiment les moyens de prouver la culpabilité de Jonathan ?

Gunn hocha lentement la tête.

— À entendre son entourage, on peut aussi bien piquer le gosse tout de suite.

En d'autres termes, Jonathan n'avait aucune chance.

— Dans ces conditions, reprit Dinnerstein, il semble que vous n'ayez rien à perdre. N'oubliez jamais le principal objectif de ce genre d'affaire. Nous ne cherchons pas à gagner au sens traditionnel du terme, à faire acquitter le prévenu pour qu'il ressorte libre du tribunal. Nos ambitions sont plus modestes. Nous essayons de sauver des vies. Si vous décidez de parler, de reconnaître publiquement que votre client est coupable, votre honnêteté vous fera aussitôt gagner des points. Ensuite, quand vous expliquerez qu'il n'est pas entièrement responsable de ses actes à cause de son passé de somnambule, au moins, on vous écoutera. Cela dit, il vous faudra justifier vos affirmations. Aurez-vous assez d'éléments le moment venu ?

— Nous avons la preuve matérielle que le somnambulisme de Jonathan remonte à une dizaine d'années au moins, répondit Fielder. Peut-être même plus.

— Et c'est corroboré par les résultats des tests, ajouta le docteur Litwiller.

— Alors allez-y ! déclara Dinnerstein. Si vous réussissez à convaincre l'opinion publique, Cavanaugh réagira. Dès qu'il verra que le beauf moyen n'a pas envie de tuer ce gosse, il viendra vous proposer la perpétuité sans remise de peine. Au base-ball, on appellerait ça un coup de circuit.

Fielder n'était toujours pas convaincu.

— Admettons que tu aies raison, Mitch. Tout baigne, le public nous soutient, on essaie de forcer la main à Cavanaugh pour voir. Mais si c'est Hillary qui a vu juste ? Si le public s'en moque ? Comment être sûr que tout ne se retournera pas contre nous ?

— C'est un risque. Et alors ? Vous ne préférez pas

savoir dès maintenant à quoi vous en tenir plutôt qu'au dernier round, quand le jury rendra son verdict?

— Si seulement on avait un moyen de prévoir la réaction du public..., soupira Fielder.

— Il y en a peut-être un... (C'était la voix d'Hillary Munson.) ... Que font les hommes politiques pour savoir comment seront reçues leurs idées? Ou les publicitaires de Madison Avenue pour évaluer l'impact d'une campagne?

— Ils commandent un sondage?

Hillary acquiesça.

— Exactement. Pour les tester sur un échantillon représentatif.

Fielder se pencha en avant.

— Tu veux dire qu'on devrait trouver un groupe de ménagères de moins de cinquante ans et leur demander ce qu'elles pensent de notre projet?

— C'est un peu ça. Cela dit, à ta place, j'éviterais de tenir ce genre de propos devant des féministes.

— C'est bien joli, dit Fielder. Mais je ne peux quand même pas aller demander au juge de me signer une demande de remboursement pour un sondage! Je me ferai jeter. Pis, il voudra savoir quel genre de stratégie nous voulons tester. Et dès qu'il le saura, il ira le répéter à Cavanaugh. Pas question, donc, de s'adresser au juge. Où trouver l'argent, alors?

Tous les regards convergèrent lentement sur Mitch Dinnerstein.

— C'est bon, finit-il par dire. Je vais en parler à Kevin. Qui sait? Il sera peut-être assez fou pour vous subventionner...

Début décembre, l'automne n'était plus qu'un souvenir dans les Adirondacks. Après une série de faux départs et de sursis, le froid s'était définitivement installé. Mais ce n'est pas l'aspect le plus éprouvant d'un hiver dans le nord de l'État de New York. Ni les chutes de neige, en général plus importantes dans la partie ouest. Ni même le vent, bien qu'il puisse vous empoisonner l'existence quand il souffle en tempête.

Demandez à ceux qui vivent au cœur des Adirondacks ce qu'ils détestent le plus en hiver, tous vous répondront : « L'obscurité. »

Et quand ils parlent d'obscurité, ils ne font pas uniquement référence à l'inclinaison de la terre responsable des aubes plus tardives, des couchers de soleil plus précoces au fur et à mesure qu'on monte vers le nord. Non, la conspiration des éléments va bien au-delà. Le peu de lumière auquel on a droit en hiver provient d'un soleil assez bas dans le ciel : non seulement sa trajectoire est plus courte, mais ses rayons sont souvent arrêtés par les montagnes, filtrés par les conifères, et noyés dans une couche toujours plus épaisse de nuages, de brume et de diverses particules en suspension dans l'atmosphère. Au lieu de voir le jour se lever vers cinq ou six heures du matin, on reste dans le noir jusqu'à huit heures. Il faut attendre midi, ou presque, pour obtenir une luminosité proche de la normale alors que, déjà, le soleil commence à décliner. À quinze heures, c'est le crépuscule ; à seize, on doit allumer ses phares sur la route.

Pour les gens du cru, cela signifie moins d'exercice physique au grand air et une augmentation brutale des affections respiratoires causées par les moisissures et la fumée. Rien de tel pour sombrer dans la dépression. C'est dans les Adirondacks qu'a été inventée l'expression « mal des chalets ». Pas étonnant, dans ces conditions, que le taux de suicides soit multiplié par trois entre le début du mois de décembre et la mi-mars.

Plus les jours étaient courts, plus Matt Fielder vivait reclus dans sa salle de séjour, seule pièce chauffée du chalet. Ce qui voulait dire moins d'heures passées à casser du bois, et davantage à en brûler. L'esthétique cédant la place à la survie, les portes du poêle restaient fermées pratiquement vingt-quatre heures sur vingt-quatre. Le feu devenait source de chaleur plus que spectacle.

Avec le manque de lumière, Fielder avait également davantage de temps libre pour lire, écrire, faire les réparations urgentes à l'intérieur du chalet. Pour se concentrer sur l'affaire Jonathan Hamilton, et déplorer l'absence de la sœur du jeune homme.

Dans l'esprit de Fielder, les deux choses étaient désormais indissociables. Bien sûr, il voulait remporter le procès pour les raisons habituelles. Malgré les atrocités qu'il avait commises, Jonathan restait quelqu'un d'attachant, un petit garçon très perturbé enfermé dans un corps d'homme, soumis à des forces qu'il comprenait mal et contrôlait encore moins. Ils avaient pour ennemi commun un politicien vaniteux et opportuniste sans aucun souci d'impartialité, ni de justice. Et ils jouaient gros : la vie de Jonathan se trouvait dans la balance.

Comme toujours, Fielder était mû par son orgueil et ce sens de l'émulation qui, des années auparavant, l'avait conduit vers son étrange métier. Comme tout avocat entrant dans une salle d'audience, il aimait gagner et, surtout, il détestait perdre. Or, cette affaire se révélait encore plus dévorante que les précédentes. Chaque soir, il s'endormait avec elle ; chaque matin, il la retrouvait à son réveil.

Et ce n'était pas tout.

Il y avait Jennifer.

Dans les Adirondacks, Fielder avait enfin réussi à tourner la page — à oublier la routine abrutissante d'un travail jamais fini, la promiscuité d'une existence urbaine, les stratégies absurdes et compliquées auxquelles étaient condamnés les célibataires dans un monde fait pour les couples et les familles. Tel Thoreau dans *Walden Pond*, il vivait dans son chalet en pleine forêt où, loin de tout, à des années-lumière de la civilisation, il faisait un pied de nez au reste du monde. Il ne manquait de rien, sauf du superflu. Son rêve devenu réalité, il aurait dû se réjouir, se considérer comme le plus heureux des hommes.

Au lieu de quoi il se morfondait.

Il était amoureux.

S'il voulait gagner le procès, ce n'était pas seulement pour sauver Jonathan, damer le pion à Cavanaugh, ou voir triompher la Vérité, la Justice et la Constitution américaine. Ni même pour satisfaire son amour-propre. Non, il voulait gagner pour *elle*. Sortir le prisonnier de sa geôle afin de recevoir la véritable récompense. Chaque nuit, dans ses rêves, Fielder partait chercher sa princesse pour l'emporter loin de son caravaning sordide, jusqu'à sa clairière magique au fond des bois. Il était même prêt à ajouter une pièce à son chalet pour que Troy ait sa chambre.

Du moment qu'on ne lui demandait pas de construire une salle de bains supplémentaire...

Finalement, Kevin Doyle fut assez fou pour approuver l'idée de commander un sondage sur les réactions possibles de l'opinion au somnambulisme de Jonathan. Seul problème : il n'avait pas un sou à y consacrer. Le gouverneur Pataki pressait déjà les élus locaux de réduire les indemnités allouées à la défense dans les affaires où la peine de mort est en jeu. Pourquoi, demandait-il, avoir attribué des sommes si élevées aux avocats commis d'office ? Pourquoi ne pas les payer quarante dollars pour plaider et vingt-cinq pour préparer les dossiers, comme dans les autres affaires ? Même à ce prix, on ne manquerait sûrement pas de volontaires, à cause, entre autres, de la publicité générée par ce genre de procès. Après tout, la peine capitale avait pour but d'empêcher les meurtriers de nuire, pas d'enrichir les avocats. Fallait-il par ailleurs dépenser l'argent durement gagné du contribuable pour rémunérer cette armée d'experts inutiles, spécialistes des circonstances atténuantes, psychiatres, psychologues, travailleurs sociaux, et *tutti quanti* ? Dans l'esprit du gouverneur, les choses étaient simples : *Le meilleur moyen d'empêcher quelqu'un de nuire, c'est de l'exécuter. Ainsi, aucun risque de le voir sortir de prison pour tuer un innocent.*

Doyle était bien trop occupé à tenter d'éviter une diminution des indemnités de la défense pour chercher les fonds nécessaires à la réussite du projet de Fielder. En revanche, il avait une suggestion.

— Appelez Allie Newhart du NJRI à Washington, dit-il. Ce genre de chose peut l'intéresser.

Financé par des fonds privés, le NJRI — National Jury Research Institute — analyse par quel cheminement les jurys rendent tel verdict plutôt que tel autre. Publiées dans différentes revues spécialisées, ses études sont à la disposition de toute personne intéressée, qu'elle appartienne à la défense ou à l'accusation. Entre autres méthodes, ses enquêteurs interviewent des jurés prêts à parler de leur propre expérience ; ils organisent également des simulations de procès afin d'observer les mécanismes des délibérations.

Le NJRI s'intéresse depuis longtemps aux affaires mettant en jeu la peine capitale, et en particulier à l'étape finale où l'on demande au jury de choisir entre une condamnation à mort et un châtiment plus léger. Ses enquêteurs ont découvert que, confrontés à cette tâche aussi délicate qu'essentielle, les jurés font leur choix dans l'ignorance ou le mépris des règles censées les guider ; ils recourent à des réflexes, à des convictions que le législateur, les juges et les avocats n'auraient jamais imaginés.

Par exemple, ils votent la peine de mort car ils ne croient pas à la réalité d'une «condamnation à perpétuité sans remise de peine» ; le juge a beau leur assurer le contraire, ils restent convaincus que si le prévenu n'est pas exécuté, il sortira de prison cinq ou dix ans plus tard pour commettre de nouveaux crimes. Ils votent aussi la peine de mort à une écrasante majorité si on leur rappelle que le juge considérera leur décision comme une «recommandation», persuadés que le magistrat prêtera peu d'attention, ou pas du tout, à leur choix — en réalité, nombreux sont les États où la cour doit suivre les conclusions du jury, et même quand la loi le lui permet, un juge s'en écarte rarement. Les jurys choisissent également la peine «capitale» en pensant faire leur devoir après avoir déclaré un prévenu coupable d'un crime lui aussi «capital». Ou parce qu'ils craignent, à tort, de voir leur verdict de culpabilité annulé et un nouveau jury nommé pour recommencer la procédure à zéro. Ou encore parce qu'ils s'imaginent, à cause de toutes les possibilités d'appel et de recours, que le prévenu ne sera jamais exécuté.

Et quand ils ne votent pas la peine de mort, leurs motivations sont tout aussi fantaisistes. Par exemple, parce qu'à leurs yeux «un doute subsiste»: le prévenu a pu être pris pour un autre, tuer sa victime en état de légitime défense, ou dans une crise de démence — autant de raisons légitimes d'hésiter à condamner un homme à mort, mais au nom desquelles les jurés auraient dû commencer par l'acquitter!

Une semaine avant Noël, Fielder prit l'avion pour Washington, D.C. Cinq jours plus tôt, il avait envoyé au tarif urgent un dossier confidentiel de dix pages destiné au National Jury Research Institute, dans lequel il leur proposait d'étudier les réactions d'un jury face au somnambulisme invoqué par la défense comme circonstance atténuante. Il avait joint des articles et éditoriaux de l'*Adirondack Adviser* et du *Plattsburgh Press*. À en croire les deux journaux, l'opinion publique était majoritairement en faveur de l'exécution de Jonathan Hamilton pour le meurtre de ses grands-parents. Les coupures des deux organes de presse ressemblaient aux publicités des cinémas. «Un acte barbare», proclamait l'*Adviser*, tandis que le *Plattsburgh Press* parlait d'«un double meurtre d'une sauvagerie inqualifiable, dont l'auteur mérite amplement la mort».

— Voilà ce qu'on appelle mettre les médias dans sa poche! lança Allie Newhart.

Grande et massive, elle avait une expression sévère et une poignée de main virile. Au moins savait-elle manier l'ironie...

— Et ce n'est qu'un aperçu, dit Fielder. D'après l'animateur d'une radio locale de Saranac Lake, la peine de mort n'est pas un châtiment suffisant pour mon client. Il voudrait qu'on le torture, qu'on le découpe en petits morceaux — le plus lentement possible, pour qu'il éprouve les mêmes souffrances que ses victimes.

— Et je parie qu'il veut une place au premier rang pour ne pas en perdre une miette...

Ils furent alors rejoints par Graham Taylor, directeur du NJRI, un géant aux tempes argentées que Fielder s'apprêtait à détester quand Allie le présenta comme un transfuge d'une grande agence publicitaire de Madison Avenue : il avait renoncé à un salaire à cinq zéros pour prendre la tête d'une organisation bénévole au budget dérisoire. Devant une telle carte de visite, Fielder se sentit obligé de se montrer bienveillant, même envers un WASP séduisant de près de deux mètres.

— Nous avons étudié votre proposition, déclara Taylor, et je dois avouer qu'elle nous intéresse.

— Nous avons toutefois une réserve importante, précisa Allie Newhart.

— Laquelle?

— Nous voulons être sûrs que vous ne vous adressez pas à nous pour savoir quel type de juré sélectionner en vue du procès, expliqua Taylor. Nous ne pouvons pas risquer de passer pour un cabinet de conseil en formation de jurys, prêt à offrir ses services au plus offrant. Ils se multiplient, vous savez.

Fielder comprit l'inquiétude de ses interlocuteurs.

— Ce n'est pas ce que je suis venu chercher. Mon client a toute la presse contre lui. Je suis convaincu d'avoir un argument légitime pour le défendre, que je voudrais rendre public pour tenter de retourner l'opinion en sa faveur. Si j'attends encore, j'ai peur qu'au moment du procès, il soit trop tard. Ça ressemblera à une ruse d'avocat, au lapin qu'on tire du chapeau à la dernière minute. Mais avant de faire quoi que ce soit, j'aimerais m'assurer que le remède ne sera pas pire que le mal.

— Si nous vous donnions le feu vert, il vous faudrait les résultats pour quand ? demanda Allie Newhart.

— Disons pour dans dix minutes, un quart d'heure...

La plaisanterie de Fielder ne les dérida pas.

— On vous rappelle dans un jour ou deux, répondit Taylor.

Il était clair que l'entretien arrivait à son terme, que Fielder devait prendre congé. Il se leva et remercia, se félicitant intérieurement de n'avoir jamais eu à travailler dans la publicité pour gagner sa vie.

Le 22 décembre au matin, des nuages bas cachaient le soleil. Sur la route de Cedar Falls, Fielder sentit que le temps était en train de changer : pour la première fois, il comprit comment les gens de la région pouvaient prédire qu'il allait neiger.

Au tribunal, Gil Cavanaugh remit ses réponses écrites aux requêtes de la défense et les commenta. Comme on pouvait s'y attendre, il les rejetait presque toutes. Les pièces à conviction présentées au grand jury étaient recevables, assura-t-il. Et alors qu'il soumettait à la cour la transcription obligatoire de la procédure, il refusa d'en fournir un exemplaire à la défense, arguant du fait que toutes les preuves avaient été obtenues dans des conditions réglementaires, les objets saisis au domaine Hamilton comme les déclarations du prévenu. Il ne mit à la disposition de la défense que les documents requis par la loi : photocopies des rapports du médecin légiste, du toxicologue et du sérologue, ainsi que divers résultats d'analyses. En revanche, il refusa de se séparer de la déposition des enquêteurs, de leurs notes personnelles et de la liste des témoins. Quant à la demande de changement de tribunal, de jury et de juge réclamé par Fielder, il la tourna en ridicule, soulignant son inutilité.

Le juge Summerhouse ajourna la séance jusqu'au 12 janvier, date à laquelle il statuerait sur les requêtes de la défense. Il souhaita ensuite un joyeux Noël à l'assemblée. Un murmure où se mêlaient les «Merci» et les «Vous aussi» monta de la foule. Mais Jonathan Hamilton, qui frissonnait sans sa couverture à côté de Matt Fielder, ne desserra pas les dents en attendant d'être reconduit vers sa cellule.

À la sortie de Cedar Falls, Fielder prit la direction de Big Moose et de son chalet. Au palais de justice, tout le monde parlait de la tempête qui menaçait, et il ne voulait pas se laisser surprendre. Au-dessus de lui, le ciel était à présent uniformément gris et aucun souffle de vent n'agitait les branches des pins et des sapins en bordure de la route. Une ou deux fois, quelques flocons vinrent se poser sur son pare-brise, trop légers pour qu'il ait besoin de déclencher ses essuie-glaces. La tempête prenait son temps. Rien à voir avec celles qui se levaient brusquement au milieu de violentes rafales parfois accompagnées d'éclairs : cette fois-ci, la neige attendait son heure, le moment où elle serait prête à tomber toute la nuit. Dans l'immédiat, Fielder n'avait pas besoin de se presser de rentrer.

Il fit donc un détour. Quittant la route 30 avant Lake Eaton et Long Lake Bridge, il tourna à droite sur une route secondaire où il chercha l'accès à Flat Lake Road. Il s'y engagea comme quelques mois auparavant, lors de son premier voyage au domaine Hamilton pour voir de ses propres yeux les lieux où, durant cette nuit funeste, Jonathan s'était levé et avait mis fin aux jours des deux personnes qu'il aimait sans doute le plus au monde.

Les abords du lac étaient décolorés. Les rouges et les ors de l'automne avaient disparu. Des arbres qui, un ou deux mois auparavant, arboraient une parure éclatante, il ne restait parmi les conifères que des troncs nus se détachant sur le ciel gris ardoise. Et le reflet parfait de leur feuillage multicolore sur les eaux du lac immobile, qui avait tant émerveillé Fielder la première fois, s'était évanoui lui aussi.

L'avocat fut néanmoins récompensé de ses efforts.

L'hiver avait répondu avec une sobriété impressionnante au spectacle chamarré de l'automne, à son image inversée sur le miroir du lac.

À la mi-décembre, juste avant les vraies gelées, le lac reçoit de nouveau la visite des deux hommes qui abaissent la grille d'acier au printemps pour le débarrasser de ses multiples débris. Lentement, ils donnent une douzaine de tours pour remonter la grille jusqu'à ce qu'elle dépasse la surface d'environ trente centimètres. Ainsi, l'eau ne s'écoule plus par le haut : elle est entraînée sous la grille et le lac semble s'immobiliser.

Il devient alors une proie facile pour le gel.

Malgré des températures inférieures à zéro, l'eau courante avait empêché la glace de prendre. Mais une fois immobile, elle se solidifie en quelques heures, avant que feuilles mortes et brindilles aient pu en altérer la surface, avant que le vent ait pu la rider. On peut alors admirer une étendue gelée spectaculairement lisse. Les maçons de la région viennent y poser leur niveau à bulle, dit-on — non pour mesurer l'horizontalité du lac, mais pour vérifier l'exactitude de leur instrument.

C'est à ce moment-là, d'après les résidents permanents tout au moins, que le lac est le plus beau : juste après avoir gelé, juste avant que les premières chutes de neige ne blanchissent la glace. Ce n'est pas dans les promesses fleuries du printemps, ni par les journées glorieusement ensoleillées de l'été, ni dans la débauche de couleurs de l'automne, mais en ce début d'hiver exquis et éphémère, que Flat Lake se révèle vraiment et mérite son nom.

Le même soir, assis devant son poêle à bois, Matt Fielder s'était résigné à remettre au week-end suivant, à cause de la neige, son projet de voyage dans le New Hampshire. Il prenait connaissance du courrier de la journée : le montant de ses impôts, une publicité pour une carte de crédit, un catalogue de vente par correspondance, le bulletin de l'amicale des anciens de sa faculté de droit, et une enveloppe de Washington. Il l'ouvrit avec soin et déplia la lettre. Le NJRI acceptait de faire un sondage auprès d'un échantillon de jurés potentiels du comté Cascade dans le Montana, choisi pour sa ressemblance avec celui d'Ottawa sur plusieurs points importants. Il y avait d'abord des similitudes géographiques évidentes, les deux comtés se situant au pied d'un massif montagneux. Presque rien ne distinguait leurs chefs-lieux respectifs — Great Falls, Montana, et Cedar Falls, New York. Sur le plan démographique — minorités ethniques, répartition socio-économique, appartenance politique, résultats aux élections portant sur les mesures répressives, la peine de mort en particulier — les deux régions étaient pratiquement des copies conformes. De plus, à cause de la distance séparant le Montana de l'État de New York, l'échantillon représentatif avait peu de chances d'être influencé par la presse ou les journaux télévisés, et la nouvelle du sondage d'arriver jusque sur la côte Est.

La méthode adoptée était simple. On demanderait aux sondés leurs réactions à une affaire fictive dans laquelle serait impliqué un jeune homme accusé d'un meurtre sanglant. Au fil des entretiens, on les informerait sur l'apparence physique de l'accusé, son milieu d'origine, son attitude après le meurtre et, enfin, sur les circonstances dans lesquelles il l'avait commis. La lettre de Washington précisait à Fielder que les résultats du sondage seraient disponibles quatre à six semaines plus tard.

L'avocat se laissa aller à sourire, songeant qu'une fois encore, peut-être, la dynamique de l'affaire allait s'inverser en sa faveur.

Plus au sud, à Albany, Hillary Munson et Lois Miller décoraient leur sapin en chantant des cantiques de Noël : elles se réjouissaient de pouvoir passer les fêtes de fin d'année ensemble, hors de la présence bien intentionnée de leur famille et de leurs amis. À Cedar Falls, au Dew Drop Inn, Pearson Gunn contemplait le fond de son pichet vide, à la fois conscient qu'il était l'heure de rentrer chez lui et inquiet à l'idée d'avoir oublié quelque chose. Une centaine de mètres plus loin, à la prison du comté d'Ottawa, allongé dans la pénombre de sa cellule, Jonathan Hamilton tentait de se rappeler un moment et un lieu précis, qui lui échappaient de plus en plus.

22

Relations publiques

Dans le courant de la deuxième semaine de janvier, le juge Summerhouse statua sur les requêtes de la défense. Il décida que les pièces à conviction présentées au grand jury pouvaient être versées au dossier ; il ordonna une audience préliminaire pour examiner la recevabilité des preuves matérielles saisies et des déclarations du prévenu ; et il refusa d'obliger l'accusation à fournir des documents autres que ceux requis par la loi. Il n'était pas non plus question de changer le lieu du procès, ni la composition du jury. Et encore moins le juge !

La séance fut ajournée jusqu'à la troisième semaine de février.

Une semaine plus tard, Matt Fielder trouva dans son courrier une grande enveloppe en papier kraft avec la mention PERSONNEL. Un instant, il se demanda s'il n'avait pas commandé un article affriolant dans un catalogue de vente par correspondance. Et puis il se souvint. Il ouvrit l'enveloppe et en sortit un mémoire de deux cents pages, relié, au titre impressionnant : ENQUÊTE SUR L'ATTITUDE DE JURÉS POTENTIELS DU COMTÉ CASCADE, DANS LE MONTANA, UNE FOIS INFORMÉS QU'UN MEURTRIER PRÉSUMÉ A PU COMMETTRE SON CRIME AU COURS D'UNE CRISE DE SOMNAMBULISME.

Pas vraiment accrocheur... Mais il apparut très vite que les enquêteurs du NJRI s'étaient bien acquittés de leur tâche. Ils avaient utilisé tous les éléments fournis par Fielder, légèrement transformés, pour établir un questionnaire intégré à une enquête plus large. Ils étaient ensuite allés interroger sur place quatre cents habitants du comté Cascade, dans le Montana.

Les résultats étaient fascinants.

L'affaire soumise aux sondés mettait en scène un jeune homme soupçonné d'avoir sauvagement assassiné un membre âgé de sa famille, auquel il semblait pourtant très attaché. Tout l'accusait. Au départ, près de quatre-vingt-trois pour cent des personnes interrogées pensaient qu'il méritait la peine de mort. Parmi les justifications invoquées figuraient la barbarie du crime, l'âge de la victime, le fait que le prévenu et sa victime appartenaient à la même famille.

À ce stade, les enquêteurs du NJRI avaient tenté de déterminer quels autres facteurs, une fois portés à la connaissance des sondés, étaient de nature à réduire le pourcentage de ceux qui réclamaient la peine de mort, ou risquaient au contraire de l'accroître encore.

Ceux à qui on montrait une photo, modifiée par ordinateur, de Jonathan Hamilton se révélaient moins enclins à le faire exécuter. Si c'était une photo noir et blanc, le pourcentage de partisans de la peine capitale tombait à soixante-seize pour cent, et à cinquante-neuf pour cent chez ceux qui avaient vu une photo couleurs mettant en évidence les cheveux blonds de Jonathan, ses yeux bleus et ses traits réguliers.

Dans ce dernier groupe, cinquante et un pour cent des personnes interrogées continuaient à demander la peine de mort après avoir appris la lenteur intellectuelle du suspect. Ils n'étaient plus que quarante-huit pour cent si l'on mentionnait son bégaiement, quarante-deux pour cent si l'on ajoutait que le jeune homme était orphelin.

Puis on avait expliqué aux sondés que tout en reconnaissant la culpabilité du prévenu, la défense se déclarait convaincue qu'il avait commis son crime pendant une crise de somnambulisme. Il était depuis longtemps somnambule : on en avait la preuve écrite et les experts pouvaient le confirmer. Ces mêmes experts affirmaient que le jeune homme, totalement incapable de se contrôler pendant ses crises, s'était réveillé sans le moindre souvenir de ce qu'il avait fait. Seules dix-sept pour cent des personnes interrogées persistaient alors à vouloir le faire exécuter.

Il ne fallait toutefois pas se réjouir trop vite.

Les quarante-deux pour cent à réclamer la peine capitale en dépit du fait que le prévenu était orphelin devenaient soudain deux fois plus nombreux — soit quatre-vingt-trois pour cent — si on les informait de la rumeur selon laquelle il aurait déjà provoqué la mort de ses parents, même de manière accidentelle et des années auparavant. Ce chiffre dépassait quatre-vingt-dix pour cent si l'on ajoutait qu'il avait violé sa sœur, continué à avoir des rapports incestueux avec elle, et qu'il était le père naturel de son enfant.

Pour Fielder, les choses étaient claires. Non seulement il *pouvait* rendre public le somnambulisme de son client, mais il le *devait* s'il voulait que Jonathan ait la moindre chance de sauver sa tête. Il avait assez peu d'atouts dans son jeu comme ça. La nouvelle de son somnambulisme retournerait l'opinion en sa faveur. Dans le même temps, Fielder devrait éviter deux écueils : les causes de l'incendie, et les rapports de Jonathan avec sa sœur.

Plusieurs questions lui traversèrent l'esprit. Premièrement, était-ce faisable ? Pouvait-on mettre en avant la partie utile de l'histoire tout en laissant dans l'ombre ses aspects dangereux ? Et en admettant que ce soit possible, quel était le meilleur moyen d'y parvenir ?

Les réponses suivaient. Les enquêteurs du NJRI avaient anticipé les interrogations de Fielder. Grâce à un questionnaire complémentaire, ils avaient découvert que si la thèse du somnambulisme était révélée directement par la défense, elle convaincrait seulement quarante-quatre pour cent de l'opinion. De surcroît, une note de bas de page avertissait Fielder qu'à la suite de la révélation, il risquait d'être assailli de questions et de devoir évoquer l'incendie du domaine Hamilton et la disparition de Jennifer.

En revanche, si l'information avait une autre origine, la défense échapperait davantage à la curiosité des médias; au moins ne serait-elle pas tenue de répondre en détail à toutes les questions. Et les résultats seraient autrement plus spectaculaires. Si la nouvelle était connue après une fuite, si elle venait par exemple d'«une source anonyme connaissant bien l'affaire mais n'appartenant ni à la défense ni à l'accusation», on passait de quarante-quatre à soixante-dix-huit pour cent de convaincus. Dans le cas, fort improbable, où l'on pourrait donner l'impression que l'information venait de l'accusation, soit directement, soit grâce à une fuite, le chiffre serait de quatre-vingt-seize pour cent!

Avant toute chose, Matt Fielder s'assit devant son ordinateur pour rédiger une lettre exprimant sa reconnaissance à Allie Newhart, à Graham Taylor et aux enquêteurs du NJRI. Ensuite seulement, il prit son téléphone pour appeler Hillary Munson et Pearson Gunn.

— Il faut qu'on se rencontre, leur dit-il. Dès demain.

L'une des raisons pour lesquelles les avocats semblent attirés par le droit pénal est le nombre relativement limité de pièces à réunir. Par comparaison avec ceux relevant du droit fiscal, de celui des sociétés, des assurances ou de l'immobilier, le dossier moyen d'une affaire criminelle est d'une minceur remarquable.

Malheureusement, plus les charges pesant sur le prévenu sont lourdes, moins cette règle se vérifie. Lors de délits graves, le dossier se remplit, et il n'est pas rare de se retrouver avec plusieurs chemises de deux ou trois centimètres d'épaisseur dans un tiroir de son bureau. En cas d'homicide, avant même le procès, on atteint cinq ou six centimètres d'épaisseur, sans compter les transcriptions des procédures antérieures. Mais lorsque la peine de mort est en jeu, un tiroir ne suffit plus : il faut aller chercher des cartons vides dans la salle de photocopie du palais de justice.

Le soir précédant sa rencontre avec Munson et Gunn, Fielder passa en revue tout le dossier de l'affaire Jonathan Hamilton — ou, plus exactement, tous ses cartons. Il en tria le contenu en vue de la réunion du lendemain, créant plusieurs petits dossiers respectivement intitulés « Pièces officielles », « Rapports d'analyses », « Témoins de l'accusation », « Témoins de la défense », « Photos », « Sélection du jury », « Articles de journaux ». En les classant, il parcourut presque tous les documents, ce qui n'était pas prévu au départ.

Il relut donc la plainte qui avait tout déclenché, et l'acte d'accusation ; ses propres requêtes et les réponses de Cavanaugh ; le rapport d'autopsie, et ceux des analyses toxicologiques et sérologiques ; l'étude comparée des échantillons de sang, des fibres, des cheveux, des empreintes digitales et des traces de pas ; les résultats des tests ADN ; les bulletins scolaires de Jonathan et son dossier médical ; les conclusions des psychiatres et des psychologues qui l'avaient examiné ; les circonstances atténuantes rassemblées par Hillary Munson ; et, enfin, les quelques éléments que Pearson Gunn avait consenti, bien malgré lui, à noter — un résumé de ses entretiens avec Klaus et Elna Armbrust, Bass McClure, P.J. et Jennifer Hamilton. Fielder tenta même de déchiffrer les gribouillis de Gunn sur les rumeurs rapportées par son informateur anonyme, personnage énigmatique mentionné uniquement par son nom de code, CS 1, mais qui semblait très au fait des manœuvres de l'accusation.

Au cours moyen, Fielder avait eu pour institutrice une grande femme mince aux cheveux gris. Elle s'appelait Katherine Sweeny et il conservait d'elle deux souvenirs précis. D'abord, elle était originaire de Waterville, détail resté gravé dans sa mémoire depuis le jour où, pendant le cours de sciences, elle avait écrit le nom de la ville au tableau sous la forme suivante : H_2O-ville. Le second souvenir était le credo de Katherine Sweeny : « Si vous voulez vraiment retenir quelque chose, notez-le par écrit », répétait-elle sans cesse à la classe.

Aujourd'hui encore, Fielder note tout par écrit. C'est plus fort que lui, comme si Mlle Sweeny était toujours debout derrière lui, à regarder par-dessus son épaule.

Aussi, tout en relisant le dossier de Jonathan Hamilton, Fielder prenait-il des notes. Mais parce qu'il voulait aussi avoir le temps de dormir cette nuit-là, il ne consigna par écrit que les points qu'il ne comprenait pas, ou qu'il voulait approfondir. Il se retrouva avec une page et demie de notes, qu'il regarda une dernière fois avant de se coucher. Après les avoir étudiées, seuls trois éléments lui posaient un problème. Les deux premiers venaient de la liste des « Sujets de réflexion » de Pearson Gunn.

D'abord, comment se faisait-il qu'on n'ait trouvé aucune empreinte sur le couteau ? Les enquêteurs de la police avaient sûrement compris qu'ils venaient de découvrir l'arme du crime en sortant le couteau de chasse de la serviette ensanglantée cachée sous le lavabo de Jonathan. Comment avaient-ils pu être aussi maladroits en le manipulant ? Ce ne serait cependant pas la première fois que la police aurait mal fait son travail. Fielder avait remporté bon nombre de procès — alors que la culpabilité du prévenu était presque certaine — grâce aux bévues des flics qui avaient faussé les preuves. Peut-être valait-il mieux choisir cette approche dans l'affaire Hamilton. Peut-être avait-il tort d'admettre que Jonathan était l'auteur du double meurtre. Mais un jury conservateur du nord de l'État de New York se laisserait-il impressionner par une défense basée sur la négligence de la police dans la collecte des preuves ? On n'était pas en Californie du Sud.

Ensuite, fallait-il s'inquiéter de ce que seulement six des sept cheveux retrouvés sur le lieu du crime soient identiques à ceux de Jonathan ? Six sur sept, n'était-ce pas suffisant ? Sans doute le septième cheveu était-il cassé et n'avait donc plus de follicule, d'où l'impossibilité de comparer son empreinte génétique à celle des cheveux prélevés sur Jonathan. À moins qu'il n'ait appartenu à l'une des victimes, ou à Elna Armbrust (qui devait venir faire le lit chaque jour), ou même à l'un des enquêteurs de la police. Bref, pas grand-chose à tirer de cette anomalie.

Enfin, quelque chose clochait dans le rapport d'Hillary Munson sur son entretien avec Sue Ellen Blodgett. Fielder était tout aussi enchanté que sa collègue des éléments ajoutés par Sue Ellen au dossier de la défense, et en particulier de la fameuse lettre de 1989 dans laquelle Jennifer mentionnait le somnambulisme de Jonathan. Pourtant, un détail le gênait dans cette lettre. Jennifer affirmait y avoir joint des photos de Troy. Or, d'après le rapport d'Hillary, une seule photo se trouvait dans l'enveloppe qu'elle avait eue entre les mains.

Fielder regarda son réveil : presque trois heures du matin. Il en était réduit à se raccrocher à la moindre lueur d'espoir. Il remit du bois dans son poêle, une magnifique bûche de chêne bien sèche, qui brûlerait toute la nuit. Puis il éteignit.

— Regardez-moi ces statistiques ! s'exclama Hillary Munson. Ils seraient soixante-dix-huit pour cent à nous suivre !

— Et même quatre-vingt-seize pour cent s'ils croient que l'information vient du District Attorney ! ajouta Gunn.

Le vote avait été rapide, et unanime. Munson et Gunn étaient convenus qu'au vu des résultats de l'enquête du National Jury Research Institute, la défense devait rendre publique au plus vite la thèse du somnambulisme de Jonathan.

— Hillary, je voudrais que tu préviennes les docteurs Goldstein et Litwiller de nos intentions, déclara Fielder. Insiste pour qu'au cas où on les contacterait, ils se contentent de confirmer qu'ils ont bien examiné Jonathan. Pas un mot sur l'incendie, ni sur le viol, ni sur quoi que ce soit d'autre.

— Entendu. Comment vas-tu procéder? Une conférence de presse?

— Aucune idée.

C'était le seul aspect du problème sur lequel Fielder n'avait encore pris aucune décision. Il avait une sainte horreur des conférences de presse, et n'estimait guère les avocats qui plaidaient leurs dossiers devant les médias. Il savait pourtant que l'heure était venue de se faire violence. La vie de son client en dépendait peut-être. Gunn intervint :

— Pourquoi ne pas me laisser réfléchir un jour ou deux? Je trouverai bien une solution.

Fielder avait beau apprécier ce répit, il savait que le temps leur était compté. Il accepta d'attendre encore trois jours, pas un de plus. Si Gunn ne trouvait rien d'ici là, il organiserait une conférence de presse. Mais il se demandait bien comment il s'y prendrait...

Le lendemain, Fielder appela Kevin Doyle. Il voulait le remercier de l'avoir mis en rapport avec l'équipe du NJRI, et lui annoncer qu'il s'apprêtait à rendre publique la thèse sur laquelle reposait sa défense.

— Tu as mille fois raison!

Doyle a toujours cru dur comme fer à ce qu'il appelle une «défense cohérente» dans les affaires où la peine de mort est en jeu. Il prétend qu'on ne peut pas impunément passer son temps à démontrer l'innocence de son client pour ensuite — le jour où le verdict est rendu et où la menace d'une exécution se précise — parier sur un autre cheval et déclarer au même jury : «Oui, bien sûr qu'il est coupable, mais il était défoncé et il a eu une enfance très difficile.» Selon Doyle (et à peu près tout le monde dans la profession), il faut miser tout son argent sur le même cheval et ne plus en démordre.

Mets tout sur Somnambule dans la septième course, eut envie de lui dire Fielder, au lieu de quoi il demanda :

— Kevin, je peux te poser une question idiote ?

— Je t'écoute.

— Comment organise-t-on une conférence de presse ?

Doyle éclata de rire.

— Préviens-moi quand tu seras prêt. Il doit me rester quelques amis dans les médias.

Ce soir-là, comme le suivant, Pearson Gunn retrouva sa table habituelle au Dew Drop Inn. En tout, il descendit six pichets de bière. Pas si facile, mais, comme on dit, il fallait bien que quelqu'un se dévoue.

Vers vingt heures trente le deuxième soir, le capitaine de police Roger Duquesne fit son entrée, après avoir passé le relais à l'équipe de nuit. Apercevant Gunn, il le salua en français d'un sonore :

— Bonjour, mon ami !

Gunn répondit de la main à son salut, tout en faisant glisser, du bout du pied, une chaise vide vers lui. Il venait de passer deux soirées à s'entraîner.

Les deux hommes discutèrent jusqu'à près de vingt-trois heures. Comme à son habitude, Gunn refuse de divulguer le sujet de la discussion. (À ce jour, il n'a toujours pas confirmé que Roger Duquesne et son mystérieux informateur, CS 1, ne font qu'un.) Mais d'après Pete, le garçon de service ce soir-là, Gunn sembla pour une fois faire les frais de la conversation et Duquesne se contenter d'écouter.

Ce qui n'est pas si surprenant. Après tout, l'échange d'informations fonctionne dans les deux sens. De même qu'un bon détective a besoin de contacts dans la police, un membre des forces de l'ordre se tient au courant de la situation sur le terrain grâce aux privés.

On peut aussi voir les choses autrement : il n'est pas impossible que les deux hommes aient fait passer dans leur note de frais le montant des dépenses engagées au

Dew Drop Inn pour les besoins d'une enquête officielle. Et que le contribuable se soit retrouvé à payer les trois pichets de bière... multipliés par deux.

Deux jours plus tard, en bas de sa première page, l'*Adirondack Adviser* offrait un scoop au titre imposant : LE DISTRICT ATTORNEY PRÉPARE SA RÉPONSE À LA THÈSE DU SOMNAMBULISME AVANCÉE PAR LA DÉFENSE DANS LE PROCÈS DU DOUBLE MEURTRE DE FLAT LAKE.

Le même soir, les principales chaînes de télévision et leurs stations locales reprirent la nouvelle. La plupart d'entre elles la développèrent en montrant en toile de fond une photo géante de Jonathan Hamilton, déposée plus tôt dans la journée par de mystérieux coursiers : une photo couleurs qui faisait ressortir la blondeur de Jonathan, et le bleu de ses yeux dans son visage aux traits réguliers.

Installé devant son téléviseur, la bouche ouverte et les yeux ronds, Matt Fielder zappait d'une chaîne à l'autre. Lorsque le dernier présentateur eut terminé le dernier journal et pris congé, Fielder resta assis une bonne vingtaine de minutes, regardant successivement le sermon de la nuit, l'hymne national, la mire, puis l'écran noir.

— Nom de Dieu !... Nom de Dieu !... répétait-il inlassablement.

23
Déblaiement

RÉTROSPECTIVEMENT, on comprend mal les raisons ayant amené Gil Cavanaugh à révéler le somnambulisme de Jonathan Hamilton aux médias. Il avait dû avoir vent des projets de la défense et se dire que le meilleur moyen de limiter les dégâts était de couper l'herbe sous le pied de Matt Fielder. Ce genre de frappe préventive devient presque un réflexe pour qui travaille souvent avec les médias.

Pourtant, la stratégie adoptée par Cavanaugh parut d'emblée condamnée à l'échec. Et sa mise en œuvre fut d'une maladresse incroyable.

Une semaine durant, on n'entendit que lui. Il enchaîna conférence de presse sur conférence de presse (contrairement à Matt Fielder, il avait l'habitude des médias et savait les appâter), récusant un jour la thèse du somnambulisme de Jonathan, affirmant le lendemain, du même ton péremptoire, que de toute façon elle serait impossible à prouver.

— Ridicule ! s'était-il d'abord exclamé. Il s'agit du dernier gadget de la défense, d'une théorie fabriquée en désespoir de cause par un avocat trop ingénieux. Je vous parie mon dernier dollar que personne n'avait jamais entendu parler du somnambulisme de M. Hamilton avant le double meurtre de ses grands-parents !

Le même après-midi, une meute de journalistes l'entourait de nouveau. La défense, disait-on, avait déclaré pouvoir prouver que Jonathan était somnambule depuis des années.

— Évidemment! rétorqua-t-il. Ils trouveront toujours quelqu'un pour en témoigner. Quant à le prouver, c'est une autre histoire...

Eh bien non, apprit-il le lendemain matin. On parlait de documents vieux de dix ans, de psychiatres et de psychologues de renom prêts à mettre leur réputation en jeu. Cavanaugh se tourna vers ses assistants, qui se contentèrent de hausser les épaules d'un air dubitatif. Apparemment, ils n'étaient pas au courant.

Les jours suivants montrèrent que si la réaction initiale de Cavanaugh était mal inspirée, il persistait dans l'erreur. Progressivement, il cessa de mettre en doute la réalité du somnambulisme de Jonathan pour s'en prendre à sa pertinence :

— Une fois de plus, c'est de la poudre aux yeux! D'abord, on nous explique que le prévenu n'est pas responsable de ses actes à cause de sa lenteur intellectuelle. Maintenant, on nous demande de l'excuser parce qu'il aurait tué ses victimes durant son sommeil! Et la prochaine fois, que va-t-on nous raconter? Qu'il est victime de la société? Eh bien moi, je dis que lent ou rapide, endormi ou éveillé, un homme doit répondre de ses crimes!

Malheureusement pour Cavanaugh, à chaque nouvelle attaque, la défense avait une réponse toute prête. Et cet échange d'arguments ne faisait que prolonger le débat : on ne parlait plus que de ça.

En milieu de semaine, les radios locales enregistrèrent les premières réactions de l'opinion publique. Certes, elles ne furent pas inondées d'appels, mais le flot ne se tarissait pas et, d'après les premières estimations, quatre-vingt-dix pour cent des auditeurs prenaient position en faveur de Jonathan. «On ne peut pas punir un homme pour un crime commis pendant son sommeil», déclara l'un d'eux. «Pourquoi exécuter quelqu'un qui n'est pas responsable de ses actes ? » demanda un autre. Un grand nombre de ces correspondants avaient apparemment des somnambules dans leur entourage. D'autres avaient entendu parler d'affaires similaires. Une auditrice de Cooperstown téléphona pour dire qu'elle-même s'était déjà retrouvée une ou deux fois dans son jardin en pleine nuit. « Et je serais bien en peine de vous expliquer comment », précisa-t-elle.

À la fin de la semaine, la boucle était bouclée pour Cavanaugh. Dans ce qu'il présenta comme sa dernière intervention publique sur l'affaire, il revint à son argument initial : Jonathan était-il vraiment en proie à une crise de somnambulisme au moment du double meurtre ?

— Ce n'est pas le crime d'un somnambule, insista-t-il. C'est celui d'un individu bestial et cupide. Il voulait l'argent !

Puis, louvoyant de manière assez caractéristique, il ajouta :

— De toute façon, il n'est pas question de laisser un malade mental errer en liberté. Qui sait ce qui se passera la prochaine fois qu'il décidera de se promener dans son sommeil ?

Ensuite, Cavanaugh prit l'initiative par laquelle il aurait dû commencer. Il alla demander au juge Summerhouse une « ordonnance-bâillon » pour empêcher toute déclaration publique de la défense ou de l'accusation.

Comme tout le monde, le magistrat avait suivi le tapage médiatique.

— Et qui voulez-vous bâillonner, au juste ? lança-t-il avec un sourire ironique.

Pour une fois, Matt Fielder prit les choses avec le sourire. Non, répondit-il quand le juge le consulta, la défense n'avait rien contre une ordonnance-bâillon. Il se garda bien d'ajouter qu'en ce qui concernait la crédibilité de Cavanaugh, le mal était fait : on pouvait désormais laisser la querelle faire place à la réflexion, avant que les

questions des journalistes ne deviennent trop embarras-
santes.

Si Gil Cavanaugh croyait que l'ordonnance du juge
allait mettre fin au tollé provoqué par la controverse, il
se trompait. On peut bâillonner les avocats, mais pas les
journalistes. Et encore moins l'opinion publique. Les ani-
mateurs des radios locales se chargèrent de nourrir le
débat, et les appels continuèrent d'affluer. L'*Adirondack
Adviser* publia un sondage portant sur huit cent cinquante
habitants du comté d'Ottawa âgés de plus de vingt et un
ans. Près de quatre-vingt-dix pour cent d'entre eux pensaient que la peine de mort ne se justifiait pas pour Jonathan Hamilton, trente-trois pour cent affirmant même
qu'il ne devrait pas être considéré comme responsable de
ses actes.

À un journaliste de l'*Adviser* qui lui demandait de commenter ces chiffres, Fielder répondit qu'il n'en avait pas
le droit, le District Attorney ayant obtenu une ordonnance-bâillon. Citée mot pour mot dans le journal du
lendemain, cette réponse entraîna un appel téléphonique du juge Summerhouse : il rappela solennellement
à Fielder que le terme d'ordonnance-bâillon était explicite et qu'aucune des parties ne devait révéler qui l'avait
réclamée. L'avocat présenta ses excuses. Mais une fois
encore, le mal était fait, et l'opinion publique eut la très
nette impression que, depuis le début, l'accusation voulait lui cacher une partie de la vérité.

Fielder sursauta en entendant la sonnerie du télé-
phone. Il décrocha aussitôt.
— Oui ?
— Pourrais-je parler à Matthew Fielder, s'il vous plaît ?
demanda une voix féminine.
— Lui-même.
— Un instant, je vous passe M. Cavanaugh.

Fielder n'aimait pas spécialement qu'on le fasse attendre. Mais était-ce surprenant de la part d'un homme qui, la première fois qu'ils s'étaient vus, l'avait qualifié d'«avocat juif»? Et que pouvait-il bien lui vouloir?

Il y eut un déclic, puis la voix de Cavanaugh.

— Bonjour, Matt. Ici Gil Cavanaugh. Désolé de vous appeler ainsi... vous êtes chez vous, ou au bureau?

— Les deux.

— Je vois... Comment allez-vous?

— Plutôt bien.

— Nous venons de faire pas mal de vagues tous les deux... dans les médias.

— «Nous»?

— Enfin... l'affaire.

— Exact.

— Je me disais...

Fielder attendit.

— Je me demandais, pure hypothèse, si votre client serait intéressé par une négociation directe de sa peine?

Fielder sentit les battements de son cœur s'accélérer, mais il garda le silence.

— Vous m'avez entendu?

— Absolument. Mais j'imagine que vous allez me dire ce que vous avez en tête.

— La perpétuité, bien sûr.

— Laquelle?

Il y avait perpétuité et perpétuité. La perpétuité sans libération anticipée, la perpétuité avec une peine incompressible de vingt-cinq ans, ou de quinze ans, ou toutes les solutions intermédiaires.

— La perpétuité «à vie», comme on dit.

— Si c'est une vraie proposition, je la soumettrai à mon client, répondit Fielder, s'efforçant de cacher sa jubilation.

— Eh bien, allez-y. On ne sait jamais, peut-être décidera-t-il que la vie vaut la peine d'être vécue.

Ils bavardèrent encore quelques instants avant de prendre congé, ni l'un ni l'autre ne se sentant très à l'aise. Ils avaient peu de sujets de conversation en commun, le politicien local habitué des country clubs et l'exilé solitaire qui avait fui l'agglomération new-yorkaise.

À peine avait-il raccroché que Fielder leva le poing en laissant échapper un «Ouais!» retentissant. Que Jonathan ait envie ou non de plaider coupable pour avoir le droit de passer sa vie en prison n'était pas l'essentiel. D'ailleurs, plus l'avocat y réfléchissait, plus il se disait qu'il aurait du mal à faire comprendre l'alternative à son client. Mais c'était secondaire. L'essentiel, c'était qu'il y eût soudain une lueur au bout du tunnel. Alors que la situation paraissait désespérée encore une semaine auparavant, la tendance s'était inversée de manière spectaculaire. Et l'appel de Cavanaugh représentait la première preuve objective de ce rebondissement inattendu.

L'ennemi avait réagi.

Cette nuit-là, la tempête de neige commença en douceur, par de lourds flocons humides qui recouvraient les conifères et la végétation, mais fondaient au contact de la chaleur du sol. Progressivement, toutefois, le thermomètre descendit plusieurs degrés en dessous de zéro, assez pour permettre aux flocons de tenir. La neige s'accumula rapidement, alourdissant les branches des arbres alors que le sol tout blanc montait à leur rencontre.

Au lever du jour, une trentaine de centimètres étaient tombés sur la majeure partie de la région, et même un peu plus en montagne. En début d'après-midi, la couche atteignait près de soixante-dix centimètres par endroits. Les chasse-neige ne réussissaient plus à dégager les routes, les arbres cassaient comme du petit bois, entraînant les lignes à haute tension dans leur chute.

Il fallut attendre le lendemain matin pour que la neige cesse de tomber, ou se déplace vers les comtés voisins, ou considère qu'elle avait fait assez de dégâts pour se rappeler au bon souvenir des habitants. La tempête avait battu des records vieux de trente ans. Toute la région des Adirondacks était ensevelie sous un mètre d'une épaisse poudre blanche, celle qui plie les pelles et se mesure autant en lumbagos, infarctus et morts subites qu'en centimètres. Le long des routes principales, les hélicoptères venaient secourir les automobilistes réfugiés sur le toit de leur véhicule sinistré ; deux mille foyers furent privés d'eau courante, d'électricité et de téléphone pendant des jours. Les humains, comme les animaux, en étaient réduits à se débrouiller pour survivre.

Pour Matt Fielder, c'était le paradis.

Au sec dans son caleçon de laine, au chaud devant son poêle, il regarda la neige s'amonceler jusqu'à ce que les congères obscurcissent la moitié inférieure de ses fenêtres. Sans électricité, il fit fondre de la neige pour avoir de l'eau potable, et mit sa soupe à cuire sur la plaque en fonte du poêle. Par deux fois, il dut grimper sur son toit pour déblayer la neige qui risquait de le faire céder. La troisième fois, il n'eut même pas besoin de grimper : il se contenta de mettre ses raquettes et de monter jusqu'à la cheminée.

C'était l'une des nombreuses raisons qui avaient poussé Fielder à fuir New York pour venir vivre dans les Adirondacks. Toute cette beauté à l'état pur, la majesté du silence, la force impressionnante des éléments lui rappelaient à quel point l'homme était vulnérable, insignifiant. Contre la Nature, on ne pouvait rien : quand elle décidait de mettre le paquet, de donner un bon coup de batte, elle gagnait à tous les coups. C'était aussi simple que ça.

Cela dit, on pouvait s'adapter.

Si l'on avait construit son chalet en se préoccupant de solidité plus que d'esthétique, si l'on avait enfoncé les clous assez droit et assez profond, il résisterait aux vents les plus violents. Si l'on avait calfaté les rondins plutôt deux fois qu'une, dépensé une petite fortune pour l'isolation plutôt que pour la décoration, choisi un affreux poêle à bois plutôt qu'une magnifique cheminée, les murs empêcheraient le froid le plus polaire d'entrer. Et si l'on n'avait pas eu la bêtise d'installer des Vélux là où il aurait fallu des poutres maîtresses, le toit ne céderait pas sous le poids des chutes de neige les plus spectaculaires — à condition de bien vouloir quitter son canapé de temps à autre pour aller donner quelques coups de pelle.

En respectant ces quelques règles, on peut vivre presque normalement pendant une tempête de neige.

Mais pas faire quatre-vingts kilomètres par la route pour aller voir son client à Cedar Falls...

Au bout de quarante-huit heures, l'électricité fut rétablie dans le chalet de Fielder, lui permettant de remettre sa pompe en marche pour utiliser l'eau de son puits. Aucune canalisation n'avait souffert du gel. La neige, que l'*Homo temperatus* tend à percevoir comme une substance froide, a en fait un pouvoir isolant. Il suffit pour s'en convaincre d'interroger toute personne ayant déjà construit un igloo, ou d'observer un chien de traîneau en train de creuser son trou pour la nuit.

Dès le deuxième jour, le téléphone redonna signe de vie, de manière un peu anarchique : on entendait périodiquement une sonnerie, deux au plus. Chaque fois que Fielder décrochait, il n'y avait même pas de tonalité. Les employés des compagnies de téléphone devaient être en train de tester le matériel le long des routes. Il baissa le volume et ignora la sonnerie.

L'après-midi du troisième jour, il sortit la pelle à la main, première tentative sérieuse pour déblayer la neige devant chez lui. Son 4×4 avait pratiquement disparu ; il lui fallut environ deux heures pour le dégager. Mais une fois le starter mis, il démarra au quart de tour. Pour l'allée (terme utilisé par Fielder pour désigner un sentier sinueux évitant les plus grands arbres, ainsi que l'essentiel des rochers et des racines), ce fut une autre histoire. Fielder s'en voulut de n'avoir jamais acheté d'éperon de chasse-neige adaptable sur son 4×4. Un jour, chez John Deere à Martinsburg, il en avait repéré un d'occasion, qui valait trois cent cinquante dollars. Le vendeur avait demandé pour quel véhicule, et quand Fielder avait désigné son 4×4, ils avaient tous les deux éclaté de rire comme des collégiens. Finalement, Fielder s'était offert une pelle à douze dollars.

À cause de son poids, la neige était difficile à pelleter. Mais il y avait aussi le problème de ce qu'on devait en faire. Les congères étaient si hautes que pour les empêcher de s'effondrer à l'endroit qu'on venait de dégager, il fallait envoyer la neige très haut sur le côté. En deux heures, Fielder n'avait déblayé qu'un mètre cinquante de son allée. Or, il l'avait un jour mesurée en pas et calculé qu'elle faisait au moins trois cents mètres. À raison de soixante-quinze centimètres par heure, combien de temps lui faudrait-il ? Une petite quarantaine d'heures ?

Exténué, il capitula une heure plus tard et se traîna jusqu'à son chalet. Il venait d'enlever ses chaussures quand le téléphone sonna. Encore la compagnie qui teste le matériel, se dit-il. Mais cette fois-là, la première sonnerie fut suivie non seulement d'une deuxième, mais d'une troisième. Il décrocha, s'attendant à ce qu'un silence familier lui réponde.

— Matt ?

— Lui-même. Qui est-ce ? demanda-t-il, encore essoufflé.

— Kevin Doyle. On dirait que je t'interromps en plein effort.

— Non... pas du tout... c'est juste que... j'essaie de reprendre mon souffle.

— Félicitations, en tout cas !

— Parce que je reprends mon souffle ?

— Pour cela aussi. Tu n'as donc pas entendu les informations ?

— Des informations ? Depuis quatre jours, je n'entends que ma bouilloire. On a eu un peu de neige.

— C'est ce qu'on m'a dit.

— Alors, quoi de neuf ?

— Tu n'es vraiment pas au courant ? Cavanaugh a fait machine arrière.

Fielder ouvrit toute grande la bouche, mais aucun son ne sortit.

— Matt ? Tu es toujours là ?

— Absolument.

— Cavanaugh renonce à la peine de mort. Il jette l'éponge. Ça, c'était la bonne nouvelle.

— Et la mauvaise ?

— À toi les indemnités plafonnées de l'avocat commis d'office...

Fielder était encore sous le choc.

— Tu es vraiment sûr ? insista-t-il.

— Hélas oui. Quarante dollars de l'heure pour une plaidoirie...

— Non, pas ça. Tu es vraiment sûr que Cavanaugh renonce ?

— D'où sors-tu ? Ce matin, les stations de radio et les chaînes de télévision ne parlaient que de ça. Apparemment, il se faisait descendre en flammes par les médias depuis qu'il persistait à réclamer la peine de mort malgré le somnambulisme de ton client. Les gens commençaient à le traiter de boucher, à dire qu'ils réfléchiraient à deux fois avant de voter pour lui aux prochaines élections.

— Il m'a appelé il y a deux jours pour me proposer la perpétuité sans libération anticipée. Mais seulement à condition que Jonathan plaide coupable.

— Et tu as refusé ?

— Je ne l'ai jamais rappelé. Mon...

— Tu es gonflé, mon vieux ! Tu l'as complètement bluffé !

— En fait...

— Tu es trop modeste, Matt. J'ai toujours dit que tu étais l'avocat idéal pour ce genre d'affaire.

La ligne téléphonique de Fielder étant rétablie, l'appel de Kevin Doyle fut le premier d'une longue série cet après-midi-là. Hillary téléphona de son bureau à Albany, Pearson Gunn d'un lieu où on entendait un juke-box en bruit de fond. Une demi-douzaine de journalistes se manifestèrent, pour demander à Fielder de commenter la capitulation de Cavanaugh : il leur rappela que l'ordonnance-bâillon n'était toujours pas levée. Bass McClure — celui-là même qui avait répondu à l'appel matinal de Jonathan le jour du double meurtre — lui fit part de sa joie en apprenant la nouvelle.

— Vous savez, déclara-t-il, j'ai toujours aimé ce garçon. Je n'ai jamais compris comment il avait pu s'acharner sur ses grands-parents de cette manière. Même dans son sommeil.

— L'âme humaine est insondable.

Ce fut tout ce que Fielder trouva à répondre.

— Ça doit être ça. Au fait, vous vous en sortez comment, dans votre chalet ? Vous avez déblayé ?

— Pas encore. Mais j'y travaille.

Le même soir, Jennifer appela du New Hampshire pour féliciter Fielder à son tour.

— Tu as gagné la partie. C'est formidable.

— Je ne sais pas si c'est grâce à moi, mais on a bel et bien gagné.

— Ne sois pas si modeste, Matthew. Tu as sauvé la vie de mon frère.

— Pas tout seul. Avec toi.

— Et maintenant, que va-t-il se passer ?

— Je n'en sais trop rien. Je dois appeler le District Attorney, pour voir ce qu'il est possible de négocier. Ensuite, je ferai une petite visite à Jonathan.

— Il est au courant ?

— Sûrement. Les nouvelles vont vite, en prison. Surtout celles-là.

Il n'évoqua pas — et Jennifer ne lui posa pas la ques-

290

tion — le fait de savoir si Jonathan, une fois informé de ce dernier rebondissement, serait capable d'en comprendre la portée.

— Matthew Fielder, déclara Jennifer, tu es mon héros.

Il se souvint alors du rêve dans lequel il tirait le prisonnier de sa geôle, uniquement pour avoir le droit d'emmener la belle princesse dans ses bras jusqu'à son chalet.

Il avait déjà accompli la moitié de la tâche.

— Comment puis-je te remercier ? demandait Jennifer.

— Aucune idée. Je vais devoir te garder prisonnière, le temps de trouver une idée, dit Fielder, la gorge nouée par l'émotion.

Tiré du sommeil par le mugissement d'un moteur, il se crut un instant de retour à New York, en train d'écouter le concert des bennes à ordures le samedi matin. Il se redressa pour jeter un coup d'œil par-dessus les congères, qui atteignaient encore plus ou moins le milieu de ses fenêtres : une grosse pelleteuse jaune soulevait un gigantesque bloc de neige en crachant une fumée noire.

Il s'habilla, se chaussa, et ouvrit la porte alors que le conducteur descendait d'un bond de sa cabine après avoir coupé le contact.

— Bass ? C'est vous ?

Non seulement c'était Bass McClure, mais il apportait un sachet de beignets à la confiture et une thermos de café.

— Salut, Matt. Désolé de vous avoir réveillé, dit-il en suivant Fielder à l'intérieur du chalet.

— Je croyais que vous aviez une Jeep.

— À cause de ça ? demanda Bass d'un air amusé, en désignant la pelleteuse. Elle appartient au comté. Je me suis dit que vous auriez peut-être besoin d'un coup de main.

— Vous ne vous êtes pas trompé. Merci beaucoup.

Les deux hommes restèrent assis quelque temps, à

déguster leurs beignets et leur café. Bien qu'ils aient grandi dans deux régions de l'État que tout sépare et gagné leur vie dans des professions très éloignées, ils avaient en commun une qualité apparemment passée de mode : ni l'un ni l'autre ne craignaient le silence. Aussi se contentèrent-ils de boire et de manger pendant une bonne vingtaine de minutes, heureux d'avoir de la compagnie, mais sans éprouver le besoin d'aller plus loin. Et quand McClure finit par avouer : « Je me demande si je n'ai pas éraflé un de vos érables en arrivant », Fielder leva à peine les yeux de son café avant de répondre : « J'accrocherai un seau pour recueillir la sève. » L'affaire était close.

Un peu plus tard, McClure se leva en déclarant qu'il ferait mieux d'y aller : d'autres personnes avaient peut-être besoin d'aide pour déblayer la neige.

— Encore merci, dit Fielder. Pour le petit déjeuner aussi. Les beignets étaient excellents. D'où viennent-ils ?

— Du Dunkin' Donuts sur la route 27, juste après Pine Hollow. Tenu par des gens très sympathiques, installés depuis un an seulement. Au fait, Matt...

— Oui ?

— Je suis vraiment content que le District Attorney ait fait machine arrière.

— Vous n'êtes pas le seul.

— Cette famille a vraiment eu sa part de tragédie. Deux gosses qui fichent le camp, un incendie, un inceste, un enfant illégitime. Et maintenant, ce double meurtre.

— Vous étiez au courant, pour l'inceste et la grossesse de Jennifer ?

— J'en ai entendu, des choses, à l'époque... Des rumeurs. J'ai oublié si le responsable était le frère aîné, ou le père.

Fielder ne réagit pas, considérant que ce n'était pas à lui de rétablir la vérité sur les rapports entre Jennifer et Jonathan.

— Et maintenant, il se passe quoi ? demanda McClure.

— L'accusation et la défense vont se concerter. Pour

tenter de s'entendre sur une peine donnant à Jonathan une chance de revoir la lumière du jour. Si c'est impossible, il y aura un procès.

— Où vous utiliserez la thèse du somnambulisme ?

Fielder acquiesça.

— Alors attention, dit McClure.

— Pourquoi ça ?

— Sous prétexte que Jonathan ne savait pas ce qu'il faisait, les gens en ont voulu à Cavanaugh de continuer à réclamer la peine de mort. Mais si les mêmes personnes découvrent que votre client peut se retrouver libre du jour au lendemain, ils se retourneront aussi sec contre vous et tous vos experts en prétendant que cette histoire de somnambulisme ne tient pas debout, que le meurtrier ne voulait qu'une chose : l'argent.

— Vous croyez ?

McClure referma sa parka et enfonça son bonnet sur ses oreilles.

— Dans la région, vous savez, on dit souvent qu'il n'y a pas de fumée sans feu...

24

Un week-end en famille

— C'EST une bonne nouvelle, qu... qu'ils n'aient plus envie de me tuer, non ?

— Oui, Jonathan, une très bonne nouvelle.

L'avocat et son client conversaient à l'aide des téléphones du parloir, et aussi à travers le minuscule cercle découpé dans la cloison en plexiglas qui les séparait. Fielder s'était rendu à Cedar Falls peu après le départ de Bass McClure.

— M... mais je reste encore en prison. C'est ça ?

— En effet. Pour l'instant, en tout cas.

— Ça ne me gêne pas. Du moment que j'ai mes c... couvertures pour me réchauffer. Et qu'on me donne à manger.

— Personne ne te laissera mourir de faim.

— Poisson !

— Pardon ?

— Poisson.

— On te donne du poisson à manger ?

— N... non. Ça sent le poisson.

Fielder inspira profondément. En effet, il y avait une légère odeur de poisson.

— Tu as raison, reconnut-il.

Le visage de Jonathan s'éclaira.

— Grand-papa Carter m'a emmené à la pêche, déclara-t-il, comme si cela s'était passé le matin même. On est allés sur le lac, en barque. J'ai pris deux ablettes et une petite perche. On les a remises dans le lac. Grand-papa Carter a dit que comme ça, elles ne mourraient pas.

Fielder remarqua que Jonathan avait prononcé quatre ou cinq phrases de suite sans bégayer.

— Tu l'aimais beaucoup, grand-papa Carter?

De nouveau, le visage de Jonathan s'éclaira.

— Énormément.

— Et grand-maman Mary Alice?

— Elle aussi. B... beaucoup.

Le regard soudain vide, il semblait fixer un point au loin. Comme s'il avait retrouvé la mémoire : ses grands-parents étaient morts et il était en prison, accusé de les avoir tués.

— Jonathan, on va devoir prendre une décision, toi et moi.

Tout en disant cela, Fielder prit conscience qu'il ne pouvait absolument pas compter sur l'aide de Jonathan.

— Quelle d... décision?

— On doit choisir si on veut un procès, ou s'il vaut mieux que tu restes ici — ou dans le même genre d'endroit — quelque temps encore.

— Je veux bien rester ici. Je pourrai g... garder mes couvertures?

Pas de « Est-ce que j'ai une chance de sortir d'ici? », ni de « Combien de temps je vais devoir rester enfermé? ». Confronté à cette décision capitale, Jonathan avait une seule inquiétude : pourrait-il garder ses couvertures?

— Bien sûr que tu pourras les garder, murmura Fielder. Mais il faut que tu décides toi-même.

— Décider quoi?

— Si tu veux rester ici, ou avoir un procès.

Mais comment Jonathan aurait-il su ce qu'était un procès? Tout ce qu'il semblait capable de faire, c'était de regarder Fielder avec un sourire contrit.

— Vous décidez pour moi, finit-il par dire.

— Je n'en ai pas le droit, répondit Fielder.

Lorsqu'il prononça effectivement ces mots, il était déjà

sur la route, à quarante-cinq kilomètres de Cedar Falls, et il lui en restait encore autant à faire pour regagner son chalet.

— Allô ?
— Jennifer ?
— Matthew ! Comment vas-tu ?
— Très bien.
— Je ne m'attendais pas à ce que tu rappelles aussi vite.
— Je n'ai pas le droit de m'ennuyer de toi ?
Elle éclata de rire.
— Bien sûr que si ! J'en suis même flattée. Et c'est uniquement pour me dire ça que tu m'appelles ?
— Non… En fait, je voulais t'inviter ici.
— Vraiment ?
— Vraiment.
— Tu m'avais demandé de rester à l'écart. Pourquoi ce changement soudain ?
— Deux raisons à cela. D'abord, tu me manques terriblement. Ensuite, j'ai besoin que tu m'aides à convaincre Jonathan.
Elle ne resta pas longtemps silencieuse.
— D'accord. Si ça te paraît nécessaire.
— À mon avis, oui.
— Qu'est-ce qui t'a fait changer d'avis ?
— Le moment est venu de décider si on insiste pour qu'il y ait un procès, ou s'il vaut mieux négocier un arrangement à l'amiable permettant à Jonathan de sortir de prison dans un délai raisonnable.
— C'est-à-dire dans combien de temps ?
— Je ne peux pas répondre pour l'instant. Il faut que j'en discute avec le District Attorney.
— Alors en quoi te serais-je utile auprès de Jonathan ?
— Je ne peux rien affirmer. Mais apparemment, je n'arrive à rien tout seul. J'ai donc pensé que tu pourrais peut-être m'accompagner à la prison, pour voir.

— Et Troy?

— Amène-le, bien sûr. Mais il vaudrait mieux qu'il n'assiste pas à l'entretien. Le choc serait peut-être trop rude pour Jonathan. Et pour Troy.

— On peut être là demain soir, si ce n'est pas trop tard.

— Parfait.

Dans l'après-midi, le téléphone de Fielder sonna. C'était Gil Cavanaugh.

— Ça fait trois ou quatre fois que j'essaie de vous joindre, dit-il. Votre répondeur devait être en panne.

— Tout était en panne.

— Je voulais vous prévenir personnellement que je renonçais à requérir la peine de mort, Matt. À l'heure qu'il est, vous devez être au courant.

— En effet. Mais j'apprécie votre appel. Mon client et moi vous sommes très reconnaissants.

— Un à zéro pour les visiteurs!

— Au moins avons-nous évité d'écraser l'adversaire.

— Oui, mais n'oubliez pas que si vous insistez pour aller jusqu'au bout, c'est l'équipe locale qui batte en dernier.

— Et si nous n'allons pas jusqu'au bout?

— Je vais être franc, Matt. Cette affaire m'a fait baisser dans les sondages. Je n'ai plus que quarante-deux pour cent d'opinions favorables. Jusque-là, je n'étais jamais descendu en dessous de soixante-dix pour cent. Je veux me débarrasser de cette affaire, et vite.

— Donc...

— Donc je suis prêt à proposer un arrangement à votre client. La peine minimale pour un double homicide volontaire.

C'est-à-dire quinze ans de détention, que Jonathan passerait dans une prison fédérale. Ensuite, sa libération éventuelle serait entre les mains d'un comité de probation, ce qui n'est jamais très rassurant. Fielder ne répondit pas.

— Je peux même envisager une peine pour homicide involontaire, mais seulement s'il l'accepte sans conditions.

— Combien d'années de détention ? demanda Fielder.

En cas d'homicide involontaire, les peines pouvaient aller de deux à six ans, comme de huit ans et quatre mois à vingt-cinq ans. Et puisqu'il y avait deux victimes, le juge pouvait doubler ces durées. Mais rien ne l'y obligeait.

— Je m'en remettrais bien à la décision du juge, déclara Cavanaugh.

— Vous, peut-être, mais pas moi, répliqua Fielder.

— Vous êtes très exigeant. Laissez-moi le temps de réfléchir, de voir jusqu'où je peux aller. En attendant, pourquoi n'iriez-vous pas consulter votre client ?

— Je l'ai déjà fait. Ce matin.

— Et alors ?

— Il préfère que ce soit moi qui décide.

Cavanaugh s'esclaffa.

— Vous devez être content d'avoir un client comme ça, non ?

— Pas du tout. Je déteste ça.

— Il va pourtant falloir qu'il reste un certain temps en prison, Matt. Imaginez qu'il sorte au bout de quelques années seulement et qu'il recommence ? J'aurai l'air de quoi ?

— Il suit un traitement pour supprimer ses crises de somnambulisme. Ce problème réglé, il est doux comme un agneau.

— Entre nous, Matt, vous y croyez vraiment à ce soi-disant somnambulisme ?

— Oui. Pour moi, il était en pleine crise, cette fameuse nuit.

— Bon sang... Vous avez vraiment bien monté votre coup ! Et ensuite les médias s'en sont emparés. Avant d'avoir eu le temps d'y voir clair, j'étais l'homme à abattre. Ça fait un certain nombre d'années que je suis dans le circuit, Matt. Je suis assez intelligent pour savoir quand je me trouve dans une situation sans issue. Et je vais me débrouiller pour limiter les dégâts. Mais je vous demande une faveur.

— Laquelle ?

— Ne comptez pas sur moi pour avaler ces conneries de somnambulisme. Je sais encore reconnaître un crime par intérêt quand j'en vois un.

Une fraction de seconde, Fielder faillit mordre à l'hameçon et se lancer dans une longue tirade pour démontrer que Jonathan était tout sauf intéressé, qu'il ne faisait même pas la différence entre un billet de dix dollars et un domaine de dix millions de dollars. Mais il se retint à temps.

— À votre aise, Gil, dit-il finalement. Proposez-moi un arrangement acceptable, et j'appellerai ce meurtre comme vous voudrez.

Alors qu'il avait raccroché depuis longtemps, les mots « crime par intérêt » résonnaient toujours à ses oreilles. Bass McClure n'avait-il pas dit à peu près la même chose quelques heures plus tôt ?

Fielder consacra l'essentiel de la journée suivante à deux activités qu'il avait en horreur — le ménage et les courses — et à l'une de celles qu'il préférait — la cuisine. Il fit l'inventaire de ses placards, découvrant qu'ils étaient quasiment vides. Durant la tempête de neige, il avait consommé pratiquement tout ce qui se mangeait dans le chalet, et si elle avait duré plus longtemps, il ne lui serait resté que ses chaussures pour satisfaire sa faim.

Il se rendit donc à Blue Mountain Lake, dans ce qui passait pour un supermarché mais n'était en réalité qu'une grande épicerie fine pratiquant des prix dignes des boutiques à l'entrée des campings. Là, Fielder se réapprovisionna en produits de première nécessité, choisit de quoi composer des menus pendant plusieurs jours, et s'efforça d'imaginer ce qu'aimait grignoter un garçon de neuf ans. Il opta pour des bretzels, du beurre de cacahuète, des sachets de crackers en forme de petits poissons, un gigantesque pot de glace au chocolat et des marshmallows à faire griller au-dessus du feu.

De retour au chalet, il rangea ses achats, transforma le canapé en lit d'appoint, changea les serviettes dans la salle de bains, et entreprit de remettre un peu d'ordre. C'est ainsi que Fielder conçoit le ménage. La nécessité de passer l'aspirateur, d'épousseter les meubles et de faire les vitres vient en tête des raisons qui l'ont poussé à fuir New York. À la campagne, il n'y a pas de poussière. De temps à autre, on balaie les cendres sous le poêle, on ramasse les feuilles et les brindilles qui ont réussi à entrer, et ça s'arrête là. Pour le reste, on adopte ce que les écologistes appellent des «solutions naturelles». Les mouches vous rendent la vie impossible? Gardez vos toiles d'araignées pendant une semaine, et vous serez surpris de voir votre problème se régler de lui-même. Les miettes s'accumulent sous votre canapé ou dans d'autres endroits inaccessibles? Laissez les souris s'en occuper. Ces dernières deviennent envahissantes? Aucun problème : il suffit d'emprunter quelques jours le chat du voisin.

Au début de l'après-midi, Fielder était occupé à éplucher des légumes, à les couper en morceaux, à faire cuire un poulet et à préparer des boulettes de dinde hachée. N'étant pas sûr de l'heure à laquelle Jennifer et Troy arriveraient, il avait décidé qu'ils mangeraient des pâtes au dîner et une tourte au poulet et aux légumes le lendemain. Un moment, il avait eu l'idée d'acheter du poisson, avant de se dire qu'un garçon de neuf ans tordrait probablement le nez dessus, à moins qu'il ne se le bouche à cause de l'odeur. Et pourtant, Fielder le savait, celle-ci pouvait exercer un certain attrait. Un jour qu'il avait laissé mijoter un ragoût à base de crevettes, de coquilles Saint-Jacques et de deux ou trois poissons différents, une ourse était apparue à la porte, suivie de ses deux petits. Il avait obligeamment partagé le ragoût en quatre portions, mais les ours semblaient également espérer un dessert. Il avait dû finir par les chasser à coups de balai. Quand il avait raconté cette histoire à des gens de la région, il s'était fait sermonner pour avoir nourri les ours, ce qui ne leur rendait pas service. L'épisode ne ferait que les enhardir, entraînant des ennuis pour tout le monde. Pourtant, ce dîner partagé avec des ours était resté une expérience inoubliable pour un citadin comme Fielder : en souvenir de cet épisode, il avait acheté quelques crevettes surgelées ce matin-là, au cas où Troy voudrait tenter l'expérience.

Au fil de l'après-midi, Fielder s'aperçut que son impatience ne venait pas seulement de ce qu'Hillary Munson aurait appelé son « appétit » pour Jennifer. Bien sûr, il avait envie de refaire l'amour avec elle, il ne le niait pas. Mais il était surtout impatient de l'accueillir dans son lit, chez lui, dans son chalet. Il avait conscience qu'avec Troy, ce serait difficile. Curieusement, ça ne le contrariait pas trop. Ses préparatifs ne visaient pas seulement à séduire Jennifer : il avait aussi prévu des promenades pour tous les trois, décoré le chalet pour que la jeune femme et Troy se sentent chez eux.

Chez eux ?

C'était donc ça ? Il voulait jouer les maris et les pères de famille avec Jennifer et son fils ? Se mettre à l'épreuve avant de changer de vie ? Faire son nid ? Normalement, ce genre de prise de conscience aurait dû provoquer un sentiment de panique chez Matt Fielder.

Or, par un phénomène inquiétant, il n'en était rien.

Jennifer et Troy arrivèrent vers vingt et une heures. Il y eut des embrassades, de grandes démonstrations d'amitié : apparemment, Troy n'en était pas encore au stade où l'on évitait ce genre de chose comme la peste. Sa mère et lui parurent apprécier le chalet, le cadre en particulier, bien qu'il soit difficile de voir à l'extérieur dans l'obscurité. Les pâtes aux boulettes de viande eurent beaucoup de succès, Troy n'ayant pas l'air de soupçonner qu'en fait, il mangeait de la dinde hachée.

Au moment de décider qui dormirait où, le jeune garçon demanda s'il pouvait coucher par terre, devant le poêle à bois. Il avait apporté son duvet dans l'espoir de passer la nuit à la belle étoile, mais l'épaisseur de la couche de neige l'en dissuadait. On lui laissa volontiers la place devant le poêle.

Restaient la chambre et le canapé.

— Prends mon lit, proposa Fielder à Jennifer. Je dors déjà la moitié du temps sur le canapé.

— Pas question. Tu gardes ton lit !

— Je t'en prie. J'ai même changé les draps. Comme tous les deux mois, sales ou pas... Et encore, peut-être pas aussi souvent que ça...

Il se tut, conscient de faire le pitre pour les beaux yeux de Jennifer. Elle se pelotonna sur le canapé, comme pour l'essayer.

— Je serai très bien ici.

En la voyant, force lui fut de reconnaître qu'elle disait vrai. La décision était prise. Ou, plus exactement, Fielder venait de s'incliner pour la première fois devant elle, et au fond, il ne lui en voulait pas.

— Comment est-ce que le poêle peut chauffer toute la nuit ? demanda Troy.

— Bonne question, répondit Fielder. Va chercher deux ou trois grosses bûches dans le coin. On va le bourrer jusqu'à la gueule, fermer les portes hermétiquement, et tu verras ce que tu verras.

Troy regarda Fielder disposer les bûches de manière à laisser entre elles un minimum d'espace pour que l'air puisse circuler.

— Et voilà !

L'avocat referma les portes et recula d'un pas. Presque aussitôt, le foyer en fonte craqua un grand coup sous l'effet de la chaleur.

— Bourré jusqu'à la gueule ! lança Troy, ravi d'avoir élargi son vocabulaire.

En rêve, Fielder se trouva pris dans un combat sans merci entre les armées du bien et du mal. Il était saint Matthew, défenseur du foyer, protecteur de la famille. Face à lui, se dressaient les forces maléfiques de la luxure et de la tentation. Il était seul à pouvoir résister à leurs assauts. Bien que leurs légions aient l'avantage du nombre, il continuait à se battre avec acharnement, jusqu'à ce qu'elles le repoussent et l'acculent aux grilles du château. Il luttait toujours, mais en vain. Déséquilibré, il bascula en arrière. Réduit à l'impuissance, étendu sur le dos, il attendit la mort. Alors que l'ennemi s'en prenait à son corps sans défense, il distingua un visage. Celui, magnifique, d'une Furie nordique, dont la chevelure blonde encadrait les traits parfaits, les lèvres rouges entrouvertes, les dents étincelantes à la lumière de la lune. Il crut d'abord qu'elle allait lui déchirer la jugulaire, refermer ses mâchoires sur sa gorge. Mais en s'allongeant sur lui, elle pencha la tête vers son torse. Était-ce donc le cœur qu'elle voulait lui arracher ? Sa tête se rapprochait. Ou bien allait-elle s'attaquer à son estomac, à son foie, lui dévorer les entrailles ? Devrait-il assister au spectacle, tel un Prométhée moderne, condamné à la torture éternelle pour le péché impardonnable d'avoir fait du feu dans son chalet ?

Non. La bouche de la créature se promena le long de son corps jusqu'à ce qu'elle atteigne son objectif, et se mette à aspirer la chair nue de son entrejambe. Il s'apprêtait à hurler, craignant une morsure insoutenable, quand il sentit le mouvement de succion d'une langue tiède et moite.

Instinctivement, Fielder se redressa dans son lit. Dans le noir, il sentit une main se poser sur ses lèvres pour le faire taire, une autre pousser doucement mais fermement son torse pour qu'il se recouche.

Lorsque son corps s'abandonna enfin à la jouissance, que des étincelles blanches, rouges et violettes illuminèrent l'intérieur de ses paupières, il se mordit la lèvre inférieure jusqu'au sang pour ne pas crier. Sans ressentir la moindre douleur.

Il dut attendre un long moment avant de pouvoir prononcer les mots « Mon Dieu » entre deux soupirs. Près de lui, le rire étouffé de Jennifer lui indiqua qu'elle se satisfaisait de cet hommage peu explicite. Avant de sombrer de nouveau dans le sommeil, Fielder eut une dernière pensée pour les souffrances interminables du pauvre Prométhée qui avait peut-être tout simplement mal compris les ordres reçus : s'il avait été un peu plus attentif, sans doute se souviendrait-on aujourd'hui de lui comme du dieu du feu.

25

Des beignets et des doutes

— Tu es vraiment sûre de vouloir m'accompagner,
Jennifer?
— Mais oui. J'ai un peu le trac, c'est tout.

Assis dans le parloir de la prison, où ils partageaient
une cabine divisée par la traditionnelle cloison en plexiglas, ils attendaient l'arrivée de Jonathan de l'autre côté.
Ils avaient déposé Troy au palais de justice, le confiant
aux bons soins de Dot Whipple qui avait promis de lui
faire visiter le bâtiment. Jennifer et Fielder disposaient
chacun d'un téléphone pour communiquer avec Jonathan, faveur que l'avocat avait dû insister pour obtenir.
Il avait demandé au gardien ce qu'il aurait fait s'il était
venu accompagné d'un interprète pour l'aider à discuter avec, par exemple, un détenu ne parlant que l'espa-
gnol. Le gardien l'avait regardé comme s'il était fou.
Apparemment, le problème ne s'était jamais posé dans
le comté d'Ottawa. Il avait néanmoins accepté d'installer
un second téléphone.

Une porte s'ouvrit de l'autre côté de la cabine et on
fit entrer Jonathan. Fielder savait qu'il avait été prévenu
de leur visite seulement cinq minutes plus tôt, lorsqu'on
lui avait montré un bout de papier comportant leurs
deux noms. Il regarda le jeune homme, enveloppé dans
sa couverture, s'asseoir et sourire timidement à la sœur
qu'il n'avait pas revue depuis près de dix ans.

305

— Bonjour, Jonathan, dit-elle dans le combiné.

Fielder dut faire signe au jeune homme de prendre le sien.

— Bonjour.

— Tu te souviens de moi ?

— J... Jennifer.

— Comment vas-tu ?

Il sourit en touchant sa couverture.

— J'ai bien chaud.

— Tu m'as manqué.

— À m... moi aussi.

L'inquiétude se lut soudain sur son visage : il fronça les sourcils comme s'il venait de se rappeler un souvenir depuis longtemps oublié. Bien qu'il ait laissé glisser le combiné contre son torse, les mots qu'il articula en silence étaient faciles à déchiffrer.

— Petit bébé.

Les mêmes que ceux entendus par Fielder en octobre, lorsqu'il avait mentionné pour la première fois le nom de Jennifer. Et, selon toute vraisemblance, les mêmes que ceux prononcés devant Hillary Munson dès septembre, quand elle l'avait interrogé sur les membres encore vivants de sa famille, hormis son frère aîné. Un exemple classique d'association d'idées, aux yeux de Fielder : il suffisait de faire référence — même très vaguement — à Jennifer pour que Jonathan pense immédiatement à son bébé.

— Ce n'est plus un bébé, mais un grand garçon, dit la jeune femme.

Sur le visage de Jonathan, l'inquiétude fit place à l'étonnement. Dans son esprit, le temps avait dû s'arrêter et l'enfant resterait toujours un bébé. Fielder demanda à Jennifer si elle avait une photo. Elle acquiesça, posa le combiné et fouilla dans son sac. Elle sortit de son portefeuille une photo de Troy à neuf ans, blond et souriant, et la fit passer à Jonathan par l'ouverture dans la cloison. Il la contempla un long moment, apparemment incapable de faire le lien avec le bébé.

— Troy. Il s'appelle Troy. C'est ton fils, dit Jennifer.

— Troy, répéta Jonathan, sans quitter la photo des yeux.

Soudain, il fronça de nouveau les sourcils, comme si quelque chose attirait pour la première fois son attention : peut-être reconnaissait-il enfin son fils, se dit Fielder. C'est alors que Jonathan, avec un coin de sa couverture, se mit à frotter la surface brillante de la photo, où il avait dû repérer une tache ou une trace de doigt. Un léger frisson parcourut Fielder, le ramenant quelques mois en arrière, à leur première rencontre, durant laquelle Jonathan avait eu le même réflexe avec la carte de visite qu'il lui avait tendue. Malgré tous ses défauts, tous ses handicaps, le jeune homme avait une obsession de la propreté qui le poussait à éliminer la moindre souillure d'un objet. Obsession pouvant expliquer pourquoi on n'avait retrouvé aucune empreinte sur son couteau de chasse. Même dans son sommeil, même dans son accès de folie meurtrière, Jonathan avait dû éprouver le besoin de faire disparaître toute trace.

Alors qu'il allait rendre la photo à Jennifer, elle lui fit signe de la garder. Il la porta à son cœur, c'est-à-dire contre sa couverture. Mais Fielder eut l'impression qu'il n'avait toujours pas compris qui était le garçon sur la photo.

— Jennifer est venue nous aider à prendre notre décision, précisa Fielder. Devons-nous exiger un procès et nous battre jusqu'au bout, ou essayer de plaider coupable pour que tu aies une chance de sortir de prison dans quelques années ?

Jonathan fixa Jennifer, comme s'il attendait qu'elle lui dise quoi faire. Le frère et la sœur se ressemblaient tellement qu'on aurait pu les prendre pour des jumeaux, songea Fielder, fasciné par ces deux êtres blonds étrangement beaux, qui étaient tous les deux entrés dans sa vie d'une manière si différente.

— Tu te sens capable de rester encore un peu ici ? demanda Jennifer à son frère.

— Pas ici, peut-être dans une prison moins accueillante, rectifia Fielder.

Aussitôt, il s'en voulut de cette précision : il ne faisait que compliquer les choses, rendant la situation encore plus difficile à comprendre pour Jonathan.

— Tu penses pouvoir attendre ? insista Jennifer.

Elle, au moins, savait qu'avec lui, il fallait simplifier au maximum, aller à l'essentiel. Jonathan acquiesça.

— Je crois que oui. On m... me donne à manger, et monsieur Matt m'apporte des c... couvertures, p... pour que j'aie chaud.

— Je viendrai te voir. Et Troy aussi, dit Jennifer.

— Troy, répéta Jonathan, comme pour s'habituer au prénom.

— Moi aussi, ajouta Fielder.

Mais Jonathan était déjà reparti dans son monde inaccessible. Peut-être essayait-il d'y voir plus clair. De se représenter, dans son pauvre cerveau de grand enfant traumatisé, le lien pouvant exister entre deux personnes dont il n'avait vu que la photo : l'une qui s'appelait Petit Bébé, et l'autre Troy.

Comment savoir ?

En début d'après-midi, alors que Jennifer, Troy et Dot Whipple allaient déjeuner dans un petit restaurant proche du palais de justice, Fielder rendit visite à Gil Cavanaugh.

— Quelle surprise, Matt ! Qu'est-ce qui vous amène ?

Cette fois, Fielder serra la main qu'on lui tendait. Quatre mois s'étaient écoulés depuis qu'il avait entendu Cavanaugh le traiter d'« avocat juif » et, tout en n'ayant jamais oublié l'incident, il pensait l'heure venue de pardonner. Par ailleurs, il avait une requête, et ne pouvait se permettre de laisser ses états d'âme nuire aux intérêts de son client.

— Je viens voir s'il est possible de négocier un arrangement, déclara-t-il.

Cavanaugh lui offrit un siège, dans lequel Fielder s'assit.

— Que me proposez-vous ? demanda le District Attorney.

— Je pensais à une condamnation de deux à six ans de réclusion pour homicide involontaire, en hôpital psychiatrique.

Cavanaugh eut son sourire de vieux routier de la politique.

— En admettant qu'une telle peine me paraisse adéquate, jamais le juge ne marchera.

Fielder ne cilla pas.

— Le juge marchera si vous le lui demandez.

— D'où vous vient cette certitude ?

— J'ai beau être nouveau dans la région, j'ai compris qu'ici, c'est vous qui faites la loi. Bien sûr, je peux me tromper, mais ça m'étonnerait, répondit-il, s'efforçant d'imiter les intonations de Bass McClure.

Sur ces mots, il se leva, remercia Cavanaugh de l'avoir reçu, et quitta la pièce. Son idée, bien sûr, était de flatter l'amour-propre de son adversaire. Si Cavanaugh faisait vraiment la loi, il se débrouillerait pour convaincre le juge d'accepter l'arrangement afin de prouver son influence. Par ailleurs, n'avait-il pas lui-même affirmé, quelques jours plus tôt, vouloir se débarrasser de l'affaire au plus vite ? Eh bien, Fielder lui en offrait l'occasion, en acceptant de plaider coupable dans une affaire que le District Attorney pouvait perdre en cas de procès, si les gens acceptaient la thèse du somnambulisme dont les médias s'étaient fait l'écho. Aux prochaines élections, Cavanaugh apparaîtrait comme un candidat plus humain, qui savait se montrer indulgent avec un malheureux n'ayant pas eu de chance dans la vie. Qui sait ? Peut-être même raflerait-il quatre-vingt-dix pour cent des voix ?

Fielder rejoignit Jennifer, Troy et Dot Whipple au restaurant, juste à temps pour payer l'addition. Il fit un clin d'œil à Jennifer, essayant de lui faire comprendre que tout s'était passé au mieux durant son entretien avec le

District Attorney. Il eut du mal à interpréter le clin d'œil qu'elle lui adressa en retour : voulait-elle dire qu'elle avait compris, ou lui rappeler l'épisode de la nuit précédente ?

Quoi qu'il en soit, et tout bien considéré, Matt Fielder pouvait se féliciter des douze heures écoulées.

En reprenant la route du chalet, il avait toutes les raisons de se réjouir. Assise près de lui dans son 4×4, se trouvait la femme qu'il aimait, et à l'arrière, un petit garçon qui commençait à voir en lui le père qu'il n'avait jamais connu. Une heure auparavant, Fielder avait pris une initiative audacieuse pour tenter de résoudre à son avantage l'affaire la plus délicate de sa carrière, impliquant un client auquel il était très attaché. À en croire les premières indications, il pouvait espérer un résultat qui aurait tenu du miracle seulement deux semaines plus tôt.

En un mot, il avait inversé la tendance.

Cependant, les gens qui s'intéressent à ce type de phénomènes savent qu'ils sont sujets aux mêmes caprices et variations que la météo en avril. Dans ce cas précis, le temps dont disposerait Fielder pour se réjouir de sa bonne fortune ne se mesurerait ni en semaines ni en jours, mais en minutes.

Ils roulaient sur la route 30 en direction du sud. L'avocat se tourna vers ses passagers :

— L'un de vous a-t-il besoin de quelque chose avant de quitter la civilisation ?

Jennifer eut un petit rire, mais ne dit rien. Peut-être sa manière à elle de montrer que, comme Fielder, elle avait tout ce dont elle pouvait rêver.

Apparemment, il n'en allait pas de même pour Troy.

— Quelque chose à manger ? suggéra-t-il.

— À manger ?... (Fielder n'en revenait pas.) Tu es sorti de table il y a dix minutes !

— Oui, mais je n'ai pas pris de dessert.

310

— Je crois que tu as encore beaucoup à apprendre sur les garçons de neuf ans, intervint Jennifer.

— Sans doute, concéda Fielder. Il y a une boulangerie à Raquette Lake. Elle est peut-être ouverte.

— Si je me souviens bien, reprit Jennifer, il y a aussi un Dunkin' Donuts ouvert vingt-quatre heures sur vingt-quatre près de Pine Hollow, sur la route 27. À moins qu'il n'ait fermé.

Voilà. C'est à cet instant que tout bascula une nouvelle fois. Un retournement subtil, presque imperceptible, mais bien réel. Dès lors, pour Fielder, les choses ne seraient plus jamais les mêmes.

En d'autres termes, la tendance s'était de nouveau inversée.

Ils allèrent donc s'acheter des beignets, repartant avec treize pour le prix de douze — au chocolat, à la confiture, au sucre, sans oublier la spécialité du jour, au citron vert… Troy s'était arrangé pour qu'il n'y en ait pas deux identiques : il en avait même pris un aux pommes et aux épices alors qu'il détestait la cannelle. Il n'attendit pas d'être sorti pour goûter ses préférés, décernant le premier prix au parfum mûre-myrtille, et un zéro pointé au mélange citron-banane.

Sur le parking, Fielder mordit dans le beignet au citron vert. Un peu de gelée vert pâle dégoulina sur sa parka.

— Mince ! Je retourne chercher de l'eau à l'intérieur pour essuyer ça avant qu'il y ait une tache.

Il se dirigea vers le magasin, vaguement conscient que Jennifer l'appelait, mais sans réussir à comprendre ce qu'elle voulait. Dans sa tête résonnait une seule phrase, qui revenait sans arrêt : celle de Bass McClure, à propos du Dunkin' Donuts. *Des gens très sympathiques, installés depuis un an seulement,* avait-il dit. Si McClure avait raison, comment se faisait-il que Jennifer, qui prétendait ne pas avoir remis les pieds dans l'État depuis dix ans, se souvienne de cet endroit?

Ou alors, elle mentait.

À l'intérieur, il frotta la tache avec une serviette en papier humectée d'eau.

— Dites-moi, depuis combien de temps êtes-vous là? demanda-t-il à la dame derrière le comptoir.

— Ça fera un an le 1er mars.

— Et avant vous?

— Il y avait déjà un marchand de beignets, mais pas un Dunkin' Donuts. Ça n'a rien à voir, vous savez.

— Vous pouvez le dire!

Jennifer et Troy restèrent une journée de plus. La tourte au poulet fut une réussite, même si aucun ours ne vint la partager avec eux. Au milieu de la nuit, Jennifer rejoignit de nouveau Fielder dans son lit, lui murmurant à l'oreille que Troy avait le sommeil profond et qu'ils ne le dérangeraient pas. Ils firent l'amour lentement, sans bruit, avant de s'endormir dans les bras l'un de l'autre. Quand Fielder se réveilla un peu plus tard, il faisait toujours nuit, mais ses bras étaient vides.

Le lendemain matin, ils se rendirent à l'extrémité nord de Stillwater Reservoir, où ils firent une randonnée d'une dizaine de kilomètres. Ils virent des cerfs, des orignaux, des aigles. Quand Jennifer et Troy repartirent dans l'après-midi pour le New Hampshire, il y eut des baisers, des embrassades, des déclarations d'amour et des promesses solennelles de se revoir dès que possible.

Toute la journée, Fielder avait eu l'étrange sensation de s'être dédoublé, de se voir agir et parler de l'extérieur. Il avait une envie folle de faire part de ses doutes à Jennifer, de la questionner sur le Dunkin' Donuts, d'éclaircir ce qu'il espérait être une simple erreur de sa part.

Pourtant, il ne dit rien.

Plus tard, après leur départ, dans le chalet de nouveau silencieux, Fielder appela Hillary Munson à Albany.

— Tu te souviens de la lettre de Jennifer à Sue Ellen où elle mentionnait deux photos au moins ?

Hillary se souvenait.

— J'aimerais que tu découvres ce que Sue Ellen a fait de la photo qu'elle n'a pas gardée. Je voudrais savoir si c'est celle que Jonathan avait dans son portefeuille.

— Ce sera fait dès demain matin. Ça t'ennuie de me dire ce qui se passe ?

— Je n'en sais trop rien.

Et il était sincère.

Le lendemain, Fielder reçut un appel de Gil Cavanaugh. Le District Attorney lui apprit que le juge Summerhouse était absent. Chaque année, au début du mois de février, sa femme et lui s'envolaient pour les Florida Keys, où ils avaient un appartement en multipropriété dans une résidence. Le juge était amateur de pêche au gros. Il reviendrait sans doute avec un mérou, ou un marlin.

Formidable ! se dit Fielder. Le sort de Jonathan était donc entre les mains d'un homme qui trouvait du plaisir à attraper des poissons magnifiques et à les tuer — pas pour les manger, mais pour l'effet qu'ils produiraient sur les murs de son bureau.

Fielder remercia Cavanaugh de son appel.

Le même jour, Hillary fit trois heures de route pour aller réinterroger Sue Ellen Blodgett à Silver Falls. Cette fois encore, l'entretien eut lieu dans la cuisine de Sue Ellen, sous l'œil de ses trois filles.

— Il y a une chose que nous aimerions éclaircir, déclara Hillary. À en croire ce que dit Jennifer dans la lettre qu'elle vous a envoyée, elle aurait joint au moins deux photos de Troy. Or, il n'y en avait qu'une dans l'enveloppe.

— C'est vrai. J'ai apporté l'autre à Jonathan, répondit Sue Ellen en rattachant le lacet d'une des baskets de sa fille.

— Pourquoi?

— Je ne sais pas si je peux vous le dire. Jennifer m'a fait promettre de ne pas en parler.

— Mais maintenant, elle a besoin que vous nous le disiez. Et Jonathan aussi.

— C'est juré?

— C'est juré.

— Jennifer m'a appelée peu de temps après m'avoir envoyé la lettre. Elle m'a demandé d'apporter une des photos à Jonathan. Elle voulait qu'il en ait une.

— Et vous avez obéi?

Sue Ellen acquiesça, en recoiffant une autre de ses filles.

— C'était comme un échange.

— Un échange?

— Jennifer m'avait demandé si je pouvais obtenir quelque chose de Jonathan en échange, pour elle.

— Et vous l'avez fait?

— Vous êtes sûre que je peux vous raconter tout ça?

— Absolument sûre.

— Bon, alors elle m'a demandé de rapporter une mèche de ses cheveux.

— Vraiment?

— Mais il n'avait ni ciseaux ni couteau. Alors je lui ai arraché quelques cheveux. Il m'a laissé faire. Il n'avait pas l'air de souffrir.

— Qu'en avez-vous fait?

Sue Ellen, la barrette de sa fille coincée dans la bouche, ne répondit pas tout de suite.

— Je les ai enfermés dans un sachet en plastique et je les ai envoyés à Jennifer.

— Il y en avait combien?

— Je ne sais pas trop. Sans doute une douzaine.
— C'est tout ?
Sue Ellen acquiesça.
— Vous n'en parlerez pas à Jennifer, n'est-ce pas ?
— Promis.

En revanche, Hillary en parla immédiatement à Matt Fielder, depuis la cabine téléphonique d'une station Mobil. Fielder prévint aussitôt Pearson Gunn.
— Tu te souviens des sept cheveux trouvés sur le lieu du crime, et dont six seulement correspondaient à l'empreinte génétique de Jonathan ?
Non seulement Gunn s'en souvenait, mais c'était pour lui une énigme.
— Que sait-on du septième cheveu ? poursuivit Fielder.
— Aucune idée.
— Il faut absolument que tu te renseignes.

Au ton sans réplique de Fielder, Gunn comprit qu'il n'était pas question de passer la soirée au Dew Drop Inn. Toujours soucieux de protéger l'anonymat de CS 1, son informateur, Gunn marmonne des réponses évasives dès qu'on lui demande de révéler ce qu'il fit ce jour-là, peut-être même cette nuit-là, pour trouver la solution à ce qu'on appelait alors dans le camp de la défense «le mystère du septième cheveu». Seule certitude : lorsque Gunn se rendit au chalet de Matt Fielder le lendemain après-midi, il n'était pas bredouille.
— Tous les cheveux proviennent du lieu du crime ou de ses abords immédiats, rapporta-t-il. Ils ont été ramassés soit sur le lit, soit sur le sol à proximité. Il devait y en avoir une bonne vingtaine en tout. La plupart étaient identiques à ceux prélevés plus tard sur les victimes. Les sept restants étaient tous blonds et avaient leur follicule, ce qui signifie que les employés du laboratoire ont pu extraire de quoi effectuer les tests ADN. Six d'entre eux

avaient la même empreinte génétique que l'échantillon de sang donné par Jonathan.

— Et le septième ?

Gunn consulta ses notes.

— Il ne peut provenir du couple Armbrust, qui ont tous les deux les cheveux blancs. Apparemment, l'un des enquêteurs était blond, mais on lui a fait une prise de sang et son empreinte génétique n'est pas compatible avec celle du cheveu. Qui est toujours répertorié X, c'est-à-dire d'origine inconnue. Cavanaugh et son équipe pensent que les preuves ont pu être souillées au moment de l'enquête. Ou que le laboratoire a fait une erreur, quelque chose de ce genre.

— Pourquoi ?

— D'après le laboratoire, l'empreinte génétique du septième cheveu est similaire à celle de Jonathan, mais pas identique.

— Ce qui veut dire quoi ?

— C'est amusant, dit Gunn en caressant sa barbe. Je me suis posé la même question. Ce matin, avant de venir ici, j'ai parcouru les résultats des tests ADN fournis par Cavanaugh, j'ai trouvé le nom du laboratoire qui les a effectués, et je les ai appelés.

— Alors ?

De nouveau, Gunn consulta ses notes.

— On m'a passé une certaine Yvonne. Yvonne Saint Germaine. Elle travaille pour le laboratoire GenType, situé près de Rochester. C'est elle qui a effectué l'essentiel des tests. Ce qu'elle dit est assez intéressant.

Fielder se cala au fond de son canapé. Quand Gunn venait faire un rapport, il aimait tout raconter par le menu et il ne servait à rien de le presser. Tôt ou tard, il arriverait à l'essentiel.

— Yvonne confirme ce qu'elle a déclaré à la police. Le cheveu numéro sept est similaire au numéro six, mais pas identique. Je lui ai demandé ce qu'elle entendait par là. Elle a répondu qu'il pouvait très bien s'agir d'une simple coïncidence. Ou qu'il pouvait y avoir... je cite...

«un lien génétique entre les donneurs». Ce serait aussi une explication possible.

Gunn s'interrompit et leva les yeux de ses notes pour vérifier que Fielder suivait toujours.

— Tu sais bien, comme entre parent et enfant, insista-t-il.

Ou entre frère et sœur...

Cet après-midi-là, le soleil se montra, faisant brusquement monter la température et fondre la neige qui recouvrait encore le sol. À la tombée de la nuit, alors que le thermomètre n'était toujours pas redescendu en dessous de zéro, les bulletins météo des radios locales prédisaient un printemps précoce.

Le même soir, Fielder s'offrit le luxe de laisser ouvertes les portes de son poêle. Pour la première fois depuis une éternité, lui semblait-il. Il éteignit toutes les lumières du chalet et resta assis devant le feu, hypnotisé par les flammes et les étincelles. Et il pensa à l'impensable.

Depuis des semaines, et même des mois, son équipe et lui travaillaient à partir de l'hypothèse selon laquelle Jonathan avait tué ses grands-parents dans son sommeil. Ils avaient découvert une lettre déjà ancienne confirmant son somnambulisme. Ils avaient recherché des précédents dans la littérature spécialisée et en avaient trouvé, aussi bien dans les publications médicales que juridiques. À partir de là, on aurait dit qu'il leur était poussé des ailes et que tout s'accélérait. Pour tester la vraisemblance du scénario, ils avaient fait appel à des experts qui avaient confirmé toutes leurs intuitions. Ils avaient ensuite rendu publiques leurs conclusions, demandant si on pouvait considérer Jonathan comme responsable d'un meurtre qu'il avait commis en dormant. L'opinion publique avait répondu massivement par la négative. Convaincu à son tour, le procureur allait tenter de persuader le juge du bien-fondé de leur thèse. Ainsi, partant d'une bribe d'information, avaient-ils réussi à transformer un candidat certain à la peine de mort en une victime angélique inspirant la pitié.

Mais qui était à l'origine de tout cela ?

Jennifer.

En glissant dans la conversation sa crainte de voir Troy devenir somnambule, elle avait amené Fielder à l'interroger sur l'origine de cette crainte, qui s'était révélée être le somnambulisme de Jonathan. C'était Jennifer qui les avait mis sur la piste de Sue Ellen Simms ; Jennifer encore qui avait envoyé la fameuse lettre à Sue Ellen des années auparavant, connaissant suffisamment son amie pour savoir qu'elle la garderait précieusement. Sue Ellen ne connaissait le somnambulisme de Jonathan que par ce qu'elle en avait appris de Jennifer. Les Armbrust n'en savaient pas davantage, hormis le changement de serrures. Malgré son empressement à vouloir témoigner, P.J., le propre frère de Jonathan (et certainement le mieux placé pour être au courant), n'en avait jamais entendu parler. Jonathan lui-même n'était pas conscient du problème.

On en revenait toujours à Jennifer.

Et il y avait son erreur à propos du Dunkin' Donuts. Si elle n'avait pas remis les pieds dans l'État après avoir quitté sa famille dix ans plus tôt, comment diable avait-elle appris l'existence d'un magasin ouvert depuis moins d'un an ?

Serait-elle donc revenue ?

La nuit du double meurtre, par exemple ?

Qu'est-ce qui l'avait incitée à demander à Sue Ellen une mèche de cheveux de Jonathan ? Avait-elle déjà un plan diabolique en tête ? Un plan dont la réussite dépendrait un jour de cette mèche de cheveux ? Scénario tellement stupéfiant qu'on avait peine à y croire. Mais pourquoi, sinon, aurait-elle pris tant de précautions, et fait jurer le secret à son amie pour un détail si innocent en apparence ? Pourquoi aurait-elle omis de le mentionner dans sa lettre (dont elle savait que Sue Ellen ne la jetterait jamais), préférant donner ses instructions par téléphone? Elle destinait certainement dès le départ l'une des photos à Jonathan. Pour quelle autre raison en avoir mis deux dans l'enveloppe?

Et pourquoi avait-elle tant besoin d'une mèche de cheveux de son frère? Voulait-elle simplement un souvenir du passé — ce passé qu'elle avait fui à tout jamais, au point de changer de nom pour brouiller les pistes? Un souvenir de celui qui l'avait violée avant de lui imposer une relation incestueuse et une grossesse illégitime?

À moins que cette mèche de cheveux, soigneusement conservée dans son sachet en plastique, n'ait dû servir à de plus noirs desseins? Jennifer l'avait-elle glissée dans sa poche un soir à la fin du mois d'août? Avait-elle roulé dans la nuit jusqu'au domaine qui lui rappelait tous ses malheurs passés? Avait-elle trituré nerveusement le sachet en buvant un café dans un Dunkin' Donuts ouvert toute la nuit, où elle avait tenté de rassembler son courage pour continuer sa route? Avait-elle plus tard éparpillé les cheveux sur les corps mutilés de ses grands-parents agonisants?

Quelle force aurait pu la pousser à assassiner ses grands-parents et à s'arranger pour faire accuser Jonathan? Ne prétendait-elle pas lui avoir pardonné le mal qu'il lui avait fait?

À moins qu'elle n'ait une fois encore menti.

De nouveau, les propos de Bass McClure affluaient à la mémoire de Fielder. *J'ai oublié si le responsable était le frère aîné, ou le père.* Sur le moment, Fielder n'avait pas rectifié l'erreur de McClure pour protéger la vie privée de Jennifer, ou ce qu'il en restait.

Mais peut-être McClure avait-il raison. Peut-être était-ce P.J. le père de Troy — P.J. qui avait adressé un sourire lourd de sous-entendus à Pearson Gunn et à Hillary Munson lorsqu'il avait été question de Jennifer, et qui avait mentionné le goût de sa sœur pour «les plaisirs de la vie».

À moins que le père de Troy ne soit le propre père de Jennifer.

319

Hypothèse qui obligerait à reprendre toute l'enquête depuis le début. À cause de l'incendie, dont Squitieri l'Araignée avait affirmé qu'il était d'origine criminelle. Et s'il n'avait pas été provoqué par Jonathan jouant avec des allumettes dans son sommeil ? Et si le pyromane n'était autre que Jennifer, aveuglée par son désir de vengeance ? Dans ce cas, Jonathan était sûrement censé y trouver lui aussi la mort, comme ses parents. Klaus Armbrust n'avait-il pas été obligé de briser une vitre pour l'arracher aux flammes, trop tard, cependant, pour lui éviter un début d'asphyxie ? À propos, quand l'incendie avait-il exactement eu lieu ? Peu après le départ de Jennifer pour le New Hampshire, juste après la naissance de son fils, alors que sa colère bouillait, qu'elle menaçait sans doute de déborder.

Fielder se leva pour aller chercher du bois. Il choisit deux ou trois pièces d'érable qu'il mit dans le poêle. Il les déplaça à l'aide du tisonnier, faisant jaillir une gerbe d'étincelles. Quelques instants plus tard, des flammes orange et bleues léchaient la bûche du dessous. Fielder se réinstalla sur le sol et tenta de reprendre le fil de ses idées.

Ce fut difficile. Tout cela semblait tellement incertain, tellement tiré par les cheveux, tellement grotesque. Jennifer était-elle capable d'assassiner quatre personnes en huit ans et demi ? N'avait-elle décidé d'épargner Jonathan que pour mieux s'en servir comme bouc émissaire, afin de n'être elle-même jamais inquiétée ? Son désir de se venger de sa famille maudite était-il si fort ?

Cette fois, ce ne furent pas les propos de Bass McClure qui lui revinrent en mémoire, mais ceux de Cavanaugh — son adversaire à deux visages, dont il avait si adroitement déjoué les manœuvres qu'il était désormais à sa merci. *Je me débrouillerai pour limiter les dégâts*, avait dit Cavanaugh. *Mais je vous demande une faveur, Matt. Ne me parlez plus de ces conneries de somnambulisme. Je sais encore reconnaître un crime par intérêt quand j'en vois un.*

Cavanaugh aurait-il raison ? Ces meurtres ne s'expliqueraient-ils ni par une crise de somnambulisme, ni par un désir de vengeance ? Jennifer n'était-elle motivée que par l'appât du gain ? Fielder pensa aux testaments. Jennifer savait que P.J. et elle avaient tous les deux été déshérités, que ni l'un ni l'autre ne verraient les millions de dollars des Hamilton, transmis de génération en génération. Sur ce sujet, au moins, elle avait dit vrai. Elle avait donc dû calculer qu'à la mort de ses grands-parents, tout irait à Jonathan, dernier Hamilton vivant sur le domaine. Mais si Jonathan était condamné pour meurtre — même en plaidant coupable et en purgeant la peine symbolique que Fielder s'efforçait de lui obtenir —, il ne pourrait plus hériter d'un centime.

Tout reviendrait à Troy.

Et donc à Jennifer.

Était-ce cet espoir qui l'avait habitée durant toutes ces années ? Qui avait nourri ses projets, jour après jour, alors qu'elle épargnait sou par sou sur sa table pliante en aluminium, dans son caravaning minable au milieu de nulle part ? Alors qu'elle se débattait pour rembourser son crédit auto le premier de chaque mois en sachant qu'à Flat Lake, l'immense fortune des Hamilton dormait entre ses grands-parents séniles et son jeune frère débile ? Cavanaugh avait-il sans le savoir découvert la vérité ? Voyait-il aussi juste sur le mobile du crime qu'il se trompait sur son auteur ?

Quelle histoire de fous ! se dit Fielder. À quoi avait-il passé l'heure écoulée ? À échafauder un scénario abracadabrant, basé sur une série de suppositions hasardeuses au sujet desquelles il n'avait aucune preuve. Plus il y réfléchissait, plus il se rendait compte que cela n'avait aucun sens. Il venait d'accuser Jennifer, de la juger et de la condamner sans même lui faire part de ses soupçons. D'ailleurs, sur quoi reposaient-ils, au fond ? Sur le fait qu'elle ait appelé Dunkin' Donuts un magasin à l'enseigne d'une autre marque de beignets ? Plutôt mince, comme preuve. Pourrait-il utiliser une erreur aussi triviale devant un jury ? On lui rirait au nez. Par ailleurs, à la première occasion, Jennifer fournirait une explication parfaitement rationnelle à ce mensonge, ainsi qu'au reste du scénario imaginé par Fielder.

Il se sentait engourdi. Totalement vidé de ses forces, épuisé au point de ne pas pouvoir réfléchir davantage. Il était temps de se coucher, et de dormir.

Temps d'échapper à tout cela.

Il prit appui sur son bras pour se relever. Ce faisant, sa main glissa de quelques centimètres sous le canapé auquel il était adossé, et rencontra un obstacle. Il tendit le bras sous les ressorts pour récupérer l'objet. À la lueur des flammes, il en distinguait la forme, mais pas la couleur. C'était une brosse, une brosse à cheveux appartenant à une femme. À Jennifer, sans aucun doute, puisqu'elle avait dormi deux nuits sur le canapé. Savait-elle seulement qu'elle l'avait perdue ? Peu probable. Toutes les femmes n'ont-elles pas plusieurs brosses de rechange ?

En allant se coucher, il la posa en haut de sa bibliothèque.

26
Un choix stratégique

FIELDER fut réveillé par la sonnerie du téléphone. Il ne réussit pas à déchiffrer l'heure sur son réveil, mais vit qu'il faisait jour. Début février, cela signifiait qu'il était au moins sept heures et demie. Jamais il ne dormait aussi tard.

Il finit par répondre d'une voix ensommeillée.

— Oui ?

— Bonjour, Matt. Gil Cavanaugh, ici. Je ne vous réveille pas, j'espere.

— Pensez-vous ! Quelle heure est-il ?

— Neuf heures moins dix.

— Nom de Dieu ! Que se passe-t-il ?

— Le juge Summerhouse est rentré de vacances. Je vais le voir ce matin. Je voulais savoir si vous souhaitiez m'accompagner.

Tiens, se demanda Fielder, d'où venait ce respect soudain de la déontologie ? Il réfléchit un instant.

— Non, vous aurez plus de chances de le convaincre si je ne suis pas là.

Fielder était sincère : sa présence ne servirait qu'à instaurer un rapport de forces, et rendrait le juge moins enclin à accepter l'arrangement qu'il avait proposé. Mieux valait laisser les deux compères chercher ensemble le meilleur moyen de ne pas perdre la face.

— Vous êtes sûr ? insista Cavanaugh.

— Sûr et certain. Dites au juge que je vous ai mandaté.

Un peu de jargon ne faisait jamais de mal.

— D'accord, Matt. Je vous rappelle pour vous raconter. À moins que la réaction du juge ne s'entende jusque chez vous !

L'équipe locale se laissait aller à faire de l'humour, à présent. Il faut dire que Cavanaugh, lui, avait l'avantage d'être bien réveillé.

Fielder raccrocha et jeta un coup d'œil à sa montre. Presque neuf heures, en effet. À quelle heure avait-il bien pu se coucher ? À trois heures du matin ? À quatre ? Pourquoi avoir veillé si tard ?

La réponse lui revint, et avec elle, l'absurdité de toute cette histoire. Il avait passé la moitié de la nuit à élaborer des scénarios prouvant l'innocence de Jonathan. Et parmi tous les suspects possibles, il avait fallu qu'il choisisse Jennifer — la personne qu'il avait le moins de raisons de soupçonner, celle-là même qui avait le plus contribué à aider Jonathan, qui lui avait en grande partie évité la peine de mort. Et qu'est-ce qui avait enflammé l'imagination de Fielder ? Une malheureuse erreur sur la date d'ouverture d'un magasin de beignets !

Fielder s'interrogea sur ce que dirait Freud de tout ce travail de l'imagination. Se sentait-il tellement menacé par la perspective de s'engager dans une relation durable qu'il lui fallait transformer l'objet de son désir en monstre quatre fois meurtrier ? N'était-ce pas un peu excessif, même pour quelqu'un dont le rêve était de vivre en ermite au fond des bois ?

Il tourna en rond dans son chalet pendant près d'une heure, sans arriver à rien. Il essaya de lire, mais ne réussit pas à se concentrer. Toutes les cinq minutes, il se surprenait à jeter un coup d'œil à sa montre en se demandant pourquoi le téléphone n'avait pas encore sonné. Quand Cavanaugh avait-il dit qu'il devait rencontrer le juge ? En fin de matinée ? Cela pouvait signifier n'importe quand avant treize heures. Et même avant seize heures, pour certains avocats...

Il enfila sa parka et sortit. Il faisait encore assez doux, sans doute autour de zéro. Fielder avait conscience qu'il serait bon de mettre ce redoux à profit pour casser du bois et brûler un peu de l'énergie et de la tension nerveuse qu'il venait d'accumuler. Mais pour une raison mystérieuse, il ressentait le besoin de s'éloigner du chalet. Il alla jusqu'à son 4×4. Couvert de traînées de sel et de taches de boue, il avait un pare-brise opaque, sauf à l'endroit où les essuie-glaces avaient délimité deux demi-cercles transparents. Pourtant, on pouvait dire ce qu'on voulait, il avait jusque-là résisté à l'hiver. Fielder s'approcha et lui donna une tape affectueuse sur le capot. Même s'il ne voyait rien à travers la vitre du passager, il savait que les clés étaient à leur place habituelle, sur le démarreur.

Il lui avait fallu six mois pour s'habituer à les laisser là. À son arrivée dans les Adirondacks, non seulement il les emportait avec lui, mais il verrouillait les portières chaque fois qu'il quittait son véhicule — coutume new-yorkaise dont il se sentait incapable de se libérer tout en la trouvant ridicule. Au fil du temps, il avait fait l'effort de ne verrouiller les portières qu'en fin de journée, avant d'aller se coucher. Un soir, il avait oublié. Et le lendemain matin, ô miracle, le 4×4 était toujours là. Fielder s'était progressivement enhardi, laissant d'abord les clés sous le tapis de sol, puis dans le cendrier, et, enfin, sur le démarreur. Il s'était finalement résolu à les abandonner toute la nuit — en se demandant s'il ne tentait pas le diable. S'il ne découvrirait pas un matin que sa voiture avait disparu, volée par un gosse du Bronx en quête d'un véhicule pour faire un rodéo… C'est beaucoup plus tard — alors qu'il lui était devenu naturel d'aller se coucher sans fermer à clé ni son 4×4 ni son chalet — que Fielder se déclara enfin guéri de la mentalité new-yorkaise et capable de vivre comme les gens du pays.

Le moteur du 4×4 démarra du premier coup.

À la sortie de l'allée, Fielder tourna à droite vers Big Moose Lake. À Eagle Bay, il prit la route 28 jusqu'à Blue Mountain Lake, puis la route 30 vers le nord. Il croyait rouler sans but précis, pour le plaisir. Comme s'il était un simple passager, comme si le 4×4 décidait de la direction à prendre, telle une baguette de coudrier dirigeant un sourcier.

Mais il n'était pas dupe. Kilomètre après kilomètre, virage après virage, il comprenait quelle était sa destination.

Comme les fois précédentes, et comme il s'y attendait, tout était calme. Aucun son produit par l'homme, aucune trace de sa présence. Fielder était seul. Des traces longeaient le sentier, mais elles avaient été laissées par des cerfs, des lapins, des oies sauvages. Sous les arbres, la neige était intacte et d'un blanc immaculé.

Autour de lui, tout n'était que silence.

À l'approche de la rive, il se demanda s'il serait récompensé, cette fois encore, par le spectacle du lac gelé à perte de vue. C'est ce qu'il espérait. Il avait absolument besoin de le revoir ainsi, et pas sous une autre apparence. Il ne comprenait pas pourquoi il y attachait autant d'importance, et n'aurait sans doute pas pu l'expliquer si on le lui avait demandé. Il voulait simplement revoir le lac tel qu'il l'avait vu la dernière fois.

Pourtant, en atteignant l'endroit où la forêt s'interrompait, où la rive descendait vers l'eau, il sut que ses espoirs seraient déçus. Il y avait eu des changements. La glace avait disparu sous une couche de neige — d'une blancheur impressionnante, mais traversée çà et là par les traces en zigzag des visiteurs, à deux et quatre pattes, qui avaient précédé Fielder.

La beauté fascinante de cette surface parfaitement lisse appartenait désormais au passé.

Elle n'était plus.

Cavanaugh appela à treize heures trente. Fielder décrocha à la troisième sonnerie, le cœur battant comme s'il attendait le retour des jurés, en file indienne, dans la salle d'audience pour annoncer leur verdict.

— C'est gagné, Matt, dit le District Attorney. Mais ça n'a pas été sans mal. Summerhouse veut bien nous suivre, à condition que nous prenions une décision rapidement, avant un revirement possible de l'opinion publique. Demain, par exemple. Vous êtes toujours là ?

— Je suis là.

— Vous devriez être fou de joie !

Il aurait dû l'être, en effet.

De nouveau, Fielder se retrouvait assis face à Jonathan Hamilton. De nouveau, ils étaient séparés par la cloison en plexiglas. De nouveau, ils se parlaient par téléphone. Cette fois, ils étaient seuls. Sans Jennifer. Elle était repartie dans le New Hampshire avec le fils de Jonathan. Ou son neveu. Ou son frère.

Fielder commença par demander pour la énième fois à Jonathan s'il était coupable de la mort de ses grands-parents. Et pour la énième fois, Jonathan lui répondit qu'il n'en savait rien. Fielder s'y attendait, mais il fallait poser la question.

Il expliqua à Jonathan que l'heure était venue de prendre la grande décision :

— Nous nous sommes arrangés pour que tu puisses sortir d'ici et être admis dans un hôpital. Tu y resteras deux ans, peut-être un peu plus. Après, tu pourras rentrer chez toi.

Mais qui savait ce que désignerait alors ce « chez toi » ?

— Si tu ne veux pas de cette solution, il faudra prendre quelques risques. Avec de la chance, tu pourras rentrer chez toi plus tôt. Sinon, tu devras peut-être rester toute ta vie dans un endroit comme celui-ci.

Jonathan garda un long moment le téléphone plaqué contre son oreille, comme s'il espérait d'autres mots, d'autres éléments pour l'aider à choisir. Lorsqu'il finit par répondre, il parla dans le combiné. Mais si ses lèvres bougeaient, ses yeux ne quittaient pas ceux de Fielder.

— J... je ne veux pas rester ici toute ma vie, dit-il.

Le même soir, Fielder retrouva sa place par terre devant le feu. Adossé au canapé, il regarda les flammes danser dans l'obscurité en se demandant quelle décision prendre.

Seule certitude : on n'apprenait pas ce genre de chose à la faculté de droit.

Pas même au stage « peine de mort ».

Le problème était qu'au fond, il n'en savait pas beaucoup plus que son client. Il ne pouvait rien affirmer avec certitude : ni que Jonathan avait poignardé ses grands-parents de sang-froid, ni qu'il avait commis le crime pendant une crise de somnambulisme, ni qu'il était totalement innocent.

Mais il existait peut-être une solution pour lever le doute.

Il suffisait de faire analyser un échantillon du sang de Jennifer. Si l'empreinte génétique se révélait différente de celle du septième cheveu — celui qui n'appartenait sans doute pas à Jonathan —, alors Fielder saurait que toutes les théories échafaudées au cours de la nuit précédente n'étaient que le produit de son imagination surmenée.

En revanche, si l'empreinte génétique était la même, ce serait une autre histoire. Il serait bien obligé de demander des explications à Jennifer.

Et de l'accuser.

Restait la question de l'échantillon de sang : comment procéder pour l'obtenir ? Peut-être alors qu'ils étaient au lit un soir, en train de faire l'amour, pourrait-il se tourner vers elle et lui dire : « À propos, je te soupçonne d'être l'auteur de quatre meurtres. Ça t'ennuierait de me donner un peu de ton sang ? »

Il fallait pourtant trouver un moyen. Il le devait à son

client. Comment pourrait-il plaider coupable alors que Jonathan n'était peut-être pas l'auteur du meurtre ?

Bien sûr, il y avait toujours la possibilité de faire comme si de rien n'était, pratique courante chez les avocats, et souvent justifiée. Certains clients mentaient au point qu'on en arrivait à ne plus savoir s'ils étaient coupables ou non. On ne leur refusait pas pour autant un arrangement négocié en leur faveur quand l'occasion se présentait. D'autres clients étaient tellement ivres ou défoncés à l'époque du crime qu'ils ne se rappelaient plus ce qu'ils avaient fait. Il existait même de rares cas d'amnésie, certains prévenus ayant perdu la mémoire après une blessure ou une maladie. Dans ces conditions, la loi autorisait à plaider coupable alors que les intéressés étaient incapables de reconnaître les faits devant la cour.

Il ne s'agissait toutefois que de l'aspect juridique du problème. On ne pouvait pas s'en tenir là.

Et si Fielder réussissait à établir que Jennifer, et non Jonathan, était l'auteur du double meurtre ? Il apparaîtrait comme un héros. Jonathan serait libre de rentrer chez lui. Totalement innocenté, il pourrait aussi hériter de la fortune des Hamilton.

Mais quelle vie l'attendait au domaine ? Ses parents étaient morts, ses grands-parents aussi. Resterait-il vivre avec les Armbrust, couple trop âgé pour lui apporter le réconfort et les stimulations dont il avait besoin ? Et que ferait-il de ces millions de dollars ? Il ne demandait qu'une chose : être nourri, logé, et au chaud. Il ne mesurait pas suffisamment la valeur de l'argent pour ressentir le besoin d'être riche.

Et Jennifer ? Elle serait arrêtée et poursuivie, non seulement pour avoir poignardé ses grands-parents, mais sans doute aussi pour l'incendie criminel dans lequel ses parents avaient trouvé la mort. Elle risquait de se retrouver quatre fois condamnée à perpétuité. Ou pis encore. Les jurés sont sans pitié pour ceux qui font accuser autrui des crimes qu'ils ont commis.

Quant à Troy, il deviendrait... quelle était l'expression, déjà?... «pupille de la nation».

Et donc, alors qu'en plaidant coupable Jonathan mettrait d'une certaine façon un terme à la série de tragédies qui s'étaient abattues sur la famille Hamilton, son acquittement ouvrirait un nouveau chapitre, encore plus grotesque et spectaculaire que les précédents. Avec Jennifer pour cible de la vindicte populaire.

Était-ce vraiment ce que souhaitait Jonathan?

Cela dit, si rien n'obligeait Fielder à accuser Jennifer dans l'intérêt de son client, ne devait-il pas le faire dans l'intérêt de la société? La réponse serait «oui», décida-t-il, seulement s'il croyait Jennifer capable de tuer une nouvelle fois. Or, il n'en croyait rien. Comment aurait-il pu en être autrement? Il l'aimait. Deux jours plus tôt, il se sentait prêt à partager le reste de son existence avec elle.

Mais malgré sa conviction que Jennifer ne commettrait pas d'autres meurtres, Fielder n'avait-il pas pour devoir de découvrir ce qui s'était réellement passé? Après tout, n'était-ce pas là l'enjeu : la quête de la vérité?

L'avocat laissait cette tâche à d'autres. Lui qui aimait encore Jennifer en dépit des soupçons pesant sur elle, n'était-il pas la dernière personne au monde à pouvoir se retourner contre elle pour l'accuser?

La vie était faite de conflits, elle vous obligeait toujours à choisir le moindre mal. On n'avait pas le choix : il fallait se lever, parier, prendre des risques. Et surtout ne jamais regarder en arrière. Seuls les faibles se lamentaient sur le passé.

Cette fois, pourtant, les choses étaient différentes. Il ne s'agissait pas d'une alternative triviale, comme on en rencontre tous les jours. Le choix auquel se trouvait confronté Fielder ne se présentait pas deux fois dans l'existence.

La phrase qui lui revint alors en mémoire ne provenait pas d'un article en petits caractères dans un dictionnaire de droit. Ce n'était pas non plus une citation latine datant de Jules César, ni un exemple du jargon utilisé par les avocats pour impressionner le profane. Ni même une envolée lyrique d'Oliver Wendell Holmes ou Benjamin Cardozo.

Non, elle avait traversé le temps depuis un samedi après-midi d'été, des années auparavant. Elle accompagnait le souvenir d'un terrain de base-ball de fortune, jouxtant un parking minable. C'était une phrase encore humide de sueur, verdie par l'herbe et couverte de poussière. Elle avait été prononcée par Whitey Ryan, un gosse du Lower East Side qui parlait du nez. Et elle tenait en quelques mots : «La balle est dans le camp de la défense.»

Quelle leçon Fielder avait-il bien pu apprendre ce jour-là? Le match pratiquement gagné, la balle dans son camp, quelle stratégie était-il censé adopter?

Au moment où la balle vient vers toi, tu vois du coin de l'œil un des attaquants s'élancer de la deuxième base vers la troisième — ce qu'il n'a pas le droit de faire. Tu as l'avantage, tu le sais. Tu peux pivoter sur toi-même et lancer la balle vers la troisième base avant qu'il l'atteigne. Un bon lancer l'arrêtera net. Mais tu peux aussi mettre toutes les chances de ton côté en éliminant à coup sûr l'autre attaquant en première base, à trois mètres de toi.

Cette fois la balle ne se trouve pas dans le gant de Goober Wilson, mais dans le tien. L'attaquant en route vers la troisième base est une cible tentante. Il n'avait pas le droit de s'échapper. Il ne mérite pas de réussir.

Mais tout compte fait, là n'est pas l'enjeu. Dans l'immédiat, tu dois résister à la tentation de faire le malin, de mettre la barre trop haut. La question n'est pas de savoir si cet attaquant mérite ou non d'atteindre la troisième base. Tu n'es pas là pour jouer les justiciers.

Tu es censé veiller au grain. Et tirer profit de la dynamique du match. Sinon, rappelle-toi qu'elle peut s'inverser de nouveau, en une fraction de seconde. Et tu risques de perdre le match.

Fielder savait qu'il devait oublier cette histoire de Dunkin' Donuts et des deux photos au lieu d'une, ainsi que le « mystère du septième cheveu ». *Laisse tomber,* se dit-il. *Obtiens à Jonathan ses deux ans de détention et finis-en une bonne fois.* Car maintenant que la balle était dans son camp, il devait avoir l'intelligence de ne pas prendre de risques inutiles.

Mais il avait beau en avoir conscience, il se savait incapable d'agir ainsi. Pas plus que Goober Wilson trente ans plus tôt. Avec la meilleure volonté du monde, on ne peut pas se contenter d'être raisonnable avec un attaquant qui s'échappe vers la troisième base en vous mettant au défi de l'arrêter.

Alors tu empoignes la balle. Tu pivotes sur toi-même. Tu replies le bras. Et tu lances la balle vers la troisième base avec l'énergie du désespoir. En priant le ciel que tout se termine bien.

C'est la seule façon de jouer.

Fielder se leva. Il ajouta une demi-bûche de chêne dans le feu avant de fermer les portes du poêle pour la nuit, plongeant le chalet dans l'obscurité. Comme il avait besoin d'un peu de lumière pour ranger la pièce, il s'avança vers sa bibliothèque et alluma une vieille lampe de bureau. Près d'elle, un objet rose, en plastique, attira son regard. Sa présence le rendit un instant perplexe : il ne possédait rien de rose. Pas lui, le macho né dans les années cinquante !

Et puis il se souvint. La brosse à cheveux de Jennifer. Celle qu'il avait trouvée sous son canapé la veille au soir.

Il la prit. Les touffes de nylon blanc fixées dans le plastique rose formaient des rangées régulières. Inconsciemment, il les compta. Il y avait quatre rangées, comportant chacune onze touffes. Ce qui en faisait quarante-quatre. Comme son âge. Fallait-il y voir une signification particulière ?

Entre les rangées, quelque chose retint son attention. Il fronça les sourcils pour découvrir ce que c'était : un cheveu, un seul. Doucement, il le dégagea sans difficulté des touffes de nylon. À la lumière, il était long, blond et raide. Il avait encore sa racine à une extrémité.

Le follicule.

Fielder jeta un coup d'œil dans la pièce, repérant un petit flacon de verre sur le rebord de la fenêtre, un de ceux qu'il s'était procurés pour prélever l'eau de son puits et la faire analyser. Des flacons stériles, sous plastique, hermétiquement fermés par un bouchon.

Le plastique se déchira quand il dévissa le bouchon. Avec soin, il déposa le cheveu dans le flacon et le reboucha.

Étudiant, Fielder était allé à Greenwich Village avec quelques copains pour assister au numéro d'un comédien qu'on disait promis à un grand avenir. Une sorte d'intello maigrichon avec un début de calvitie, des lunettes qui n'arrêtaient pas de glisser sur son nez, et un ton à la fois geignard et contrit. Il avait raconté qu'un jour où il se promenait dans les rues de Manhattan, il avait remarqué un minuscule objet sur le trottoir. Une balle de revolver, avait-il découvert en se penchant. Plutôt que de la laisser là, il l'avait ramassée et mise dans sa poche de chemise, où il l'avait oubliée. Des mois plus tard, lors d'une autre promenade, une des cinglées professionnelles de la ville, une fanatique religieuse qui haranguait les passants, avait attiré son attention. Après l'avoir foudroyé du regard, elle avait jeté de toutes ses forces sa Bible dans sa direction. Elle visait bien, et la Bible l'aurait sans nul doute atteint en plein cœur, le tuant sur le coup, si la balle ne lui avait sauvé la vie...

Le comédien s'appelait Woody Allen.

Fielder venait de penser à cette histoire, qui l'incita à mettre le flacon dans la poche de sa vieille chemise en flanelle. Et l'avant-dernière chose qu'il fit avant d'aller se coucher, ce soir-là, fut de rouler sa chemise en boule au fond de sa penderie, avant de prier le ciel de s'être trompé. Et de ne jamais être obligé de récupérer le flacon.

Il appela Jennifer tôt le lendemain matin. Il avait passé la moitié de la nuit à tenter de trouver un moyen de lui demander ce qu'il voulait savoir sans avoir l'air de l'accuser. Et l'autre moitié à se dire que c'était impossible.

— Matthew !

Elle semblait heureuse de l'entendre. Lui, en revanche, ne savait par où commencer.

— Que se passe-t-il ? demanda-t-elle.

— Ce qui se passe… c'est que je ne crois pas que Jonathan ait tué tes grands-parents.

— Bonne nouvelle, non ?

— Pas vraiment.

— Pourquoi ?

— Parce que je me dis que c'est peut-être toi qui les as tués.

Elle garda un instant le silence.

— Moi ?

— Oui. Toi.

Le silence se fit à l'autre bout du fil. *Dis-moi que je suis fou*, la suppliait intérieurement Fielder. *Dis-moi que je suis drogué. Que j'ai perdu la tête. Dis-moi quelque chose, n'importe quoi.*

Seul le silence lui répondit. Et un déclic.

Il lui fallut quatre heures et demie pour se rendre à Nashua. Il craignait d'être gêné par le manque de sommeil, mais non. Il avait l'impression d'être redevenu étudiant, à l'époque où, après une nuit passée à réviser un examen, il avalait des excitants avec des litres de café noir et sentait l'adrénaline courir dans ses veines. Il avait des crampes à force de serrer le volant. Ses yeux le brûlaient d'avoir vu défiler la ligne blanche sur des centaines de kilomètres. Il avait dû s'arrêter en route pour faire le plein, mais se révélerait incapable de se rappeler quand et où.

À un peu plus de treize heures, il arriva à Nightingale Court. Un véhicule de police, garé juste devant le numéro 14, l'avait précédé. Les agents étaient accompagnés d'une femme grisonnante très agitée qui se présenta comme une assistante sociale spécialement formée pour affronter les situations de crise. Ils attendaient le petit garçon, précisa-t-elle. Pour lui expliquer à son retour de l'école que sa mère avait eu un terrible accident et ne rentrerait pas.

— Vous êtes un proche ? demanda un agent à Fielder.

Avec son visage poupin, on lui donnait vingt ans maximum.

— Oui, répondit Fielder. On peut dire ça.

La lettre mettrait trois jours à arriver. Le courrier ne va pas vite entre des villes comme Nashua, New Hampshire, et Big Moose, New York. Mais avant même de l'ouvrir, Matt Fielder en connaissait le contenu. Jennifer y dirait qu'elle l'aimait, qu'elle était désolée. Que l'accident n'en était pas vraiment un. Elle lui demanderait aussi de s'occuper de Troy.

Et cette lettre signifierait la liberté pour Jonathan.

27

L'été

Au cœur des Adirondacks, l'hiver finit par céder la place au printemps, et le printemps à l'été. Il y eut la fonte des neiges, le retour des feuilles alourdissant les branches des arbres, et chaque après-midi, le parfum des aiguilles de pin brûlées par le soleil embaumait l'air.

Troy Marcher avait trouvé le père qu'il n'avait jamais eu et Matt Fielder le fils qu'il n'avait pas prévu. Finalement, le chalet se révéla bien assez grand pour deux personnes. Troy ne tarda pas à se rendre utile : il cassait du bois, calfatait des rondins, aidait à construire la grange.

Jonathan Hamilton alla vivre chez Bass McClure et sa femme Betsy. Quand on le questionne sur cette décision, Bass se contente de répondre :

— J'ai toujours aimé ce garçon.

Tôt le matin, on peut les apercevoir tous les deux en train de pêcher au bord de l'un des nombreux lacs et étangs du comté d'Ottawa.

Gil Cavanaugh fut réélu District Attorney du comté avec soixante-douze pour cent des voix.

Le juge Arthur Summerhouse, lui, décida de prendre sa retraite.

Kevin Doyle, Mitch Dinnerstein, Laura Held et le reste de l'équipe du Capital Defender's Office continuent à se battre pour la bonne cause, et ont jusqu'à présent reussı à ne pas mettre la clé sous la porte.

Flat Lake n'a jamais été aussi beau.

Le jour viendrait où Fielder tirerait du fond de sa penderie une vieille chemise en flanelle roulée en boule pour la remettre sans l'avoir lavée. Les hommes vivant dans un chalet où il n'y a pas de femme sont coutumiers du fait. Aucune fanatique religieuse n'apparaîtrait pour jeter sa Bible en direction de Fielder. Mais il porterait soudain sa main à son cœur, ou la mettrait dans sa poche, ou prendrait simplement conscience qu'elle contenait quelque chose. Ainsi redécouvrirait-il le flacon qu'il y avait glissé plusieurs mois auparavant. Il l'emporterait dehors, au soleil. Là, il l'ouvrirait, le renverserait et le tapoterait doucement pour en faire tomber un unique cheveu blond sur la paume de sa main. Il le contemplerait un long moment, s'attardant sur sa longueur, sa blondeur, son follicule parfaitement intact.

Alors, une brise tiède venue du sud le soulèverait et l'emporterait, avant de le déposer sans bruit parmi les aiguilles de pin.

REMERCIEMENTS

Mes remerciements les plus sincères vont, comme toujours, à ma femme Sandy ; à Wendy, Ron, et Tracy, mes enfants ; à mon éditeur, Ruth Cavin, et à son assistante, Marika Rohn ; à mon agent littéraire, Bob Diforio, ainsi qu'au cercle fidèle des lecteurs de mes manuscrits.

Toute ma gratitude à Tillie Young, ma sœur, pour ses compétences médicales, et à Dina Vanides, pour ses recherches juridiques.

Je n'oublie pas non plus ma dette éternelle envers mes parents, Fran et Mac : bien que disparus depuis près de vingt-cinq ans, leur influence reste intacte sur mes pensées et mes actes.

Du même auteur
Aux Éditions Albin Michel

LE GRAND CHELEM
LE GRAND VOYAGE

« SPÉCIAL SUSPENSE »

*La composition de cet ouvrage
a été réalisée par l'**Imprimerie Bussière**,
l'impression et le brochage ont été effectués
sur presse Cameron dans les ateliers
de **Bussière Camedan Imprimeries**
à Saint-Amand-Montrond (Cher),
pour le compte des Éditions Albin Michel.*

Achevé d'imprimer en octobre 2001.
N° d'édition : 20071. N° d'impression : 14321-013407/4.
Dépôt légal : novembre 2001.